邵新枝　崔印刚◎著

燕山大学出版社
·秦皇岛·

图书在版编目（CIP）数据

满乡忠烈 / 邵新枝，崔印刚著.—秦皇岛：燕山大学出版社，2021.7（2026.1 重印）
ISBN 978-7-5761-0186-7

Ⅰ.①满… Ⅱ.①邵… ②崔… Ⅲ.①纪实文学－中国－当代 Ⅳ.①I25

中国版本图书馆 CIP 数据核字（2021）第 083181 号

满乡忠烈

邵新枝　崔印刚　著

出 版 人： 陈　玉
责任编辑： 王　宁
封面设计： 刘韦希
出版发行： 燕山大学出版社 YANSHAN UNIVERSITY PRESS
地　　址： 河北省秦皇岛市河北大街西段 438 号
邮政编码： 066004
电　　话： 0335-8387555
印　　刷： 廊坊市印艺阁数字科技有限公司
经　　销： 全国新华书店

开　　本： 700mm×1000mm　1/16　　**印　　张：** 21.75　　**字　　数：** 313 千字
版　　次： 2021 年 7 月第 1 版　　**印　　次：** 2026 年 1 月第 2 次印刷
书　　号： ISBN 978-7-5761-0186-7
定　　价： 86.00 元

版权所有　侵权必究
如发生印刷、装订质量问题，读者可与出版社联系调换
联系电话：0335-8387718

序

多年前，一个小伙子也就是本书的原创作者邵新枝找到我，要了解他叔叔我的老战友邵连林的一些情况，说他的家人都不相信邵连林真的牺牲了，是不是有可能还活着。当时我回答他："肯定牺牲了，只是当时战场惨烈，无法准确辨认遗体。你叔叔有文化，牺牲太可惜了。"没想到几十年后的今天，这样一本较系统完整地记录当年浴血沙场的书稿出现在我面前，我既惊讶又欣喜。惊讶的是，当年的小伙子真是有毅力，用20多年的时间，收集了这么多珍贵的一手史料，并系统地整理成册，有他叔叔的那股坚韧不拔、不畏困难的精神劲，不愧是志愿军的后人；欣喜的是，当今还有人不为名利，接力整理、编辑、完善出版，把70年前的英雄事迹展现给世人，这是一种情怀。

我从1947年解放战争时的宏远部队到1951年抗美援朝志愿军581团的5年间，在这支英雄的部队担任团参谋长。这支部队战功显赫：1947年在小寺沟激战国民党精锐部队，歼灭所谓国民党五大主力之一的一个团大部；在平津战役中，击毙傅作义35军一名少将副师长，迫使军长郭大麻子自杀；在宽城保卫战中，击退超过我军规模10倍之数的国民党精锐石觉的13军第4师和4000多名地方武装；1947年12月，为配合东北野战军，发动北宁线的冬季战役，在铁路沿线与国民党正规军展开大战，歼灭国民党92军168团大部，毙伤敌500多名，俘敌173人，缴获了大批武器弹药；随着解放战争的发展，一直打到大西北，解放太原、兰州、宁夏，之后入朝参加抗美援朝作战；参加举世闻名的第五次战役，在保卫开城战役中，打得美军焦头烂额；回国后，守卫祖国的北大门张家口，在保卫祖国的社会主义建设和我军现代化建设上，又作出了很大贡献。

岁月如梭，一晃我已近期颐之年，但70年前血雨腥风的战斗场景仍历历在目。我的战友，一次又一次冲锋，一个又一个倒下，前仆后继，他们什么都没留下，有的连名字都没留下，可英雄们的精神永存。我的这些战友，大部分来自冀东地区，有在抗美援朝土美山阻击战中虽身负重伤但以最大的毅力，用牙咬出两颗手榴弹拉火线，滚入敌群与敌同归于尽的王成式英雄人物杜云；有在抗美援朝最惨烈战斗之一的玉女峰阻击战中临危受命，担任前沿阵地指挥，苦战五昼夜，血染玉女峰的2营教导员邵连林等。这些千千万万个不畏强敌、勇往直前的英雄，是共和国的脊梁，是他们用鲜血和生命捍卫了祖国的尊严。美国的黑格尔将军评价中国军队说："凡是在朝鲜战场上与中国人民志愿军交过手的人，对中国士兵的英勇善战，无不佩服与尊重。中国入朝的部队并不是现代化的，基本上全是步兵，火炮很少，后勤支援也落后，他们要身背粮食作战（有时连粮食都没有），有时两三天也吃不上饭；冬季里在冰天雪地里作战，没有足够的御寒衣服，急行军时一身汗，进入阵地就冻成一身冰，艰难程度非常人所能忍受，但他们不怕死，作战非常英勇。中国军队的顽强给我留下了深刻印象。"这位美国将军确实看到了我们中国人民志愿军不管在多么困难的情况下，我们英雄的精神永远是不可战胜的，我们的英雄气势能够压倒敌人！即使只剩一个人，也能英勇顽强地战斗到最后一息！不管敌人的装备多么先进，给我们造成多大的损伤，我们的同志仍然舍死忘生地与敌人死打硬拼；即使在十分困难的情况下，也绝对不会有一点儿动摇、怕死、畏缩的表现，这是一种伟大的精神，这就是战胜敌人的精神力量。中国人民志愿军的英雄们与敌人舍生忘死拼搏的献身精神，以自己的鲜血和生命写下了我军历史上光辉的一页。

我在朝鲜战场上曾立下志愿：如能活到和平时期，我一定把我们部队的英雄事迹写出来告诉后人。我离休后，写了《鏖战疆场》、《鏖战疆场余墨》（1999年出版）和《鏖战疆场续闻》（2006年出版）3本100万字的回忆录，就是为了告诉后人，是千千万万个英雄的牺牲换来了我们今天的幸福生活。在中华民族伟大复兴的征程中，还会有意想不到的困

难和险阻，我们同样需要当年的那种精神，前仆后继、披荆斩棘、继往开来，为创造更加美好的明天而不懈奋斗，续写中华民族壮丽辉煌的新篇章！

2019年8月于石家庄

张振川 口述　张 勇、崔印刚 整理

张振川：河北玉田人，1923年生，1939年参加革命工作。1940年3月入伍，历任班长、排长、连长、营长、团参谋长、团长、师长、代理军长、河北省军区司令员。1985年7月离休，第六届全国人大代表，是电影《英雄儿女》中团长“张振华”的原型之一。

张　勇：张振川之子。

前　言

河北省青龙满族自治县地处山海关至喜峰口间长城沿线以北的燕山深处。围绕着都山群峦、青龙河流域聚居着许许多多满族人民，相传祖先为清朝八旗军将丁。康熙九年（1670 年），满族正白旗十六大姓奉旨出关到青龙“跑马占圈”；乾隆年间又有 400 名立过战功的兵丁解甲归田，奉旨来到青龙领地定居，后来又有许多在京城生活不下去的满族底层人士，来到青龙垦荒，维持生计；还有朝中大臣因过被发配充军来此；另还有被封赐的皇亲国戚来到青龙，领受封地。他们在青龙各地建村立寨，与兄弟民族友好相处，辛勤耕种，繁衍生息。世代以来，他们的子孙饱受封建主义、帝国主义、官僚资本主义的压迫，但是勤劳勇敢的满族人民富有反抗精神，有着光荣的革命传统。九一八事变后，青龙沦陷在日本帝国主义的铁蹄践踏之下。七七抗战后，中国共产党、八路军挺进敌后，在这里建立起冀热辽根据地，抗日烽火燃烧在长城内外。在张佰策、周子丰等抗日英雄的带动下，许许多多满族子弟参军参战，沉重地打击了日本侵略者和汉奸卖国贼，谱写了许多可歌可泣的英雄事迹。

抗日战争胜利后，为了保卫抗战胜利果实，武装起来对付美蒋反动派，打击反动土匪武装，在共产党的领导下，组建了八路军青龙县支队。许许多多的满族优秀子弟踊跃参军参战，为保卫家乡、消灭土匪武装作出了卓越的贡献。后来又多次将有生武装力量输送到野战部队，支援全国的解放战争。1946 年 10 月，冀热辽军区 17 军分区抽调青龙县支队 3 个主力连组建军分区独立团（宏远部队）；1947 年 11 月，荣升冀东军区独立团；1948 年 8 月，编入华北野战军第 2 兵团；北平和平解放后，编为杨得志所率19兵团65军194师581团。青龙满族及兄弟民族子弟人数占581团总人数的一半以上，许多满族子弟成为该团的骨干力量，后来还有一些人被抽调到194师师部各直属部队中。

这支部队在保卫宽城、支援辽锦作战、参加平津战役、解放太原、进军大西北、解放兰州、解放宁夏、赴朝参加第五次战役以及玉女峰阻击战等战斗中作出了卓越的贡献，尤其在玉女峰阻击战等战斗中，青龙满乡子弟浴血沙场、血染战旗，有很多人献出了宝贵的生命。他们的光辉事迹一直为我们青龙满族及各兄弟民族人民引以为自豪。

为了缅怀革命先烈，继承和发扬革命传统，笔者搜集和整理了本书。

本书是根据原部队老退伍军人青龙镇广茶山村姜长海（姜义）、张真（原2营炊事员），土坎子村杨文波（原2营通信员），大杖子村南街邵玉贵（原194师师部通信班班长），马圈子乡二道杖子村王恩稳（原194师警卫连连长，现在承德市工作），青龙县第六区工委书记丁连密（原581团通信班战士，双山子镇丁家沟村人），农行退休干部郧玉齐，交通队退休干部赵启星，民政局退休干部高殿臣，青龙县武装部退休的候广云副部长，青龙支队首任支队长周子丰，青龙支队第二任支队长、581团团长杨万华，原581团参谋长张振川将军（曾任65军代军长、河北省军区司令员）等亲历者的口述整理而成，并查阅了宽城党史，参阅了《郑维山将军回忆录》《兰州战役》等书籍，望曾在581团、194师的老前辈给予支持指正。

本部史料敬献给为建立、保卫新中国，在解放战争和抗美援朝战争中牺牲的青龙满族和兄弟民族的革命先烈。

原创作者：邵新枝

1997年于青龙

| 目录 |

第一章

青龙满族建支队
剿除匪患保家乡

1945 年 8 月 15 日，日本无条件投降，中国共产党领导的八路军胜利收复了青龙，成立了青龙县临时行政委员会。为保卫解放区红色政权，配合主力部队作战，根据上级指示，成立了青龙县支队。青龙县支队是以周子丰原创的抗日游击队的一个连为基础组建的。受尽了日军残酷折磨、百般奴役达 13 年之久的青龙满族和兄弟民族人民欢欣鼓舞，许多满族热血青年踊跃报名参加共产党领导的青龙县支队，大杖子村南街满族正白旗 18 岁的邵连林及其同族的伙伴们就是其中一员。很快，一支以满族子弟为骨干的地方武装青龙县支队就发展壮大到了 4 个连。

与此同时，伪满时期的残余势力，伪官吏、伪警察、特务、个别地主豪绅、兵痞恶棍以及被八路军收编的部分立场不坚定的伪警察，他们不相信共产党能战胜美国支持的国民党政府军，趁机纷纷拉起队伍，抢占地盘，与国民党反动政府遥相呼应，残害革命干部和群众，奸淫掳掠，无恶不作。一时间，青龙各种势力暗流涌动、犬牙交错，刚刚建立人民政权的解放区顿时阴云密布，危机四伏，特别是赵辅臣杨树窝铺叛变，残忍杀害八路军战士，并攻占县城；宋绍久窃取基层政权，组织七区民兵叛变，杀害区村革命干部群众，给新生的人民政权造成了巨大损失，新生的人民政权受到了严重威胁。

在此危急时刻，刚刚武装起来的青龙县支队，立场坚定、旗帜鲜明，坚决听从共产党的指挥，成为保卫新生政权的中坚力量。在平息赵辅臣叛乱、清剿七区宋绍久叛匪、剿杀瓦解县内数支反动土匪武装的战斗中，英勇顽强、勇于牺牲，稳定了青龙时局，保卫了解放区新生的人民政权。这支由满乡子弟组成的地方武装，在这场特殊历史时期的残酷斗争中，经受住了血与火的考验，成长为一支忠于祖国、忠于人民、忠于共产党的英雄子弟兵，从此，踏上了保家卫国、浴血疆场的艰辛征程。

青龙县支队成立

1945年8月15日，日本战败宣布无条件投降，抗日战争胜利结束。受尽了日军残酷折磨、百般奴役达13年之久的青龙满族和各兄弟民族人民获得了解放，人们无不欢欣鼓舞，喜笑颜开，为胜利而欢呼。许许多多被“集家并村”赶出家园的人民，兴奋地奔回故园安家立业。

为配合苏联红军进军东北对日作战，1945年8月11日，朱德在发布的第二号命令中令原东北军吕正操部，由山西、绥远向察哈尔、热河进发；令驻河北、热河、辽宁边境之李运昌部，即日向辽宁、吉林进发。冀热辽军区接到延安总部的命令后，冀热辽军区司令员兼政委李运昌于8月13日在丰润县大王庄召开紧急会议，部署出关行动，决定在冀热辽军区党委和军区司令部的基础上，以李运昌为首成立“东进委员会”（包括徐志）和“前方指挥所”，并将准备开进东北的部队分别编组为西、中、东三支独立进军的先遣部队，兵分三路，出长城各口以最快的速度，大踏步地向东北进军。其中，西路由第14军分区司令员舒行、政委李子光率领第13团、第16团一部和北进支队共约2000人，于8月中旬从冀东平谷出发，经兴隆向承德、围场进军；中路由第15军分区司令员赵文进、政委宋诚率领第11团及青（龙）平（泉）支队（后改编为第51团）共约2000人，于8月17日经喜峰口、平泉向赤峰前进；东路由第16军

分区司令员曾克林、副政委唐凯率领第 12 团、第 18 团和朝鲜支队共约 2500 人，由抚宁台头营出发，经石门寨、绥中向锦州、沈阳进军。

当准备攻打迁安县城的冀热辽 16 地委书记兼 16 军分区政委徐志准备出关时，伪青龙县讨伐队司令张金祥（青龙县山啦嘎村人）派人来迁安县尚武旗村找王晓岚（当地绅士，曾任杨各庄警察所巡官，1938 年冀东抗日大暴动时，最初组织民团追剿抗日暴动队伍，后在当地抗日热潮的感召下，毅然率民团一起抗日，被李运昌任命为大队长，后因失败，隐于丰润腰带山当了道士。1944 年，李运昌发现了他，要他做抗日民族统战工作，争取张金祥），王晓岚带张金祥派来的联系人来到迁安附近找迁卢青县委负责人。徐志、迁卢青联合县委书记陈光、16 地委敌工部副部长张凯接见了他们，进行了改编和接收的谈判。谈妥后，徐志派陈光和张凯去接收青龙。接收后，陈光留青龙任县委书记，事后徐志奉命与曾克林率两个主力团和部分地方干部出关做接收工作去了。

8 月下旬，陈光和张凯回到建昌营做接收准备工作。陈光从迁卢青联合县抽调部分县区干部，还有从 12 军分区调来的联络科科长周子丰，等待接收青龙。几天后，张金祥派两个代表到建昌营迎接陈光等赴青龙县城（大杖子村）。到达青龙县城外，张金祥等带领军民及伪政府 1000 多人，列队欢迎陈光带领的 20 多名八路军武装队伍和由 10 人组成的接收伪军、伪政府的工作人员。到达县城后，陈光与张金祥兄弟俩谈了部队的改编和接收政权等具体问题和措施：将张金祥的伪讨伐队 2000 人改编为八路军冀热辽军区第 3 纵队，下设 2 个团，1 团团长为李凤阁，2 团团长为赵辅臣。

9 月，成立了青龙县临时行政委员会，主任张笠生（张金祥兄）、副主任张仲三、王平东，下设两个办事处，东部办事处张仲三为主任，西部办事处王平东为主任，实权均在两个办事处，武委会主任为张佰策（滦县人）。接收工作完成后，陈光仍回迁安任县委书记，张凯接任青龙县委书记。

青龙县支队也随之成立，由周子丰任支队长，县委副书记何济民兼任政委（原凌青绥县委书记），只有 1 个连，100 多人，连长为刘振标。

后由县内各区上调民兵，编成2个连，随后又发展1个连，共4个连。第1连连长王秀山、第2连连长张永泰、第3连连长刘振标、第4连连长刘子民，总数达500多人。青龙支队建立后，军分区陆续派了一些干部对部队加强了组织建设和培训教育。县城一些满族热血青年积极报名参军，1945年10月，18岁的邵连林与伙伴们自愿报名参加了县支队，并动员其他青年参军。

周子丰

周子丰（1905年2月3日—1988年4月18日），原名周友，参加革命后曾化名国强。满族，中共党员，青龙县木头凳汤杖子村人（现隶属于凤凰山乡）。1943年春，在海瑞祥、马骥的领导下，在青龙县大核桃沟陈台子组织抗日武装暴动，任燕山游击队队长。5月，编入八路军冀东12团马骥1营，任新3连连长。1943年11月，经罗文、马顺元介绍加入中国共产党。1944年，调任12（专署）军分区联络科科长。日本投降后，受16地委派遣，随陈光回青龙参加接收伪军和伪县公署工作，被任命为青龙县支队支队长。

就在全国人民欢呼抗战胜利之时，蒋介石在美帝国主义的大力支持下，急忙空运、海运国民党部队到东北、华北，抢夺人民用生命和鲜血换取的抗战胜利果实，向在中国共产党领导下的各解放区展开了全面进攻，烽火连天的内战降临在这片多难的土地上。

在青龙，伪满政权的残余势力——伪官吏、伪警察、特务、地主豪绅、兵痞恶棍、一些窃据基层政权组织，对共产党心怀敌意的人，继而又叛离革命队伍，相继在各区乡拉起了数支数量不等的土匪武装。他们与国民党反动派遥相呼应，到处行凶作恶，不断残杀革命干部和群众，奸淫掳掠，无恶不作。这些反动势力也在极力扩大自己的武装，争夺地盘，幻想着国民党军到来之后论功封官。他们的各种行为极大地危害着

社会秩序和人民群众的生命安全，使新生的人民政权工作无法开展。

抗日战争胜利后，中国共产党领导的人民军队在数量和装备上与国民党军相比仍处于劣势，因此，被八路军收编到冀东第3纵队中的原青龙县境内伪“警察讨伐队”的一些头目，根本不相信中国共产党能夺取全国的胜利，更不相信中国共产党领导的人民军队能战胜美帝国主义支持的800万国民党军并解放全中国。由于他们双手沾满革命先烈和人民的鲜血，惧怕日后共产党和他们算老账，因此他们反革命贼心始终不死，加之又有投靠到国民党军队中反动派头目的暗中串通勾结，曾出现了几起叛逃事件，时任冀东军区13旅参谋长的原伪讨伐大队大队长赵辅臣就是率先叛变为匪的。

赵辅臣叛变

1945年11月，为了满足形势的需要，冀东军区对收编的伪军进行了整编。在丰润整编后，一些旧军人被分散插编。这对于始终心怀不轨要伺机拉走队伍、到蒋军那里准备升官发财、继续欺压人民的赵辅臣，无疑是个沉重的打击，尤其是他被任命为13旅参谋长，失去了实权更为恼火，进一步坚定了他的叛变之心。

赵辅臣是青龙县木头凳杨树窝铺人，以前是当地士绅，日本占领青龙之后，投身日伪，初任伪双山子区总保长、伪村长、伪警察署署长和讨伐队队长等职。日本投降后，被八路军收编，任八路军冀热辽军区第3纵队第2团团长，后又改编为八路军13旅，任旅参谋长。

他与同被收编在3纵队的张其昌、罗井仁等多次密谋，伺机叛变。随后，张其昌（宽城张杖子人）以探家为名，回到青龙与土匪队伍进行联系，并信告赵辅臣“以收降姜克芝部为名，抽身急速回青龙举事”。

赵辅臣谎称“到建昌收降姜克芝部”，骗得旅长准许，带着20余名死党和参谋处彭参谋、警卫连指导员及一个警卫排回到青龙。

11月30日回到青龙县城，赵辅臣立即与张其昌、张敏、高占海、张炳文等反动头子密谋叛变，12月2日直奔其老家杨树窝铺（现隶属于木头凳镇）。回到家后，他背着同去的八路军指战员，广罗地方反动残余，积极拼凑反革命队伍，并多次与建昌县姜克芝、于庆瑞匪队，以及驻在秦皇岛的国民党青龙县党部联系，以取得支持。

在张其昌从县城将100多支枪偷运给赵辅臣，将土匪队伍拼凑起来之时，赵辅臣看到叛变时机已经成熟，立即与死党秘商预谋叛变，定下在请客之时残杀八路军指战员之毒计。

在赵匪的精心策划下，一场残杀八路军指战员的准备工作紧锣密鼓声地部署就绪。

12月7日早饭后，赵匪亲自去找彭参谋说："我已准备了饭菜，打算请请跟来的同志，你看能去吗？"毫无戒备的彭参谋随口说道："参谋长既预备，我们一定去。"

彭参谋答应后，赵匪立即召集党羽们说："这回已经最后定准啦，请客就在今天午后，王印轩的补充连在中午12点由后山包围，各山头都要放岗把守，咱们在庄内下枪，参加起事的人员每人左胳膊上扎一条白布为标志。负责暗杀的人员在屋内分两部分，一部分暗藏武器做陪客，一部分藏在东屋准备行杀。屋外的一部分埋伏在窗前窗后准备往里打，一部分到庄里警戒。"并将谁负责什么都落实到人头，同时确定只要赵拐子喊"上二碗肉"就动手下枪，如拒绝交枪，就里外一起打。

中午，酒席在赵家西屋炕上摆好，八路军彭参谋及3名排长、6名班长被请入上座，陪客按赵的指示，分别就座炕沿。约在午后2点，酒宴开始，当端完盘子菜，拐子厨师赵岐在厨房喊："三爷上大碗肉啦！"赵辅臣立即离席下地。不知缘故的彭参谋说："参谋长怎么还下地？"高云步急忙解释说："我们这里有这个风俗，表示恭敬人呀！"彭参谋说："参谋长太客气了。"此时，藏在东屋的匪徒来到堂屋，作好了进西屋枪击的准备。随后赵拐子又喊"上二碗肉"，话音未落，3名匪徒端枪闯入屋内，用枪口逼着每个八路军，齐声高喊："把手都举起来！交枪！"彭参谋说："参谋长，这是干什么？"猝不及防的突变，把所有在座的八路军战士都惊呆了，但就在这一瞬间，八路军一名排长向匪徒们开了一枪，对面匪徒侧身闪过。也就是在眨眼之际，屋里、窗外的群匪枪弹同时迸射，打得满屋黑烟，赵拐子手持菜刀冲到第一桌砍人。不过两三分钟的时间，八路军彭参谋等 9 人就倒在血泊中。而后，赵匪又命两匪徒进屋，对 9 名八路军逐个补了一枪，第三桌一位排长在发生枪击的一瞬间钻入柜下，没有被打死，但被匪徒拉出捆绑起来，拉到村南战士居住的地方，匪徒用枪逼着他向战士们喊话：“交枪吧！他们都被捕啦！”

还有十几位被赵匪请来的各区（八路军建立起的区政权）的区干部，被安置在厢房屋就宴，也遭到了匪徒的杀害，干树沟李忠区长跑到厨房，顶一口锅冲出屋子，但还是被枪杀在院中。

此时，杨树窝铺的各山头，枪声和喊声交织在一起，恐怖的阴云将整座山村笼罩在腥风血雨之中。

八路军警卫排的全体战士全被解除武装看押起来，与彭参谋住在一起的那位警卫战士也被赵匪枪杀在赵家门口。八路军的庞指导员和一名侦察员拉着一头毛驴，由县城领给养归来，刚至庄子南口，就被预伏的匪徒捉住，经赵匪指令，被拉至村外十八垅地枪杀。由于天黑，侦察员未被打死，匪徒走后，他忍痛逃离虎口。

12 月 9 日，赵辅臣率匪队窜到巫岚，此时匪首高占海、冯继安也分别赶来入伙，三岔口阎乃庚也前来助阵。中午，双山子陈敬铭由秦皇岛赶来加入匪帮，把流亡在秦市的国民党青龙党部书记王加林的大印文书交给赵匪，众匪首弹冠相庆。

叛匪攻占青龙县城

当天下午，匪首聚会商议编队和谋划进攻县城。

此时匪众已达 300 多人，赵辅臣被举为总队长，阎乃庚为参谋总指挥，下分 4 个大队，并决定即刻攻打青龙县城。赵辅臣命王印轩大队由县城东面三杈榆树进攻，邵连昌和冯继安率 1 个大队由西面攻击，命高占海率 2 个大队由南面攻击，命张贺廷率 1 个大队由北山包围县城，并决定将指挥所设在北山高地上，从四面包围县城的土匪看指挥信号攻城。

未牺牲的那位八路军侦察员带伤爬到杨树窝铺庄东坟地，休息一下，见周围没有动静，便奔西面巫岚方向而去。巫岚村干部接到赵辅臣叛变的消息，立即派人到县城给县支队送信，连长刘子民接报立即转报支队长周子丰，周支队长急报县委。县委立即召开紧急会议，县委书记张凯、县委副书记何济民（焦河县人）、县长张仲三（迁安县人）、武委会主任张佰策（滦县人）、支队长周子丰、公安科长许忠到会，县临时行政委员会委员张笠生首先向大家讲了敌情："赵辅臣在杨树窝铺叛变了，杀了许多八路军，现已到巫岚三家庄整顿队伍，估计已发展到几百人的队伍，又多为旧警察、国民党兵等，准备来打县街，大家看如何应对。"

县支队长周子丰第一个发言："守县街咱们兵少，又多是新兵，没有战斗力，很难守住，最好还是由 2 连留下一个排守护县街，张永泰连长带两个排到苗丈子岭埋伏，他们准路过那里；王秀山连长带队去打杨树窝铺，给赵辅臣造成'后顾之忧'。"

武委会主任张佰策指出："应派人急报军分区李司令，请求军区派主力部队来。"

会议最后决定由县委书记张凯亲自去军分区司令部报告，县委领导带领县直机关干部连夜撤往卧龙池马丈子庄，支队长周子丰和连长刘振标带 3 连保护前往，2 连 1 排留守县街，张连长率两个排前往苗丈子岭设卡伏击。

12 月 9 日夜间，赵辅臣率 300 多匪众由巫岚出动，经嵩村过西梁，出东夹子沟佟丈子，取捷径偷袭青龙县街。

10 日拂晓，匪众对县街实施了包围。一路匪队沿南河沿由东往西，一路经水泉沟奔草房庄，准备由西面包抄，一路匪队爬上北山，一路由东面发起攻击。叛匪总指挥阎乃庚率一伙匪卒首先爬上北山梁尖，将一面大白旗竖起，各路匪徒头目见到指挥信号后，立时从四面向县城发起了围攻，没有打枪，而是悄悄地在缩小包围圈。

在县政府大院执勤的县支队一名老战士（姓刘，朱丈子乡下坡子人），在天刚亮之际，突然发现北山冲下来许多胳膊上扎着白布、端着枪的人，他立即意识到发生了紧急敌情，急忙对空鸣了 3 枪。听到枪声，驻在县政府院内的县支队 2 连 1 排指战员迅即冲出屋子，此时县街周围枪声四起，排长赶忙命令："我们被包围了，死也得冲出去，1 班掩护，2 班、3 班跟我往西冲。"在 1 班的掩护下，指战员们沿街往西冲杀。土匪们由北山居高临下向 1 排指战员射击，由西门攻上来的土匪也迎头阻击。县支队几位战士在突围中中弹负重伤，战友们立即将其背起闪进路南胡同，排长一看西门突不出去，便率各班向西南方向冲去。

"八一五"日本投降后，冀热辽 12 军分区在青龙县支队成立以后，将军分区二医院转移到青龙县街河西旧监狱中（现运输公司院内），负责救护几十名抗战中负伤的重伤员。

医院是在原伪军医院的基础上建立起来的，到青龙后，在县城附近招收了 80 多名青少年参加医院工作，马纯、马坤（大杖子北街）、穆所柱、王奎元、肖起旺（前庄人）等都是当时参加的。

赵匪围攻县街开始，医院领导听到枪声，马上命令十几位老同志带武器冲上米沟西山头的制高点，集中火力压制由西面包围县城的土匪，掩护医护人员向西南撤退。冯院长看到情况危急，重伤员无法转移，果断地对副院长和护士长命令道："事不宜迟，这里由我负责，你们向秋子沟（土坎子南山）转移，看情况撤向军分区。"

医护人员含泪告别了自己照顾的伤员，带领全体青少年护士们撤向南山。老同志掩护撤退人员，看到他们全部撤到安全地带后，才下山突围，随后撤向秋子沟。

在突围转移的关键时刻，护士长向冯院长要求留下看护伤员，但冯院长坚持不准他留下，最后只得尾追护士们突围奔向秋子沟。

突围的县支队与军分区医院转移的队伍汇集到小秋子沟横道子村，县支队 2 连 1 排排长命令指战员沿东山梁南撤，以保护医院人员由沟底向南转移。他们翻山越岭，一口气撤进冷口岭，夜晚至建昌营，打听到军分区司令部在刘各庄后，便连夜赶奔刘各庄。

已经突围的医院护士长跑到南山梁，因心中始终惦记伤病员的安危，竟不顾同志的劝阻，毅然独自返下山去。当他刚返至南河套时，匪徒们便冲将而上，将其捉住，随后把他全身衣服扒个精光，捆绑起来，押往县街。匪徒们进街争着抢东西，护士长趁其不备，挣脱捆绳，拼命地向南山跑去。他东拐西拐地爬向南山，匪徒发觉后，立即向他开枪，子弹落在他的周围，不断迸发火花，但他毫不理会，不顾一切地向上爬。子弹划破了他的腿，他仍坚持向山梁爬去，最终逃离虎口追赶上了队伍。

赵匪队伍闯进军分区医院，奔医护病房，企图伤害伤病员。冯老院长迎面而上，厉声制止道："不准动他们！咱们都是中国人，总得讲个良心，讲个人道，这些伤员都是打日本鬼子负的伤，有本事与能打的去干，杀害伤病号是被人耻笑的，我劝你们赶快离开这里。"

匪徒被其说得哑口无言，只得退出医院，向街里攻去。

在医院开始突围转移之际，医院的护士马纯看到年仅 14 岁的弟弟马坤，便让弟弟马坤脱下军装，撤到家中躲藏。马坤脱下军装，只穿着白衬衣，沿大街拐回家中。此时大街已家家户户闭门，街面空荡无人，只有乱枪不停地射向街内。

混乱的枪声把寂静的青龙街搅得乌烟瘴气、犬吠不止。外出寻驴的景义被土匪捉住扣了起来，还有一些向外跑的人也被土匪捉住。

此日恰逢大杖子村北街马成会结婚，前一天马家请了邻居杨海春妻为娶亲客，王奎生（大杖子村北街）为其牵马，用花轿去大石门（现青龙镇大石门）迎娶。

天刚亮，娶亲花轿回返至窑沟店子时，突然看到由草房庄东山冲下来许多胳膊上扎着白布的持枪匪兵，送亲的人要调头返回娘家，迎亲的主张，事到如此，进退两难，不如硬着头皮进街。王奎生让吹鼓手继续吹，佯装没看到，若无其事。走到土坎子庄，看到许多匪兵在向街里射击，而后迎头遇见县支队十几个人跑过来，中间有几位伤员，拄着枪、棍子，向小秋子沟跑去。娶亲队伍至井沿子庄，便看见 20 多名八路军战士跑向大秋子沟，其中有几位伤员由战友背着、挽着跑。轿至西门，许多匪兵已冲入大街，突然一枪打来，打在马蹄落处，马惊慌得差点把杨海春妻摔下马，王奎生用尽力气牵马进街。带队攻西门的是本村人邵连昌（大杖子东店，现三杈榆树村），没有加害娶亲一行之人。

县支队 2 连 1 排指战员经过英勇冲杀，从匪队邵连昌、冯继安大队与高占海大队接合部突围，奔县城西南大、小秋子沟。县政府财粮科马科长和六区孔恕区长等 8 名干部由于未紧随县支队，人少力单，未能冲出包围，被匪首高占海、张炳文、兰殿海等捉住，押到西门外，被杀人魔王高占海砍了头。被带到法场的本街人马成云，幸得其叔马彪赶到说解，幸免于死。

被包围在街内的居民，听到枪声响个不停，只得紧闭家门，趴卧在炕沿之下。

在匪首的带领下，匪徒们从四面涌进街里，东抢西夺起来。一大群土匪冲向县政府大院，霎时就将各房室抢劫一空，更为主要的是，将武器库打开，将枪支弹药全部运了出去。同时还有许多土匪涌向店铺抢夺财物，追鸡打狗，闹得满街鸡飞狗跳，人喊马嘶，恐怖与混乱笼罩全城。

赵辅臣与阎乃庚等匪首指挥匪队打开县政府武器库，抢走全部武器后，立即派兵将西烧锅张金祥（原讨伐司令，后被收编为八路军冀东 3 纵队任旅级副司令）家院包围起来。

趁土匪抢劫之际，县街外围住户也有一部分溜到外庄躲了起来。

占据县城后，众匪头目们沾沾自喜，赵匪与阎乃庚、高占海等走进县政府县长办公室，对着众头目得意地说道："赶走了八路军，这回我们又要常驻县街了，等候国军和县长的到来，县支队周子丰那把子人，是根本拿我们没法的。"

继而赵匪派人将伪政权残余人员蔡荫亭、高兴桓、袁芝华、董东儒、王占元、张其昌、张敏、张振羽、张朋飞等请到县政府，商议部署扩充兵力。

赵匪在会上大声讲道："这次是国民党都山县党部书记王加林让我们举事收复县街的，过几天，国军和县长从秦皇岛来咱这里。这几天咱们要把队伍扩大，准备收拾周子丰的县支队，把各区公所都立起来。街上这儿由蔡科长和两位老兄（张振羽和张朋飞）负责挨户发枪，把所有年轻人都组织起来，尤其要把以前跟咱们干过的都请出来。董老兄（董东儒）和王老弟（王占元）你们回八道河，多发展一些弟兄，成立一个补充连，尽快开到县街来。"

布置停当，各自散去行事。张振羽首先将本街当过国民党兵、警察、伪官吏的聚拢起来，说跟着赵辅臣能升官发财，并挨门串户哄骗、威逼青年到匪部当兵，并将枪和白布条送到各户。县街肖起飞、穆瑞清、邵星、张友、邵荣、周成等许多青年都被裹胁编入了各匪大队。被找去当兵的各家老人、妇女哭哭啼啼，但也有像周相福老两口那样的糊涂人，当张振羽找到其家，唤他独生儿子周成时，他们高兴地对着儿子说："快去，好抢东西去。"本街三叉榆树、土坎子、井沿子庄及附近村子青壮男人几近全部被强行捉去当了匪兵，匪队很快发展到了500多人。

剿杀叛匪，收复县城

县委书记张凯一路急奔，至建昌营东的刘各庄军分区司令部，立即向李道之司令员汇报了赵辅臣率部叛变，枪杀了彭参谋和警卫排全体战士，并组织起一支几百人的队伍，阴谋攻打占青龙县城的具体情况。

李道之司令员感到事态严重，即刻与政委、参谋长分析敌情、研究对策，决定由李道之司令员亲自率领军分区警卫营和一支队、二支队立即出关平叛。李道之司令员派通信员将警卫营营长和两个支队长找来，向他们交代任务，他对一支队队长张玉命令道："你带队今晚出发，明早务必赶到青龙双山子一带，与青龙支队取得联系，把我的信交给青龙支队，要他们坚决消灭叛匪。你们要争取将叛匪阻截在双山子一带，我带警卫营和二支队随后跟进，你们对外称57团，二支队称61团，赶紧行动吧！"

转移到卧龙池马丈子村的县支队于次日拂晓派出侦察员至双山子区高麻子沟进行侦察。侦察员与刚开到茨榆山的军分区部队取得联系后，速归卧龙池马丈子村汇报。县主要领导何济民、张仲三、张佰策、周子丰、许忠立即赶到茨榆山，面见军分区一支队队长张玉。张玉将军分区李道之司令员的命令交给了周子丰支队长，严厉地对青龙几位领导说："赵辅臣不消灭，要你们的脑袋。"正说着，一名侦察员追至茨榆山汇报情况："赵辅臣已占领了青龙县街，正用汽车往外运抢劫来的财物，敌人没走苗丈子，而是由东夹子沟佟杖子出来，县街留守的2连1排被包围后冲出县街，已撤进口里去了，前往苗丈子的2连2、3排也撤往口里去了。"

12月11日，张玉与周子丰根据已经掌握的敌情研究制定作战部署。周子丰首先提出：“我们应趁赵匪刚进县街，站脚未稳，先攻县街。”张玉当即表示赞同。会议决定：分区部队和青龙支队3连集结卧龙池马丈子村待命，周子丰带1连到焦丈子；公安科长许忠立即赶往双山子去发动各村民兵，待李道之司令员率部队到来，带路去打赵辅臣的老家杨树窝铺。

当县支队进至焦丈子村时，恰与准备进犯双山子的高占海匪队相遇，受到县支队截击的高占海匪队被打得大败而逃，缩回县城。

12日，赵辅臣重新组织队伍，亲自出马，到焦丈子去攻打县支队。两军交火后，周子丰率1连且战且退，将敌人引向打鸡沟岭，赵匪误以为县支队节节败退，便鼓动部下奋勇追击。当匪部靠近打鸡沟岭时，等候在岭上的八路军冀东12分区支队队长张玉立即命令炮手向匪军连打两炮，炮弹在敌群附近爆炸，匪徒惊恐不已，纷纷逃散。赵匪一见打炮，急忙率部撤回县街，周子丰随即率队追杀至广茶山北山。

傍晚，李道之司令员率警卫营赶到岳丈子，与张玉、周子丰会合，李司令员当即决定趁热打铁，不让敌匪喘息，立即包围县街，坚决消灭叛匪赵辅臣。于是命令张玉率部抢占南山，由南面包抄县街，命周子丰抢占北山，由北面、东面包围县街，警卫营从北山协助县支队。分区部队已经一天多没吃饭了，仍然马不停蹄地直奔青龙县街，完成了对赵匪的包围。

晚9点多钟，张玉率部将县城南山的几个制高点全部控制，刘振标率支队3连抢占了北山的有利地形，周支队长率县支队1连也攻至东门外，军分区部队将迫击炮架到北山马春家东面小山包上，直接控制了县城。

进入阵地后，南北山上的两支队伍立即向县街内发起攻击，机枪、步枪、手榴弹一齐开火，一条条火光划破漆黑的夜空，飞向街内，全城几近无一灯光。在激烈的枪击中，居民们都趴在炕沿下躲避。

赵匪得知八路军正规部队由口里开到，自知县城难守，于是决计逃走，傍晚急命用车往外运送抢劫的枪支、财物。但是赵匪不曾料到八路军会如此神速地抢占了南北两山制高点并连夜发起攻击，于是急忙指令各匪队，仓促应战。布置在外围的匪兵，借助原日伪修筑的围墙、碉堡、交通沟进行还击。

午夜后，县支队与军分区部队以密集火力狠狠压制匪队的火力，周支队长亲率1连经几次冲锋，攻破东门。

次日拂晓，张玉指挥军分区部队冲下南山，直扑南街，周子丰指挥县支队猛攻东门内守敌。军分区部队的迫击炮手发现城西米沟西山下有一股扎白布着便衣的人在运动，立即连开两炮。炮弹落处，火光迸射，土匪们急忙向西北逃窜，翻过山梁，逃往孟丈子与八道河董东儒会合，逃奔大营子，再经兴隆沟至杨树窝铺。

原来，在午夜后，赵辅臣看到县城难守，便召众匪头目聚议，一致认为天亮前必须突围，于是决计采取东、西两面突围。负责由东面突围的高占海、邵连昌、冯继安率领匪队向东面突围，在县支队与军分区部队接合部的街东南角打开了缺口，赵匪与阎乃庚带着文职人员、家属仓皇逃出县街。拂晓，赵匪率部东逃而去，周子丰率支队紧紧追去，追至广茶山村，将赵辅臣的亲随护兵高海击毙。

清早，八道河的王占元带领他组织的匪队“补充连”来增援赵匪，县支队刘振标率3连一阵猛烈火扫射和一顿手榴弹轰击，便将王占元匪队打得大败而逃。

进街后，李道之司令员命张玉率部越过大营子岭向都山进军，搜剿向西北而逃的土匪队伍，命警卫连进街挨家逐院搜查残匪，发现许多枪支被扔进井里或被插进烟囱里，一些衣物散落在街道之上。

赵辅臣带领残兵败将逃回杨树窝铺，又受到了号称八路军“61团”和公安科长许忠所带双山子区民兵的追击，逃进关内。

县支队击溃赵辅臣匪部后，乘势越过青松岭至八道河区追剿王占元匪部，在虎头石将王占元匪部包围，经过激烈的战斗，俘敌30多人，余部70多人四散而逃。逃掉的匪卒纷纷各归其家，归家的匪卒多因受蒙骗入伙，醒悟后纷纷将枪交到八道河区公所。县支队将枪支用大车运回县城，装备了县支队。随后，县支队又得知赵辅臣匪部流窜到义院口一带，周子丰支队长立即率县支队前往追剿。

平息了赵辅臣叛乱，收复了县城，中共青龙县委员会、县政府于1946年1月10日正式宣告成立，并召开了群众大会，动员全县人民行动起来，反奸除霸。首先在县街小学院内镇压了恶霸地主张振羽（青龙商会会长，家住青龙县青龙镇大杖子北街现医药公司）。群众参军参战的热情空前高涨，县支队进行扩编，许多青壮年踊跃报名参军，设在县街小学院内的县支队新兵登记处，繁忙地接待县街及附近各村的新兵和家属。受尽了欺压和残害，期盼能早日过上太平日子的青龙人民，纷纷送亲人参军参战，县支队第4连很快得到了充实。

长城内外追剿叛匪

赵辅臣匪部逃至义院口，在抚宁上庄坨由国民党都山县党部书记长王加林和流亡县长王世章（未曾踏进青龙一寸土地）定编为国民党都山县保安团，赵辅臣为团长。

赵辅臣匪部此时已有千余之众，其骨干人员多为伪满时期的国民党兵、警察、特务 、地主豪绅、伪官吏、流氓地痞，他们走到哪里，吃到哪里，所到之处，烧杀掳掠。尽管一些头目强调不准偷鸡摸狗，但连、排长根本不听，匪兵偷鸡，他们也跟着吃，每骚扰一处村镇，匪头都默许众匪抢掠。土匪队伍之中有一个由地主乡绅、文职伪吏组成的“油瓶队”，他们吃好的，并自由散漫，不站岗、不参战。大部分匪兵是被挟持到匪队的穷苦青年，他们吃不饱、穿不暖，长期作战打头阵，挨打受骂，想逃跑不成，想回家无门。一次，几名逃跑的兵卒被抓了回来，心狠手辣的土匪头子高占海非要枪毙他们不可，许多人跪下来求情，但高坚决不准，最后赵辅臣在众人求饶声中，出面要求高占海免掉死刑，高还是坚持不答应，有人只得到附近驻地去请有名望的土匪头目高兴桓来劝。最后，逃兵被各责几十大棍，被打得皮开肉绽，才免去一死。一次，前庄村的（现青龙镇前庄）雷海丰逃跑被抓，被打得死去活来，走路靠背着，吃饭靠喂食，在同伴的精心照料下，几个月后才好转，险些丧命。赵匪队伍所到之处，房屋被烧毁、粮食财物被抢空、妇女被糟蹋、男人被抓去、共产党员干部遭屠杀、军烈属遭毒打，人民群众深恶痛绝，称他们为“大肚皮”“伙会”“老抢队”。赵匪自进关后，经常流窜于长城沿线，糟蹋口里口外人民，严重地危害着青龙、抚宁、秦皇岛等毗邻地区的安全。

1945 年腊月，周子丰与军分区新调来的副支队长戴士奇率县支队 3 个连追剿赵匪至义院口，赵匪被赶出了上庄坨，但戴士奇在此次战斗中光荣牺牲。

赵匪由上庄坨向西窜，县支队追至马蹄岭，双方在马蹄岭又战斗了一天。县支队打得赵匪又向西逃窜，逃至界岭口，县支队尾后追剿，赵匪在界岭口固守两个阵地。周支队长亲率 1 连、3 连攻下山头阵地，4 连冒着来自两山的夹击，突进口去，在地形不利的形势下打垮了敌人，消灭敌人 30 多，缴获 1 挺歪把子机枪、30 多只步枪、4 匹骡子。赵匪连夜率部逃往台营（抚宁县境内），县支队收兵回青龙县街。

由于有了青龙县支队这支人民自己的武装队伍，人民政权得到保护，社会秩序初步好转，获得了解放的满族与各兄弟民族人民一道，迎来了抗战胜利后第一个春节。除夕之夜，在街口五道庙前，县支队张永泰连长、文化教员邵连林一起扭起秧歌，他们尽情地扭呀！尽情地逗！特别是装扮的希特勒、墨索里尼两个大丑角，逗得围观的群众笑得合不拢嘴。

台营重创叛匪

盘踞在抚宁县台头营一带的赵辅臣等反动土匪势力，早已引起了冀热辽军区 12 军分区司令部极大的重视，为了早日除掉这一隐患，司令员李道之于大年三十（1946 年 2 月 1 日）召开作战会议，决定正月初一开始围攻台头营。李司令员向军分区独立团、特务营、抚宁县支队、卢龙县支队、青龙县支队、昌黎县支队发出命令，初三必须赶到台营附近，将匪部包围于台营城内，就地歼灭，并指令各部由四面完成包围部署。

接到命令后，青龙县支队长周子丰决定 2 连留守县城，亲率其余 3 个连，于正月初二出发，经三岔口，出界岭口，浩浩荡荡直奔台营，在

台营城东北山头构筑好工事，完成了对匪部的包围部署，并在台营四周各山头都埋了消息树，一旦匪军向哪一方突围，树便倒向哪方。各兄弟部队都已在台营城外各山头构筑了工事。

青龙县支队赶到台营城外东北的七家寨，担任攻打东门及东北角任务。周子丰立即命令各连投入战前准备，加强警戒。为了震慑匪部，各部队除集中一切火力外，还采用抗战中的一些招数，如把水桶挂在树上，把鞭炮点燃后装入桶里，噼里啪啦的爆炸声，犹如数支枪在射击，迷惑敌人。

正准备在台营过个安乐年的赵辅臣、高占海、阎乃庚、姜克芝、于庆瑞、张其昌、张敏等众匪头目，纷纷令部下在台营城内索要和抢劫年货。但万万没有想到的是，就在正月初二这天被团团包围在孤城之中。

台营周围的土城墙，由于久经战火洗礼，早已坍塌不整。赵匪进城后，立即在周围沿城墙内外进行了布防。

正月初一，赵匪便收到各面守城匪部的报告：山上发现有八路军在运动，初二，八路军用炮轰击台营城外敌匪防区。赵匪急忙令各匪队加强警戒，召集众匪头目商议对策。

匪首赵辅臣与匪队“二当家”心狠毒辣的高占海、总指挥阎乃庚，以及姜克芝、于庆瑞、张其昌、赵匪部下的几名营长连长聚集在一个大财主家中，研究突围办法。赵辅臣向众匪头目说道：“从这两天的密探报告分析，八路军已调来了几个团围台营，此次凶多吉少，请众位弟兄多出一些点子，想出妙策，突破包围，转危为安。”

阎乃庚继赵辅臣说完之后讲道：“八路军连年都不让消停过，肯定下注不小，意在端我们了。我看，李道之肯定在东面多布兵力，那是因为他们认为我们要靠向秦皇岛的国军。西北三里庄一带距八路军的根据地近，部署定会薄弱，可能成为我们的出口。”

匪营长张贺廷自告奋勇地请示道：“明天我去试试。”

最后赵、闫、高三匪首决定由张贺廷率一个营向三里庄发起攻击，由王印轩率一个连向东北佯动。

正月初三，赵辅臣匪部张贺廷营向台营西北三里庄一带发起突围，匪队沿着一条大土沟向前攻击，驻地八路军奋起反击。两军激战整日，但赵匪未能接近三里庄，只得败兴而归。

就在赵匪两部东西出击的同时，12 军分区司令员李道之也向各部队发出了全面攻击的命令。一发发炮弹在台营城周围爆炸，各部队从各山地冲向台营，军分区特务营的指战员们冒着敌人密集的火力，从南门突进城内。赵匪急调青年义勇队阻击，双方展开激烈的巷战，八路军指战员英勇拼杀，许多指战员负伤和牺牲。

青龙县支队在周子丰的指挥下，由七家寨驻地出发，一路猛攻，直指东门。

赵匪除派匪队试探突围外，还找了几名当地人到城外刺探军情，最后只回去一人。傍晚，赵匪又派心腹去侦探，最后终于查明城东洋河因未全封冻，八路军没有布防，急忙派人通知坚守四周的各匪队，全力顶住八路军的攻击，容团部和家眷、“油瓶队”先出城，然后待命令撤出城内断后。

天黑后，八路军各部继续攻城，各部队勇战顽匪，相继扫清城外敌阵，冲入城去。

青龙支队王秀山连长率 1 连经几次冲击，消灭守敌，突进东门。指战员蜂拥入城后，一边甩手榴弹，一边端着机枪猛扫，打得敌人鬼哭狼嚎，死伤惨重。

刘振标、刘子民也各率 3、4 连由东北城墙缺口攻入城内。

各部队攻入城内，枪声渐渐稀疏下来。

趁着漆黑的夜晚，赵辅臣匪部与姜克芝、张其昌匪部带着残兵败将，由城东南一个豁口出城，趟着刺骨的冰水越过洋河逃向抚宁县城。赵匪逃到抚宁县城，只住一宿便逃向秦皇岛海阳一带。听到远方的枪声，匪部中许多人还惊恐地喊：“李道之部队又追上来了吧！”竟不顾一切地奔逃而去。

八路军各部攻进台营，发现残匪逃离，由于天黑，无法辨认逃向，军分区司令部决定停止战斗。

次日，各部队打扫战场，共消灭匪众 300 多人，随即部队回归本县。

赵辅臣带残部溃逃后，先后在临榆、抚宁、昌黎、乐亭、滦州等地活动，曾任国民党河北保安团营长和华北剿总守护团营长等职务。1948年11月27日秦皇岛解放，赵离队潜入北平，同年4月8日，赵匪在北平被捕，并押解回青龙。12月1日，青龙县人民法院经上级批准，判处赵辅臣死刑，执行枪决（编著者摘自杨贺春著《青龙满族史》）。刑场设在现青龙县小学院内，赵辅臣被枪决后，愤怒的群众将其心脏挖出，千刀万剐。

健全县支队

1946年年初，国共谈判，全国呈现一度停战的局面，青龙县支队分驻县城和龙王庙等地，以安定地方。16军分区调刘秀斋到青龙支队担任政委，调张凯、周子丰到16军分区工作，调王秀山、刘子民等到分区教导队学习。由于作战伤亡和军分区的抽调，到夏季，县支队人员减少到200多人，只有两个不健全的连队，1连连长张永泰、指导员黄永福，2连连长姓翟，后又调来了宋连长，副指导员姓刘，3连连长姓周，人员只有二三十人，几乎成了一个空壳连队。

1946年秋，青龙境内土匪活动日益猖狂，军分区司令员李道之看到青龙支队组织不健全，需要整顿扩建，急需选调一个实战经验丰富、组织能力强、善于独立作战及工作的人充实领导。经过认真考虑，最后调分区警卫营长杨万华（遵化县人，后任沈阳警备区司令员）为青龙县代理支队长。

杨万华带着小张、小马两个警卫员骑马来到青龙县街，向县委交上组织关系。

杨万华支队长到任后，立即与县委、县政府领导会商了整顿县支队，重建区小队。随后，他请求军分区调来一批骨干人员（从迁安支队抽调），鉴于县支队1连干部人员齐全、武装健全，重点补充了2连、3连，又由区小队调上来一些战士，充实了3连，并着手在全县8个行政区建起区队，每个区队四五十人。时隔不久，军分区又把从延安调来的

曾绍东（1955 年）

红军干部曾绍东派来青龙，担任县支队队长，杨万华担任副支队长。曾绍东到青龙后，青龙便开始了土地改革运动，县支队的主要工作是收集伪满垮台后散落在民间的枪支，通过打击敌伪残余势力，使青龙基本安定下来。

平息七区小事变

1946 年 8 月初，军分区副司令员段苏权带分区部队去辽宁省建昌县打还乡团，回来路过青龙，告诉杨万华副支队长："国共和谈破裂，国民党军队大举进攻开始，国民党 13 军、52 军已海运到秦皇岛，要作好全面准备。"而后，他又到宽城告知青西县支队。

8 月 20 日，国民党 13 军、52 军向锦承线开进，路过青龙，事前县政府、县支队就得到这一情报，并积极做了准备工作，决定由曾绍东支队长率 2 连保护县委、县政府机关，先撤往长城沿线，靠近老根据地；杨万华副支队长带 1 连、3 连担负掩护任务。县机关单位全撤走后，杨对 5 名侦察员命令道："我们撤走后，你们留下监视敌情，配合地下党，在接触中掌握好敌情。"直至国民党军队进县街，杨副支队长才率队伍由南山撤往西双山，后又向肖营子转移。此时，国民党中央军已顺公路向南追击，他们盲目地用炮火轰击。杨副支队长率队迅速撤到肖营子东山，而后向东转移，在三岔口区的山拉嘎村西面与曾支队长和县委会合。

早在 6 月初，一些日伪残余势力窃取了王营子（今肖营子镇）村公所干部职权，由原伪青龙县公署检察厅干事佟振铎任村长，原伪肖营子分驻所所长何连布任村文书，原伪讨伐队员宋海任民兵队长，原青龙县警务科驻冷口警察署特务、冷口基督教会长老、青龙基督教会执事长宋绍久任中心村民兵中队长。这些日伪人员上台后，借手中的权力，欺压百姓，为非作歹，疯狂报复农会干部，伺机投靠国民党。

宋绍久、何连布一伙听说国民党中央军来到青龙县城，认为时机已到，便于 8 月 28 日晚，急忙召集反动地富分子和伪军警人员密谋暴动。

会后，宋绍久同何连布、宋海等人带 8 个持枪民兵到高丽铺（今肖营子镇），与肖营子民兵队长、叛徒李相成等十几个民兵会合，袭击正在准备外运枪支的区武装民兵队长李印喜及 20 多个民兵。匪首马瑞生趁李印喜不备，将其砍伤，李在搏斗中被捕，69 支步枪被劫，随行的区里 20 多名持枪民兵也被迫叛变为匪。

随后，众匪在肖营子村头龙王庙枪杀了王营子村农会主任沈永庆、区农会主任孙锡海、组织委员杨春峰、区妇联主任李目清、区长王治国及县支队战士等多名同志；王营子农会副主任宋宽被活活打死，沈永庆妻子被活埋。此次事件史称“七区小事变”。（编著者摘自杨贺春著《青龙满族史》。）

此次事件，宋绍久等匪首组织严密、计划周全、蓄谋已久，很快就集聚了 100 多名叛匪，控制了肖营子村和王营子村，不得任何人出入。

次日早，七区区小队队长杨国祥带二十几名战士从驻扎地抱榆槐（今白家店乡抱榆槐村）出发，接应区武装民兵队长李印喜的运枪队伍。

宋绍久得报，通告两村任何人不得出家门，并将队伍埋伏在肖营子村肖家店（大车店），准备袭击区小队一班人马。

区小队接近肖营子村时，杨国祥（音）队长命侦察员刘德路（音）骑马进村侦察，侦察员来到肖家店时，发现街上空无一人，正在疑惑，肖家店对面的于家突然跑出来一男孩，随后追出来一位中年大嫂。大嫂见到侦察员刘德路先是一愣，随后上前急切地对侦察员喊道：“这里闹‘伙会’了，他们埋伏好了，准备消灭你们呢，已经杀了六七个共产党了，你快跑吧！”刘德路听后急忙打马往村外跑。宋绍久等从肖家店门板缝中看得一清二楚，急忙领人追出来，一边追一边开枪。侦察员向后甩了几颗手榴弹，一溜烟跑到村头与区小队会合，双方交火，杨队长见事发突然，又寡不敌众，便命区小队撤出战斗，返回驻地，没有人员伤亡。

这位大嫂叫于湘莲（满族），丈夫已去世，带着 4 个孩子住在娘家，男孩是其二子张志民。于湘莲早就对宋绍久一伙在当地为非作歹的行为恨之入骨，特别是这次他们又残害了那么多区村干部，尤其是将她的好朋友区妇联主任李目清杀害后，她更是痛不欲生，所以冒死向区小队侦

于湘莲

察员报信。

当晚，区小队派人秘密潜入肖营子村，来到于湘莲家，带来了新烙的大饼给其母亲和孩子，表示了感谢，并说区小队在抱榆槐村，有困难可以来抱榆槐找他们。为避免报复，区小队把于湘莲转移到北山亲戚于保喜家，在堆满柴草的空房子里住了一晚。

第二天，宋绍久带3个匪徒来到于湘莲家，从窗口把链绳甩进来，问于湘莲母亲：“昨天报信的是你闺女还是你儿媳妇？人哪儿去了？”老太太回答：“我有个闺女，不知道去哪里了！”宋绍久对匪徒们喊道：“咱们全庄搜搜，孩子在家，跑不远，抓住了，把她当女特务，和李目青一起活埋了。”

后来，匪徒发现了于湘莲，于湘莲从前面跑，匪徒从后边开枪打中了她的左小腿，匪徒追上，一把薅住她的头发，一看彼此认识，便问：“你不是老于家二姑吗？不是女特务啊。”于湘莲从兜里拿出大烟土塞到对方手里，哀求道：“我不是女特务，你放了我吧。”对方迟疑了一下就把于湘莲放了。于湘莲包扎完伤口，忍着剧痛，投奔抱榆槐村区小队。

又隔了几天，杨国祥队长派人把于湘莲的4个孩子接到了抱榆槐并召开大会，杨国祥在会上说于湘莲有功，孩子、老人要当作烈士家属对待。后来在区领导雷全忠（音）的撮合下，于湘莲与草碾小学校长张化新组成了新的家庭，后到张化新老家牛心坨乡老鸦窝村安家。（于湘莲的外孙朱浩然于2019年6月根据年逾八旬的母亲张桂菊口述整理。）

杨万华副支队长接到七区宋绍久叛变的情报后，即刻率1连、3连至肖营子，由晚上一直战斗到午夜，由村北打进村内，叛匪支撑不住逃向县街。

国民党中央军因是路过青龙，只住几日便向西开去，在此期间，反动的残余力量又在县街组织起伪政权，国民党青龙党部也随中央军由秦皇岛来到青龙县街，日伪时期的残渣余孽、地主富农组织起“还乡团”，盘踞了县城。

县支队侦察员报告了上述情况，国民党中央军走后第二天清早，杨万华率1连、3连抢占了县城南山，“还乡团”看到后，慌忙向北山逃窜。杨万华命令1连用机枪猛扫敌人，随后率队伍冲下南山，攻进县街，抓住一些俘虏，其中有一个国民党县党部的女性委员，其余一些“还乡团”成员逃散，再一次收复了青龙县城。随后，杨万华率队越过青松岭追击敌人，9月8日夜，杨万华正在八道河开会，突接情报，叛匪宋绍久率部窜到狮子坪村，杨万华当即决定，立即包围叛匪。张永泰连长由东，周连长由西，火速赶到狮子坪，将叛匪包围在村中。叛匪多为壮丁，没打过仗，一时慌了手脚，有的吓得钻进灶火膛，有的钻进柴火堆。当指战员冲进村时，敌人还没来得及还击，100多人便当了俘虏，缴枪100多支，只有一小部随匪首逃去。战斗刚刚结束，随后又接到侦察员的报告，附近山沟里还有一股土匪，杨万华马上命令张永泰连长将山沟包围，通过喊话，责令土匪交出了枪支。

在县支队两场歼匪战斗的震慑下，肖营子区汤丈子村一叛匪主动向县支队交了枪。

一日，曾支队长正与杨副支队长、刘政委分析某些区队干部不可靠、支队内部有人吸大烟、成分不纯等现状，突然有人冒着倾盆大雨自都山下大营子村来报告匪情：有一股70多人的土匪流窜到大营子村，正在让老乡给做好吃的。

杨万华当即对曾支队长说：“我带一个连去收拾他们。”随后叫通信员通知1连连长张永泰，马上集合队伍出发。几分钟后，1连就出发了。路上大雨下个不停，洪水顺着山沟倾泻而下，大营子岭高耸入云，泥泞难攀，但是他们毫不畏惧，指战员们全身都被淋湿，山风吹来，冻得人直哆嗦。临近大营子村时，土匪发觉便都溜了。进村后见土匪已逃，杨万华招呼指战员到老乡家避一下雨，并要老乡给做点热粥，暖一暖身子。晚饭还没吃，便见哨兵领一人来见杨万华，哨兵说道：“这个人要找杨队长。”杨万华立即意识到来人是土匪联络员，当即就说：“我就是杨队长，有话说吧。”土匪联络员说：“我们是由刀蹬儿来的，我们队长说，见了杨队长，就说我们是实心来入伙的。”杨万华说：“你们来了多少人？”

来人说40多人。杨万华接着又说："既然来入伙，那就是一家人了，你吃了饭再说吧！"来人说："弟兄们还等着呢！"杨万华问道："他们离多远？"他说："已到岭后。"杨万华说："你回去告诉弟兄们，过岭到东庄，我去接。"土匪联络员即刻回报。杨万华将指战员集合，并做了部署，冒雨赶到东庄，此时土匪已赶到，没费一枪一弹就俘虏了40多名土匪，押回县城。

在剿匪作战中，曾绍东、杨万华两位支队领导不断教育指战员，提高战斗素质，增强组织纪律性，使青龙支队战斗力不断提高。一些觉悟高、战斗作风好的班、排长被升到排、连领导岗位，邵连林由文化教员升至排长（1946年夏季），到秋季又被提为1连指导员。

经县支队、各区队、民兵的密切配合，先后将金巨川、一区肖成发、五区朱稳、六区周成国、安子岭刘震、陆丈子张荣、四区宋山、六区林中好等数支反动土匪武装击溃和歼灭，保护了青龙县的土改运动，保卫了人民政权，并为主力部队输送了大量人员，人民过上了安定的日子。在战火中成长起来的青龙县支队，成为一支青龙满族和兄弟民族的坚强子弟兵。

第二章

编入分区独立团 宏远部队扬威名

经过一年多的战火洗礼，以及加强组织建设、政治教育、纯洁队伍、战斗技能训练，特别是政治教育，战士们明白了为什么打仗、为谁打仗的革命道理，使青龙县支队逐渐成为一支政治可靠、作风顽强、坚定跟党走的趋于正规化的革命队伍。1946年10月，根据解放战争新形势的需要和中共中央《迎接中国革命的新高潮》的指示，热南17军分区决定组建独立团（警备团），首先从青龙支队抽调两个连组建了没有营级建制的小团。1947年2月，从青西县大队、平泉县支队、兴隆县支队和青龙县支队抽调的子弟兵，扩编为编制健全的三个营的独立团，代号宏远部队。在平泉郭杖子剿杀张其昌匪队、平泉小寺沟破袭战重创国民党13军4师、黑山口阵地阻击战勇抗强敌、兴隆伏击蒋军骑兵、鹰手营子剿杀土匪等战斗中，克服武器落后、弹药短缺等困难，指挥员足智多谋、身先士卒，战士们听从指挥、英勇无畏，沉重打击了国民党对解放区的疯狂进攻。宏远部队在平泉、宽城、滦平、兴隆一带威震四方，敌人闻风丧胆。

组建宏远部队

1946年10月初，原来活动在冀热辽军区热南分区的热东分区独立团，代号“铁牛部队”，离开热南17军分区北上。军分区由青龙县抽调支队长杨万华率两个连，到军分区组建独立团，独立团初建为没有营建制的小团，只有5个连。初到军区，杨万华被任命为军分区警卫营长，实际上就是从青龙带去的两个连。

10月中旬，军区调17军分区司令员吴烈到野战部队，调11团团长赵文进接任，军分区派杨万华营长率两个连护送。杨营长将吴烈司令员（开国少将，后任二炮政委）送至赤峰北内蒙古地区野战部队后，返回热南，途中遇野战部队，将缴获的重要物资送往党中央领导机关，但押运却只有一个排的兵力。杨万华深知热东一带敌匪活动猖獗，于是主动帮助护运，命一个排和一个侦察班在前面开路，两个连在后面押运，行进到赤峰南一个山区，路遇100多土匪阻截，土匪队伍在一个小山口欲要拦截，可居高一看，护送队伍全是正规军，队伍又很长，误以为遇上了大部队，便自行退去。最后，杨万华一直将护送物资队伍保护着过了锦承铁路。

赵文进司令员到任后，军分区政委仍由17地委书记刘君达兼任，王文任副政委，后来由樊学文接任黄立功任参谋长。

赵文进积极贯彻执行中共中央《迎接中国革命的新高潮》的指示，抓紧扩建军分区独立团和各县支队、区小队，加强部队训练。

张复海

1947年2月，军分区司令部由所属各县支队抽调连队，将独立团由小团扩大为大团，代号确定为“宏远部队”，团长莫异明（后任北京政法学院副院长）、团政委郑紫明、团参谋长曾绍东（由青龙支队长调任，后任北京卫戍区副司令员）、政治部主任张复海（后任广西壮族自治区高级人民法院院长）、政治部副主任赵佛山（后任原北京军区装

甲兵副政委）。原由杨万华从青龙带来的部队组成1营，营长杨万华，教导员于品增（后任65军副参谋长），同时兼任军分区警卫营营长。由青西县（宽城）大队抽调两个连，又从青龙县支队抽调一个连组成2营，营长姜玉昆，青龙连队为6连。由平泉县支队、兴隆县支队抽调连队组成3营，营长顾好梅，随之独立团健全了侦察排、通信排、警卫排、机炮连等。

独立团成立大会在兴隆县的一个山村举行，赵文进司令员代表军分区司令部为独立团成立表示祝贺，并亲自为独立团授旗，而后宣读了军分区司令部对独立团政委、团长、参谋长、政治部主任及各营、连干部的任命书。17地委书记兼热南军分区政委刘君达就当时形势和独立团今后的任务讲了话，他指出："党中央、毛主席根据目前形势，对我们强调，应该以练兵、生产和土地改革三项为主要任务，全党全军应该紧张工作和精心计划作战，从根本上改变军事形势。热南整个区域背靠锦承铁路线，蒋军已沿铁路线驻军设点，时刻威胁着我17分区。各地土匪队伍也遥相呼应，在解放区破坏捣乱。独立团今后的主要任务是警惕蒋军进犯我区，扫清区内所有土匪队伍，与各县支队做好保卫我区的工作。我相信，我们的独立团一定能成为一支英勇顽强的战斗队伍，打出'宏远'的威风，使敌人闻风丧胆。"

独立团指战员无不为独立团的建立而欢欣鼓舞。

宏远部队建立后，由于国内战争形势紧张，部队的装备条件很差，武器弹药奇缺，每个班只有几支老式九连珠步枪，有的战士只能分到几颗手榴弹，供给也非常困难，粮食也短缺，但是在军分区司令员赵文进的亲自率领下，在团、营、连干部精明指挥与身先士卒的带领下，各级指战员奋勇作战，灵活运用毛泽东主席"敌进我退，敌驻我扰，敌疲我打，敌退我追"的游击战术，紧紧依靠人民群众的大力支持，先后在古北口、滦平、平泉、赤峰、东瓦房一线主动向敌人出击，在兴隆、鹰手营子、黑山口、小寺沟、平泉、郭杖子、滦平、宽城等战斗中，独立团避实就虚，灵活机动，在运动中捕捉战机，沉重打击了国民党13军的驻平泉一线军队、平泉土匪队、承德土匪队、宽城张其昌匪队等。宏远部队令敌人闻风丧胆，在平泉、宽城、滦平、兴隆一带威震四方，宏远部队被人民群众称为“马红眼部队”，敌人称它为“红眼军”。一遇上“红眼军”，敌军便心惊胆战，用部队内指战员的话来回答，便是“一打起仗、与敌人展开拼杀，我们就红眼，非要将敌人全部歼灭，击溃不可……”

郭杖子剿杀张其昌

1947 年春季，独立团奉命开到大吉口、党坝一线，执行保卫热南根据地春耕生产的任务，担负监视驻平泉的国民党军队和张其昌土匪队的进犯。独立团指战员白天携带着武器到田间帮助群众春耕，并派出侦察人员，监视敌人行动，一旦发现敌情，便迅速集合投入战斗。

一次，张其昌土匪队一部流窜到平泉郭杖子，独立团 1 营营长杨万华率队趁夜间逼近郭杖子，拂晓发起攻击，枪声伴着“你们被包围了！缴枪不杀！”等雄壮喊声，吓得许多土匪双手举枪，跪在地上，也有的被吓得乱钻乱躲。独立团只用了半个小时便冲进村去，将敌匪全部俘虏并押回军分区驻地。经过教育后，俘虏全被释放。

土匪在郭杖子遭受独立团沉重打击后，土匪头子张其昌怨气难消，一心伺机报复。事隔不久，他又指令土匪一个中队窜到郭杖子，妄图以此为诱饵，准备在宏远部队上钩包围郭杖子之际，率大队出击，消灭宏远部队。独立团接到 100 多名土匪又进犯郭杖子的情报后，军分区王文副政委和莫异明团长立即命杨万华营长率 1 营由右侧、3 营由左侧将土匪包围在村中，趁拂晓发起攻击。宏远部队用火力控制了各村口，一边放枪，一边虚称是野战旅。被包围在村中的土匪急忙组织抵抗，以火力固守村口，1 营各连在杨万华营长的带领下，一边以火力封锁村口，一边向村中发起攻击，将妄图突围的土匪消灭在村口，同时喊话：“快投降吧！你们被包围了！”3 营随即冲进村内，活捉了 30 多名土匪。匪首张其昌、聂门更带土匪增援队伍赶到，王文副政委和莫异明团长命令部队撤出战斗。指战员们不想撤，怎奈命令不可违抗。此次战斗消灭土匪

"还乡团"100多人。

为了打消独立团不敢打国民党正规军的胡言，提高部队士气，杨万华营长主动请缨，带领1营去打平泉外围。杨营长亲率1连猛攻敌外围碉堡，在轰隆隆的爆炸声中，敌人南城有4座碉堡被端掉了，蒋军未敢出动。因目的不是解放平泉县城，在取得一些胜利后，杨营长率领队伍撤出了战斗，此次无一伤亡，缴获了一些枪支，重创了敌人的威风，大长了部队的士气。

小寺沟巧战蒋军

6月底，独立团1营在平泉小寺沟进行休整，团部在大吉口，相距几十里。刚吃过午饭，突然哨兵跑来向杨万华营长报告："西面发现敌情，敌人大队人马已向咱们这儿压来。"杨营长急促地叫道："张连长、马连长赶紧抢西山，1连、2连登上山头。"向西一望，敌军大部队漫山遍野地向东压来，原来是13军4师自承德开来，情况十分危急。

进入阵地的指战员们都在喘着粗气，杨营长、于教导员、张振远连长凑在一起分析战情。杨营长认为敌人自西面开来，不会在平泉附近遇到阻截，平泉守敌少，不敢出动，独立团后面不会很快受到夹击，能打则打，打不了转移也来得及，打一下，或可能捡一些便宜。于是三人决定阻击一下敌军。随之杨营长对张连长说道："等他们靠近些再开火。"当与敌人相距三四十米远时，杨营长手抡匣子枪"啪！啪！"两枪，独立团的阵地上立即枪声大作，机枪、步枪立即开火，手榴弹也在敌群中爆炸开花，打得敌人倒地一大片，后面敌人慌忙后退，随着一声"冲啊！"，杨营长、张连长、马连长、宋连长带领各连指战员，形如猛虎下山，明晃晃的刺刀"哗"的一下向敌群刺去，敌军被突如其来的阵势吓得抱头鼠窜，顿时阵脚大乱，溃下山去，许多敌人倒在勇士们的刺刀下。杨营长、张连长随即命令战士快捡枪弹，在硝烟的掩蔽下撤回山头。

当敌人清醒过来后，立即调整队伍，分成数路向山头发起攻击。敌人在炮火的掩护下，漫山遍野地向山上冲，杨营长指示张连长、马连长要沉住气，等靠近再狠狠地打。当敌人快接近山头时，杨营长一声令下，机枪射手早端起机枪左右转动，狠劲儿横扫敌人。射手负伤，副射手赶快接替。伴随着机枪的突击，敌人一排排倒下，但是敌人还是源源不断地向上攻击。杨营长看到弹药不太充足，便叫号手吹冲锋号，战士们端起刺刀，高喊着“杀呀！冲啊！”奋勇地杀下山去。一阵勇杀猛刺，把敌人赶下山去，随即又撤回山头。敌军指挥官一看遇上了劲敌，便让炮兵集中炮火，轰击山头。杨营长用望远镜看到敌军在操炮，赶紧命各连撤到山后。刚撤离，敌炮火就覆盖了山头阵地，一阵炮火过后，敌人的步兵又爬上了山坡，杨营长赶紧带队伍进入阵地，重新反击。

天黑后，敌人停止了冲锋，阵地上安定下来，杨营长对张振远连长说：“我们还应掏它一下再撤。”话音未落，张连长便说：“我带 1 排下去。”杨营长说：“好，我们接应你，要干得麻利痛快。”随即张连长与 1 排排长带着 1 排勇士们顺着山沟摸下去，溜到山底偷偷干掉两个哨兵，摸到敌军一个营部，张连长立即率 1 排指战员进行闪击，一阵密集的枪击与手榴弹爆炸，把敌军打了个死伤遍地，当敌人围过来时，张连长已率队趁着夜幕撤回山上了。

由于敌众我寡和半天激烈战斗的劳累，杨营长与教导员果断地决定撤出战斗，向南转移。各连指战员背着伤员、扛着缴获的武器撤下山头。

此次战斗缴获六〇炮 1 门、重机枪 1 挺和许多枪支弹药，杀伤近百敌人，受到军分区司令部和团部的嘉奖。

此次战斗也是杨万华营长带领青龙子弟兵升编独立团后，单独重伤国民党大部队最激烈的一场战斗。

小寺沟战斗后，杨万华营长带部队回到龙须门整训，团参谋长曾绍东到 1 营参加整训，四天后，曾参谋长回宽城汇报。

龙须门大败蒋匪军

国民党 13 军 4 师在小寺沟战斗后进驻平泉，通过分析判断，认为阻截战中，对方是一支小股部队，于是派出一个加强营在平泉还乡团的带路下向党坝以南进行搜寻。

正在开会的杨万华营长突然接报：土匪队沿西山包围了宽城龙须门庄。杨万华营长十分果断地对于品增教导员说："敌人还在运动中，老于你赶紧带 3 连从路上向北狠插过去，堵住敌人的后路，敌人必定惊慌；我带 2 连抢占西山，往北反击；张连长你由东往北反击。咱们来个中间穿插，两翼反击，各个击破。"话音刚落，部队就跑步分头行动而去。

此时，敌军已沿西山向南迅速展开，很快就将宏远部队包抄起来。于品增教导员带领 3 连指战员，冒着敌人的火力，沿着公路向北狠命地冲杀过去。杨万华营长指挥着 2 连，以重机枪压住对方火力，以轻机枪开路，向西山南端发起猛烈攻击。指战员们奋勇冲上山去，在夺占山头后，便沿着山脊向北展开反击。与此同时，张振远连长也以猛烈的火力攻上东山，抢占了有利地势，从而扭转了危局。1 连指战员沿着东山横扫敌匪。被西山强烈火力压下山坡的敌匪，有的放下武器，举手投降，有的人在顽抗。国民党 13 军的部队地理生疏，情况不明，一派恐惧，一出击就让还乡团在前面开路。当宏远部队扭转战机、反击得势之时，他们便弃下还乡团仓皇向北败退，于教导员率 3 连英勇追杀，打死敌人 30 多人。当还乡团向北逃跑时，恰被于教导员所率的 3 连堵住，全被抓住，当了俘虏。

经过清点，俘虏 100 多人，缴获迫击炮 1 门，轻机枪 3 挺，步枪 100 多支。

被击溃的蒋军，仓皇地向平泉驻地败逃而去，一路跑得筋疲力尽，尾部夜晚才赶到小寺沟。他们认为，小寺沟距平泉只有 30 多里路，应该安全了，便纷纷叫苦连天，要求宿在小寺沟，来日一早再返回平泉。跑得很累的军官竟也轻率地决定："小寺沟离驻地很近，料他共军也不敢轻举妄动，既然兄弟们又累又饿，就住下弄些饭吃吧！"

打扫完战场，杨万华营长与于品增教导员找到张振远连长，决定让张连长带一个排再追击一下蒋匪军，张连长兴奋地带一个排，沿着公路向北跟踪追击而去。

当张连长率队追至小寺沟时，蒋军做梦也不会想到，宏远部队会如此迅速地赶上他们。张连长他们趁着夜幕降临之际，闪击进村，正在准备吃晚饭的蒋军被打得乱钻乱窜。经过一阵冲击，蒋军损伤数人，余者也不怕累了，跟着当官的跌跌撞撞向平泉逃去。张连长带着指战员们，抬着缴获的1挺重机枪，背着缴获的十几支新步枪，兴高采烈地返回龙须门，受到营长、教导员的热情迎接。

黑山口伏击战

一日，军分区司令部接军区指示："据地下交通员提供的可靠情报，蒋军13军自承德派一个团开往平泉，请你们派部队立即赶到平泉黑山口担负阻击。"

赵文进司令员接到命令后，立即与参谋长黄立功、独立团团长莫异明、政委张复海、参谋长曾绍东商议部署，决定以1营、2营即刻集结黑山口，3营留下保卫军分区及地委机关。

赵文进司令员、莫异明团长率领独立团提前赶到了黑山口，立即查看地形，研究制订伏击方案。

黑山口是承德至平泉公路上的一个咽喉地段，南北两山中间夹着一个几十户人家的小山村。村子的东南侧是一个山岭豁口，从村子里就开始爬坡，整个地形呈一条口朝西的口袋形，是个天然的"口袋阵"。此地又是公路线上的必经之地，是伏击的最佳地点。

为了达到全歼敌人的目的，军区还抽调了其他分区的部队，配合宏远部队。赵文进司令员与莫异明团长决定：将1营配合兄弟部队部署在南山，将2营部署在北山。各连接受任务后，立即登上山头，依据地形挖筑掩体，作好战前准备，静候战斗打响。

当1000多名国民党正规军自承德方面向东至黑山口岭时，伏击部队放过蒋军的尖兵、前卫连，当大部进入伏击阵地后，突然三声清脆的枪声震响山谷。紧跟着，伏于两山坡上的各连指战员以猛烈的火力，猛轰狠扫敌军大队人马，势如一阵狂风夹着冰雹，铺天盖地砸向敌军。瞬间，尸盖沟谷，血染山岭，硝烟弥漫谷中的公路和村子，被击伤的敌军惨叫哀号不止，幸生者惊魂落魄，慌忙应战。

急促的冲锋号响起，伏于两山的各连队指战员迅即端起刺刀跃出战壕，在连、排长的带头下，勇猛地冲下山去，一个个势如猛虎下山。他们将一枚枚手榴弹砸向敌群，将明晃晃的刀锋刺向敌军，将敌军大队拦腰斩为数段，继而各个歼灭。

占据村子的敌人，妄图依据房院进行顽抗，1营营长杨万华带领指战员，奋不顾身地冲进村子，一边以火力狠狠杀伤敌人，一边发起政治攻势，边拼搏边喊话，敌军在宏远部队的猛烈攻击下，缴械投降。1连连长张振远带领指战员拼杀得两眼通红，满身血迹，在解决了村中的敌人后，又向村西杀去，杨万华营长将在村中抓获的俘虏留一部分人看押后，立即带领2连追杀敌军后卫部队，最后与友邻兄弟部队将敌军后卫部队残部肃清。2营4连张连长自山上压下后，带头冲进山岭口的敌阵，在与敌人的拼杀中连受数伤倒下。6连指战员冲下山后，狠杀勇拼敌军，跑步追歼敌前卫连，最后将敌击溃。

在这场异常激烈的阻击战中，一些指战员壮烈牺牲，一位姓马的营长身负重伤，转至青龙，最后医治无效牺牲。4连张连长英勇牺牲，在追悼仪式上，团领导们为失去他这样一名英勇的指挥员而痛哭出声。为了纪念在黑山口阻击中牺牲的先烈，新中国成立后，政府在黑山口村竖起一座高高的纪念碑，让后人永远缅怀在此地牺牲的烈士。

黑山口阻击战后，独立团积极执行军区指示，在锦承铁路线扒铁路、袭据点，先后破袭古北口、兴隆县城、鹰手营子、赤峰、东瓦房、建昌、凌源等多处敌人营垒，并多次为野战部队送粮送弹药，多次保护中央派往东北的高级干部和工作人员越过锦承铁路线去往东北战场。宏远部队对锦承铁路的破袭，使蒋军军需难以从锦承铁路运往东北，有力地支援了东北野战军的作战。

宏远部队回到宽城龙须门，受到乡亲们的热情欢迎。人民群众都为英雄的子弟兵打个大胜仗而兴高采烈，他们杀猪宰羊，抬着肉，敲锣打鼓送到宏远部队，慰劳子弟兵。

兴隆伏击蒋军骑兵

一次，独立团1营在杨万华营长的带领下，到滦平县执行任务回来，途经兴隆北部，行进中，突然间远处尘土飞扬，由远及近。杨营长与于品增教导员立即意识到可能有骑兵向这边开来，于是命令部队停止前进，就地卧倒分散隐蔽，作好战斗准备，并将张振远连长、周连长、马连长、宋连长等叫到一起，告诉他们："打敌人骑兵，要沉着，要等着冲击过来，再近距离杀伤，要准备应对敌人的轮番冲击。告诉战士们一定要卧着打，注意隐蔽。"接到命令后，各连长跑步组织伏击。

时间不长，飞尘越来越近，敌人的马队飞驰而来，杨万华营长举起望远镜一观察，果然不出所料，正是蒋军骑兵。待等蒋军骑兵近前，杨营长立即下令发起攻击，机枪、步枪同时开火，手榴弹也在敌群中纷纷爆炸，顿时敌军骑兵队伍大乱，人喊马嘶，乱冲乱撞，落马者不计其数。正在宏远部队打得起劲之时，敌军的后续队伍冲上来，只见烈马奔驰，如林的战刀在阳光的映射下闪闪发光，敌军的马枪也在飞驰中喷吐着火舌，一瞬间便冲进了宏远部队阵地。只见敌骑兵战刀飞舞，轮番周旋冲击。在敌骑兵凶悍的冲击面前，宏远部队指战员毫无畏惧，仰卧在地上翻转着用机枪、步枪、手榴弹，将敌纷纷击落马下。敌骑兵对于伏卧在地面的步兵威力很难施展，刀劈不着，枪射不准，败红眼的敌团长气急败坏，不断组织冲杀。

经过两个小时的激烈战斗，敌人组织的几次大冲击都以失败告终，阵地上死马死尸、战刀、马枪遍地皆是，一个团的骑兵被打得残伤过半，败逃而去。

杨万华营长、于品增教导员与指战员们背上伤员，背上缴获的武器，兴奋地返回军分区驻地。

鹰手营子剿杀土匪

秋季里的一天，军分区司令员赵文进突然接到一份侦察报告：承德土匪队 1000 多人，进犯兴隆县鹰守营子镇。赵文进司令员立即下达命令：独立团 2 营所属 3 个连立即向鹰守营子开进，与滦平县支队合围土匪，力求全歼，并派通信员给滦平县支队送信。

独立团 2 营奉命向鹰守营子急行，唯恐敌匪逃跑。他们不顾山高路险，不顾饥饿与劳累，争分夺秒地赶到鹰手营子老爷庙附近。

营长姜玉昆与教导员根据侦察员的报告，认真分析了敌情与地势，纵观鹰手营子镇的四面环山，东山是控制整个镇子的最好制高点。土匪头目也深知要占据镇子必须遏制东山，于是派了一个整排匪兵坚守，在山顶附近挖壕筑垒，围上铁丝网，并在山腰布置暗哨，进行监视。营长姜玉昆据此商定战斗方案，决定以 6 连攻东山，首先夺控东山，5 连由正南和西南包围镇子，4 连为预备队。

承德土匪队经常到滦平、兴隆、丰宁、围场、隆化等县解放区烧杀抢掠，帮助国民党 13 军干了许多坏事。冀热辽军区曾几次组织抄剿，但狡猾的敌匪都溜掉了。

8 月 15 日夜，秋月明朗，2 营各连趁着月色，按着预定的作战方案出发了。

6 连黄指导员、张连长带领本连指战员向鹰手营子东山悄悄摸去，刚至东山半腰，不想被敌暗哨发觉，敌哨兵惊慌地逃向山顶，张连长急忙开枪射击，霎时山头敌阵地上，机枪组成一道强烈的火力网。尽管张连长组织几组火力，但由于敌人居高临下，无法掩护突击队冲击，几次冲锋都被压了下来。连长、指导员急忙抽调 10 名勇敢强壮的党员和班排长组成突击队，但还是攻不上去。黄指导员着急地对张连长说道："你在这里坚持攻击，我带 7 班从山后攻一下。"随即带 7 班扑向山后，艰难地爬上山顶。王指导员和 7 班班长趁夜色干掉敌哨，趁势率全班抢占山头。敌排长发现后，慌忙率部逃下山去，6 连一举夺占了东山敌人阵地。

夺下东山后，6 连指战员紧追敌匪，冲向镇子街内，镇内枪声、手榴弹爆炸声、嘶喊声，激荡整个夜空。

此时，5 连、4 连也分别攻入镇内街道，各连指战员冒着敌人的火力，英勇地冲入大街与胡同，由南而北端着机枪狠扫敌匪。

在激烈的巷战中，敌匪被击毙，土匪头目辨出镇北没有枪响，仓皇率残匪向北败逃。敌边战边逃，各连奋勇追击，5 连指导员率先狠追敌匪，冲至街中心时，突然 1 排 1 班班长临阵倒戈，他爬上一个旧地堡，将一颗手榴弹投向冲在队伍前面的张指导员（原在青龙县支队担任过指导员），张指导员和两名战士应声倒在血泊中，当即牺牲。眼看即将被追歼的敌匪逃向了北街口，5 连 1 排 1 班副班长听说有人叛变，大喊：“捉住他！狗叛徒！”带领 4 名战士冒着生命危险，勇敢地将叛徒生擒，然后将叛徒交到营长面前，后转交给 6 连 3 排 9 班姜长海（青龙县青龙镇广茶山村人，满族）等看押起来，后来被带回到宽城县碾子峪处决了。

滦平县支队因故未能按时赶到鹰手营子镇，没有实现对敌人的合围，使一部敌匪逃窜而去。

鹰手营子一战后，宏远部队 2 营又接到司令部命令，向关内潘家口开去，准备与关内兄弟部队合击一支蒋匪军。进关后，敌人闻风逃窜，2 营又接到命令：“土匪重新占据鹰手营子，命你部再去攻歼。”正当进军鹰手营子途中，突又接指示：速回宽城待命。

第三章

宽城血战十三军 胜利突围谱奇篇

国民党军队不甘心几次进攻的失利，于 1947 年 10 月 18 日，调集张其昌匪部 1000 多人和 13 军美式装备的两个主力团，共约 5000 兵力，对 17 军分区驻地宽城街进行大规模的凶猛围剿。为掩护 17 地委、军分区、青西县机关和宽城几千群众安全转移，独立团（宏远部队）奉命抗击数倍强敌，血战 13 军，付出了巨大的牺牲，仅 6 连就牺牲了 80 多人，2 排仅排长一人幸存，全团损失了近一个营的兵力，许多青龙满乡优秀子弟在保卫宽城军民的战斗中献出了宝贵的生命。

战斗结束后，又有来自青龙满乡翻身团的近 500 人补充到宏远部队。

1947 年夏季，宽城境内掀起了热火朝天的土地改革高潮，广大翻身农民斗地主，分田地。被清算的一些地主富农纷纷勾结土匪张其昌，伺机进行报复。

1947 年 8 月 4 日，张其昌、聂门更两匪首获知宏远部队到楟椤树一带活动，宽城（青西县驻地）仅有青西县支队两个连驻防，便纠集平泉保安部一团四五百匪众对宽城进行偷袭。

军分区独立团（宏远部队）闻讯后，连夜赶回龙须门接应青西县支队。他们绕到匪队侧翼，以猛烈的炮火把土匪队伍打得四处逃窜，并将土匪头目击伤。土匪利用熟悉的山沟逃跑，独立团1营俘敌1个排。

10月13日，在宽城的军分区司令部里，司令员赵文进与政委刘君达、参谋长黄立功、副政委樊学文等共同研究敌情，认为宽城距平泉国民党13军很近，而守备兵力仅3营两个连，难以应付突然出现的敌情，一致认为，应急调活动在鹰手营子一带的2营、活动在下板城一带的1营，务必3天内回师宽城。

接到命令后，2营急行军于16日傍晚与1营按时集结到宽城。

17日上午，在平泉城内的国民党13军4师师部里，师长、参谋长、与9团团长、10团团长、11团团长、炮兵团团长和平泉伪县长兼保安队队长、土匪头子张其昌、聂门更等正在研究商定着一个极为险恶的阴谋。

敌参谋长对在座师长、团长、土匪头目说："接密报，共军'红眼部队'两个营都远离宽城，活动于鹰首营子和下板城，宽城街只有两个连留守司令部，正是千载难逢的大好时机，师座我们商议，决定奇袭宽城，去端共军的老窝。"

接着，敌师长狂妄地说道："共军赵文进也有失算的时候，只有两个连守宽城，这个便宜今天夜间我们就得去捡，不然等到明天，他们的1营、2营回到宽城，就没希望了。我决定9团和10团一起出动，9团由党坝、大吉口经缸窑沟直奔宽城，共军听到枪声必向关内遵化退走，10团由大前坡峪绕道宽城西南，正好封闭退路，从北面、西面、南面形成包围，老张、老聂你们从东面由下甸子包围，共军就是有三头六臂，这次也难逃我们的手心了。下面由参谋长宣布一下出击时间、口令、夜间标志、各部间接合部位。"

敌参谋长讲："各部提前吃晚饭，擦黑出动，午夜必须赶到宽城附近，并将口令、标志告诉诸位，各位散去即速准备。"

夜幕降临后，各部匪军迅速向宽城奔袭扑来。

驻宽城的军分区司令部也于16日晚召集独立团团长、政委、军事参谋分析敌情。主管军事情报的王参谋（奸细）在会上谎称："派往铁路线的侦察员报告，平泉13军没有出动迹象，张其昌匪部今天已被我军赶至五十家子，距宽城也较远。再说被我们打怕了的张其昌，料他也不敢来碰我们。”军分区首长及团长、政委也认为1营、2营回到宽城，也就不必担心了，所以一点防范也未部署。

驻平泉的13军乃蒋介石的嫡系部队，由蒋之门徒石觉任军长，全为美式装备，武器装备精良，弹药也甚为充足，还经常供给张其昌等匪部。由于他们经常受到解放军的打击，对宏远部队深为痛恨。此次出动两个主力团，3000多人，加之张其昌匪部1000多众，达近5000人，可独立团三个营不足1000人，并且武器装备也很差，只有几门六〇炮和一门迫击炮，且1营、2营官兵经几天长途急行军，疲劳至极。

18日凌晨3时许，进行偷袭的国民党13军两个团便过了龙须门，神不知鬼不觉地包围了宽城的17军分区司令部、17地委等后方机关和分区独立团。

4时多，独立团1营布于城北的岗哨发现敌情，立即鸣枪报警。听到枪声后，1营指战员们迅即集合起来，由于情况突然，很多战士连衣服都没穿好就进入了工事。

听到枪声，驻在宽城南街的2营6连末班哨兵姜长海立即跑向连队驻地报告连长。连长、指导员即刻叫醒熟睡的战士：“有情况，紧急集合！”各屋的战士迅速抓起武器，闯到院中，战士杨文波（青龙县青龙镇土坎子村人）一手披衣、一手提弹药桶与战友跑出屋子，与此同时，4连、5连也集合起来。

听到枪声，军分区司令员、参谋长和独立团政委、团长都不约而同地涌到院中，赵文进司令员急促地对团长命令道：“情况莫测，老莫你们赶紧指挥部队进行警戒。”话音未落，镇北枪声大作，赵司令急忙告莫团长：“通知1营必须守住北关，2营迅速抢占南山各山头。”莫团长匆忙离去。赵司令接着对军分区警卫员命令道：“赶紧通知刘书记组织县里机关和老百姓转移。”然后又对独立团张复海政委说：“你赶紧指挥团部勤杂人员转移，老樊你组织分区和家属转移。”这时，刘君达书记也赶到军分区司令部，一见面刘君达书记就说：“我已让县委组织各机关和老百姓转移。”赵司令接着说道：“看来敌情在北面，只有进关才为安全。”刘君达书记随口说道：“我去通知，转移入关。”

部署完毕，各自分头行动而去，赵文进司令员急带警卫班向北关跑去，直接指示杨万华营长：“必须死死挡住北面之敌，保证全体军民撤出宽城。”

在营长杨万华的指挥下，1 营迅速占据了城北的有利地形。

国民党 13 军 9 团的一个前卫连听到镇内枪响，立即扑向北关，两军一阵枪击，敌军弃下许多尸体败退下去。敌团长继续组织攻击，但几次都被挡了回来。

1 营为避敌武器精良之长，总是让进攻的敌军接近一些，然后一顿手榴弹，或等到敌军冲到近前，端起刺刀与敌军展开肉搏，经过几次反冲击，将进攻之敌阻于北山坡。

2 营冲出南关，便与敌人接上了火，这时营长接到团长指示：“抢占南山各山头，2 营营长指示 6 连阻击，5 连掩护，4 连抢占山头。”

6 连奉命立即占领了三关地，3 排 7 班趴到一片坟地里，阻击着西面的敌军。

从侧翼攻上来的敌军占领了小西梁（黄草梁子），驻在下河西的独立团 3 营随即投入阻击。

2 营 4 连接受任务后，不顾敌人的火力封锁，向着陡峭的南山攀登。

5 时许，天色见明，占据了小西梁的国民党军炮兵观察到解放军独立团已抢占南山一些山头，用重机枪猛烈扫射并封锁了向东山去的道口，用大炮猛轰东山各山头。

坚守在北关外的杨万华营长，指挥 1 营接连打退了敌人的多次冲锋。天明一看，躺满山坡的敌军尸体全为黄色军装，立即意识到敌方是国民党 13 军。

天明后，敌人以炮火猛轰独立团阵地，并组织更大规模的冲锋。硝烟弥漫了北关内上空，炮声和密集的枪声激荡着整座宽城。

驻在宽城的 17 地委所属机关、青西县委、政府机关人员和军分区干部带领宽城街的几千居民，携老搀幼，背负着物品，拉着牲畜沿着大街，拉着长长队伍向西南方向撤退，准备退入关内根据地。不想前部人群刚接近宽城西南冰窖，便受到了早已占据冰窖敌军的阻击。一阵突如其来的枪声吓得人们喊爹叫娘，掉头回跑，混乱的人群什么也顾及不了，把衣物遗弃一地。敌军蜂拥而上去抢拾那些财物，才停止了对转移队伍的追击。当敌军被上司督战追击到南路口时，当即受到早已占据了三关地独立团2营6连的顽强阻击，许多敌人在手榴弹的爆炸声、机枪的扫射声中毙命，余者逃回阵地。

天明，独立团4连、5连已抢占了南山各山头，牢牢地控制了南山至王八梁一带。赵文进司令员和莫异明团长分析：情况万分危机，北面、西面、南面都已受到国民党正规军的包围，只能从东面突围，经王八梁、峪耳崖、碾子峪、董家口转移。于是指挥机关工作人员和居民先行撤退，并传令：1营必须保障宽城所有人员撤净，接指示再撤；2营6连死守三关地；3营阻击小西梁之敌不得下山；4连、5连抢占南山所有制高点，保护转移队伍突围；司令部和县委的干部督促转移队伍快速前进。

在2营营长向4连、5连连长下达命令时，他庄重地重复赵文进司令指示：只有抢占南山，我们才有活路。于是各连指战员不顾敌人炮火的攻击，拼死登攀，抢占制高点后并牢牢坚守，付出了很大牺牲。

6连在坚守三关地的过程中，受到敌人炮火的猛烈轰击，为了控制南路口，连长指挥1排与敌军展开了抢占东侧山头的战斗。敌军集中火力向6连发起冲击。6连机枪射手张海山（青龙县牛心坨乡山拉嘎人）抱着机枪猛扫敌军，他边打边冲，掩护战友攻上山去，在刚刚抢占一个山头后，他不幸中弹倒下，机枪随即停止，冲锋部队受阻。连长张振远急命3排副排长李福带领战士去接替张海山。由于敌人火力太强，无法接近，张振远急得脸色铁青，当即撤了李福的职务，自己带领战士，冒着敌人猛烈的炮火冲了上去。

6连3排7班班长张友、副班长曾凡虎带领全班战友在天亮前抢占了村西一片坟地后，担负阻击西南进攻之敌的任务。敌军一个连分排向7班阵地发动连续进攻，战士们勇敢顽强地打退了敌人的几次冲击，他们等敌人迫近，就甩出一顿手榴弹，将敌炸垮。手榴弹甩尽了，就端起刺刀，一个冷不防，跃出阵地，杀向敌人。一阵激烈的肉搏，吓得敌人逃回阵地，打退了敌人数次冲击。坚守坟地达三四个小时，阵地前留下了横七竖八的敌人尸体，全连胜利地阻击了近一个团敌军的攻击。7班坚守到全连全部转移到东山，最后接到连长指示才撤出阵地。张友与曾凡虎满身血迹地告别牺牲了的几位战友，向东山突围。

国民党13军4师10团团长，看到宽城居民退回宽城街，便连续派成排成连的敌军猛攻三关地，妄图夺下南路口，突入街内和攻上南山。

6连何指导员与连长张振远指挥本连战士，接连打退敌军的数次进攻。他们手榴弹用尽，就端起刺刀与敌人展开肉搏，敌人被打退下去，他们就赶紧捡拾枪弹，继续准备战斗。阵地前，敌人尸体遍地皆是。敌军的冲锋规模一次次加强，6连指战员伤亡越来越大，何指导员一再号召党员战士："现在到了党需要我们的时候了！到了革命需要我们的时候了！"在党员、干部的带头下，战士们奋勇杀敌，刺刀弯了，就用枪托砸，负了轻伤全然不顾，坚持不下火线。他们一直坚持到营长下令撤退，胜利地完成了阻击敌军的任务，保卫了宽城军民全部撤出宽城。

3营坚守下河西，打退自西偏梁围攻的敌军数次进攻，直至党政军机关和群众全部由王八梁撤出，才撤出阵地。

战斗中，独立团政委的妻子和孩子向冰窖方向转移时，被敌人挟持着转向冰窖敌军阵地。3营营长获知之后，命7连连长派人去营救，结果前去救援的战士全部牺牲。敌人的火力太猛，难以再派人前往，5连看到此景，立即派出3人由侧面出击。一名战士在与敌人的拼杀中牺牲，另外两名战士近战敌匪，刺死敌人救回母子，并保护母子安全突围。

1营在杨万华营长的指挥下，拼命反击，连续打退蒋匪13军4师9团的数次进攻，10时多胜利完成阻击敌军、保证村民完全撤出宽城的任务。在这场战斗中，许多战士为保卫宽城居民献出了宝贵的生命。

2营指战员冒着敌人自西偏梁打来的强大炮火，牢牢坚守南山各制高点上的阵地，并居高临下，狠狠地打退了夺山的敌军，保护了所有军民胜利突出重围。

中午，当张其昌、聂门更所带领土匪队伍合围到王八梁时，宽城已

是一座空城。原来张其昌、聂门更两匪首天还未明便率部到了崖门子村，进村后，两匪便让老乡杀猪宰羊，犒赏他的匪部。他们吃了早饭，贻误了两个多小时，当他们围攻时，便受到了已抢占山头的解放军的阻击。宽城军民全部安全转移，独立团撤出战斗，张其昌匪队才登上王八梁。

敌人在付出惨重损失后，获得了一个空空荡荡的宽城街。

此次遭遇战，解放军独立团浴血拼战，损失近一个营的兵力。许多青龙优秀子弟为保卫宽城军民献出了宝贵的生命。

在这场罕见的恶战中，赵文进司令员和莫异明团长指挥不足千人的独立团，顽强抗击了近5000之众的国民党蒋匪军（两个美械装备正规团）和土匪队伍的围攻，保护数千军民安全转移。

宽城县城（1963年建宽城县）东山烈士陵园，安葬着那场恶战中英勇牺牲的先烈，他们将世代受到后人的敬仰。

敌人的阴谋没有得逞，而且被歼灭了许多，两团长只得带着残兵败将于19日撤回平泉老窝。

宽城满族自治县烈士陵园

邵连林当时任团部文书，战斗打响后，他将独立团所有文件装进一个口袋里，用一匹马驮着转移。敌人尾随追击，团部人员边打边撤，后来就被敌人打散了，邵连林冒着敌人的枪弹，牵着马，一面还击，一边爬山，突然马中弹倒下，他急忙将百余斤的文件背在身上，艰难地往山上爬，最后他冒着敌军炮火，爬上山顶，带着完整无损的文件突围转移出去，受到部队的表彰。

经峪耳崖转移南下的军民，夜晚在碾子峪、董家口一带住下。

经过一天的休息，赵司令和莫团长指示2营派人返回宽城侦察。

19日晚上，2营6连2排6班等三个班返回宽城，他们自南山而下，摸进街后，才知已是空城一座。他们立即向平泉方向追击，最后追上敌军后卫部队，他们三个班发起追击，缴机枪一挺、步枪十几支。

宽城战斗之后，部队在碾子峪、董家口一带休整一段时间，部队得到补充，补员全是青龙县大丈子区和双山子区翻身团，共300多人，加之后来在喜峰口补充的青龙县第二批翻身团100多人，使青龙满族子弟在这个驰骋华北、进军大西北、抗美援朝（入朝前又有青龙县两连新兵补到该团）的解放军主力194师581团中，人员占一半以上。

青龙县三区双山子瓦房村莫松秀（曾用名张学智，1930年2月21日生，满族）就是其中一员。莫松秀回忆，1947年7月15日，刚刚吃过早饭，学校紧急集合的钟声又响了起来。他欣喜若狂地跑到了学校，果然领队的到了。二十几个新参军的人到村里集合，到齐后，统一走到二里地以外的双山子区。在双山子又把其他几个村庄参军的人集中到一起，有170多人。穿着参差不齐，年龄不等，看模样小的也就十六七岁，大点的估计足有40出头，半大小老头儿了。经过了一番点名统计之后，大家就出发了。没有来得及告诉父母，没有道别，他们跟随着参军的队伍，踏上了革命的征程。带领着队伍从双山子出发的是李玉璞、吉国，出发行走的路上，他们两人一再和大家讲，到了部队他们也要参加解放军。快到县城（大杖子村）队伍停了下来，两三个人早已站在村头，前来迎接队伍。领队李玉璞、吉庆靠近他们打了招呼，他们并吩咐随后出来的人，把新到的人带到村庄的老乡家中，安置晚饭和住宿，随后来到宏远部队驻地宽城街。第二天的早晨，早饭过后，有人过来把昨晚新到的兵领走，莫松秀被编排到特务连的警卫排，连长是郭永志（迁西县，长河沿村人），很有文化。

莫松秀

1947年年底，莫松秀被调到了通信排，成为一名通信员。1948年的春天，莫松秀被调到团里的特务连，归属参谋处直接领导。为防止泄密暴露身份，参谋把莫松秀的名字改为张学智。随后跟随宏远部队转战东北、华北、大西北、太原、银川、兰州、朝鲜前线等地，浴血拼杀了73场战斗。在抗美援朝的一场残酷的战斗来临之前，莫松秀与胡臣、孙英财两位战友互相交换彼此的照片，商量好如果谁在战场牺牲了，就把对方的照片带给他的家人，告诉他们，自己的儿子是怎么在前线牺牲的，让他们的青春永远保留在那一刻。在战斗中，敌人的轰炸机投下的炮弹击中了莫松秀的头部，他随即昏迷，不省人事。孙英财把莫松秀放到胡臣的身上，胡臣背着他匍匐前进，胡臣说："我出汗了。"莫松秀说："那是我的血。"他们三人唱着《国歌》："冒着敌人的炮火，前进，前进……"相互鼓励，在到达卫生点后，孙英财和胡臣返回战场，三人之后再也没有见面。（60多年后的2015年5月24日，莫松秀在中央电视台综合频道《等着我》节目中，终于见到了当年的老战友孙英财。）

此后，冀热辽军区17军分区被撤除，独立团被编入冀东军区独立5师，赵文进任师长，莫异明团长率1营和3营奉命入关作战，2营奉命留下，帮助训练新编警备四团（即由宽城和平泉两县大队合编而成的一个团）。

2015年5月24日，莫松秀（左）与失联了60多年的老战友孙英财（右），在中央电视台综合频道《等着我》节目中相见（央视视频截图）

第四章

卧雪昌黎破铁路
支援辽沈打阻击

宽城血战国民党13军后，冀热辽军区17军分区撤销，独立团（宏远部队）晋升为冀东军区直属独立团，1947年11月初，奉命开往滦河川东至秦皇岛一线，爬冰卧雪，破坏北宁线，阻断蒋军铁路大动脉。在昌黎潘官营大战增援东北战场的国民党92军，经过一天一夜的鏖战，歼灭敌前卫部队168团大部，毙伤敌500多人，俘虏173人，迟滞了傅作义北援行动，有力地配合了东北野战军的冬季攻势。

冀东破交阻敌援

1947年冬，东北野战军经过发动秋季攻势，歼敌6.9万余众，胜利攻克城市17座，迫使蒋军蜷缩在长春、吉林、四平、沈阳、营口、锦州等铁路沿线城市。为了扩大战果，从根本上扭转东北的战局，实现“首先解放东北，以其富有的财力、物力之优势支援全国的解放之战略目的”。中国人民解放军统帅部向东北野战军司令部发出了“抓紧冰期打仗”的指示，一场声势浩大的冬季攻势在东北战场空前激烈地展开了。

东北野战军司令部在向各纵队发出攻击命令的同时，向冀东军区发出了“调集军区直属部队和各县支队、民兵，出击北宁线，切断华北与东北之联系，以配合东北战场之作战”的指示。

11 月，原冀热辽军区热南军分区被撤销，所属军分区独立团（宏远部队）奉调进关，开到卢龙县，晋升为冀东军区直属独立团。在此期间，团领导进行了调整，原团长莫异明被调离，参谋长曾绍东升任团长，团参谋长由刘静芝担任，1 营营长杨万华升任副团长，并暂时兼任 1 营营长，政治处主任赵佛山，政委张复海。

11 月初，独立团奉命开到滦河川东至秦皇岛一线，破坏北宁线，阻断蒋军铁路大动脉。

蒋介石深知北宁线是联系华北、东北的铁路运输大动脉，为了确保畅通无阻，竟不惜钱财请外国专家设计，沿铁路线，按照一定火力射程构筑了坚固的钢筋水泥筑造的明碉暗堡，并以沟渠相连，派强兵驻护。

杨万华副团长率 1 营，经过一段时间的艰苦战斗，拔除了石门、东各庄等据点，继而一举扫除了石门至北戴河一线所有的敌人碉堡。

一日，部队接到军区指示：“切断唐山至秦皇岛的电网。”1 营指战员面对高架在电杆线上的大电缆束手无策，恰逢杨副团长赶到，营长将此情况向他作了报告，杨万华灵机一动说道：“多扛苞米秸秆，堆在电杆周围，火点着后，撤离现场。”指战员立即行动，时间不长，熊熊大火便顺杆爬上空中，烧得电缆火花迸射，直烧得电缆线化为两截，落地而断。

随着战事的发展，各县的民兵团队伍先后行动起来，一场震惊冀东大地、大规模的破交战展开了。

数九寒冬，大地银装素裹，积雪足有一尺厚，但是每当夜幕降临，冀东的千万军民便投入热火朝天的破交大会战。

吃过晚饭，在独立团的掩护下，无数支民兵队伍，踏着大雪，扛着大木杠子、大铁扳手来到铁路线上，然后将铁轨一段段卸开。在指挥人员的一声口令下，众人一声怒吼，长长的一段路轨和枕木一起被掀下路基，最后各支破交大军将铁轨一节节抬走。一夜之间，几里长的铁路便不见了。

国民党为了增援东北战场，次日赶忙出动军队掩护，派修路工抢修被破坏的路段。独立团一边破交，一边袭击敌人修路，致使修路进展很慢，不待修通，夜幕便又降临了。与此相反，这夜幕的降下，又迎来了破交大会战的高潮。就这样，国民党军队白天修，共产党领导的军民夜间拆，反反复复，持续数日，并且越拆越长，难以恢复，被迟滞在滦河以西的国民党92军、94军看到铁路无法修通，只得放弃经铁路出关。

在东北战场上，林彪、罗荣桓指挥东北野战军一举攻克沈阳外围法库、彰武两县城，同时派军一部，插向锦州、义县，构成切断辽西走廊之势，使蒋军陷入极为被动的局面。深知巩固东北之重要的蒋介石，仓皇地飞临沈阳，并第三次在东北战场易帅，以卫立煌取代陈诚。同时，连电督促华北剿总傅作义，将援助东北战场之军队运送出关。在纷纷而至的连续督促电令面前，傅作义只得下令92军、94军改行土路，沿着北宁线向关外战场攻击前进。但刚进至滦河一线，便受到了解放军直属独立团、48团的阻击，隆隆的炮声震撼着滦东大地。

接到军区打阻击的指示，独立团立即将各营部署在昌黎县前两山、潘官营一线。为了监视敌人的行动，独立团成员每天夜里各连轮流值哨。寒冬的夜晚，呼啸着的北风漫卷着雪粒，不时地发出凄凉的吼叫，抽打着指战员的脸庞。由于穿着单薄，全是布鞋布袜，独立团成员手脚大多冻伤，甚至失去知觉，回到驻地，只得以冷水像化冻梨一样去融化。

潘官营重创蒋军

一日夜间，担负监视任务的2营6连指战员潜伏在昌黎前两山下铁路旁一堵墙下，发现敌人以4路纵队向解放军阵地开来。为了搞清敌情，何指导员、张连长直到敌军大队人马进至那堵墙附近，才最后悄悄后撤，将准确的情报报告团指挥所。

根据军区指示，独立团集结在前后两山一线，根据6连的情报，立即指示2营作好战斗准备。

国民党92军前卫团168团，于当日拂晓向独立团阵地发起猛烈攻击，当独立团2营撤出前两山阵地后，敌168团进占了潘官营。

抚宁潘官营西山，周围围有坚实的土墙，里面居住着几百户人家，蒋军进占后，马不停蹄赶修工事掩体。他们在平房上用麻袋装沙石垒成机枪掩体，布下难以接近的火力封锁区。

夜晚，团指挥所召开了营长以上军事会议。团长曾绍东、政委张复海、参谋长刘静芝、副团长杨万华等围着地图，对整个战斗方案进行全面的分析。团长曾绍东认为，敌人进占潘官营，西山为两军必争之地，夺取西山关系整个战斗的成败。

参谋长刘静芝认为，应以一个营兵力抢控西山，以一个营和一个县支队在前两山继续协同友军阻截敌后续部队，以一个营和一个县支队趁敌立脚未稳之际，攻潘官营和张庄。

团长、政委认为刘参谋长的部署意见很符合实际，最后一致通过，作为战斗方案。

杨万华副团长看到战斗方案确定下来，站立起来讲道："攻西山这个任务交给我带1营去完成吧！"

团长、政委都为杨副团长勇挑重担感到格外敬佩，政委说："大老杨，只要你出马，西山，蒋军就休想抢到手。"

曾团长紧接着说："我带2营和昌黎支队攻潘官营和张庄，刘参谋长带3营和卢龙支队在前两山配合友军阻截敌后续部队。"

部署完毕，还未黎明，杨万华副团长与张振远连长就迅即集合队伍，攻向西山。

潘官营西山，是横卧在滦河以东的一座山脉，虽是平原上耸起之山，然则岩石裸露，高而陡峭，加之尺厚大雪覆盖，陡滑难攀。

天一破晓，张振远便率前卫连自北面抢上一些小山头，当他们看到一队蒋军也自东面爬上山来，便命令各排加快行动，抢占山顶阵地。他们个个形如猿猴，用手抓草扒崖，滑跌奋起，不顾一切向上攀爬，终于先于敌人抢占了山顶，并迅即以火力压击冲上来的蒋军。

蒋军溃下山去，急忙集中炮火轰击，一排排炮弹在山顶爆炸，在炮火的掩护下继续攻击西山。蒋军几次上冲被打退后，便一再增加炮火和兵力争夺。中午，蒋军在强大炮火的掩护下，曾一度夺占山顶阵地。杨万华副团长冒着猛烈炮火，又率 1 营以激烈的拼杀夺回阵地。

两军都深知抢夺西山关系整个滦东战役的胜负，蒋军分兵数支，倾尽全力争夺山顶阵地，他们的炮火打得雪山顶竟变成了黑色，土石迸射，硝烟弥漫。

午后，战斗一直处于拉锯状态，你攻占，我夺下，被击毙的蒋军遍布山坡山冈。独立团也付出了一定的牺牲，张振远等指战员虽多处负伤，仍顽强地战斗在第一线。

由于敌方炮火猛烈，独立团伤亡不断增加，战斗在第一线的总指挥杨万华副团长最后将预备队全调上山顶，投入争夺战。

战至太阳偏西，张振远连长再次率部反击，刚抢上山顶阵地，突然一排炮弹落下，不幸的是，一块弹片击中张振远头部，这位屡建战功、勇猛难敌的虎将英勇牺牲了。

张振远牺牲，杨副团长万分悲痛，他含着泪大声痛呼："为张连长报仇！坚决保住阵地！"

激战至傍晚，前线总指挥杨万华副团长在指挥 1 营反击中再次受伤，昏倒在阵地上。团指挥所只得换人指挥，身负重伤的杨副团长和张振远（遗体）被抬下战场。战斗仍在继续，直至夜幕降下，蒋军才停止进攻，退入潘官营。

在攻击潘官营的战场上，曾绍东团长首先以 5 连主攻，4 连、6 连为预备队，昌黎支队围张庄据点，其具体攻击部署是以顾连长率 2 排以两挺机枪掩护 1 排主攻东门，3 排侧攻南门。

天欲破晓之际，1 排排长董庆林率指战员踏着近膝深的大雪逼近东门，当敌军发觉时，一排手榴弹已甩进土围子。架在附近平房上的敌机枪一起开火，数挺机枪组成的强大火力网，把 1 排压在土墙脚下，无法抬头。由于土墙宽厚坚实，几枚手榴弹都炸不开，打不开突破口，又无法攻击。2 排排长王海洲看到此种情况，亲自接过机枪猛压敌机枪火力，在 2 排火力的助力下，1 排后退到东门外一古庙。

蒋军一看1排后撤，即以一个连兵力破门追击。1排一边还击，一边撤，刚退进庙堂，蒋军追击部队就包抄过来。董庆林急命紧闭庙门，然后挖墙眼进行还击，蒋军在枪击中纷纷倒下，指挥官急忙调兵增援。敌轻重机枪火力打得庙墙百孔千眼，硝烟弥漫，董排长一看被困庙中，急令战士拆后墙。

战斗进行到午后，团长曾绍东看到形势危急，便调6连投入战斗，在6连和5连2排的攻击下，蒋军损伤过半，最后支持不住，退回土围子。破墙而出的董庆林排迅即捡拾一些敌军枪弹，与6连一起向潘官营东门反击过去。敌军急以火力截击，5连1排谢振良等几位战士中弹牺牲。

傍晚，董庆林排长在巩固阵地的战斗中，再次负伤被抬下阵地，1班班长蔡甫接替指挥。

是日夜晚，2营齐聚东门和南门外。入夜，独立团对潘官营发起攻击，1营和卢龙支队率先攻入土围子，继之2营打破东门、南围墙冲进潘官营镇子，双方展开巷战，一部敌军破围逃去，余者尽被俘虏。

经过一天一夜的激战，冀东军区直属独立团，歼灭国民党92军168团大部，毙伤敌500多人，俘敌173人，缴获大批武器弹药，打击和削弱了敌人，迟滞了傅作义两个军恢复北宁路、东出山海关援助东北蒋军的行动，有力地配合了东北野战军的冬季攻势。

潘官营战斗结束之后，军区又指令独立团到北戴河歼灭了一股土匪武装。

冀东破交阻击战历时一个多月，在滦东冰天雪地的战场，独立团指战员由于长期爬冰卧雪作战，有500多人被冻伤，其中有几位战士不是牺牲在敌人的枪口下，而是被冻伤夺去了年轻的生命。

由于东北野战军遵照毛泽东主席指示浴血奋战，加之华北和冀东军民的配合，冬季攻势取得重大胜利，歼灭蒋军15.6万余人，攻克蒋军坚固设防的战略要地四平市及其他18座城市，使东北的国民党军队完全孤立在沈阳、长春、锦州等城市之中。

滦东战役结束，独立团在卢龙县为张振远烈士举行了隆重的追悼大会。会场布置得十分庄重，灵前摆放着张振远烈士生前从敌人手中亲自夺得的 5 挺重机枪、4 挺轻机枪，还有他率部缴获的迫击炮，周围摆放着花圈，政治处于副主任致悼词，宣读了张振远烈士从放牛娃、小长工到投身革命队伍，在部队中成长为一位忠诚于党和人民的坚强战士的全部战斗经历，并向全团指战员公布了张振远多次建立战功的光辉业绩，他号召全团指战员，化悲痛为力量，继承烈士遗志，将革命进行到底。许多指战员都为张振远的英雄业绩感动地落下了眼泪，各营代表和张振远生前老战友在会上发了言，表示坚决继承张振远烈士遗志，誓死跟着党和毛主席，打倒蒋介石反动派，解放全中国。

会后，几位团首长亲自抬灵，为张振远烈士进行了安葬。

冀东战役结束，独立团经过几天休整，奉命开到玉田县，准备成立冀热辽军区独立 5 师。

第五章

荣升主力独五师 奋勇攻占京承线

1948年1月22日，冀东军区独立团（宏远部队）荣升为冀热察辽军区独立5师14团，随即在唐山玉田展开了两个多月的大练兵、三查整军，纯洁了队伍，提振了士气，指战员的政治素质、战斗素质大大提高，为大规模正规化作战奠定了基础。在随后4个月的密云焦家坞保卫战，梭草攻坚战，攻打顺义牛栏山、攻克滦平县巴克什营的战斗中，深刻领会中央的战略意图，严格执行上级的战役部署，战术灵活多变，死死地钳制住了傅作义兵团，使其抽不出一兵一卒支援东北战场，使东北国民党军被东北野战军“关门打狗”，有力地配合了解放战争的第一大战役——辽沈战役的战略布局，拉开了解放全中国的序幕。

1948年1月22日，冀热察辽军区独立5师组成大会在玉田县（唐山以西）老军屯村举行，冀东军区直属独立团和15分区警备1团、警备5团欢聚在一个开阔的广场上，程子华、潘峰等主持建师大会。

会场布置得非常庄严，高大的露天主席台口上挂着横幅，上面写着耀眼的“庆祝荣升主力大会”，四周贴满了各色标语，部队队列前摆着轻重机枪和迫击炮。

会前，整个会场沉浸在红旗招展、锣鼓喧天、欢歌笑语的喜悦气氛之中。

儿童团、小学生、村中年轻妇女们，都排着队赶来参加庆祝大会。师宣传科副科长王文汉，指挥部队与儿童团、小学生、妇女们赛歌，歌声此起彼伏，中间还穿插着各方的口号："好不好，妙不妙，再来一个要不要？""要！""呱唧呱唧！"鼓掌声连声爆鸣，活跃的气氛喜得人们合不拢嘴。

正在人们喜庆之际，热南军分区老司令员、时任15分区司令员赵文进走到主席讲桌旁，宣布庆祝冀热察辽军区独立5师成立大会开始。整个会场响起热烈的掌声。紧接着宣读了军区对独立5师师长、政委职务等人员的任命书，当念到"师政委袁耐东、师长赵文进、参谋长杨百让、政治部主任国林"时，会场再次响起热烈的掌声。政委袁耐东因故未到会。

紧接着，赵文进师长代表新诞生的独立5师领导讲话："同志们，独5师的成立，标志着我们从游击队到正规军，从游击战到运动战、攻坚战，准备打出冀东区野战化。我们要准备打大仗，更多地歼灭敌人的有生力量。同志们，解放战争开始不久，华北敌军傅作义在占领张家口以后，疯狂一时，他给毛主席的信我们都传达了，同志们听到傅作义那种无耻而又疯狂的嘲讽，感到无比的愤怒。当前，傅作义还掌握着60万大军，装备是机械化，还有老美是他的后台大老板。但在战场上的形势，我们大家都看到了，敌人从疯狂的战略进攻到现在的重点防备，也是捉襟见肘了，顾脑袋顾不了屁股了，我们要对胜利充满信心。"

赵师长讲话之后，政治部主任国林之讲话，他提出三点要求："一是我们荣升了主力，要加强团结才能多打胜仗；二是在练兵期间要帮助地方搞土改，前方打蒋介石，后方挖蒋介石的根，消灭封建势力；三是在部队内部搞好三查三整，把混入我军的坏分子清除出去。"

而后，杨百让参谋长讲话。野战军首长罗荣桓政委说："解放战争已经到了我们的战略反攻阶段，我们要在毛主席的指挥下，与国民党决战了。"他说："我们野战军要实行大踏步地前进，要提倡大兵团正规化攻坚战，要打大仗，消灭国民党的主力军，要活捉蒋介石，解放全中国。”

说到此处，全场响起热烈的掌声。

接着，杨参谋长又传达了军区司令员程子华的两条指示：一要展开大练兵，提高打大仗的本领，练兵时要发扬军事民主，提倡官教兵，兵教官，兵教兵，要反对练兵中的“阅兵大臣”；第二个要求是，加强部队的组织纪律性，坚决执行命令，反对游击习气。

最后，杨参谋长向各团提出：“我们要与独 4 师在多打胜仗上比赛。”

全场立即响起热烈而又充满信心的口号声和掌声。

大会胜利结束，会后独 5 师第一次在玉田县展开了整训大练兵。

独 5 师的构成是：原冀东 15 分区警备 1 团（铁道北）为 13 团，原冀东军区直属独立团（原宏远部队）为 14 团，15 分区警备 5 团为 15 团。

独 5 师编成后，立即就地展开了大练兵，经过历时两个月的整训练兵，正规化观念大为提高，战术和战斗素质都得到了空前的提高，经过忆苦和阶级教育，战斗情绪也大为高涨起来。

独 5 师开展大练兵的同时，冀热辽军区根据党中央的指示，运筹制定了钳制傅作义军队，阻止其援助东北战场上的蒋军，为顺利开辟北平近郊和京城铁路沿线地区，为更多地歼灭敌军有生力量创造条件的“西线战役”。

战役部署主要是在北平以东以北地区展开，彻底切断了北平至东北的铁路第二条大动脉——京承线；在平谷、密云、顺义、滦平、兴隆各县歼灭守敌，摧毁伪政权，开辟新区，以控制傅作义，阻止其出兵支援东北战场的蒋军，配合东北野战军歼灭东北之蒋军。

1948 年 3 月 21 日，在师长赵文进的率领下，独 5 师各团自玉田县出发，经 4 天急行军，行至北平东北的平谷、密云一线。

部队稍事休息，赵文进师长便与杨百让参谋长等带领各团干部进行现场侦察，看地形，分配作战具体任务。

根据具体情况，师指挥所决定兵分两线：一线由 14 团占领焦家坞东西山；另一线由13团攻石娥，15团攻打穆家峪据点，立即切断北平至承德的交通线。

两个团利用夜暗星稀，以勇猛而突然的动作，一举攻进敌据点，全歼两据点之守敌，一下子就切断了敌人的交通线，达到了预期的作战目的，随即破坏和拆毁了铁路。

傅作义闻报，立即调石觉的国民党13军前往增援；赵师长见敌军增援，便令武宏团长和孟团长率部靠向密云东山，进至密云东焦家坞地区，作阻击敌军之准备。而后，武宏又奉师指挥部命令插向敌纵深，占领了金扇子、杨家山阵地。

焦家坞阵地保卫战

1948年4月2日拂晓，独5师14团将盘踞在密云焦家坞一带的地方还乡团2000多人紧紧包围起来。战斗进行到上午10时，国民党王牌军石觉的13军第4师闻报，紧急出动，向守卫在焦家坞阵地的14团发起了猛烈攻击。一队队战斗机刺耳的轰鸣声像饿鹰一样扑向前沿阵地，一阵盘旋扫射过后，又向阵地丢下许多炸弹，炸起的土尘弥漫了整个阵地，飞机刚飞离，蒋军的炮弹又向14团的前沿阵地猛烈轰击，把掩体炸得所剩无几。2营营长一看伤亡不少，敌人火力太猛，难以坚守，就下令各连撤出阵地。各连接到命令，指战员气得人人眼睛冒火，有些战士竟骂起营长来："没打仗就往下撤，真是他妈的狗熊！""我看营长是特务，不让我们打敌人。"

由于2营过早撤离前沿（新任营长经验不足，战后调离），使3营阵地遭到严重威胁。经过两万五千里长征的老营长顾好梅，面对敌人的猛烈炮火、集团冲锋，毫不畏惧，依然沉着地指挥着各连，一连打退敌军7次集团冲锋。

在9连阵地上，战斗进行得异常激烈，敌人几次抢占阵地，但指战员顽强反击，反复争夺，最后得以巩固。

2营撤出阵地后，受到团指挥所的严厉批评，6连副连长吴宝会急率

杨文波、姜长海班重返阵地与敌军展开争夺战。正在3营与敌军打得难解难分之际，团指挥所调预备队1营投入了战斗。营长刘庆兴率所属三个连，像猛虎下山一样，向威胁3营阵地最大的敌军侧翼猛插过去，一排排手榴弹砸向敌群，一盘盘机枪子弹扫向敌人，一把把寒光闪闪的刺刀刺向上冲的敌军，打得敌军抱头鼠窜，有力地支援了3营。在激烈的冲杀中，1营3连8班班长徐景山率领全班战士，以勇猛敏捷的动作端着刺刀，率先突入敌群。他们一个个势如猛虎，左拼右刺，以压倒敌方的无敌气势，消灭蒋军一个排，吓得其他敌人仓皇退去，缴冲锋枪2支，步枪十几支。

焦家坞阵地防御战毙伤敌300多人，在反击中俘虏敌人29人，缴轻机枪1挺、步枪21支。

战斗刚结束，赵文进师长奉命立即南下京东燕郊、夏店，配合独4师作战。

独5师的任务为佯攻三河县城。赵文进师长命令武宏团长率13团以迅猛的攻势一举扫清了三河县城南北两点守敌，三河守敌急忙沿城布防，但武宏率部一甩，撤离了三河县城，猛打城西10里处的敌据点李七庄和大定府庄，有力地配合了独4师夺取燕郊镇，而后直逼通县，将三河至通县间的敌人全部扫除干净。

胜利完成战役预定任务，独立5师又第二次回转到老区玉田县张土桥、遵化县马伸桥进行休整。

在此次休整中，按照中央军委关于三查整军的指示，各团普遍以连队为单位开展忆苦教育。在广大指战员诉说家庭苦、民族恨的基础上，各级领导又引导指战员追寻带来苦难的根源，使大家的思想认识提高到只有推倒压在中国人民头上的三座大山，打倒代表地主阶级、买办资产阶级、帝国主义中国代理人的蒋介石，才能建立一个人民当家作主的新中国。

通过开展查阶级、查工作、查斗志，开展整顿纪律、整顿制度、整顿作风，使部队的政治思想觉悟空前提高，进一步消除了地方观念，树立起解放全中国的远大理想。同时查出了一些混进革命队伍的异己分子，从组织上纯洁了队伍。

1948 年 3 月，中共中央军委毛泽东主席就电令华北野战军："在察南战役结束之时，还要建立向冀东机动作战的决心，配合东北解放军南下锦榆（锦州至山海关线作战），实现对东北敌人的'关门打狗'之势。"

在全国战场布局上，毛泽东主席为中央军委制定了一个英明高见的战略指导方针，即以华北野战军先牵制傅作义军队，使其不能援助东北战场蒋军，然后待歼灭东北战场蒋军之后，再集中华北、东北两大野战军，歼灭华北国民党军队 60 万大军。

1948年5月20日，毛泽东主席电令华北野战军："杨罗耿兵团（杨得志任司令员、罗瑞卿任政治委员、耿飚任参谋长）率 3 纵、4 纵队及 4 旅进入热西，配合东北 11 纵队及冀热辽独 4 师、独 5 师，向平承路及承德以东地区之敌发起攻势。此战役之目的在于抑留傅作义主力于关内，钳制范汉杰（承德国民党军司令）集团不能北出，以配合东北主力打长春。"

5 月 29 日，冀热辽军区独 4 师、独 5 师奉命北上北平东北临河口、宝山寺、杨木栅，与按照毛泽东主席战役指挥东进的华北野战军杨罗耿兵团会合，在怀柔至承德和承德至辽宁的建昌铁路沿线摆开了战场。

是日晚，战役全面展开，刚刚宁静的热河大地突然枪炮大作，火光冲天，各路大军向各据点的国民党军队展开了猛烈攻击。

郑维山率华北 3 纵队直逼怀柔古北口间敌据点，曾思玉率华北 4 纵队并与冀热辽军区独 4 师、独 5 师猛扑丰宁、隆化和鞍匠屯、古北口，东北 11 纵向平泉、建昌县之敌展开包围。

经过 5 天的大战，至 6 月 2 日，各部队将北平近郊怀柔至辽宁省建昌县城所有沿铁路线之敌据点打个稀巴烂。

经过猛烈攻击，独 5 师与华北 4 纵队、独 4 师一举攻克了丰宁、隆化两县城和鞍匠屯、古北口之敌两大据点。

郑维山所部华北 3 纵队，以迅猛的行动将怀柔县铁路沿线的敌人全部歼灭，将京承与锦承这支通往东北的第二交通大动脉拦腰斩成三段，对傅作义的老巢北平侧背构成了严重的威胁。华北剿共总司令傅作义闻报慌了神，急调92军、94军、暂3军、骑兵第4师、独立90师共3个军11个师至此间地域。国民党军范汉杰集团也被围在承德地区不能动弹。

此次战役第一阶段的战役目的圆满达到，致使蒋介石调傅作义、范汉杰两个军事集团援助东北蒋军的目的完全落空。

紧接着，杨得志、罗瑞卿、耿飚和程子华、刘道生又对第二阶段的作战作出了部署：郑维山所部3纵队与冀热辽军区独立5师为西线，主要任务是牵制傅作义调集的主力部队；曾思玉所部华北4纵队与冀热辽军区独立4师、独立6师、东北野战军贺晋年所部11纵队为东线。6月10日，东线各部队在遵化县以东，经4天的猛烈攻击，连克敌据点15座，歼敌5300余人，歼灭蒋军92军151师451团和570团一部，把唐山北丰润、遵化、玉田等县的还乡团一扫而光。

唐山一线遭到沉重打击后，守敌向傅作义告急，傅作义从北平近郊抽调兵力驰援92军。获知北平至古北口间守敌兵力空虚，杨得志、罗瑞卿、耿飚军看到战机成熟，急令郑维山与赵文进率刚从平谷县大战后撤到遵化县马兰峪的3纵队和独5师，急速回师北平至古北口，对敌之各据点发起猛攻。各部队接受命令后，火速前进，直扑牛栏山、梭草、石匣、古北口、巴克什营敌之据点。

独5师14团，首先接受了夺取敌人据点梭草的战斗任务。

梭草攻坚战

怀柔梭草据点位于北平东北，怀柔县城南，顺义县城北之间，两县城全是国民党军队的大据点。守备梭草据点的虽不是国民党的正规军，但是这地主武装还乡团，多为地痞流氓，枪打得很准；土改逃出的地主，也生怕被捉住送回家乡，对共产党解放军有着刻骨仇恨，所以意志坚强。据点外筑有坚持长期防御的坚固攻势——碉堡、围墙、鹿砦等设施。友军曾三次攻打，均未拿下。

团指挥所将攻击任务下达给2营后，营长郭永志立即召集各连长进行部署：他亲自到突击队4连进行了火力掩护、爆破、突击、预备编组，并就密切协同作了指示；继之，又指示5连、6连两个梯队也进行了进攻编组。

入夜，部队经过现场侦察后，便发起了攻击。早有戒备的敌军在碉堡中展开全面的阻击，并互相以火力支援。猛烈的火力将攻击突击队压制在开阔地带，难以前进，4连连长几次组织攻击，均遭到了敌人的强劲阻击，造成许多伤亡。

在猛攻几个回合无进展的情况下，一些守敌站在核心炮楼垛口上大声喊叫起来："谁还想送死就上来，让老子的枪口再过过瘾！怎么样，想攻下我们梭草，你们就再托生托生！你们癞蛤蟆想吃天鹅肉想得倒美！"气得营长和指战员们眼睛冒火。

22岁的营长郭永志闻此更加决心攻下梭草，他坚定而沉着地招呼4连连长贾长合在敌人一个鹿砦外土坎后说："我们不能蛮干，敌人有工事障碍，强攻硬拼我们只能增加伤亡，这是赔本的买卖，我们赔不起，硬攻不行，我们可以巧取嘛！"随后又征询了几位班排长意见，5班班长张贺方建议说："这边敌人火力强，我们又压不住，不如把突击方向向东北角转移。"经过简短沟通，决定由1排排长秦志宽指挥火力组掩护，连长亲带调整后的突击队，郭营长决定自己赶到西南角，指挥5连对角攻击，并告诫4连连长贾长合必须坚持到最后，争取在天亮前拿下梭草。

拂晓即将到来，守敌沉醉在胜利的梦幻之中，同时处于弹药困难、战斗力松弛状态之中。我军新的攻击迅猛展开，两挺机枪在据点东北角猛烈射击，瞬间就将敌碉堡口封堵起来。爆破组顺势逼近碉堡，火光闪处，"轰！"的一声，碉堡粉身碎裂，4连连长贾长合一马当先冲了上去，随之4连突击队攻进据点，与敌人展开殊死拼杀。与此同时，郭永志营长也指挥5连从西南角突破，攻入据点，经一阵勇猛拼杀，全歼了守敌。

梭草攻坚战后，师里为4连记一等功，并授予"攻坚模范先锋连"奖旗一面，《冀东日报》和《冀东子弟兵报》都在头版位置整版刊登了那次战斗："长城部（独立 5 师 14 团代号）勇敢与战术结合，完成了梭草攻坚任务。"还整版刊登了《荣获攻坚先锋奖旗的第 4 连》和《梭草攻坚战的勇士们》。

攻打牛栏山

在独 5 师 14 团 2 营攻打梭草敌据点的同时，赵文进师长将攻打顺义牛栏山敌人据点的任务交给了 14 团 1 营。

牛栏山守敌为一支地主还乡团武装，据点周围建有碉堡、围墙堑壕等设施，该据点背靠国民党军队，战斗一经打响，便可直接得到蒋军的援助。

团指挥所经过分析敌情，决定由杨万华副团长指挥 1 营夺取牛栏山。杨万华副团长与刘庆兴营长决定以 1 连 1 排担任火力掩护，2 排负担爆破，2 连为突击队，3 连为预备队。

拂晓前，明月照得大地清清澈澈，杨万华副团长率 1 营，借着麦田的掩隐，顺利通过开阔地，逼近牛栏山敌据点，几座显眼大碉堡立即呈现在指战员的眼前。杨副团长与刘营长经敏捷的现场侦察后，立即下令发起攻击，瞬间，几挺轻重机枪同时开火，一条条火舌扑向碉堡。杨副团长始终站在机枪火力旁，不时地指示射手去封锁敌碉的枪眼，当敌人的还击火力被压下去后，立即指令爆破组出击。战斗一直紧张地进行，以优秀射手组成的战斗组封锁住敌人碉堡的射击口，另一部迅速挖洞接近敌主碉，洞挖成后，把用骡子驮来的炸药装入洞中。就这样，几个碉堡全被 1 营拿下，守敌仓皇逃向山去，2 连紧追不舍，越过一山又一山，11 班班长率其班一直追过 13 个山头，土匪队伍只顾逃命，不想错至悬崖，在走投无路之际，被逼得跳下山涧。

杨万华副团长率 1 营攻进敌据点，傅作义军队才赶来增援，不想已经来迟了。

与此同时，武宏团长也率部攻下敌苏林据点，至此，独立 5 师将顺义至怀柔间的敌人全部扫清。

正当傅作义将机动兵团调向唐山以东之际，郑维山率华野3纵队和冀热辽军区独5师于1948年6月19日，以迅猛的攻势，出其不意地包围了北平至古北口之间的石匣镇和小营敌人据点。

郑维山指挥炮火猛攻两据点，城墙被炸塌，7旅和9旅同时攻进两城内，经激烈的巷战，彻底歼灭了两据点2000余守敌，掐断了北平至古北口的连接线。

与此同时，赵文进师长率冀热辽军区独立5师，协同郑维山的3纵8旅，对敌之据点古北口和巴克什营发起猛烈攻击。

古北口是自东北进入华北的长城重要关口，地理位置十分重要，是历代兵家必争之地。险要的地势，恰似巍峨耸立的燕山洞开一个大门，两侧陡峭的壁崖之上，烽火墩台倚山而立，不到一里的山口，有京承铁路连接东北华北，切断古北口，一可隔绝东北华北之联系，关闭东北战场，二可牵制傅作义调兵来援，使其陷入被动的胡乱调兵。

国民党军队利用长城和险峻的山势盘踞在古北口内外，修筑了数百个大小碉堡，并以交通壕与地道相通，构成坚固的防御体系，守军为国民党蒋系主力石觉的13军暂编63师师部带两个团。

郑维山命8旅攻古北口，命赵文进师长率独立5师攻巴克什营。

6月20日傍晚，3纵8旅抵达古北口，随即在猛烈炮火的掩护下向敌阵地发起猛攻，坚守在各碉堡内的蒋军拼力固守。激烈的枪炮声、冲锋号声、喊杀声激荡着山谷。

经过激烈的攻击，英勇的3纵8旅指战员一举攻占了北关车站、东营房，突击队一部以迅猛攻势，插入敌军的核心阵地。敌师长急报军长石觉，石觉惶恐地接连电告傅作义，乞求其速派援兵。因8旅后续梯队未能及时赶到，敌集团援军先于迫近，8旅突击部队主动撤出战斗。

攻克巴克什营

滦平县南的巴克什营是古北口外围的一个重要据点，守敌是国民党13军32师的一个营，还有地主武装保安团1000多人。守敌不但据守村落，还在东山及南山三面修筑了坚固的碉堡阵地。

赵文进师长根据敌情将全师分为3个梯队，14团为一梯队，13团为二梯队，15团为预备队。

1948年6月20日黄昏前，赵文进师长率独立5师进抵巴克什营东南，在山里师指挥所具体地下达了作战任务。

是日晚9时，赵文进师长率独立5师直扑巴克什营敌之据点，将守敌包围。

此时，古北口方面传来了激烈的枪炮声，营长郭永志亲率2营指战员头顶明月，以迅捷的动作连翻两道山梁，逼近攻击目标——巴克什营北山制高点。

主攻分队在4连连长贾长合的率领下，爬近敌碉堡，隐蔽在沟坎下面；助攻分队第6连在指导员邵连林、连长张自生的带领下，从另一侧也逼近敌军阵地，他们为了吸引敌人的火力，率先发起了攻击。守敌见发生了情况，立即从碉堡上开展阻击，机枪、冲锋枪射击不止。

为了引逗敌人将火力点全暴露出来，6连指导员、连长、副连长各率一排，忽左忽右，忽实忽虚，打打停停，巧妙地左右开弓，向敌展开冲击；打得敌军摸不着头脑，晕头转向，一下将火力点全暴露出来了。

在敌人将注意力全集中在6连方面之时，郭永志营长指挥4连从东面突然发起攻击，机枪、手榴弹一起砸向敌军。贾长合连长身先士卒，奋不顾身地跃上敌人的阵地，突击队一举攻进巴克什营，6连、5连也紧随其后冲进敌营，与敌展开拼杀。4连一边冲杀，一边高喊："缴枪不杀！缴枪不杀！"在2营的猛烈攻击下，守敌大部分被歼，一部分向西平川地带仓皇逃去。

在2营发起攻击的同时，1营营长刘庆兴亲率所部也迅猛地夺占了东南山，歼灭了守敌。

杨万华副团长与顾好梅营长率3营跋山涉水逼近巴克什营南山敌人阵地。他们除了从正面进行攻击外，还派1班从侧翼迂回到敌阵地背后，两下一夹击，敌阵地迅速瓦解，3营旋即攻占全部阵地。而后，杨万华副团长又当机立断，指挥3营马不停蹄地攻占了巴克什营至古北口之间的小村二里寨，一下封堵了敌军向古北口的逃路。

独立5师14团冒着国民党正规军的强大火力，一举攻占了敌人的巴克什营据点，有力地配合了3纵8旅的战斗，胜利地完成了切断京承铁路的任务。

在此之后，赵文进师长又奉命配合郑维山所部华野3纵队扫向承德、滦平一线敌人据点。滦平守敌见来军势威，慌忙逃向承德。郑维山和赵文进师长率所部大军继续北上，将古北口至承德之间的敌人及敌伪政权的地主武装全部扫除干净，彻底截断了蒋介石调傅作义军队增援东北战场蒋军的第二条通道。

战后，赵文进师长率独立5师于1948年7月间回到老根据地玉田县杨家套地区进行休整，待命编入华北野战军大部队。

整训期间，师党委根据上级指示向部队进行了“树立打出唐山地区去当野战军，解放全中国”的野战化思想动员。

正当傅作义的机动兵团被牵着鼻子到了平汉线之际，杨罗耿兵团集中全力从唐山北遵化县、玉田县，迅速插至平津夹角地区的香河、武清、三河三县方向，向守敌展开了猛烈攻击。7月20日攻占香河，歼敌92师1部，7月22日又攻占了武清。而后，曾思玉率华北野战军第4纵队再一次攻占了三河县城。

这一打击使傅作义慌了手脚，急忙将刚调至北平以南涿县、良乡的机动兵团又急调通县一带布防，妄图解除平津保三角地带所受的威胁。

几个月间，华北野战军杨罗耿兵团在东北野战军贺晋年所部11纵队和冀热辽军区部队独4师、赵文进所部独5师及独6师的配合下，在察南、热西、冀东、保北广大地域机动作战，将傅作义的机动兵团牵着鼻子调来调去，从北平到察南，从察南到平承线，从平承线到北宁线，又从北宁线回到平承线，从平承线又被拖回平汉线，又从平汉线被拉回冀东，完全失去主动机能，陷入疲于奔战状态。不管蒋介石怎样发火，傅作义从华北连一兵一卒也抽不出来去支援东北战场的蒋军，使东北战场上的蒋军形成了被“关门打狗”之势，有力地配合了解放战争的第一大战役——辽沈战役的战略布局，拉开了解放全中国的序幕。

中共中央于1948年7月27日向华北野战军杨罗耿兵团及冀热辽军区部队发电祝贺几个月取得的辉煌战绩，电文称："庆祝你们最近在北线歼灭敌人2万多人，解放县城8座的伟大胜利。这次战役各部队相互配合，陷傅作义于左支右绌之境，证明我军高度机动是能制敌死命的。尚希继续努力，为歼灭傅匪，为解放全华北而战。"

电文传到各部队，指战员受到很大鼓舞。

第六章

编入华野二兵团
浴血大战青龙桥

1948年8月26日，独立5师奉中央军委命令改编为华北野战军2兵团独立第1旅（冀东子弟兵旅），原14团（宏远部队）为2团。1948年9月12日，辽沈战役拉开序幕，为配合东北战场，牢牢钳制华北的傅作义兵团，2团在9月中旬平北的大小观头伏击战中，不畏强敌，敢于刺刀见红；在10月的青龙桥7天7夜的阵地阻击战中，坚决执行“寸土不让，坚决阻击”的命令，死守阵地，胜利完成阻击任务，经受住了打大仗、打硬仗的考验。为实现先解放东北、配合东北战场的辽沈战役作出了贡献，也为平津战役布局创造了条件。

隶属于东北军区的冀热辽军区4、5、6三个独立师，原准备编成东北野战军第8纵队。杨得志兵团奉中央军委命令开进冀东，配合东北野战军作战，只有3纵队、4纵队加一个直属第4旅，中央军委命令东北军区调两个旅给杨罗耿兵团。独立5师在配合杨罗耿打几次胜仗后，杨得志、罗瑞卿、耿飚看此支部队师团干部大部为参加过两万五千里长征的老红军，下级指战员为冀东子弟兵，勇敢善战，就主动向中央军委提

出要冀热辽军区独 5、独 6 两师。

1948 年中秋，赵文进师长奉命率独 5 师开到北平北四海镇，与华北杨罗耿兵团再一次会合。

1948 年 8 月 26 日，独立 5 师奉中央军委命令改编为华北野战军 2 兵团独立第 1 旅（冀东子弟兵旅）。

兵团司令员杨得志、政委罗瑞卿、参谋长耿飚为独 5 师编入野战军行列举行了庆祝大会，在宣读了中央军委命令后进行了授旗，并宣布任命赵文进为旅长、袁耐东为旅政委、杨百让为旅参谋长、潘永堤为副旅长、杨银生为旅副政委、国林之为旅政治部主任。原 13 团为独立第 1 旅 1 团、14 团（原宏远部队）为 2 团、15 团为 3 团。1 团团长为武宏，2 团团长为曾绍东，3 团团长为孟平。

部队在四海渡过了 1948 年的中秋节，休整一段时间后，又投入了新的战斗。

毛泽东主席在精心部署辽沈战役的同时，又运筹帷幄钳制了傅作义的军队。经过与周恩来副主席、朱德总司令的合议，在西柏坡亲自召见了杨成武，令其组织第 3 兵团西进归绥（今呼和浩特），直捣傅作义老窝绥远；同时，令杨得志率 2 兵团出击平承路，以掩护杨成武兵团西进。

1948 年 9 月，华北野战军杨成武兵团组成，并秘密迅速挺进察绥。与此同时，杨罗耿兵团集中全力直扑平承线，迅速向通县、密云及以东地区发起强烈攻势，对北平形成直接威胁，以配合东北野战军发动辽沈战役。

身居北平中南海华北剿共总司令部中的傅作义，几个月来，为解放军的东敲西击、诡秘行踪伤透了脑筋，一心想着扭住解放军大部队决上一战，以解心头之恨。一日，他正与参谋长李世杰、政工处处长王克俊等高参议论如何扭转被动局面，巩固好华北，再调一部分兵力应对老蒋，支援东北卫立煌时，突然电台机要员走近，送上密云、昌平发现共军大部队的急电。

傅作义接过电报稿，不待商谋，便气狠狠地对李世杰命令道："立即电令 16 军、暂 3 军、35 军和骑 4 师火速集结密云、昌平一线，务必扭住聂荣臻部，决上一仗。”

李世杰领命调动各军，随后，各军先后集结到密云、昌平和延庆一线，摆开决战的姿态。杨得志、罗瑞卿、耿飚看到傅作义军队又被牵制而来，甚为兴奋，于是传令各纵队各旅拉向山区，然后黏住敌人。

正当杨罗耿兵团苦战5天5夜，与傅作义的机动兵团激战进行得难解难分之际，杨成武率第3兵团如神兵天降般出现在归绥大地，完成了直捣傅作义老窝战役的任务。

1948年9月12日，东北野战军第11纵突然又一次以凌厉的攻势攻占了昌黎县城，再次掐断了北宁线，拉开了辽沈战役的帷幕。

战役的第一目的达到后，杨得志、罗瑞卿、耿飚随即将部队兵分两路，曾思玉率4纵队和4旅、独2旅为中线，迅速进至平承线，对顺义、怀柔县守敌展开攻击，并对该段铁路进行了破坏，这一行动立即把傅作义35军、骑4师引了过来。郑维山率3纵队和赵文进的独1旅为北路，看到傅作义军队跟上来后，便长驱平北山川，连续跋山涉水4天，行程430里。傅作义暂3军、16军紧追不舍，不想被牵到了远离北宁县的平北大山区。此次行动达到了使傅作义军队无法干扰东北野战军作战行动的目的。

郑维山看到战机成熟，遂将3纵队和独1旅紧急隐蔽集结周四沟、九里栋，暗布伏兵4万余众，并派出一个营引诱傅作义部队暂3军北进口袋阵。作为诱敌的那个营，且战且退，沿途弃掷物件，装扮出一派溃败之象朝大阁（丰宁）方向退去。傅部暂3军军长安青山，一心想着歼灭该支解放军，挥师紧追至汤河口、宝山寺一线时，曾思玉又指挥4纵队11旅尾追敌16军，迫使敌16军与暂3军脱离，形成了伏歼敌暂3军之良机。

大小观头伏击战

1948年9月中旬，解放军杨罗耿兵团将国民党傅作义几个军牵进平北山区转悠了几天之后，解放军遂将主力隐蔽在永宁东北地区。傅作义的暂3军军长安青山，一心想着抓住解放军大部队抢立头功，冒冒失失地带着他的大部队跟在郑维山派出的诱敌部队后面跟踪而进。

9月21日，傅作义部队暂3军前卫部队进入解放军的伏击阵地，当到达周四沟一带时，突然附近山上传来一声清脆的枪声，原来是伏于山上的解放军一战士不慎枪走了火，然而这一枪声就将精心布置的伏击战全部断送。如梦大醒的暂3军军长安青山一看形势不妙，急急忙忙指挥一部兵力登上南山，以掩护他的主力向西奔永宁、延庆方向撤逃。

赵文进率独1旅埋伏在大、小观头（延庆周四沟）北山，3纵队9旅伏于右侧东山。当暂3军进入大、小观头地区时，郑维山和赵文进旅长在指挥所里看到目标已经暴露，整个作战计划已无法完成，便指示独1旅迅速投入战斗。

随着攻击命令的下达，解放军各部队旋即将各种火力一起砸向遭到伏击的敌军，顿时沟谷中枪炮轰鸣，火光硝烟遍起，冲锋号声、轻重机枪、步兵炮、手榴弹的爆炸声击荡着山川沟谷。

一阵猛烈打击后，各部队迅即端着刺刀冲下山去，向敌展开近战大拼杀。武宏团长率独1旅1团迅速抢占了大观头东北山。

在曾绍东团长、杨万华副团长的率领下，独1旅2团在战斗打响后，迅速向公路上的暂3军展开了猛烈的攻击，2营6连六〇炮手姜长海等首先将敌军汽车炸毁，堵住了敌车辆的退路。正当杨万华副团长率部队冲下山去，准备与顽抗的敌军展开大拼杀时，发现敌军攻占了小观头北边一片小山包，在掩护主力西撤。他急忙指挥顾好梅营长率3营去消灭占据小山包的敌军。顾营长飞快地进行部署后，便指挥所部猛攻过去，他以一点两面的战术，主攻助攻相配合，两面攻击迅速展开，一鼓作气勇猛地攻占了小观头北山，把敌人掩护部队打得溃不成军。

1营在营长刘庆兴的指挥下，以猛烈的攻势一连攻下敌军抢占的三个小山包，向第四个小山包攻击时，发现有一个国民党大军官正挥舞着指挥刀督战，妄图进行顽抗。1连指战员勇猛地端着闪光的刺刀冲入敌群，左拼右突，刀来枪往，经一阵激烈的肉搏战，那挥舞着指挥刀的大军官倒下了。

在战场指挥所里，郑维山用望远镜观察到独1旅2团1营端着刺刀冲进敌群，连声赞赏地对赵文进旅长说："好！好！真勇敢！"

后来，独1旅编入8纵队时，纵队副司令员兼参谋长萧应棠对2团参谋长张振川等说："郑维山司令员很赞赏独1旅这个部队，敢于刺刀见红。郑维山司令员向杨得志司令员要求用他的7旅换这个独立1旅，杨司令员没同意。"

独1旅2团2营在营长张文祥的率领下勇扑公路上的敌人，不想几架敌机临空盘旋扫射，各连迅即卧倒隐蔽，6连3排被敌机跟踪俯冲扫射，压在一个绝地石崖下，处境十分危险。敌机机关炮一梭子打过来，把机枪手杨文波衣袖穿破两个洞，险些伤身，幸得排长攀崖，依托一棵生于崖石缝中的树，将二十几位战士拉上崖坎，才脱离了险境。

敌机飞走，各营立即猛追溃敌。敌军向西退去，武宏团长率1团1营一直把敌人追过永宁。

此次战斗，独1旅毙伤敌400余人，俘敌74名，缴获枪械物资一大批。

战后，独1旅随郑维山所部3纵队又牵着傅军在平北山区转战了20多天。指战员的布鞋全磨透底，穿行在大山区，真是一步一个血印，但都坚持行军，无人叫苦。

正当杨罗耿兵团把傅作义军队机动兵团钳制在平北山区之时，西进的杨成武兵团在绥远大地展开了攻城歼敌大战，歼敌5500多人，控制了平绥铁路线480多里，将归绥城团团包围。这一战斗行动，直接威胁到傅作义的后方基地。

傅作义闻知老家归绥危在旦夕，不胜惊慌，急忙传唤参谋长李世杰，调机械化部队35军和骑兵第4师、暂4军等10个师火速赴归绥一线解围，不想此举正中毛泽东主席"调虎离山"之策，致使傅作义军队远离北宁和平承两铁路线，无力援助东北战场蒋军，有力地配合了东北野战军全力进行辽沈战役。

傅作义军队机动兵团西进归绥后，解放军杨罗耿兵团集中全力向平绥线东段展开了猛攻。郑维山指挥所部第3纵队于1948年10月17日前，先后攻占了沙城、太平堡、土木堡、新保安、鸡鸣驿、下花园和涿鹿等

城。曾思玉指挥所部第 4 纵队和独立 1 旅，于 10 月 9 日也迅速攻占了西拨子，继而兵进康庄、八达岭、青龙桥、三堡等敌人据点。

1948 年 10 月 10 日，曾思玉命赵文进率独立 1 旅，从延庆东北山区直扑八达岭、青龙桥、三堡车站各据点，占据各据点后，在青龙桥进行阵地防御。

黄昏前，独 1 旅在赵文进旅长的率领下，翻山越岭，挺进青龙桥北山。赵文进将战斗任务下达各团，继而全旅冲下北山，猛扑南口西的关沟地带，迅即，枪炮声响彻山谷。

攻克青龙桥火车站

独 1 旅 1 团和 2 团 2 营直扑青龙桥车站，2 团 1 营扑向居庸关与三堡之间的沙岭西山，3 团向三堡车站发起猛攻，傅作义军队的铁路护路警察队 13 团 1 营和团部立即被独 1 旅三个团拦腰斩成三段。

1 团和 2 团 2 营以绝对优势的兵力和迅猛的火力，清除了青龙桥据点的外围工事，在夜幕降临之后攻进据点，2 团 2 营 6 连从火车站口一直插到詹天佑工程师铜像前。一伙敌军负隅顽抗，以密集的机枪火力拦住部队的去路，6 连连长张自生指挥各排进行合击，一顿手榴弹砸向敌机枪阵地，炸哑机枪后，指战员端着刺刀高喊“缴枪不杀”冲上前去，活捉了敌指挥官及部卒。

独 1 旅所属各团的战斗进展都很顺利，一夜连克敌据点 3 处，全歼敌护路交警 13 团团部一个营，缴迫击炮 3 门、机枪 20 余挺及大量军用物资，俘敌副团以下 200 余人，胜利完成了第一步任务，切断了该段铁路，关闭了傅作义部队西去归绥机动兵团的归路。

青龙桥阵地阻击战

1948 年 10 月 11 日拂晓，独 1 旅各团刚从各战场撤下来，赵文进旅长就派通信员将独 1 旅各团团以上干部召集到青龙桥车站，进行防御阻击部署。赵文进旅长在会上指出："曾司令在向我们旅下命令时指出，要'寸土不让，坚决阻击'。这次打阻击不比往常打运动战，打得赢就打，打不赢就走，既不偷袭，也不是伏击，硬是要在国民党华北'剿总'司令部眼皮底下，卡住他傅作义西去归绥老家的咽喉要道。不但任务艰巨，而且要拖延时间，一定要坚持到接到纵队司令部命令再撤出战斗。大家都要作好充分的思想准备，傅作义对于切断平绥路这条大动脉是不甘心的，是要拼死攻打的。旅指挥部决定 2 团守青龙桥南山，3 团守青龙桥东北山，担负阻击。2 团要以最快的速度扒掉青龙桥至南口间的铁路，彻底切断敌人的交通线。各团都要经得住考验，要为我们旅争光，打出我们的威风。回去要立即动员，迅速进入阵地。"

各团领命而行。2 团在团长曾绍东、副团长杨万华的带领下火速出击，将青龙桥附近的路轨连拆几段，将铁道枕木堆在一起，燃起几堆大火；1 团和 3 团进入阵地，赶紧抢修工事掩体。

是日早，傅作义收到了昌平县城守军关于青龙桥等据点失守的报告，不胜惊讶。亲自用电话指令驻昌平的 16 军军长派一个师作试探性进攻。上午 10 时许，傅部 16 军 109 师进至南口北，一边向着两侧山上打着枪炮，一边拉开进攻阵势向前推进。当进入独 1 旅 1 团火力射程后，突然枪弹一起自山上倾泻而下，霎时，傅军前卫部队倒卷而退。

下午，傅作义调换 94 军 121 师再行作试探性进攻，蒋军集中美式大炮狂轰滥炸独 1 旅阵地，然后发起攻击。武宏团长与孟平团长沉着镇定应战，只等敌军逼近，突然发起猛烈还击。在 1 团、3 团的沉重打击下，敌人退回南口。

12 日，傅作义的华北剿总司令部接连收到了归绥战场连连败北的报告和张家口以东吃紧的电告。可偏偏青龙桥这路交通线又打不开，真是火上浇油，急得傅作义坐卧不宁，竟命 94 军拼死也要打通从南口至张家口这条生命线。

根据战场的实际情况，赵文进旅长、袁耐东政委等旅指挥部领导调整了原来的部署，集中主力坚守石佛至青龙桥这块山高路窄的地带，由武宏团长率 1 团指战员守青龙桥南山阵地，3 团守青龙桥东北山阵地，2

团在青龙桥大北山，作为旅指挥部预备队。

早饭后，隆隆的飞机马达声自南口上空传来，霎时，一队队敌战斗机飞临青龙桥上空，紧接着，各机腹下丢出一颗颗炸弹，旋即“轰！”“轰！”的爆炸声在青龙桥两侧山头上连成一片，硝烟弥漫。随后，无数颗炮弹也一起排射过来。坚守阵地的独1旅1团、3团指战员面对敌军的狂轰滥炸毫不畏惧，他们沉着地扑打阵地上的火焰，包扎伤口，修补掩体，注视着敌步兵的攻击。

狂轰滥炸刚刚停止，沟底便出现了敌军的攻击分队，他们在机枪火力的掩护下攻上两山坡。当敌军爬进解放军各连阵地时，解放军指战员立即从山脊和弹坑里一跃而起，用密集的火力“回敬”敌军，直打得敌军纷纷滚落山去。

在傅作义一次次电令的催逼下，92军组织轮番冲击，反复炮击，反复攻击，一次比一次升级。坚守在阵地的解放军独1旅，12日连续打退敌人12次冲锋。

13日，在青龙桥南山、北山的阵地上，战斗仍在紧张地进行着，傅作义军队的大炮狂轰猛炸，弹片横飞，火焰遍山，坚守在阵地上的解放军指战员满身尘土，浑身衣服血迹斑斑，破烂不堪，脸也被火药硝烟熏得焦黑。但痛无呻吟，仍毅然坚守着阵地，静候着敌人攻入冲锋枪、手榴弹的威力圈，发起还击。

旅政治部主任国林之率领政工人员活跃在各阵地上，反复向指战员宣讲着阻击战任务的重大意义，使指战员认识到阻击战是以局部的代价掩护主力部队，从而大量歼灭敌军，是锻炼打大仗、打硬仗的好机会，从而树立起克敌制胜的信心。战士们表示，不管付出多大牺牲，也绝不后退一步，人在阵地在！

赵文进旅长带领作战科科长邓静农等多次亲临各团指挥所，观察战场，了解战情。他反复强调曾思玉的命令：“寸土不让，坚决阻击。”

在战场的要害阵地南山上，敌人在炮火的掩护下，连续发动集团攻击，但1团1营指战员英勇反击，多次用刺刀、手榴弹将敌压下山去。一次，敌人趁猛烈炮火过后顺势突上阵地，1营营长率1连和营部人员硬是以一阵激烈的短兵拼杀，把敌人杀下去，敌弃尸 30 多具。

经过几天的浴血拼杀，赵文进与政委袁耐东、参谋长杨百让等看到 1 团、3 团伤亡比较大，研究决定调旅预备队第 2 团接替 1 团坚守，但 1 团团长武宏坚持不下火线，他坚决表示："我们还能坚守 10 天！"最后赵旅长只得同意让他们继续坚守要害南山阵地，第 2 团 1 营、2 营担任正面阵地的防守。

14 日拂晓，曾绍东团长和杨万华副团长分别率 1 营、2 营进入北山阵地，抢修被敌炮火炸毁的工事掩体，迎接血与火的洗礼。

13 日，杨罗耿兵团主力对怀柔、康庄守敌展开猛烈攻击。傅作义连接部下求援急电，急得像热锅上的蚂蚁，欲撤无退路，欲援又过不去青龙桥。尽管明令，打不通青龙桥，将军、师长送军法处，可怎么攻也打不通。13 日夜，他再次调空军和炮兵增援。

傅作义军队除以飞机进行狂轰滥炸外，还集中山炮、野炮、榴弹炮等重火力，漫山往复排射，把两山炸成一片火海；此时，爆炸声连绵不断，震撼着数里长沟，硝烟弥漫整个沟谷；最后出动整排整连的攻击部队，在机枪火力的掩护下，攻击两山。

早已严阵以待的独 1 旅指战员英勇反击，连续打退了敌人多次猛烈攻击，确保阵地无损。入夜，阵地上的战士，修完白天被敌人炮轰破坏的工事，背靠背抱枪进行休息。夜晚，长城线上，寒风嗖嗖，像支支利箭，袭射在身着单衣、抱枪不眠的解放军将士身上，打得人不禁颤抖寒栗。

山下黝黑的山谷尽头，傅作义军队也临阵过夜，为了取暖，燃起堆堆篝火，忽明忽暗地闪耀着。

夜间，解放军独 1 旅指挥所派出几支侦察分队摸下山谷，深入敌阵去袭扰敌军，捉舌头。在敌军阵地上，偶尔传来侦察分队的冲锋枪、手榴弹的扫射声和爆炸声。

15 日，双方激战仍在继续，战场上炮火连天，枪炮轰鸣不止。在硝烟弥漫、战火纷飞之中，旅长赵文进带作战科科长不断深入各前沿指挥所，察看敌情，检查伤亡情况，鼓舞士气。

这一天，东方刚亮，敌机就飞临阵地上空进行轮番轰炸扫射，继而，又以美国造火箭炮向解放军独1旅2团防守的正面阵地连续发射了千余发炮弹，把阵地炸得土石翻分、弹坑累累，火焰冲天而起。团长曾绍东、副团长杨万华等冒着猛烈的炮火亲临前沿指挥，将伤员抢下战场，并指挥各连作好反击准备。

由于旅、团首长亲临一线指挥与战场鼓动，各连指战员在旅、团首长“坚决完成阻击任务”的决心鼓舞下，人人坚持轻伤不下火线，强忍伤痛饥饿，在血与火的战场上英勇拼杀，打得敌人寸步难行，确保阵地牢不可破。

15日夜，傅作义在收音机中听到锦州被林彪东北野战军胜利攻克的消息，不胜惊惶。紧接着，参谋长李世杰又向他汇报：“怀来和康庄守军相继失去联系。”傅作义闻报瘫坐椅上，额首现出汗珠，口中叨念道：“明天若打不通青龙桥，两地恐难保全。”李世杰连连劝慰：“总司令不要急，几天来的攻击，聂荣臻部伤损也一定不小，只要明天我们再加把劲，打开通道还是有望的。”傅作义命令道：“加派空军，炮火轰炸共军阵地，让他们无地容身，命16军接替92军，务于上午打通。”

10月16日，在青龙桥战场上，战斗空前激烈起来，敌人在炮兵、空军猛烈的火力支援下，漫山遍野地向解放军各阵地发起集团冲击。此次攻击，傅军调整了部署，将主攻放在南山，赵文进旅长看到敌人将几个冲击集团压向1团阵地，急带警卫员奔向设在青龙桥火车站一侧山包上的1团指挥所。

武宏团长看到敌军在猛烈的飞机大炮掩护下攻上了南山，急忙指挥1团展开反击。在眼看着要被敌人压下山去的危急情况下，武团长亲自拉着美式重机枪，左右转动向冲上来的敌人猛扫起来。只见前面的敌军倒下了，后面的又源源不断地冲上来，团参谋长张振川急率团直属人员，经过两轮次冲锋枪、拼刺刀才将突击上来的敌人赶下山去。恰在此时，赵旅长带警卫员来到1团指挥所，当他听了武宏团长的简短汇报后，打着手势，操着浓重的四川口音说：“要坚持住，组织火力反击，一定要坚持到完成阻击任务，要横下一条心，坚决把敌人拼下去！我们要为刚迈进主力行列的部队负责，要为全旅争光！”他的一席话，使指战员更加坚定了扭转危局和以少胜多的信心和勇气。

快接近中午，在一次反击中，武团长又抢过来一挺机枪，向敌人扫了起来，并命令通信排长苗成华带上通信员反击敌人。这时，张振川参谋长迅速命团预备队2营营长曾玉丰立即派5连出击，歼灭了冲到离1团指挥所只几十米的敌军。

坚守在正面阵地北山的2团指战员，还是投入战斗前的早晨吃过一顿饭，炊事员们和老乡冒着危险将小米饭炖土豆送到前沿阵地。指战员将饭菜倒入帽子里，便立即回到战斗岗位。后三天由于战火打得太激烈，无法送饭上山，所带一点炒米也全吃光了，但各连指战员强忍饥饿，冒着猛烈的炮火，始终日夜坚守着阵地。

6连连长张自生、指导员邵连林、副连长李银坤为了节省弹药，总是让敌人靠近再开火，或是发挥本连队勇于刺刀见红的传统，率部跃下山坡与敌展开拼杀，将敌人一次次反击下去，打得敌人尸横遍野。16日午前，在打退敌人的冲锋后，6连通信员将自己米袋中珍存了3天的一点碎米放入小缸子内，用仅有的一点水调成米糊糊，端给连长张自生和指导员邵连林，但他俩都坚持让小通信员自己吃。指导员对通信员说：“你年岁小，不如我们挺劲大，还是你吃了吧，等会儿还有你的任务。”在指导员、连长的带动下，全连指战员勒紧裤带，强忍饥饿，坚持战斗到胜利完成阻击任务。

16日中午12时，赵文进旅长接到了4纵队司令部撤出战斗的命令，立即向全旅部队发出命令：“立即撤出战斗，转向青龙桥北山。”各部队满怀圆满完成阻击任务的胜利喜悦，撤出了战斗，但坚守在青龙桥南山阵地的1团1营电话线被炸断，武宏团长只得命侦察参谋张佩庭带一个通信员通过敌人的火力封锁网，才告知1营部队撤出了战斗。

1营1连1排，坚守在最前边一个高地上，最后只剩下4个人。撤退时，他们的退路被敌人切断。他们得到撤退信号后，坚持到黄昏，绕山道撤回。路上遇到敌人一个营地，他们机智勇敢地给敌人一阵子冲锋枪手榴弹，打得敌人晕头转向，缴获敌人一挺机枪，胜利返回部队。

青龙桥7天7夜的阵地防御战，1团1营任务最艰巨，也打得最艰苦、最残酷、最顽强，以1个营的兵力独当一面，死死地守住了整个阻击战的一扇大门。

独1旅将士浴血奋战，硬是在距傅作义总司令部仅60公里处的青龙桥、八达岭，卡断平绥线大动脉7天7夜，确保了4纵队在康庄歼敌380团一个整团，并英勇抗击了在飞机、大炮支援下的敌人的攻击，歼敌一个团。

独1旅在青龙桥、八达岭一线出色地完成了阻击任务后，受到了杨罗耿兵团第4纵队司令员曾思玉、政委王昭的表扬。

第七章

南下驰援西柏坡
围攻保定战西关

1948 年 10 月，蒋介石与国民党华北“剿总”司令傅作义密谋偷袭石家庄和中共中央驻地西柏坡，妄图以此挽回东北战场败局。毛泽东运筹帷幄，除发表三篇新闻电讯戳穿蒋介石的阴谋外，迅即命东北第 11 纵队进至蓟县、三河地区，威胁北平；调集华北野战军第 2 兵团驰援石家庄，粉碎敌偷袭的企图。2 兵团独立 1 旅 2 团奉命随兵团南下驰援西柏坡，为不被敌人发觉，隐蔽行军，跋山涉水，穿行在北太行山崇山峻岭之中。他们克服重重困难，用两条腿与敌人的汽车轮子赛跑，五昼夜强行 500 里，到达指定地点，完成毛泽东的战役部署，扭转了战局，逆袭包围保定敌军，使蒋介石的阴谋彻底破产，同时为解放保定奠定了基础。

1948 年 11 月 7 日，华北野战军 2 兵团独立 1 旅 2 团编入第 8 纵队，改称 23 旅 68 团。

1948 年 10 月 19 日，蒋介石在北平眼见东北战局恶化，丢了锦州，又失去长春，仍指令杜聿明和卫立煌立即去沈阳，指挥廖耀湘、侯镜如两兵团去夺锦州。当两将赴沈，蒋介石忽然新生计谋，匆忙在圆恩寺下塌处单独召见了傅作义。

在静静的圆恩寺偏殿中，蒋介石在屋中踱来踱去，当傅作义出现在门口时，蒋介石才扫去眉头的积虑。“宜生兄，快坐。”宾主落座，服侍端上茶退下，蒋介石对傅作义说道：“目前，东北共军主力都在辽西，华北共军主力已被牵制在归绥、太原，共党总部西柏坡兵力空虚，不如趁此组成一支奇袭兵团，向石家庄和西柏坡进击，出其不意，一举捣毁共党总部，一夜之间就能扭转北线败局，打出奇迹，一新天下耳目。即使达不到预期目的，也可打乱敌人的战略部署，配合辽西兵团夺回锦州。”说到这里，蒋介石不禁高兴地站起来说：“宜生兄，你想你的精锐骑兵师突然出现在毛泽东、朱德的门口，这是多么绝妙的一招儿啊！”“我们的行动正是孙子兵法中的出其不意，攻其不备啊！”

傅作义看着蒋介石得意忘形的样子，连声说：“是呀！是呀！”

蒋介石紧接着说：“宜生兄，那咱们就商定一下计划吧！”

傅作义讲：“为了行动快速，可派刘春芳的骑 4 师和鄂友三的骑 12 旅，佯称打通平保线，然后由保定向西柏坡作闪电式袭击。”

蒋介石说：“可派郑军长率他的 94 军和 101 军一个师，由北平急开保定，然后向石家庄发起突然进攻，以掩护骑兵师袭击西柏坡。”

思虑一下，蒋介石又说：“宜生兄，我看还得调你的 35 军和袁朴的 16 军，分别南下保定集结，准备随时策应，这样才能确保成功。这次总指挥就委任给郑军长吧！出击时间就定于 10 月 26 日吧！中心攻击目标是西柏坡。”

然后，蒋介石又语重心长地对傅作义讲：“宜生兄，这是奇袭，一切要绝对保密，兵贵神速，越快越好！”

傅作义：“请总座放心，宜生一切照办。”

傅作义起身行礼告辞，驱车回中南海部署行动。

10月23日上午，傅作义遵照蒋介石的面谕，在中南海他的华北“剿共”总司令部召开了秘密军事会议。

在岗哨林立、戒备森严的总司令部大门口，一辆辆军事要员乘坐的小车鱼贯而入。94 军军长郑挺锋、骑兵第 4 师师长刘春芳、新二军暂 32

师师长刘化南、35 军军长郭景云、骑兵 12 旅旅长鄂友三、国防部保密局华北站站长杜长城、宪兵 3 营营长刘建龙等将领相继进入会议室。傅作义与副司令参谋长来到会议厅，各位将领起立敬礼，傅作义还礼示意大家就座。首先傅作义训诫：“此次召集各位将军，传谕蒋总司令的指示，组织一支强军去夺取被共军占领的石家庄。这次行动决定以郑军长的 94 军、骑兵 4 师、骑兵 12 旅、暂 32 师组成，35 军和 16 军随后接应。任命郑挺锋军长为这支队伍的总指挥，任命刘春芳、刘化南两位师长为副总指挥。我们这次夺取石家庄在战略上是非常重要的，关系到党国的大业中兴，我们的意图是在夺得石家庄之后立即闪击平山县西柏坡，端掉共党的总指挥部，吸引围攻太原的共军东转，缓和太原的局势。对沿途所遇共军一切军事设施全部予以摧毁，把共军的库存物资全部运回保定，到各县镇市面购买物资增强储备。这次行动，望诸位兄弟同力，总座静候你们的捷报。”

随后，参谋长对偷袭行动时间、兵力集结、各路的进军路线等作了具体部署。

会议在严肃的气氛中结束。

10 时左右，一辆辆小轿车驶出司令部，恰巧被北平《益世报》采访部主任刘时平（中共地下党员）看在眼里，他立即意识到，傅作义举行军事将领会议必然会有重要的军事行动，必须把这重要军事情报搞到手。于是，刘时平主动邀请平时已拉上同乡、同学关系的国民党傅作义部将鄂友三旅长、国防部保密局北平站杜长城站长、宪兵营刘建龙营长到鄂友三的骑兵族驻北平办事处就宴。

宴席之上，刘时平为了讨到情报，殷勤地对三位进行劝酒，另一面又陈词激将。

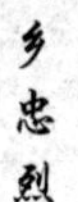

“老傅升任一年了，继庄疃之后连吃败仗，满城进剿，弄得你 12 旅好惨。唉！咱察绥人真他妈窝囊！”刘时平说道。

“谁说不是呢！”鄂友三接着醉语继而道出，“委座有命，要老傅明天就去端共产党的老窝。这次为兄要大显身手了，让他们看看咱察绥人的厉害。老弟，等着瞧吧！”

由于平时往来密切，鄂友三旅长等三人对刘时平没有戒心，在推杯换盏、狂欢畅语中，傅作义召开的军事密会被刘时平问了个清清楚楚。

在鄂友三等人酒醉昏睡之中，刘时平离开办事处。24 日早，刘时平又利用采访身份，到西直门火车站偷看了杜长城的部下装运军火准备出击的真实情况，而后立即找到北平地下党负责人李炳泉。

10 月 24 日 10 时，地下党冒着暴露的危险，将这份万分重要的情报发向泊镇的城工部，又由城工部刘仁发向华北野战军司令部、中共中央总部，为保卫党中央、保卫石家庄立下了不朽的功勋。

1948 年 10 月 26 日，国民党军郑挺锋军长率 5 个主力师，在 10 余架飞机的掩护下，分乘 400 多辆汽车沿平汉县出动了，向着中共中央所在地平山县西柏坡和被解放军占领的石家庄市发起了大规模的奔袭。

在河北省平山县西柏坡村的一间普通的平房里，毛泽东主席在与解放军总司令朱德、副主席周恩来、参谋长叶剑英、任弼时等首脑们运筹辽沈战役部署。突然，神色紧张的机要电报员报告一声，便随警卫员急匆匆地走到主席的桌前，把华北局城工部部长刘仁从河北沧县泊镇发来的紧急电报呈给毛泽东。

电文：“蒋傅军 5 个师正向保定集结，并定 10 月 28 日拂晓偷袭西柏坡和石家庄，指挥郑挺锋，94 军 3 个师，新二军 2 个师，汽车 400 辆……”

毛泽东看罢电文，立即与周恩来、朱德、任弼时、叶剑英等一同到作战室。毛泽东主席把电文递给周恩来，便说道：“蒋介石从带兵之日起，我想不起他打过哪些大胜仗。这次亲临北平指挥辽西会战，第一个回合就输昏了头，此人不愧是交易所出身，总爱搞投机。这次偷袭行动，就是搞投机的那一套。”

毛泽东说着站起来，看了看墙上挂着的地图，笑着说道：“蒋介石以为我们的主力都去打归绥、太原了，趁此偷袭我军的后方，指望一下子把我们首脑机关摧毁，最好是把你我都活捉了去。好家伙，真厉害！可惜偷袭的兵马未动，我们就掌握了他们的全部计划。看来，他这次又要碰上坏运气了！”

周恩来接着说："敌人既然准备好这样干，我们就得准备他们来。我们的主力在身边的确实很少了，只一个团，后天拂晓，他们就来了。我们的后方机关尚不知道，弄不好可能要吃亏。"几位首脑在地图前议论一阵离去。

说罢，周恩来就给华北军区直属第 7 纵队写了一道紧急命令："据北平确悉，蒋傅匪决定集中 94 军及新二军经保定向我石门实施空心袭击，并配属汽车 400 辆，带炸药百吨，企图炸毁石门。现 94 军 121 师先头已抵北河店，其 5 师已抵新城，估计 27、28 两日，94 军可能集中保定，29 日可能会合新二军大步向石门进军。

"我为坚决保卫石门，破敌计划，7 纵主力应即转移至保定以南坚决抗阻南进敌人，以待 3 纵赶到会合歼敌，使其不得南进；7 纵队另 1 旅应即直开新乐、正定之间，沿沙河、沱河两线，布置坚决阻抗阵地。

"杨罗耿得电后应立即令 3 纵队受军区直接指挥，于明日起，以 5 天行程，不惜疲劳赶到望都地区，协同 7 纵队主力作战并指挥之。杨罗耿率主力，应相机过路，到后，或直插平涿线破路，或向保定、望都方向随 3 纵后跟进，视情况再定。

"同时，命令各地方部队、军民都动员起来，沿途阻击偷袭之敌，迟滞敌人的行进。"

以上命令经毛泽东主席看后，立即发出。

毛泽东主席又亲自为新华社写了三则电讯，一则是《蒋傅匪军妄图突击石家庄》：

【新华社华北 25 日电】确悉：当我解放军在华北和全国各战场连获巨大胜利之际，在北平的蒋匪介石和傅匪作义，妄图以突击石家庄，破坏人民的生命财产。据前线消息：蒋傅匪首决定集中 94 军 3 个师及新 2 军 2 个师经保定向石家庄进袭，其中 94 军已在涿县定兴间地区开始出动。消息又称：该匪都配有汽车，并带炸药，准备进行破坏。但是蒋傅匪首此种穷极无聊的举动是注定要失败的。华北党政军各首长正在号召人民动员起来，配合解放军，坚决、彻底、干净、全部地歼灭敢于冒险的匪军。

二则，《华北各首长号召保石线人民准备迎击匪军进扰》。

三则，《评蒋傅匪首梦想偷袭石家庄》。

这些由新华社及时发的电讯极大震慑了进犯的敌军。担任偷袭总指挥的郑挺锋刚刚把部队集中到保定，正准备出击，突然收听到新华社的播音，得知解放区军民已知其偷袭计划，并且连偷袭何时集结部队、何时何地出击、何人负责总指挥、如何偷袭法，都一清二楚，极为震惊。他对临时司令部中的骑 12 旅旅长鄂友三叫说："我们人马尚未出动，偷袭的计划就被共军全部知道。如此绝密军机，都瞒不过敌人，这个仗还怎么打？"

郑挺锋当即向傅作义发出电报，请示说："共军已知我军奇袭计划，是否按原计划出击？"

傅作义复电说："总统面谕，一切仍按原计划执行。"

郑挺锋接到电报后，对其左右说道："兵法云：'知己知彼，百战不殆。'我们这次偷袭，贵在出其不意，现在，敌人已经有备，这个奇袭还有何用？"刚说完此话，郑军长突感说法不合蒋意，于是改口说道："这是总座的命令，应当坚决执行。"

10 月 28 日早晨，郑挺锋率领偷袭大军向石家庄方向发起进攻，10 月 29 日下午 7 时，攻占望都县城，大军像潮水一样向解放军的占领区扑过去。

第 2 兵团司令员杨得志接到军委总部命令后，立即与罗瑞卿、耿飚商议部署，将党中央指示告知全兵团官兵，整个部队从军官到士兵无不愤慨，认识到情况万分危急，只作了简单的准备就立即启程赶赴石家庄。

杨得志将中央总部电报及他的信交给通信班，对班长说："你们要以最快的速度将命令送到涿鹿 3 纵队司令员郑维山手中，这可是十万火急的大事，关系着党中央的安危。"通信员们打马飞驰而去。郑维山在接杨得志命令前已接到华北军区司令员聂荣臻的电话，迅速安排 3 纵（在 4 纵、8 纵所在地南）向石家庄一线奔驰。

杨得志、罗瑞卿与耿飚商议，决定以耿飚率兵团后勤机关留在平张线，以电台迷惑敌人，掩护大军主力南下。

在杨得志和罗瑞卿的率领下，4纵队、8纵队在3纵队后紧紧跟进，跋山涉水，穿行在层峦叠嶂、沟壑纵横、本来没有路的北太行山大山之中，这样第一是隐蔽行军，不易被敌机发现主力的运动，第二是抄近路取捷径，缩短进程，但是要在5天行走500多里。

毛泽东、周恩来在作战室，始终与杨得志保持联系，聂荣臻也不时地在电话中询问杨得志各纵的进程。因为主力部队进程每一个小时、每一分钟都关系着党中央的安危。

8纵司令员邱蔚、政委王道邦牵马走在队伍中，向通信班长命令道："通知各旅、各团，继续轻装加快速度，要用我们的两条腿超过敌人的汽车轮子。"

独1旅2团的各营、连干部都身先士卒，走在本队伍之前，2营6连连长张自生和指导员邵连林，他们都徒步走在本连的队首，肩上扛着战士的步枪，不时地回过头喊："往后传，加快步伐。"指导员偶尔又插回队中，去帮老战士背枪，并对战士们讲道："我们这次一定要把偷袭的敌军全部消灭，向毛主席、党中央献礼。""我们要加快脚步，不然敌人就都被兄弟部队歼灭了，我们就打不着仗了。"战友们怀着保卫党中央的信念一再加快速度。"我们一定用两条腿超过敌人的汽车轮子。"捧一把炒米，趴在河边喝口水立即赶路，你推我一把，我拉你一把，许多人手中都拄着一根树枝，或相互搀扶着，有的战士脚已磨出了血，一瘸一拐也不甘落伍。后来的3天，部队夜间只在野外休息一两个小时便继续赶路。漆黑的夜天，大部队运动在没有路的山岭沟谷，将士们跌跌撞撞，个个汗流满面，喘着粗气，争分夺秒翻山越关向前奔跑。

在西柏坡共产党中央所在地的作战室中，周恩来自10月27日4时半至7时，三次以书面向毛泽东报3纵队的行动情况。

30日上午10时，郑挺锋在临时指挥所中下令："集中炮火，火力急袭，打开共军防线。"而后，郑挺锋的国民党军队在突破解放军华北7纵阵地后进至唐河南奇连屯、小奇连一线，离石家庄只有200余里了，情况万分危急。

周恩来接7纵孙毅司令员打来的电话："中央总部，由于敌人炮火猛烈，我纵伤亡很大，现已被迫撤到第二道防线。”周恩来赶忙用电话指示杨得志、3纵队郑维山再次轻装跑步前进，终于在31日凌晨，郑维山率3纵赶到7纵队退守的沙河以北，独1旅2团随8纵于次日也赶到满城。

周恩来接聂荣臻报告3纵到达，2兵团4纵、8纵也将到达防线前沿时，才松了一口气，放下电话急忙告诉毛泽东：“杨得志的3纵、4纵、8纵都已赶到望都、满城一线。这样我们就不怕了，你用空城计瞒过了傅作义，‘赵云’赶来，该由咱们收拾他们了。”毛泽东笑着说：“你告诉聂荣臻同志，指示孙毅的7纵、郑维山的3纵从南面往北攻，指示杨得志、罗瑞卿同志从北面出击，合围傅作义的偷袭大军。”

在北平中南海傅作义办公室中，傅作义手握电话耳机，倾听着前线的报告：“据空军侦察，共军主力部队自太行山中开出。据地面侦察获悉，唐河一线，除共军的地方部队和民兵，尚有孙毅的7纵和郑维山的3纵从南攻来，西北又出现了杨得志的4纵和8纵，请总司令决断。”傅作义急令：“急告各部速回保定，会齐后撤归北平。”当傅作义获知解放军杨得志的2兵团出现在他的偷袭大军面前时，感到不可思议。仅仅时隔5天，远在平张线上的十几万大军竟无影无踪地突然出现，对蒋介石、傅作义好似晴天霹雳。蒋傅军“偷鸡不成蚀把米”，丧失官兵3700余名、战马240匹、汽车90辆以及其他很多作战物资。由于华北野战军2兵团的驰援，保卫党中央、保卫石家庄取得了胜利。

10月31日，偷袭西柏坡的傅作义军队得知杨得志率4纵队、8纵队赶到保定以西，唯恐受到孙毅7纵队，郑维山3纵队与4纵队、8纵队的南北夹击，于11月1日慌忙调头回窜，越保定败归北平。

11月2日，毛泽东主席直接电令杨得志：“在阜平待命。”而后，又在运筹部署平津战役中，决计以孙毅率7纵队、邱蔚率8纵队合围保定，相机攻城，调傅作义派兵援助保定刘化南部，以利东北野战军挥师入关。

1948年11月7日，华野2兵团独1旅编入8纵队，改称23旅，原独1旅2团改称68团。

保定守敌为刘化南一个师8个团和7个县级保安团队，约2万之众，与原石家庄守敌相等，城防工事，明沟暗堡，纵深梯次，十分复杂。国民党自吹为“铜墙铁壁保定城”，并储备有雄厚的作战物资。

守敌布防是814团守大南门至小西门，另一个营守南关，815团守城东南角至大北门东，816团守大北门西端至小西门，另派保安3团守西关各据点及河北农学院、医学院，保6团守飞机场及大清河以南各据点，保安16团守北关及东关外围各据点，另派保安团两个营守城北5个据点，派县级保安队守备火车站、气象台、师范学校等据点。保安警备司令部（33师师部）设在城内省政府院内，32师818团为总预备队。

5月时，国民党华北“剿共”总司令傅作义曾亲自到保定巡视防务，对刘化南的守城计划与工事设防极为满意，洋洋得意地说：“保定有刘化南的坚强部队，有坚固的工事和周密的兵力部署，我看解放军要来攻城，也一定是自取灭亡。”

11月初，在解除了紧张气氛的西柏坡，毛泽东主席、周恩来副主席、朱德总司令、刘少奇副主席和任弼时、总参谋长叶剑英等，正在夜以继日地运筹研究部署着平津战役。他们聚集在作战室中，对如何抑留傅作义集团军队在华北各据点上，然后以东北野战军和华北野战军进行分割包围，就地歼灭进行着谋划。与此同时，傅作义也召集部将，蓄谋“发动保定城下歼灭战”，会议结束，他的参谋处副处长任兆同说：“应赶紧密电刘化南，说总部已准备好3个军的兵力和50架飞机，准备在保定城下有效地实行陆空联合作战，总部命他以最少的兵力吸引更多的共军于城下，然后一举歼灭华北解放军主力。”

11月11日，兵团司令杨得志与政委罗瑞卿召集8纵队司令员邱蔚和各旅旅长，传达毛主席指示电：“孙毅7纵队在东，8纵队在西，东西对进。先扫清外围各据点，兵临城下后，相机攻城。”

各旅连夜将命令传达到所属团以上干部，23旅旅长赵文进在会上说：“我们打虎（指刘化南），上级命令相机攻城，这相机二字很有文章，我看是要把北平国民党军队调出一部分，以掩护我4野大军进关，同志们，我们毛主席现在的战略目标已不仅是保定两万敌军，而是要全部吃掉华北50万敌军。”讲到此处，到会人员脸上全露出了笑容，情不自禁地响起一阵热烈的掌声。赵旅长接着讲道：“我们受命围攻保定的敌军，要一

上去就猛扑敌人，彻底打掉他外围的所有据点，全部剥掉盘踞在保定的蒋介石匪帮之皮，一定要吓得刘化南屁滚尿流，这样才好调傅作义的主力南来。”

会上旅参谋长宣布了兵团司令部的战斗部署：7纵队负责扫清东关和南关之敌；8纵队22旅随兵团行动，准备相机作战；23旅攻打保定西关，拿下火车站、河北农学院、医学院、思罗医院、汽车修理公司，歼敌后，从西面逼近保定城垣；24旅先攻占保定城西南之前屯、三间房、北刘各庄、扫清该处据点，而后转为纵队预备队，准备协同23旅相机攻城歼敌。

1948年11月12日黄昏，邱蔚率8纵队从满城山里出发，趁夜黑经过神星，越过满城，直奔保定。13日拂晓，赵文进旅长率23旅进至车廉良、四里营地域，立即命令各团分散隐蔽，派出侦察员。各团指挥员也纷纷投入战前准备，进一步明确攻击任务。

为了避开敌机的轰炸，11月13日夜22时，各部队借着星光向保定外围各据点发起了猛烈的攻击，枪炮声四起，震撼着广阔的平保大地，一道道火龙划破漆黑的夜空，飞向保定城郊各据点，各路大军竞相进攻敌军各据点。

23旅67团、68团一字排开，在赵文进旅长的亲自指挥下，像两把利剑，猛刺保定。武宏团长指挥67团，以敏捷的动作，跨越平汉路，其1营直插思罗医院，首先占领医院东南教堂。他们避开敌人的正面火力，用炸药包炸开大墙，突入院内，一阵猛打猛冲，歼灭满城保安团1部。与此同时，其2营攻进汽车公司，歼灭徐水保安团大部。

68团在团长曾绍东、参谋长张振川的指挥下，直插保定西关。副团长杨万华身先士卒，带领突击队猛攻猛打，首先夺占了火车站制高点。随后，各连队迅速向东南展开进攻，在1营营长刘庆兴的率领下，1连猛攻小西关，一举攻下第3警察分局。1班班长白金生率本班率先抢占了最前沿阵地，1营直逼保定西城门。

团长曾绍东、参谋长张振川率团主力直扑城西南的河北农学院、医学院、师范学院。该处驻有国民党军一个团部，还有保安团，因距城墙较近，可以直接得到城墙上的炮火支援。

在天不怕、地不怕的一对猛将张文祥营长和陈栓福教导员的率领下，2营各连以小炸药包、机枪、冲锋枪、手榴弹开路，他们避开敌军对街道的火力封锁，破墙开路，猛攻猛插，逼近敌人。4连在北，5连从西南，两下夹攻，炸开院墙，冒着敌人的火力，迅速突进河北农学院。各排、班穿插分割，将大部分敌军歼灭，俘敌150余人，缴重机枪2挺、轻机枪8挺、长短枪200余支，一部分敌人向城内逃去，又被迂回到此处的7连截歼一部，余者逃进城去。

在连长张自生、指导员邵连林的率领下，6连各排猛攻师范学院，保安团1部仓皇逃窜。在解放军的一顿手榴弹爆炸声和机枪、冲锋枪扫射声中，未来得及逃跑的守敌当即毙命，余者全部被活捉。慌乱中，保安团将抢劫来的衣物散落一地。

只一夜，7纵、8纵就砸烂了敌人"铜墙铁壁"的坚固据点，扫清了保定的外围之敌。

在保定城内的警备司令部里，刘化南与参谋长等群僚们彻夜未眠。开始各据点纷纷告急，随后各据点联系相继失掉，急得刘化南和参谋长手不离话筒，指令他的各部："一定要坚决挺住，待明天傅总司令就会派飞机来，围歼共军。"在各据点相继纷纷报告被攻破之际，刘化南不得不下令："保不住阵地，赶紧撤回城里，加强城防。"在各据点纷纷失落、各路解放军兵临城下的情况下，惶恐不安的刘化南，不待天明便慌慌张张地急命报务员赶快向傅作义发报告急："共军意在夺我保定，以保平山，昨天晚10点至此间，共军以重兵猛攻我城外据点，全体将士奋力抵抗，终因兵力悬殊，被敌强占，逼近城防，万望总司令急速派援军和飞机救保。"

在赵文进的指挥下，23旅一举扫清保定西关守军各据点，大军直逼城下，准备相机攻城。

24旅在旅长沈平的指挥下，直取保定西南郊敌军各据点，先后攻占河北大学、保定漕河桥，占领阵地，准备担负阻击，8纵队从此摆成了纵深梯次配置，形成了由西关攻城之势。

11 月 14 日，孙毅率 7 纵队各旅、团占据了保定东面阵地，邱蔚指挥 23 旅、24 旅占领保定西北、西关、西南各阵地。纵队前敌指挥部对围城各部队下达指示：第一，迅速了解敌情；第二，组织干部看地形；第三，组织部队大搞土工作业，挖好交通壕，挖好地下通道；第四，组织各项战勤工作；第五，随时准备撤出战斗，随兵团主力去打仗。

次日，8 纵队司令员邱蔚在赵文进旅长的陪同下，到小西关 67 团阵地察看地形，观察敌情。看到 67 团正在挖交通壕，邱司令员指示："一定要挖折射角度小一些、深一点的交通壕，这样向前运动，不易被敌人发现。"他还要往小西关前去看看，赵文进旅长拦阻说："那儿你不能去，隔一道沟就是敌人城墙，离敌人太近。"邱司令员和赵旅长一直往东走到警察第 3 分局侧面的一个院子里，曾绍东团长赶紧派出警戒保护首长。邱司令员通过观察孔观察了情况，还和担任警戒的 3 班谈了话，并吩咐一位群众让他和敌人说，解放军来了很多大官，到城边观察地形，准备要攻城了，吓吓敌人。

11 月 16 日夜，7 纵队、8 纵队前敌指挥部下令各部队作试探性攻城。晚 12 点半，信号弹腾空而起，瞬间枪炮齐鸣，无数只火舌射向保定城头，各火力队把千万发枪、炮弹打向敌军，各突击队在火力的掩护下，争相突进到城下。守城敌军全员出动，玩命阻击，火力点一下子全暴露出来，正要攻城、活捉刘化南之际，各连队突接紧急命令："兵团司令部命令立即撤出战斗，随兵团北上张宣。"

然而，吓破了胆的刘化南却一再传令各部坚守城墙阵地，组织一切炮火进行阻击，慌乱地用大炮、机枪等火力胡乱折腾了一夜，竟一点儿也未察觉出解放军 8 纵队虚晃一枪，早已撤走。

8 纵队虽未攻克保定，但剥去了保定守敌外衣，为保定解放奠定了基础。不久，刘化南在傅军的接应下，弃城逃进北平。

第八章

挥师北上阻劲敌
平津决战拉序幕

傅作义集中兵力偷袭西柏坡，毛泽东运筹帷幄，出奇制胜，粉碎了敌人的阴谋，扭转战局。毛泽东根据战局变化，抓住战机，多次电令杨罗耿所部北上阻止傅作义主力35军东逃回平。根据命令，68团随8纵队结束围攻保定战斗后，不顾连日粉碎傅作义偷袭西柏坡阴谋的劳累，紧急北上张宣。在天寒地冻、风雪弥漫的恶劣条件下，艰苦跋涉在太行山的崇山峻岭、沟壑峡谷之中。团首长带头走在队伍前面，指战员们相互鼓励、互帮互助，征服各种困难，终于完成了阻敌东逃的战略部署，于1948年12月8日将傅作义的35军团团包围在新保安。

1948年11月2日，在北平中南海华北"剿共"司令部的居室里，傅作义收听完新华社播发的"解放军全歼蒋军廖耀湘兵团，东北全境获得解放"的新闻，立感头脑昡晕，这对于他这位占据华北的国民党军队最高长官是一个极为震惊的消息。短短的52天，东北的47多万蒋军精锐部队全部被歼，一旦百万共军入关，与华北共军合兵一处，自己何策相对呢？他立唤侍从去请参谋长李世杰、副司令宋肯堂及他的高参王克

俊、梁述哉商议局势。

傅作义对着几位高参、助手讲道：“国军在东北战场的47万精锐部队全部被共军吞掉，东北战事已停，共军林彪所部百万军队势必进关，会合聂荣臻部来对付我们，诸位必须谨慎相对，我今天请诸位兄弟来，就是商议一下对策，望诸位弟兄尽谈见解。”

参谋长李世杰发言：“共军在东北战事刚平，亟待休整，加之现下时值寒冬，运兵打仗困难极大，估计共军与我军举行会战要待明春，我军应集中兵力于平津塘等主要城市，划分好防区，以利对敌。”

副司令宋肯堂也接着讲道：“东北林彪的军队加之聂荣臻的军队可有百万以上，而我们只有50万，而且各军师还有一些空额，与共军相比，是二比一，力量相差悬殊，以我之见，冬天已到，共军进关尚需一段时间，正是我们扩军的好时机，可在每个县中组编起1至2个保安团，然后升编各军、师，迅速扩大新军20个师至30个师，以对付共军。”

傅作义讲道：“蒋总裁要求我们坚守平津，同意我们直接接受美国的援助。我看我们摆他个‘一字长蛇阵’，北占张家口，中居北平、天津，南据塘沽海口。接受美援，等待时机转变，或可胜之。一旦难守，西可撤归绥远，背靠‘二马’，占据西北，南可水运江南。”

参谋长李世杰讲道：“总司令既有此意，我们就应该加紧修筑平津线两侧的护路工事，加强平绥线上的护路兵力，准备运转兵力和物资，派出一支队伍，打通张家口至绥远间被共军截断的山谷通道。”

副参谋长梁述哉对各位统领说：“蒋总裁意在我们坚守塘沽海口，一则可接受美援，二则可避免从陆地南撤的危险，由海上乘舰船南撤天津的地理位置极为重要，它可上连北平，下达海岸，总司令部应迁于此，再则就是应将各将领眷属先由水上南运淞沪。”

傅作义在征求诸位助手的看法与对策后，又与诸位商定了防区的划分和兵力布置，于次日召集各兵团、军、师将领会议。总司令傅作义在会上讲：“根据蒋总裁的指令，本部制定出平津塘防区基本防卫方针，这条方针为‘暂守平津，保持海口，扩充实力，以观时变’。本人决定收缩一下我军的防线，以加强张家口、北平、天津、塘沽的防卫。决定将平津张划为三个防区，任命第11兵团司令孙兰峰为张家口防区总指挥，统一指挥驻张家口袁庆荣所部105军3个师和保安旅、驻怀来104军3个师，驻守宣化101军之271师，驻守左卫、柴沟堡、怀安镇的骑兵第5旅和第11旅。北平为第二防区，命令郭景云军长率其部35军驻守丰台，作为总部机动部队，命令李文司令率第4兵团所属16军移驻南口、八达岭、昌平地区，101军移驻良乡、涿县地区。命令石觉司令率第9兵团所属13军等由承德移驻通县、怀柔、密云地区，命令刘春芳师长率骑兵第4师和新31军驻城郊。本防区各部队直接受总部指挥。天津、塘沽为第三防区，包括唐山、芦台、汉沽、廊坊、杨村、崔黄口、杨柳青、宝坻等城镇。任命第17兵团司令侯镜如为津塘防区总司令，率本兵团及段沄军长的87军驻守塘沽地区，必须保住海口。任命天津警备司令陈长捷为津塘防区副总司令，率本部直属5个师和林伟俦军长所部62军、刘云瀚军长的86军驻守天津市郊区。命令黄翔军率92军及郑挺锋军长率94军及所属6个师分驻廊坊、杨村、杨柳青、宝坻等城镇。望诸位，坚守防区，失误者，军法处之。”傅作义调拨停当，宣布毕会，各返防区。

11月3日，傅作义突接蒋介石从南京来电，要他在4日飞南京，参加最高紧急军事会议。11月4日，傅作义带副参谋长梁述哉飞到南京，下午就参加了蒋介石在国防部举行的军事会议。

蒋介石举行的这次军事会议由国民党国防部部长何应钦、参谋长顾祝同、西北行辕主任张治中、徐州“剿共”总司令刘峙、华中“剿总”总司令白崇禧、副总统李宗仁等军事首脑参加。

在这次会议上，蒋介石讲道：“由于卫立煌等人不尽忠，党国在指挥上造成错误，导致了我军在辽西同共匪作战中遭到失败，使东北三省沦落到共匪手中。为了挽回我们的失利，特召集诸位来商讨一下对策。我认为，目前必须集中一切可能集中的兵力，以图在徐蚌地区同刘伯承的部队及陈毅、粟裕的部队进行一场生死决战。在北平，我军必须收缩防线，集中兵力于北平、天津、塘沽，牵制东北共军南下，必要时撤退过江，加强京、沪的防务。平津地区无险可据，无障可凭，我们必须放弃平津，不然将会受到东北林彪和华北聂荣臻两部的夹击，难以拔腿。为了党国大业的中兴，为了京都的安全，特此任命傅作义为华东南军政长官公署主任，统一指挥东南四省军队……”

蒋介石讲过话，征求各将领发表见解，傅作义说：“谢谢总裁的器重，宜生不才，难胜总裁提拔，50多万大军经共军占领的中原地带南撤江南实为困难，由于舰船缺少，经海运南下也困难重重。我主张，誓死与共匪血战到底，保住华北，坚决挡住林彪和聂荣臻两部共军，只有这样才能争取时间，让总裁在江南顺利组成第二线兵团，伺机组织大反攻。”

傅作义没有接受蒋介石的调虎离山之计，蒋介石只得说：“我同意宜生兄暂守华北的主张，赞成宜生兄誓与共军血战的气概，但要求你部把部队集中到天津塘沽一线，扔掉张家口一线，以便部队在一定情况下由海上南撤。”

经4天的会议与会下磋商，蒋介石调傅作义华北大军南撤主张宣告落空。傅作义离开南京准备回北平的当天晚上，突然有一位傅作义朋友叫刘不同的来拜访，该人原是国民党特务CC派骨干（陈立夫与哥哥陈果夫为首的国民党内的一股势力）。见到傅作义后，大讲蒋介石的坏话，他要傅作义千万不要上蒋介石的当，决不可南撤过江。刘对傅说：“宜生兄，如你南撤过江，你的军队势必交给老蒋，自己成为一个空头司令，那就中了‘调虎离山’之计，就会变成老蒋的‘笼中鸟’，你的一切就都完了。你可能还不知道，中央大小官都忙着往台湾运家属、财物，你可要自拿主张啊！”刘某告辞，傅作义满腹忧患，飞回北平。

在河北省平山县西柏坡的共产党统帅部里，毛泽东主席、朱德总司令、周恩来副主席、刘少奇副主席及任弼时、叶剑英等领袖们，在辽沈决战获得全面胜利后，便着手商量华北局势，就如何调集东北大军、会同华北野战军发动平津战役，实行分割、包围，就地全歼华北60万蒋傅军进行认真研究。

在会上毛泽东讲道：“东北解放后，华北敌人已成惊弓之鸟，我们要抓住时机，就地予以歼灭，才能加速敌人在全国的总崩溃。因此，马上发动平津战役就成为当前华北战场最紧迫的战略任务。”

周恩来对毛泽东的讲话尤为赞成，并对当时的全国和华北军事形势作出了精辟的分析：“蒋军当前在全国有4个军事战略集团，只有华北傅作义集团是唯一能够机动的集团。这是因为蒋军的华东刘峙集团正在集中一切可用的兵力，忙于守卫徐州的决战，自顾不暇。西安胡宗南集团，已被我西北野战军紧紧拖住，并要掩护大西南，不敢移动一步。华中武汉白崇禧集团，独自扼守武汉长江中游，并且要拱卫中南大门，更不敢他走一步。因此，只有华北傅作义集团已处于我东北、华北两大野战军夹击之中，形似孤悬，是坚守还是撤逃，一时犹豫不决，举棋不定，趁其尚未撤逃，就地包围歼灭最好。”

周恩来走到华北军事态势图边，指着敌我双方军事部署标示指出：“目前，傅作义要是能逃跑的话，的确是能够跑掉的。因为，我们华北40万野战军，要阻挡60万蒋傅军逃跑，那是困难的。根据这种局势，必须抓住傅作义守撤两难之际，集中优势兵力，从现有态势出发，立即进行切割、包围，然后再一一予以歼灭，这是最上策。但要达到这个目的，关键是东北野战军必须提早入关，协同华北野战军共同发动平津战役，以绝对优势兵力进攻才能成功。”

毛泽东根据北平地下党提供的情报讲道：“根据我们收到的情报分析，判断傅作义集团处在目前态势下，之后的动向不外下列三种：第一，蒋傅两家军队全部坚守平津塘；第二，蒋傅军全部南逃；第三，蒋系24个师南逃，傅系20个师西逃。傅作义集团上述三种动向，以第一种对我们最有利。目前，这种犹豫不决的状态是最好的时机。从战争的全局来看，我们抓住蒋系24个师和傅系20个师于华北，就地分割、包围，然后逐一予以歼灭。这样，一来有利于东北野战军就近入关作战，二来将加速蒋介石统治集团的全面崩溃，使蒋在江南的防线无法组成。如果让华北蒋傅军南逃、西跑，我们虽然不经一战而取得平、津，但是对未来的战局很不利。”

朱德就解放军在华北的兵力讲道：“华北野战军总计40万，除去徐向前兵团包围太原的3个纵队15万人，只有杨得志、杨成武两兵团6个纵队20余万，能用于平津蒋傅军作战，这样的兵力对比，20余万对60

万，我军处于劣势。如果傅系20个师要西逃绥远，我华北两个兵团是难以有把握阻止西逃的，也难于歼灭其主力。如果蒋系24个师集中于天津、塘沽，逐步由海上南逃，我华北两个兵团亦无法破坏其南逃计划。况且傅系军队一旦西逃，蒋系军队势必同时南逃。如果是这样的话，那就会使我华北两个兵团顾此失彼。”

毛泽东根据上述分析说：“要就地歼灭华北60万蒋傅军，只有东北野战军提前入关，才能迅速抓住敌人，加以分割、包围，然后再各个歼灭。”

由此会议决定：“东北野战军主力在辽沈战役后，必须不待休整迅速入关，完成对华北蒋傅军之战略包围，在包围的态势下再进行部队休整，以加速全国胜利早日到来。”

10月29日，毛泽东就电示东北野战军总部，命令东北野战军2兵团司令程子华、政委黄克诚，立即派吴克华第4纵队和贺晋年第11纵队和3个独立师、1个骑兵师，迅速由锦州附近入关，部署于蓟县、三河地区，直接威胁北平，以配合华北杨得志兵团粉碎蒋傅军偷袭石家庄的阴谋，而后这支队伍就成为东北入关的先遣部队，集结于冀东地区。

11月16日，毛泽东电示林彪：“东野主力应早日入关，包围津、沽、唐山，在包围状态下进行休整，使敌无法从海上逃跑。”并于第二天中央军委又指示林彪，要东北野战军定于11月25日左右开始进关。而后又下了一道命令，严令林彪：“应立即命令东野各纵队，以一两天时间完成出发准备，于21日或22日全军或至少8个纵队取捷径以最快速度行进，突然包围唐山、塘沽、天津三处敌人，不让其逃跑。”

为了稳住傅作义不致其逃跑，毛泽东指示东北野战军林彪和华北野战军各部队：“第一，东野主力各部队在入关时，一律采用隐蔽行动，尽量不使敌人发觉；第二，正在围攻太原的徐向前华北第1兵团，暂停对太原之攻击，以免刺激傅作义下决心西撤；第三，杨成武的华北第3兵团，撤去对归绥傅军之包围，集中兵力于绥东集宁附近，以阻止傅部向绥远（傅军老巢）撤逃；第四，华北野战军总部直属第7纵队，对保定守军只采取监视，而不要急于攻击歼灭；第五，趁傅作义已经派人前来和平谈判的机会，要稳住傅作义，以便集中力量尽快解决蒋系军队问题。”

11月20日，毛泽东主席在指示东野入关具体步骤同时，指令“驻曲阳的杨得志兵团的2个纵队立即前往张家口附近，配合杨成武兵团和詹大南部队，执行包围张家口和阻止傅系部队西逃的任务。”

杨得志司令员、罗瑞卿政委及耿飚参谋长接到毛泽东的电示，立即传令各纵队准备回师平绥线张家口。

毛泽东为了保障东北大军隐蔽入关，把傅作义的注意力引向西线，命杨成武11月25日在撤围归绥后，以6天时间，包围张家口，并特别指出：“抓住并包围之后，不要攻击，意在吸引北平之敌西援，然后协同华北2兵团和东北野战军先遣兵团，把傅系主力分割包围于平绥线上，这样就抓住了傅作义主力，拖住蒋系军队南逃。”

傅作义正在与政工处处长王克俊谈论徐州战场战情，总部参谋长李世杰突拿电报走进办公室，并说这是孙司令急电，张家口正遭受共军四面进攻，情势十分吃紧，要求总司令派35军前往增援，以确保张家口之安全。

傅作义连夜召开将领会议，会上经研究决定派他的血本部队35军立即前往增援张家口，协同守军向解放军发动一次大反击，以稳住平绥西线的局势。

11月30日，35军军长郭景云率领所部101师和32师及炮兵、汽车队，不分昼夜自丰台开往张家口。傅作义本人也亲飞张家口。

果然，傅作义的主力被毛泽东调向了张家口，中了“诱敌西去”之计。

12月4日下午5时，傅作义自张家口飞回北平，突接蒋系第9兵团司令石觉的电报：“北平北面80里的密云县城已经遭到秘密入关共军进攻，13军155师已败下来。”傅作义闻报极为震惊，为保北平，他不得不调35军回北平。

根据敌情变化，毛泽东多次电令杨罗耿所部：“务必抓住战机，阻止敌35军东逃。”

为了执行中央军委的命令，杨得志、罗瑞卿率所部经狼牙山、紫金关、五台山昼夜兼程直奔平张铁路线，堵截傅作义主力军。

华野 2 兵团的十几万大军遵照军委指令，不顾连日粉碎蒋傅军偷袭西柏坡阴谋的劳累，在天寒地冻、风雪弥漫的恶劣条件下，艰苦地跋涉在太行山的崇山峻岭、深沟峡谷之中。长长的队伍，望不尽的人流，夹杂着骡马，火炮潮水般向前急涌。

杨得志手握中央军委电报对罗瑞卿说："中央军委指令，限我们 5 日必须赶到，可我们的行进速度与军委要求差得挺多，必须还得要求各纵旅团进一步加快步伐，要求 3 纵前卫团执行强行军，务必在军委要求的时间前赶到。"罗瑞卿随声附道："兵贵神速，时间就是胜利，要各营连加强宣传鼓动，告诉各团，我们将有大仗打了。"叫警卫员速去叫通信营营长，通知各纵各旅，克服一切困难，加快行军速度。

天渐渐黑下来，严冬的夜晚，入冬的太行山区寒气袭人，越是向北走，山越高，风越硬，雪越大，困难也越多起来，但是指战员"歼灭 35 军，活抓郭大麻子"的求战激情越发高涨。行进在 19 万大军中 23 旅 68 团 2 营 6 连，干部战士许多人都拄着一根木棍，一个紧挨一个向前奔走，许多干部接过老弱战士的枪扛在肩上。指导员邵连林、连长张自生边走边鼓动："这次去张家口，是毛主席亲自指示，我们可得完成任务。""这次我们可要有大仗打了。"……当听说要有大仗打了，广大指战员顿时被激起了情绪，谁也不肯落伍，风寒飞雪、吃不饱肚子、劳累困倦早已被指战员抛到了九霄云外。

在滚滚的人流中，68 团团长曾绍东和参谋长张振川，早已将马让给了伤员，夹杂在队伍中，并肩步行。张参谋长转过头向曾团长说："我们第一阶段路程走完了。"曾团长用眼扫一下从身边跑过的指战员笑着说道："走路对我们来说，早已成了张飞吃豆芽——小菜一碟。"接着张参谋长感慨地说道："团长，形势发展得真快呀！想当初，敌人何等猖狂，我们与傅作义战斗在从山海关到张家口这条千里战线上，他控制铁路，有大量的摩托化部队，我们何等的艰苦，仅仅两年，就打出了这样大好局面！"

漫长的冬夜大兵团行军，又夹在纵横的沟沟谷谷之中，杨得志司令员只得将下达的指令让各部队逐梯次后传。行到涿鹿县境，突然传来消息，35 军由张家口返北平，被 3 纵队阻截在新保安，现正在拼死突围，妄图与前来接应的 104 军会合，情况十分紧急，要各旅立即轻装，执行强行军，在一天内赶到。

"一天时间，130 里，部队已经进行了几天几夜的急行军，现在还没有吃饭。"张振川参谋长说道。曾团长沉思一下，说："是啊，两天的路程，一天走完，十几万人一起行动，困难不小！"张振川参谋长接着又说道："没料到任务来得这么快，走路对我们来说，虽然不在话下，但终究要靠时间呀！而且还是秘密行军。但是，这是关系全局的任务。"曾绍东插言："困难再大，我们也要坚决完成！"团政委张复海跟上来接着说："对，我们几人赶紧分头动员，看来要分秒必争，我们的动员口号就是'保证提前赶到新保安，坚决抓住 35 军，活捉郭大麻子'。"

指战员一听说要抓 35 军，激动得不得了，劲头一下子就激起来了。

部队几乎是一路小跑，来不及做饭，战士们就一把一把嚼生小米，此时正是寒风呼啸，气温在零下 20 摄氏度，每个人的棉袄都冒着热气。

年轻的副政委孙筱川，站在路旁大石头上高声鼓励说："同志们，要紧跟，千万别掉队，掉下队就赶不上抓 35 军了，快走哇，复仇立功的时候到了！"

大个子杨万华副团长如同长有飞毛腿，走在全团前列，边走边鼓动，形成一股无形的影响力。

在与风雪严寒、崇山峻岭的搏斗中，官兵互相关心，互相帮助，亲如手足，团干部把马都让给了伤病员和体弱战士。面如书生的政委张复海和经历二万五千里长征、跑遍冀北山区的团长竞赛起来。好多人看到团长、政委的坚强步伐，尽管脚上磨出了血泡，也纷纷鼓起勇气，你追我赶起来。连排干部争着替体弱的战士扛枪，有的甚至背起体力不支的战友向前走，有的自己鞋子磨出大洞，却把自己的备用鞋送给战友。排长赵印有肩上扛着 4 杆枪，脚不沾地地向前奔着。他们硬是咬着牙，以无比坚强的毅力走出了太行深山。

7日拂晓，23旅在赵文进旅长的率领下，到达涿鹿县桑干河时，已看到下花园发电厂大烟囱冒着白烟，忽又接紧急命令："直插张宣之间沙岭子，切断张家口与宣化的联系。"当部队越过桑干沟，爬过老东山，到达胶泥湾时，杨得志司令员的骑兵通信员跑来传达紧急命令："8纵队回头，向东追击35军。"一西一东，23旅多跑100多里，任务的下达，就是动员令，部队迅速轻装跑步前进，似乎把连续急行军的疲劳都忘了。战士们说："只要抓到郭大麻子，消灭35军，跑多少路都不怕。"

部队转头向东，越过宣化、下花园向新保安猛进。按纵队的部署，23旅准时抢占了新保安城北的八宝山。

8日拂晓，华北野战军第2兵团全部汇集新保安城外，将傅作义的35军团团包围起来。

包围新保安以后，邱蔚所部第8纵队位居新保安城西北面。

张家口守军傅作义部将孙兰峰，接35军回北平在新保安受阻电报，急派暂8军5个主力团，沿着铁路南下，意在抢占宣化县城，打通张家口与新保安的联系。

接此情报，杨得志急令23旅去争宣化县城，接命令后，赵文进命所部67团、68团、69团立即轻装强行奔宣化，23旅跑步120里抢进宣化南城门，敌人也在此时进入北城门，在城内双方展开激战。敌军站脚未稳，遭此一战，恐受歼灭，急忙退出宣化。23旅占领了宣化县城，随后接到指示，将防守宣化的任务交给3兵团，23旅奉命回围新保安35军。

自此，平津决战拉开了序幕。

第九章

先围后攻新保安
三十五军被全歼

根据毛泽东“将傅作义集团抑留华北，分割包围，就地歼灭”的作战方针，华北野战军2兵团将傅作义35军牢牢包围在新保安，长围久困，待命歼灭。68团指战员战斗热情十分高涨，白天密切监视敌人，苦练攻城及爆破战术，晚上不顾天寒地冻挖战壕修工事。1948年12月22日发起总攻，68团在新保安城西北角，对敌35军101师303团发起猛攻，指战员们犹如下山猛虎，攻克一个个敌堡，攻入城内，与顽敌展开白刃战。经过11个小时的激战，全歼敌35军，敌军长郭景云绝望自杀。先围后攻新保安，全歼傅作义的起家王牌35军，是平津战役开场第一仗，为夺取平津战役的全面胜利打开了局面。

在西柏坡中共中央所在地，毛泽东收到华北野战军第2兵团司令员杨得志的电报，获知傅作义王牌35军被杨得志所部围困在新保安城内，甚感欣悦，立即复电杨得志：“杨得志兵团对新保安之敌，杨成武兵团对张家口之敌，均采取迅速构筑多层阵地、长围久困、待命攻击之方针。杨得志所部部署重点在东面，杨成武所部部署重点在西北两面，务使各

敌不能逃跑，以利我东北主力陆续入关，完成对北平、天津、塘沽、唐山诸敌之分割包围部署。”

接到中央命令后，杨得志、罗瑞卿、耿飚立即在平张前线指挥部召开各纵队旅长以上将领会议。3 纵队司令员郑维山、政委胡耀邦，4 纵队司令员曾思玉、政委王昭，8 纵队司令员邱蔚、政委王道邦、副司令员萧应棠，以及各旅旅长、政委到会，23 旅旅长出席了会议，会上杨得志传达了中央军委命令，要求各纵各旅严守阵地，防止敌军突围。并对城东 4 纵队阵地加强了部署，要求各部白天隐蔽防守，夜间集中兵力挖战壕，迅速构筑好多层防御工事，以利长围久困。耿飚代表兵团司令部对各纵各旅的具体部署作出了指示，强调指出：各级领导必须深入本部阵地，突击挖壕，构筑工事，查明敌情，以各种方式向敌军发动政治攻势，并明申哪部阵地被敌军突破，哪一部领导就要承担全部责任。

会后各旅团立即部署，投入抢修工事的紧张战斗。

被围在新保安城内的 35 军军长郭景云，这个有勇无谋的鲁莽将军，自恃美械装备，是快速之师，全然不把解放军放在眼里，多次对部将说：“聂荣臻的队伍没什么了不起。”竟不顾部将冯梓师长对敌情的报告和雷震副军长的劝阻，贻误了战机，被困新保安。

12 月 8 日拂晓，郭景云命令 101 师师长冯梓率两团攻击前进，与解放军 3 纵队展开激战，35 军以猛烈火力夺下火车站，冯梓发觉解放军已改变了以往战术，不再是“打不赢就走”，而是硬拼。他把两个团兵力全部展开攻击前进，但在王昭的指挥下，4 纵队 12 旅 36 团凭借坚固工事，勇猛攻击，任凭傅军猛攻猛冲，虽然突破一些阵地，但一天也未打到城东东八里的解放军阵地。

9 日拂晓，郭景云又指令他的常胜将冯梓率部突围。冯梓将主攻方向改在右边，并且组织最强火力开路，组织几个突击队反复猛冲。在两军激战中，应郭景云请求，傅作义自北平派来 20 多架飞机轮番轰炸解放军阵地。冯梓曾以一个整团就势一度夺占东八里解放军阵地。王昭亲临前沿，指挥解放军 4 纵 12 旅英勇反击，重新夺回阵地。激战到午后 2 时，傅军又组织两个团轮番冲击，恰在此时，解放军 4 纵队 11 旅由侧翼反击上来，傅军受到夹击，败下阵去，拼了一天，仍无出口，傍晚冯梓只得收兵回城。

郭景云一看冯梓败阵下来，仍不服气，决定自己亲自出马。

12 月 10 日拂晓，郭景云亲率两个师（101 师 2 团留守城内）进行突围。

然而在 9 日，郑维山就亲率两旅增援王昭，构筑了第三道防线，打退了傅作义 104 军西援之军和 35 军突围部队。

郭景云一出城，就指挥炮火猛轰解放军 3、4 两纵队阵地。猛烈的炮火炸得阵地烟尘弥漫，但是 3、4 两纵队指战员英勇阻击，寸土不让。郭景云猛战一天，连一道解放军防线也未攻破，反倒是伤亡 500 多人，只得败兴而归。

10 日，收到中央军委电贺：“杨罗耿 3、4 纵队昨日击退东西两路犯敌，确保自己阵地，应传令嘉奖。”

在敌 35 军刚进入新保安城之时，祸乱张宣一带的土匪头目丁三，在解放军大兵压境、无处藏身的情况下，带着 4 个人数不等的地主还乡团和匪队，约 400 多人，逃进新保安，梦想在 35 军的保护下存生。

在北平城中的傅作义，接连收到各处电告：发现东北共军入关。他唯恐 35 军难归北平，急与参谋长李世杰商议，最后傅作义决定以“连环套”用兵之法，将 35 军解救出来。没想到他的一字长蛇阵却给了东北野战军入关先遣部队程子华兵团，以分割包围歼灭之良机。

9 日，东北野战军入关，先遣兵团开至平绥线，包围了西援 35 军的 16 军于康庄。10 日，全歼 16 军，占据康庄、青龙桥一线，切断了 104 军归路。104 军感到自身难保，撤军逃跑，于 11 日被东北野战军 11 纵队全歼。

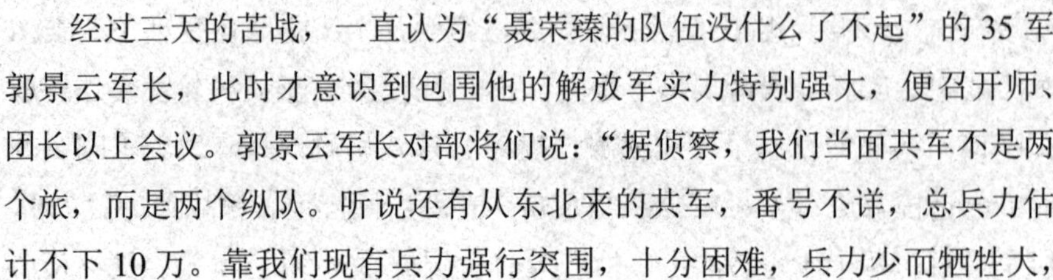

经过三天的苦战，一直认为“聂荣臻的队伍没什么了不起”的 35 军郭景云军长，此时才意识到包围他的解放军实力特别强大，便召开师、团长以上会议。郭景云军长对部将们说：“据侦察，我们当面共军不是两个旅，而是两个纵队。听说还有从东北来的共军，番号不详，总兵力估计不下 10 万。靠我们现有兵力强行突围，十分困难，兵力少而牺牲大，

并且没有绝对的把握。我犯了判断上的错误，我总以为，平张路是我们经常往来的道路，想不到一下子会出现这么多敌人。现在后悔也没有用了。我的意见是暂取守势，以待援军。我已电告傅总司令，要求从北平和张家口两面派兵来援，东西夹击，我们从中内应，一举即可打破包围。我想总司令是不会不管35军的。看诸位弟兄还有何高见？”

经过三天激战的35军两位师长冯梓和温汉民尝尽苦头，根本不敢再主张突围一事，各团长也意如此，都沉默不语。最后由冯梓提议，大家同意给傅作义发报。傅作义收报后即时复电：“同意固守待援。”从此，郭景云所部35军被困新保安城中，成为蒋傅军队被围困在平、津、张、塘、新保安五点之一。

将35军包围在新保安，各纵队旅团领导按照杨得志、罗瑞卿、耿飚的指示部署，一边加强防守，防止敌军逃跑，一边加紧挖壕筑垒，作长围久困准备。

位于新保安城外西北解放军阵地上的23旅，白天派一部兵力监视敌人，晚上则以主力挖战壕、建工事。

此时正值数九寒冬，大雪覆盖大地，气温在零下20多度，地冻得硬邦邦，一镐能刨下拳头大一小块，刨上几下，手就震得生疼。加上夜间寒风凛冽，许多人手都震得裂口数道，血染镐把。但坚强的战士们坚定地说：“地再硬，我们的意志比钢铁还硬，虽然冻土一米多厚，可有的战士一小时就挖一米多，几天工夫，在阵地前就挖出了并肩能走两个人的交叉交通沟，有的通过铁路挖到距城墙只有几十米的地方。”

8纵队司令员邱蔚、政委王道邦亲临前沿检查工事，对旅长赵文进、68团团长曾绍东、参谋长张振川说：“我们的战士真是了不起，你只要把道理给他讲清楚，他们就能做出天翻地覆的事情。”

占领新保安北山阵地后，23旅68团的干部就忙起来了。各连排的决心书、请战书像雪片一样飞到团里，各连请求担任“突击队”任务的电话昼夜不停，老是缠着团长、政委。

团长曾绍东、副团长杨万华、参谋长张振川每天都到各连阵地，检查挖战壕、筑掩体和出击准备工作。

可是时间一天天过去，指战员就是听不到出击的命令，一些性急的指战员坐不住了，整天跟在参谋长张振川身后说：“参谋长，天天让我们像猫瞅耗子似的，光看着不叫打，这叫啥仗？”

团政委张复海与其他几位团领导根据指战员思想情况召开了全团连以上干部会议。在会上，张政委说：“既然抓住了，为什么围而不打呢？就是为了稳住傅作义，死死拖住他，不让他从海上逃跑，然后就地解决。这个英明决策是毛主席亲手制定的，它的英明之处就在于不到火候不揭锅。辽沈战役胜利之后，傅作义慌了手脚，便在南逃和西蹿上犹豫不决。不论他南逃和西蹿，我们都包围了张家口，从西面抓住敌人，不仅卡死了他的西蹿之路，同时还迫使他调基本部队到平绥线上来。经过十几天的作战，友军已歼灭了好几个师。现在我们在新保安包围的35军，就是傅作义的嫡系部队，是他的王牌军，我们不仅要包围它，不让它跑掉，而且要消灭它。要完成这个艰巨任务，必须作好充分准备，要抓紧战前的一切时间练兵、抢修工事，一定保证打好这一仗。”

曾绍东团长在会上强调指出：“上级给我们的任务是：坚决围住敌人，不准敌人逃跑，作好出击准备。”

会议之后，各连指战员立即投入了紧张的爆破准备，发动政治攻势。

一日，团长曾绍东和参谋长张振川到前沿选择攻城突破口，突然接通信员报告说：“赵旅长已到咱团指挥所，请首长回去。”两人赶紧奔回指挥所，张参谋长边走边对曾团长说：“旅长亲临我们前沿，说明我们这个地方是关键的关键。”

团长随着说道：“是啊！旅长的一贯战斗作风就是哪里最关键，就出现在哪里。”

两人推门而进，看到赵文进旅长坐在桌子旁，曾绍东团长开口说道：“我们预料旅长会在这个时候到我们这里来的。”

“怎么能吃现成的呀！你们准备得怎么样？”旅长微笑着说道，接着又说：“敌人是要狗急跳墙的！”他一边说，一边走到作战地图边讲道：“35军是傅作义起家的部队，装备精良，又有坚固的城堡，是很狂妄的。但是敌人总是高估自己的力量，只要我们选择好突破口，就能顺利突破，及时扩大战果，打他个落花流水！”

接着赵旅长对团长说：“走，到前沿看看去！”

赵旅长与曾团长、张参谋长、杨万华副团长来到城西北方向挖好的隐蔽观察所，赵师长接过张参谋长的望远镜，对着新保安城西北角敌军阵地反复观察。

此时，敌军不停地向着城外解放军阵地打炮，一发发炮弹掠空而过，落在隐蔽部后面。

正在赵文进旅长与曾绍东团长等观察地形之时，突然，两架敌机在前面山头投下几包东西后，从东边绕到西北来，曾绍东团长赶忙招呼道：“旅长，敌机过来了！”

赵文进旅长抬头看了看飞过来的美制飞机说：“它现在顾不上干涉我们！”他摘下望远镜，坐在石头上又说：“它得赶快回去运急救品，因为郭大麻子这会儿像热锅上的蚂蚁。”果然，飞机绕了一个圈，转向东南飞去。

经过赵旅长和团长、参谋长、副团长仔细观察，突破口最后选择在城西北角向东第一个墩台。

当天晚上，经张振川参谋长提议，团政委、团长商议，决定由张参谋长带1营到前沿，进行火力侦察。趁着夜幕，张参谋长与刘庆兴营长率1营指战员来到城西北角对面的战壕里，刘庆兴营长向各连长交代完任务后，随即各连向城上一齐开火，一条条火龙飞向敌阵。与此同时，35军101师303团从各火力点进行猛烈还击，刘庆兴营长一边指挥，一边动脑筋想点子，一会儿指示突击队佯攻，一会儿指示一些指战员挑着羊皮袄，故意暴露假目标，以引诱敌军暴露火力点。经过两个小时的火力攻击，基本摸清了敌军防御火力配系。张振川参谋长边侦察，边判断，边记录。

根据68团攻城任务，曾绍东团长和张振川参谋长深入连队，组织了以2连为主的36人的爆破队。爆破队组成后，立即投入紧张的临战演习，2连6班副班长许学顺，一次又一次地练习在敌人火力下通过的动作。队员们情绪十分高涨，他们之间互相挑战、应战，战斗激情十分高昂，纷纷表示要在战斗中立功当模范，争当爆破英雄，争取在火线入党，并纷纷将自己的被子拆去棉套，裹炸药，自做炸药包。

68团指挥所设在新保安八宝山东黄庄村西侧一个小山洞内，一天中午，曾绍东团长和参谋长等人刚研究完当晚把交通沟挖过铁路的事情后，独自走到洞里去休息，参谋长、副团长等到洞口外晒太阳。忽然，孙筱川副政委在前边石坎处喊："参谋长，快来看，敌人在向咱们团指挥所方向瞄炮。"张振川参谋长一边应答，一边急步向他站立的石坎走去，刚到石坎边，敌人一排排炮弹就飞落在指挥所洞口处，"轰！""轰！"几声巨响，火光闪处，土石迸飞，随之传出几声惨叫，杨副团长等赶过去一看，参谋长的警卫员小郭当场牺牲，还有几个团里的警卫员负伤。张振川伏在壕边，用望远镜向山下新保安城西北角各城垛子观察，忽然发现有许多望远镜在反光。孙筱川副政委在一旁说道："敌军官在看地形，叫炮手干他一锤子！"张参谋长随即叫通信员去找团迫击炮副连长李英（曾是国民党新六军迫击炮手，是在平泉小寺沟战斗中被解放过来的）。李英飞快赶来，参谋长对李英说："瞄准城西北角那个城垛子，回敬他一炮，一定要打在垛子上，不要多，只要一发。"受过蒋军军校培养的李英，不慌不忙，用缴获的蒋军的美国造迫击炮，瞄了又瞄，他从战友手中接过一发炮弹，送进炮膛，一声轰鸣，弹头飞向城头，瞬间一声巨响，一团火光在城垛子上爆炸开花，顿时掀起一股黑烟。

"打得好！"孙筱川副政委欢叫起来。

在城头，一群傅军赶忙抢救101师少将副师长常效伟。

被围困在新保安城内的35军军长郭景云，一边期待傅作义派兵解围，一边加紧修筑防御工事，做长期固守打算。郭景云除派各团抢修城外阵地、城防工事外，还在城内各街道修筑碉堡、院垒、掩蔽部等。士兵、还乡团每天除防御外，都得修筑工事，累得各部怨声载道。

被驱赶着去修工事的老百姓，饿着肚子，冒着寒风，踏着冰雪，受尽苦难。

老百姓粮物被抢走，许多房院被拆掉，用作修工事，有些房院也被修为工事。城内人民盼着解放军攻城。

补给断绝，35 军只得靠傅作义由北平派飞机空运接济，每当飞机空投物资，解放军各部就以炮火轰击，使空投场日渐缩小，飞机也随之不敢低飞，许多降落伞吊着物资，经风一吹，便飘落到城外解放军阵地上，城内守兵，绝望至极！

郭景云为了鼓动军将的士气，在城隍庙召集所部将校开会，他说："我们 35 军有跟傅总司令守城的传统，直奉联阎对冯（玉祥）军作战，我们守过天镇；北伐战争我们守过涿州；抗日战争，我们守过太原；'剿共'战争，我们守过绥包。四次守城战，除太原以外，没有不胜的。现在守个新保安，那还有什么说的？"接着又迷信自欺欺人地说："为将者就怕犯地名，我们鲁军长在山西右玉县跟解放军作战时，有个地名'破虏堡'，那天本该在那里宿营，但因虏与鲁同音，又走了 10 多里，另找了个村子。我们今天守新保安，地名很吉利，我是长安人，我的儿子叫永安，长安、永安、保安，有了这三安，保证 35 军可以平安地返回北平。"一经传开，各级官兵争相打卦算命，结果都有吉无凶。

当解放军顺利完成对华北傅作义占据的五座城镇的包围后，驻在西柏坡的毛泽东、周恩来、刘少奇、朱德、任弼时、叶剑英等非常高兴，聚集在军委作战办公室中，开始研究筹划平津战役第二阶段的作战指导方针。

毛泽东指出："被包围在五点上的蒋傅军，我们应该首先攻克塘沽，切断敌人从海上逃走的门路，形成'关门打狗'之势。另一面在西线首先攻克新保安，这是因为被围在新保安城内的 35 军，是傅作义的精神支柱，只要歼灭了 35 军，傅作义就西逃绥远不成，从海上南撤决心难下。只要塘沽、新保安两点攻克，就全局皆活了。"

周恩来说道："北平自元朝后，明清均为国都，文物古迹极多，历代战争对于文化古都都给予了避免，我们更有责任予以保护。为了迫使傅作义早下决心和平解决平津战争，毛主席提出的'先打两头，后取中间'，平津战役第二阶段的作战方针最为上策。"

会议一致同意毛泽东所提的“先打两头，后取中间”的方针。

12 月 19 日，毛泽东收到东野 4 纵队由南口前往张家口增援杨成武兵团的电报，立即电令杨得志司令员：“在东北 4 纵到达张家口并部署好之后，杨罗耿兵团即发起对 35 军之攻击，准备 5 天左右解决战斗。”

傅作义自以为万无一失的“连环套”战策，仅仅几日就被解放军程子华所部击破，不但没有解救被围在新保安的 35 军，还连失 16 军和 104 军两个军。当傅作义获知前去解救 35 军的 16 军、104 军全被解放军歼灭，顿时痛心疾首、惊慌失措起来，深恐 35 军也遭此厄运，不待与众谋士商议，就急匆匆地亲自指令电台，急忙给被围在新保安的 35 军军长郭景云发急电：“立即进行轻装，准备趁黄昏火速突围归北平。”

35 军参谋长田士吉从报务员手中接过电文，急忙念给军长郭景云听，郭景云当即就让参谋长召集各师团长开会，进行突围部署准备。

在北平中南海傅作义司令部中，参谋长李世杰闻知傅作义已电令 35 军当晚进行突围，急忙电告政工处处长王克俊、副参谋长梁述哉，一起面见傅总司令，陈述突围之风险。当诸位高参一一分析战情后，傅作义才感到命 35 军突围有被歼灭之风险，又急忙让参谋长李世杰电示 35 军：“共军重重包围，目前突围不易，应仍固守待援。”

次日傍晚，正在准备突围的 35 军军长郭景云，又收到了傅作义放弃突围的电令，只得传令各部，仍固守待援。

郭景云接受傅作义“固守待援”的指示电后，命令各师团进一步加强工事。各师团在全城周围城墙上挖了密密麻麻的射击孔，在城脚下遍筑地堡工事，在城内各房院、街口都用石头、沙袋筑起了地堡街堡，加上原有的钢骨水泥碉堡，构成了全城内火力控制网；城外挖有很深的外壕以及地堡、鹿砦、铁丝网等障碍物，形成了坚固的外城防线。

一日，郭景云亲自检查各处工事，沾沾自喜起来，竟当着部众吹起牛来：“让共军来吧！没有二十天、三十天，休想打进来。”

傅作义一边连电郭景云加强城防工事，一边连日向新保安空运烟酒茶糖等，以安定 35 军将校情绪。

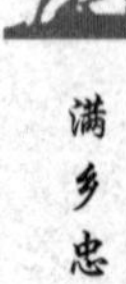

杨得志接到攻击新保安的命令后，与政委罗瑞卿、参谋长耿飚商议，决定在发动武力攻击之前，本着毛泽东“不战而胜”的教导，以免35军官兵无谓牺牲，减少新保安城内居民生命房产的损失，决定发动政治攻势，对傅作义的35军军长郭景云发出紧急劝降信。

劝降书云：

郭景云军长暨35军全体官兵：你们被围在新保安孤城，粮弹两缺，援兵无望，完全陷于绝境，等待着被歼的命运。傅作义大势已去，南口、通县、沙河、良乡、卢沟桥、丰台、门头沟、石景山、南苑、廊坊、唐山等军事经济要地，已经丢了，眼看北平、天津也保不住，就要全军覆灭。暂3军、16军在怀来、康庄之间已大部被歼，暂4军也被包围在张家口，同你们一样欲逃不得。傅作义既然救不了暂3军、16军和暂4军，又怎能救得了你们？既然保不了北平、天津，又怎能保得了新保安、张家口？因此，你们不要想任何增援，你们不就是因为增援张家口而陷入重围的吗？暂3军、16军不就是因为增援你们而被歼灭了吗？你们也不要幻想侥幸突围出去，本军对你们包围得像铁桶一样，而且东至北平，西至张家口，沿途到处都是解放军，不要说你们没有长着翅膀，就是你们长着翅膀也是飞不去的。你们更不要幻想你们所筑的那点工事能够固守，请问新保安的工事比之石家庄、临汾、保定等处的工事如何？更不要说济南、锦州、长春、沈阳、洛阳、开封、郑州、徐州等地方了。本军以压倒优势的火力，只要向你们集中轰击几个小时，或者更多一点时间，立刻就会使你们全军覆灭。本军为顾念你们2万多人不做无谓牺牲起见，特向你们建议，立即向本军缴械投降，学长春郑洞国、新7军的榜样，本军当保证你们官兵的生命安全和你们随身携带财物不被没收。本军所要求于你们的，只要投降时不破坏武器、不破坏汽车和所有军事资财，不损坏全部文件等。如果你们敢于拒绝本军这一忠告，本军就将向你们发起攻击，并迅速干净全部地消灭你们。识时务者为俊杰，在此紧要关头，你们中当不乏聪明的人。

时间不会太多地等待你们了，何去何从快快抉择。如愿接受本军建议，当即派负责代表出城，到本军司令部谈判。

平张前线人民解放军司令员杨得志

政治委员罗瑞卿

12月18日

劝降信拟好后，耿飚将信封好交侦察营营长，命其用无头弹投入城中，并在解放军对城内的广播中播放。

各纵队根据兵团司令部指示对被包围在新保安城的傅作义35军全面展开政治攻心战，各方面阵地前普遍竖起了高大的标语牌，上书：过来吧！缴枪不杀！只有投降才是活路一条，等等，还将俘虏放回城里去宣传。

杨罗耿兵团敌工部部长甄华与35军101师师长冯梓是同学，旧交甚密，他亲自写信，规劝冯梓师长率部起义。

我是甄梦笔，甄华是我的新名，我这几个字，你还可以认得出是我写的。现下你们35军孤望无缘，无有生路，你们完啦，万望令兄能看到包围新保安的解放军兵力已超过35军数倍，顷刻间新保安将在解放军的重炮轰击之下化为废墟，35军将要全军覆没，葬身于瓦砾之中。要求你晓明大义，快率部起义吧！机不可失，时不再来，良机不可错过。

切盼令兄将功折罪，率部起义才有光明。

学友梦笔

15日，甄华部长将信命人送到前沿，装入空炮弹壳中打入城中，解放军观察人员用望远镜观看文件落地，被人捡起送给冯梓。

郭景云，出身贫苦农民家庭，文化水平不高，青年时便投身军伍，是极不善运筹的勇猛将军，极重兄弟义气，极为忠于傅作义。郭景云治军严厉，为国民党军队所少有。35军进入新保安，有一居民向他报告士兵冒犯军纪，结果查明属实，立时正法。加之各师、团长们跟随傅作义多年，“宁死不降”思想浓厚，无人敢向郭景云进行劝降，因人们都懂得，只要有此举，当时就完全有可能会被郭枪毙。加之郭景云经常用军法吓唬师、团长：“谁的阵地被突破，我就要谁的脑袋！”其部众明知不降只有死路一条，也无人敢提投降一事。

在此期间，解放军各部队也对敌下级军官、士兵展开了积极的政治攻心战。在各阵地遍设标语牌：“缴枪不杀，欢迎过来，立功受奖。”指示各部到阵地前趁夜间喊话：“我军优待俘虏，不杀不辱，想工作给工作，要回家的给路费。”并用空弹壳向城内大量散发《告傅作义官兵书》《投降通行证》等传单，以瓦解敌军斗志。

被困在新保安城中的郭景云几乎每天都向傅作义发报，请示是突围还是固守，急得傅作义六神无主，每天在他的办公室兜圈子，打转转，一会儿回电“准备突围”，一会儿考虑无把握，赶紧给郭景云回电“固守待援”，拿不出任何解围办法。由于傅作义举棋不定，前后矛盾，弄得郭景云昏头昏脑。

12 月 20 日，东北野战军第 4 纵队奉中央军委指令，途经新保安城外华北野战军杨罗耿兵团阵地，增援正在包围张家口的华北野战军杨成武兵团。两军将领相会，不胜欢欣。罗瑞卿考虑到本兵团攻击新保安炮火缺乏，便向老战友 4 纵队政委莫文华和司令员吴克华借用炮兵团，经罗瑞卿请示中央军委，莫文华和吴克华请示东北野战军总部，把炮兵团留在新保安参加攻城。

12 月 20 日，杨得志、罗瑞卿不见郭景云派人出城谈判，便召集第 2 兵团所部 3 纵队司令员郑维山、政委胡耀邦、参谋长陶汉章，4 纵队司令员曾思玉、政委王昭、参谋长唐子安，8 纵队司令员邱蔚、政委王道邦、副司令员兼参谋长萧应棠等将领开会。杨得志司令员在会上讲：“为了加快平津战役的进展，中央军委电令我兵团首先攻打被我们包围在新保安城内的傅作义 35 军，歼灭傅作义的血本起家部队，使傅作义失掉赖以依靠的精神支柱，从而动摇傅作义固守平津的信心。我们从西面打，使傅作义无法西退绥远，兄弟部队从东面攻打塘沽，封闭傅作义从海上逃走的出海口。几日来，郭景云没有派人出来谈判，拒绝放下武器，我们只有靠战斗去解决。所以，今天罗政委我们决定召集各纵队负责同志研究一下发起总攻击的时间和部署。”

新保安战役解放军冲向新保安城头

罗瑞卿政委也在会上讲了话：“35 军是傅作义的常胜之军，武器配备也很优良，加之新保安城工事布防也坚固，更重要的是，郭景云及其各师、团长都很忠于傅作义，有一种‘宁死不降’的观念，各纵队指挥员必须都教育本部指战员，必须树立打硬仗、打恶仗的观念，万万不可犯轻敌的错误。要注意各营、连指战员的参战情绪，不要为争主攻和助攻闹情绪，要精细地检查各部阵地的工事设施，检查各部的攻击准备工作，落实入城后的工作。教育指战员英勇作战，杀敌立功，胜利完成中央军委、毛主席交给我们的战斗任务。”

会上，3 纵队司令员郑维山等发言，汇报准备工作都已完成，请兵团司令部下令发起攻击。

兵团参谋长耿飚在会上代表司令部发布作战号令：“据我们侦察掌握，35 军在新保安城内的兵力布防大体是以南门和北门的直线为界，东城区是战斗力较弱的 267 师防区，师长温汉民，城东南由该师 801 团防守，城北由 800 团防守，799 团为师预备队；西城区是战斗力强的‘常胜军’中的‘常胜师’101 师防区，该师师长冯梓；西门以北为 303 团防区，前哨阵地控制在距城外 3 里处的山涧地带；西门以南为 301 团防守，前哨阵地控制在距城外 2 里处的开阔地带，302 团为师预备队；炮兵阵地部署在西城区 101 师师部附近；军部在钟鼓楼东北；东关由丁三的保安团防守。各防区都依靠城墙，构筑了交通壕、散兵坑、掩蔽部、

碉堡及各种街巷工事。

“经兵团司令部研究，我军决定以3纵队9旅从西面攻击，突破口选在西门瓮城西北角；以3纵队7旅从南面攻击，突破口选在南门以东；8旅作为预备队，控制金堂房、黄庄和辛店地区。决定以4纵10旅和11旅分别从东面和东南面攻击；12旅作为预备队，控制火车站和八里沟地区；8纵22旅、23旅分别从北面和西北面攻击；24旅作为预备队，控制宋营、东西水泉和鸡鸣驿地区。

“命令各旅接本部任务部署安排爆破队、突击队，严格检查本部阵地、本部攻击准备工作。”

杨得志司令员宣布：“总攻击时间由12月21日下午1时整开始，以扫清外围，22日凌晨7时攻城。散会后各纵抓紧部署，各纵领导务必亲自检查阵地和攻击准备工作。”

会后，8纵司令员邱蔚、政委王道邦立即召集各旅、团长会议，研究确定了本纵队的攻击部署，并亲临前沿阵地检查工事。

68团团长曾绍东、政委张复海和参谋长张振川、副团长杨万华等无一不为争得主攻团任务而高兴，随即对本团的攻击连队做了部署，决定以1营2连担负爆破，1营1连、3连、2营4连担任突击队，2营6连助攻，其余各连为预备梯队。团长和参谋长率指挥所，杨万华副团长带领尖刀连。

攻城用炸药包各连均已做好，云梯绳索等也都准备齐全。战壕挖得离城墙只三四十米远，一切准备就绪，只等发起攻击。

12月20日夜，傅作义电告郭景云：“本部对于解新保安之围已有了妥善办法，决定明晨（21日）派30架飞机前往新保安，空投150吨弹药和给养。”21日，郭景云从夜间一直等到中午，也不见飞机踪影，中午1时正在向北平发报询问之际，耳边却传来了震耳欲聋的炮声。原来，解放军的大炮对准新保安城东关厢展开了猛烈轰击，仅仅5分钟，就向傅军阵地方圆不到100米的区域发射了8700发炮弹，把傅军工事炸个稀巴烂，工事被摧毁，守军死伤惨重，无法抬头。

4纵队曾思玉指挥11旅29团和30团由东关南北两角钳形向城厢发

起攻击，指战员犹如下山猛虎，一阵冲击，就突入了敌军阵地，将刚爬出掩蔽洞的敌人活捉。突击连高举红旗奋勇冲杀，炮兵按红旗的指示，逐次延伸炮弹射程，支持两路突击队向城厢杀进。两路人马将傅军保安团分割数块，继而各个歼灭，一直打到夜晚。东关厢被解放军全部占领，匪首丁三束手被擒，至此，流窜张宣、残害民众的几支匪队全部被歼灭。

12 月 22 日晨 6 时，夜空一片漆黑，解放军杨罗耿兵团第 4 纵队 11 旅 33 团在团长的指挥下，对着新保安城东门地堡群发起猛攻，枪声、炮声、冲锋号声震醒了沉睡的新保安。英勇的指战员勇猛地突进敌军阵地，很快收拾了守敌，为主攻部队 11 旅 28 团开辟了前进道路。

解放军攻破城池

随后，解放军炮兵部队的 170 门大炮怒吼起来，如同巨雷一般，无数的炮弹如同冰雹一样倾泻在新保安城墙上，爆炸开花。顷刻间，城墙就在烟火中模糊了，城上城下敌人的堡垒被炸个稀巴烂，城墙被炸塌，砖石飞向半空。早已等待在战壕里的解放军各部攻城部队在 7 时看到总攻击的信号弹腾空而起，立即跃出战壕，爆破队一组组如同猛虎下山，肩扛百八十斤大炸药包，迅猛地向城墙扑去，一支支主攻连队高举红旗，冲杀上去。

新保安城东门附近城墙被解放军炮火摧毁，4 纵队 28 团在强大火力的掩护下，突入进城，29 团、30 团、33 团紧跟由东门缺口涌进城去，一路冲杀，扑向钟鼓楼附近的敌 35 军军部。

防守东门的傅作义 35 军 267 师 801 团在解放军炮火轰开第 1 个缺口时，团长李上九率部拼死顽抗，指挥所部用沙袋将缺口迅即堵住，紧接着又连续堵住两个缺口。

解放军猛烈的炮火炸塌了东门城楼，地堡中的敌人全部被压制，东门洞开，解放军大队乘虚入城，由东大街冲向钟鼓楼。

35军军长郭景云闻报东门失守，大骂："该死的李上九，害了我。"立即命师长温汉民将李上九就地处决。就在此时，解放军的突击队已逼近钟鼓楼。

此时，东城枪声、炮声、喊杀声响成一片，两军的激战，在街巷、院宅到处展开。

68团攻城点在新保安城西北角，对方守敌为35军101师303团的防区，防守很是严密。当信号弹腾空而起后，1营2连连续派出12个爆破队，他们都以大无畏的英雄气概，冒着敌人强烈的火力，扛着近百斤炸药包冲向敌堡群，但都是刚一接近敌堡，就遭到敌人暗火力点的扫射，一个个倒下。全团都焦急地关注着爆破队的进攻，张振川参谋长急命1营营长刘庆兴继续爆破。此时，2连伤亡严重，只剩40多人了，2班副班长许学顺主动请战，在两个战友的配合下，他首先引燃导火索，扛起炸药包就冲向敌堡，哧哧冒烟的导火索，在他的腋下不断地散出星星点点的火花，团长和参谋长看到许学顺的举动，惊得全身汗毛都竖了起来，眼睁睁望着他。伏在前沿的杨万华副团长看到许学顺三人冲向敌堡，一再指令2连狠狠压制敌人火力。开始时敌人的阻击火力打得很猛，可后来，敌军枪声骤然停止，原来敌军为许学顺的英雄行为惊呆了。敌人眼见许学顺三人冲将上来，急忙扔下机枪掉头就跑。许学顺猛冲到城堡边，把导火索即将燃尽的炸药包塞了过去，只见他滚进了护城河里。紧随其后，他的两名战友也麻利地将炸药包用力靠上去，滚进护城河。

左起：许学顺、张振川，1994年

"轰"的一声巨响，天崩地裂，一团火光带着浓烟冲上半空，城墙之上立时闪现出一个大缺口，原来许学顺他们的炸药包引爆了之前的20个炸药包，敌人的火力在城墙塌下来的一瞬间全部戛然停止，等待得十分焦急的杨万华副团长，手枪一抡，大声喊道："冲啊！立功的时候到了！谁缴获新武器就归谁使用！"率先冲上火车道，4连连长贾成合（大功臣，青龙县人）紧随而上，在跨铁轨时，杨副团长对身后的4连连长贾成合说声"猫着点儿"，话音刚落，4连连长贾成合就身中一枪，牺牲在道轨上。

各连高举红旗，踊跃冲向城墙缺口，只见2连连长刘自波第一个冲上城去，随后1连突击队队长陈志胜手举大红旗，高喊着："同志们，冲啊！为人民立功的时候到了！"猛虎般向突破口冲击，与此同时，4连、6连、3连指战员也相继冲向城墙缺口。尾2连连长刘自波之后，杨万华副团长率1连突击队队长陈志胜，2连、3连、4连连长纷纷率部冲上城头，6连连长张自生也率部争相登上城墙缺口，各连指战员蜂拥而上。从此，许学顺成为闻名全解放军的爆破英雄，新中国成立后，他光荣地出席了全国战斗英雄代表大会，受到毛泽东主席的亲自接见，后在平泉县离休安度晚年。

14时，1连连长陈志胜将大旗插在城墙上，68团成为在新保安城西北面8纵队第一个攻上城的部队，3连副连长刚冲上城墙缺口，不幸中弹负伤倒下，到前沿送信的特务连通信排排长邢海珍，也跟着一起冲了上去，各连勇士端着上着刺刀的步枪，高喊着"冲啊！缴枪不杀！"如同决堤的洪水冲进城去。

在68团登上城墙之后，67团在武宏团长的指挥下，在城东北边，机动灵活地利用友军4纵队从东门打进城的有利战机，及时勇敢地突进城去，把红旗插上新保安城。随后，23旅、24旅全部突进城去。

发起总攻后，郑维山指挥3纵队9旅从西门发起攻击，傅军101师凭坚固工事拼命阻击，使攻城部队无法近前。西门瓮城北城墙被炮火炸开一个大口子，9旅突击队乘势攻进城去，不想遭到傅军设置在瓮城内地堡群两面火力的压制，不能前进。郑维山看到此情，急命7旅从南城突破，向西北接应9旅，结果19团三次爆破因敌火力严密封锁均未成功，后在4纵的策应下，爬梯突入城内。21团也随之爬梯攻上城去。16时，3纵9旅和8纵4旅从西门和西北角攻入城去。

正午，4纵队攻占东城大部，8纵全力突进城去，自北而南杀向101

师主力。

68 团突进城后，很快与傅作义 35 军 303 团展开激烈的巷战。

傅军 303 团凭踞街头地堡、街垒进行强有力的阻击，解放军各部则利用敌军停在街上的汽车、大炮等可利用的隐蔽物，一步步向前推进。

曾绍东团长和张振川参谋长在全团突进城时，立即将指挥所前移到城内。他们根据尽快割裂敌纵深防御体系的战情，决定对敌施行穿插分割、各个击破的战术，立即指令 1 营营长刘庆兴率队利用各种隐蔽物沿大街攻击，指令 2 营张文祥率队穿插到街道两边各个小巷，逐房逐院争夺。

在杨万华副团长、刘庆兴营长的率领下，1 营冒着敌军机枪的猛烈扫射，把红旗插向地堡，指示炮火将敌堡、街垒一座座铲除。2 营营长张文祥带领 4 连顺利地捣开敌人的两个房院，打掉了敌 303 团的一个营部指挥所。

冲入城内的各部队兵分数支，穿房跨院，逐街逐院与傅军展开激烈的拼杀。傅军 101 师真不愧为常胜军，战斗非常顽强，他们依靠美式武器、地堡街垒，拼死阻击，有的战至只剩几人也还坚持抗击。

解放军曾思玉纵队到中午，基本上消灭了温汉民的 267 师，温汉民逃向 101 师指挥所，冯梓的 3 团阵地被突破，他将 2 团全部投入战斗，全力向东展开激战，力图去解救郭景云和军部。

在钟鼓楼 35 军军部，郭景云手不离电话机，不断指令各部负隅顽抗，当闻报一支解放军杀向炮兵阵地时，他声嘶力竭地命令炮兵团团长："快用零线子母弹射击，把共军消灭在炮兵阵地前，快！快！"团长回话："军座，我们来不及了。"随后线断。

午后 3 时，曾思玉纵队与从西北攻入城的 8 纵队赵文进旅几路大军汇合，一起向 35 军军部攻击。

冯梓看到钟鼓楼周围战斗激烈，急用电话问郭景云军长情况怎样，郭景云有气无力地回话："完啦，你过来吧！"冯梓说："我这儿还没完，我派部队把你接到这里来！"随即电话不通了。

郭景云面对战情，已无计可施，只得向傅作义电告新保安城已破，并向傅作义表示决心战死新保安。电报未发完，解放军一战士爬上35军军部屋顶，打掉了天线，郭景云等人急忙躲入掩蔽部，军部人员乱作一团，随之屋顶传来解放军多人“缴枪不杀”的喊声。

郭景云急忙命副官快去推汽油桶封闭掩蔽洞，打算用汽油烧死他和他的副军长雷震、参谋长田士吉等人，政工处处长张鸿恩一见此状，灵机一动说：“我去看看。”一个箭步蹿出掩蔽洞逃之。此刻，郭景云见火烧不成，急忙拔枪，慌乱地向躺在担架上的雷震副军长头部打了一枪，随即手枪对着自己头部，扳机一扣，随着枪声，他倒地身亡，实现了他接任35军时的誓言。

郭景云一枪只把雷震帽子钻了一个洞，几位解放军战士端枪冲入掩蔽部，雷震副军长、田士吉参谋长等人束手被俘。

下午4时，各路大军一起向西城区冯梓的101师阵地压过去。整个新保安城池被炮声、枪声、杀声、爆破声、冲锋号声所震撼，各路解放军将炮击剩下的敌堡一个个爆破掉。傅军在解放军勇猛拼杀面前，开始溃乱、四处乱撞，有的躲进房子里、汽车下面，负隅顽抗。

68团6连在连长张自生、指导员邵连林、副连长李银坤的带领下，向着傅军303团核心阵地猛插过去。他们面对强敌，全上刺刀，奋不顾身左拼右杀，破墙夺院向前推进。突然，后边有一敌排长带着20多个敌军抄后路杀出，与此同时，附近街巷一个敌人暗堡也出其不意地向他们扫来一排重机枪子弹，几名战士当即中弹倒下。随着枪声，张自生连长高喊“卧倒”，随即命1排排长带领全排去迎击从后路杀来的敌人，他亲自带战士围向那母子地堡。战士们在火力的掩护下，靠近地堡，将几枚手榴弹投入地堡，地堡立即停止了射击，连长与两战士趁机跃上地堡顶，往里喊话：“我军优待俘虏，快把枪扔出来吧！只有投降才是活路一条！”经过一阵喊话，敌人才慢腾腾地把门打开，把枪扔出来，举着手一个个爬出来。原来里面有一个敌团长在里面坐镇指挥，气得解放军指战员将获缴的那挺重机枪让敌团长扛在肩上，押送下去，累得敌团长满头大汗，战士们看了哈哈大笑。1排排长带两个班左右钳制，杀向敌军，战士们与敌军展开白刃战，在一个院子里一阵拼杀，几个敌兵倒地身亡，剩下的十几个立刻跪在地上，举枪投降。敌排长一看撒腿就跑，一排指战员紧追上去，敌排长及十几个敌军被活活抓住，当了俘虏。

曾绍东和张振川根据战情，指令各连乘势展开阵前对敌喊话："缴枪吧！别给蒋介石卖命了！"还组织一些刚解放的战士来现身说法："弟兄们，我们是几小时前从35军过来的，咱们都是穷人命，命是自己的，枪是老蒋的，别拼命啦！快投降吧！这边宽待俘虏。"在1、2营各连指战员的凌厉攻势下，303团傅军像羊群一样，一群一群都当了俘虏。

68团和兄弟部队全歼35军303团后，立即向城西区攻击。

午后4时，3纵9旅和8纵4旅从西门突入城中，傅军101师师长冯梓见师指挥部四面枪声近前，败局已定，让一卫兵打起白旗找解放军投降。解放军接受冯梓的投降后，冯梓传令其部停止战斗，但由于通信线路被炸断，命令难以传达到各部，战斗又激烈地进行了1个小时。傅军267师师长温汉民也与冯梓一起投降。

经过11个小时的激战，华北野战军杨罗耿兵团，全歼被围在新保安城中的傅作义王牌军35军1个军部、2个整师、1个保安团，生俘敌副军长、参谋长、267师师长、101师师长、参谋长等15名将领，35军官兵、随军东下的国民党察哈尔省党政人员、惯匪丁三以及保安团中2万多人被生俘。

午后5时，夕阳垂落西山，战斗全面结束，各部队扛着自己缴获的新武器，押着一队队俘虏，撤出激战一日的战场。

杨得志、罗瑞卿、耿飚获知郭景云兵败自杀身亡后，指令8纵队邱蔚，买口棺材，把郭景云埋葬。

赵文进率本旅撤向新保安西北方面，走在68团队伍前面的团长曾绍东、政委张复海、参谋长张振川、副团长杨万华、副政委孙筱川兴致勃勃地谈论着一天的战斗，战士们扛着自己缴获的132挺轻重机枪、25门大小火炮、800余支美制新式自动步枪，用缴获的车辆拉着缴获的大量弹药和物资，兴高采烈地走出城口。后面押着长长的4路纵队的俘虏大队，前后左右都有荷枪持刀的战士押解，后面还有端着轻机枪的战士尾后。俘虏总数为1636人，长长的队伍，许久才通过西门口，全被带到城外北山坡前一座大庙院里。次日，部队首长开始给俘虏讲共产党优待俘虏的政策。

杨得志、罗瑞卿、耿飚以及兵团敌工部部长甄华还有吴处长在兵团司令部接见了冯梓、温汉民、田士吉等人。

这场战斗使参战各部队都换上美式新武器，68 团也是自创建以来的第一次大换装，由一个班只有几支旧步枪，几颗手榴弹，全换上了美国造各种新武器。每个排增加两挺 30 机枪，正副班长、组长全换上了冲锋枪，还把缴获的许多新武器支援了兄弟部队。指战员们喜笑颜开，拍着手称赞："蒋介石真是咱们的好运输大队长。"

战后，8 纵队司令部授予 68 团 1 连、67 团 5 连"登城先锋连"称号，并授给两团大锦旗各一面。

在北平城内的傅作义，闻报 35 军全部被歼，伤心欲绝，肝肠寸断。

12 月 24 日，驻在西柏坡的中共中央统帅部先后收到杨得志全歼新保安之敌 35 军和杨成武全歼张家口之敌 105 军的报告。毛泽东亲自拟写电报发给杨得志、罗瑞卿、耿飚、杨成武、李井泉、李天焕，代表党中央和中央军委向他们 2、3 两兵团表示祝贺。电报："庆祝你们于数日内歼灭新保安、张家口两处敌人，并收复张家口的伟大胜利。"

第十章

瓦解敌军围北平 和平解放免战火

1948 年 12 月 26 日，也就是攻克新保安的第五天，华北野战军 2 兵团奉命立即西进包围大同，68 团随 23 旅先锋部队，经涿鹿、阳原、东井集，冒雪急行在坎坷崎岖的山路上，3 天行程 500 里，到达指定位置。刚刚完成对大同的包围，就接到中央军委急电，调头回师北平。又经过 4 天的行军，1949 年元旦，到达北平北郊昌平，开始了对北平近一个月的战略包围。期间，展开瓦解敌军的强大政治攻势，迫使傅作义接受中共中央 8 项和平谈判条件。1949 年 1 月 21 日，傅作义签订了和平解放北平协议，接受人民解放军的改编，北平终于和平解放，使驰名世界的文化古都免于战火，完整地被保存下来，为新中国定都北京奠定了基础。

1949 年 3 月 1 日，中国人民解放军全军统一编制，华北野战军 2 兵团 8 纵队 23 旅 68 团，改称为中国人民解放军第 19 兵团 65 军 194 师 581 团，调归西北野战军（第一野战军）建制。

三天急行赴大同，调头回师围北平

解放军华北第2兵团在攻克新保安的第三天，即1948年12月24日，杨得志司令员突接中央军委电令：“张家口敌人被歼，大同之敌准备逃跑，望杨罗耿改变休整10天计划，立即西进包围大同之敌，然后休整部队，夺取大同。为求迅速，应以两三个旅轻装前进，切断大同向归绥的逃路，主力随后跟进。”

早在12月19日，中央军委曾预令杨得志：“在歼灭35军后，杨罗耿部就地休整10天左右。”

前个电令体现中央军委对部队参战劳苦的体贴，但战役的发展要求统帅部改变了原来的部署。杨得志接到电令后，立即与罗瑞卿政委、耿飚参谋长会商，决定命令第3纵队司令员郑维山率部于12月26日由涿鹿出发奔赴大同，并命4纵队司令员曾思玉、8纵队司令员邱蔚召令本部集结到下花园，立即向大同挺进，并令每个纵队派一个旅，轻装急进，务于12月28日到达大同城郊，将大同之敌包围。

邱蔚由兵团司令部接受命令后，立即返回8纵司令部驻地，召开各旅团长紧急会议，传达中央军委电令，并决定第23旅为前锋，要求赵文进旅长立刻率部登程。赵文进旅长接受任务，迅速通知各团、营、连马上轻装出发，赶赴大同。

由于全歼35军于新保安，各级干部和战士士气极为高昂，当68团各连接到命令时，指战员们表示：“一定将大同之敌包围歼灭”“以解放大同向新年献礼”“争取再打一个大胜仗”。下级指挥员和战士们不待动员，立即准备登程，尽管数九寒冬，毫无畏难情绪。十几万大军浩浩荡荡途经阳原向大同进发。

由新保安去大同，途经涿鹿、化稍营、阳原、东井集，道路大多沿着桑干河，坎坷崎岖，加之隆冬之时，鹅毛般的大雪铺天盖地下个不停，十几万大军运动很难被人发现。地上大雪没脚深，空中云雪笼罩，指战员全身上下被雪所包裹，背上落满雪，枪、炮上也被雪所包，冒雪行军，雪片直打人的眼、脸，握枪的手冻得几乎不知疼痛。过往沿途，人烟稀少，粮食奇缺，战士只靠所带炒米充饥，加之服装单薄、鞋袜破漏，难挡风寒，但是这些困难通通都被我军要歼灭大同守敌的高昂斗志所战胜。

68团行至化稍营附近，当地群众将热气腾腾的熟土豆送到2营6连队伍，指导员、连长频频挥手致谢，拉着老伯伯的手握了又握。由于河水封冻，指战员们为吃把炒米，捧把雪吞入肚子，犹如铁人一样，昼夜兼程向大同挺进，夜间只能休息一两个小时便又前进。

华北野战军第2兵团15万大军在杨得志和罗瑞卿、耿飚的率领下，自12月26日出发，28日到达大同市郊，3天行程500多里，而且全是靠双腿走过了艰苦的征程。

到达大同市郊，3个纵队立即从四面包围了大同守敌。当部署完毕，突然杨得志司令员又接到中央军委的急电，电令2兵团和3兵团回调平津参加会战，包围大同的任务移交北岳军区部队。

12月29日，杨得志率第2兵团调头回师北平，部队自大同出发，徒步经聚乐堡、阳高、天镇、永嘉堡，31日赶到宣化，晚间乘火车驶向北平北郊区昌平，英雄的将士们以高昂的歌声在火车上迎来了1949年的元旦。

到达昌平县后，部队按照中央军委指示，对北平傅作义军队进行了近一个月的战略包围。在此期间，部队集中进行了爆破、登城、街巷战斗、步炮协同作战等战术训练，同时部队开展了政治教育。部队在此度过了1949年的春节。

东北野战军程子华兵团，华北野战军杨得志兵团、杨成武兵团等几路大军将古都北平包围得水泄不通，包围圈横截面为150里。为了兵临城下，逼迫傅作义接受中共中央8项和平谈判条件，杨得志按中央军委指示，指挥所部进占北平北郊。为了缩短攻击出发地，3纵司令员郑维山指挥9旅打下北关，把前沿阵地伸展到护城河边。8纵队司令员邱蔚指挥所部由北安河攻占万寿山。68团直接控制了北平城内的水源和电源，而后直逼西直门外，挖壕筑垒，修造工事，并利用多种方式方法，对城内敌人布防进行侦察，了解掌握敌军兵力部署。为保护好文物古迹，解放军做了特殊的攻城战术演习，并绑好云梯，利用旧城墙演练登城。演练了进行巷战的技能，并且准备好攻城的器材，安排好担架队、医疗救护所等准备工作。同时，组建了进城后管理北平机构，由彭真出任市委书记、叶剑英任军管会主任，组织了平津卫戍司令部，聂荣臻任司令员，薄一波任政委。指定由41军担负解放后北平市的警备部队，由东野2兵团司令员程子华任警备司令兼政委，彭志明和41军军长吴克华任副司令，41军政委莫文华任副政委，刘道生为政治部主任。

和平解放北平城，十九兵团赴太原

自12月10日起，康庄、怀来、南口之战至22日新保安被攻克、24日张家口解放。短短两星期，傅作义的35军、暂3军、暂4军及16军、4个军10个师，外加两个骑兵旅相继被歼。解放军的进攻，一步步逼向傅作义指挥中心。傅作义军事集团的严重削弱对傅作义本人的精神也是个极大的打击，每天坐卧不宁，心神不定。

在城外解放大军重兵围困北平的同时，中共中央毛泽东、周恩来、朱德除调兵遣将作攻城准备之外，还指示华北城工部刘仁部长积极开展地下党的工作，寻求促使傅作义走和平解放北平的道路，以求息兵文取，确保古都文化古迹。

刘仁部长通过地下党人的努力，千方百计寻找能直接劝说傅作义之人。经几番的周折，找到了参加辛亥革命的老前辈、傅作义的高级政治顾问刘厚同老先生。刘老先生料事很有远见，早在蒋介石辽西大战惨败、调请傅作义南下江南之际，曾提醒傅作义说："现在，蒋介石已经到了日暮途穷的地步，蒋苦苦要你率部南下，是打算利用你去挽救他的伤亡，你如南下，你和你的察绥子弟兵就会同蒋介石同归于尽。"由于刘老指点，傅作义始终没有答复蒋介石率军南下，即使在解放军没有关闭南下大门之际，傅作义也没有采取南下行动。而傅作义对于西撤绥远却派兵5个团由张家口往西探过路，由于毛泽东运筹周密，事先布置2个团于张家口西去绥远间的一条大沟中，锁住关口。

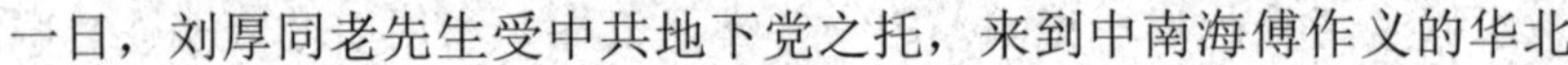

一日，刘厚同老先生受中共地下党之托，来到中南海傅作义的华北

“剿共”司令部，傅作义将刘老让进客厅，刚落座，不待刘老言语，傅作义便唉声叹气自诉道：“老师，我的政治生命算完了！”

刘老知其丧失精锐部队而悲观失望，乃语重心长地对傅说道：“你的旧政治生命完了，新的政治生命却可开始哩！现在，你应该认清形势，下定决心，走和平谈判的道路，才有前途。目前，平津已陷重围，你就是南下也出不去了。张家口已被共军占领，你要西去绥远，也不可能了，时至今日，万不可再胡思乱想了。我已说了多次，你应当顺应民心，当机立断，抓紧和谈，和平解决华北问题为是。”

刘老停顿一下，观其一下脸色，经过短时沉思，继续讲道：“不过，现在咱们与中共和谈的本钱同两个月前相比，已经大不如前了。但并不算太晚，我想只要和谈一成，北平就免遭战火破坏，200 万军民生命财产可保安全，这是大得人心的事。中共是守信义的，你我定有光明的前途。再说，这也是唯一的出路了。时不我待，不能一误再误了。”

由于刘老和傅作义长期相处，对于傅作义秉性刚直、爱国重义、自信心和自尊心很强深为了解，恐傅因其用几十年心血积聚的精锐主力部队被歼而耿耿于怀，乃对傅指出：“自古成大事者，不拘小节。你不要想不开，和平谈判定有你的前途，切不可干自我毁灭的蠢事，那是一种不负责任的行为，是要被后人耻笑的。”

经过刘厚同老先生的劝解，傅作义眉头愁云渐解，乃对刘老说道：“老师之指教，学生顿领，我傅作义为人民之意是从就是。”

地下党组织还通过调傅作义女儿中共党员傅冬菊回家，做配合劝降傅作义的工作。

经过刘厚同老先生几次劝说，傅作义决定派人同解放军进行二次谈判。经刘老参谋研究，决定派少将处长周北峰，并请燕京大学教授张东荪一起出城与共军和谈，并立即行动。

周北峰、张东荪两代表穿过解放军阵地，来到地居蓟县的平津前线司令部，聂荣臻接见了周、张两位傅作义的代表。

平津前线司令部聂荣臻同周北峰进行单独会谈，聂对周讲：“这次你来了，我们很欢迎，你看傅作义这次有诚意吗？”

周北峰答道："我看傅先生已经看清了形势，这次叫我来主要是看解放军对和平解决的条件。"

聂荣臻接续着讲道："条件很简单，我们要求他停止抵抗。不过，你是单谈北平问题呢？还是傅统辖的全部部队和地区一起谈？"

"我是奉命来谈全部问题的，包括平、津、塘、绥的一揽子和谈。"周北峰对答。

聂荣臻接又说："傅先生是否还准备困兽犹斗，用当年守涿州的办法在北平负隅顽抗？"

周北峰答："这次叫我出城商谈，我看是有诚意的。这是大势所迫，人心所向，只有走这一条路。当然在具体问题上，还可能费些周折。"

交谈一些情况后，聂荣臻告诉周北峰："好吧！明天我们正式会谈，你也早些休息吧！"

在解放军平津前线临时司令部里，傅作义的和谈代表与解放军高级首领举行正式会谈。

中共代表有林彪、罗荣桓、聂荣臻、刘亚楼。

林彪首先讲："周先生，你昨天与聂司令员谈的，我们都知道了。今天我们谈一下傅先生的打算、要求和具体意见。"

周北峰："昨天夜间我已与傅先生打了电报，说我们已安抵蓟县，并与聂司令员见了面，约定今天正式商谈。傅复电很简单，只是'谈后即报'四个字。"

罗荣桓政委说："那好吧！咱们今天先做初步的会谈。你来只是谈北平问题，还是傅先生势力范围内的所有地区都谈？"

周北峰回答："傅先生的意思是，我们商谈应以平、津、塘、绥为中心的所有他的统辖区一起谈。"

罗荣桓政委继续讲道："那很好。请你先报傅先生，平、津、塘、绥可以一起谈，还请再次告诉傅先生，希望他这次要下定决心。我们的意见是：所有军队一律解放军化，所有地方一律解放区化，在接受这样条件的前提下，对傅部的起义人员一律不咎既往，所有张家口、新保安、怀来战役被俘的军官一律释放，傅的总部及他的高级干部，一律予以适当安排，包括傅先生本人。”

而后两天对傅作义所部军队如何解放军化，所辖区域如何解放区化和文职机关如何改组，人员安排等听取了傅方代表的意见，双方进行了研究讨论，经刘亚楼副司令员兼参谋长记录，最后整理出一个会谈纪要，商定傅方对和谈各项议定条款务于元月 14 日午夜前作出答复。

周北峰一行秘密携带会谈纪要，穿越蒋军驻防线进北平城，向傅作义汇报。傅作义看了会谈纪要，表情思虑沉沉，只是一个劲儿在屋子里来回踱步，看样子是要拖延时间，或背城一战。于是周北峰告辞回家，并于次日找到中共地下党员崔月犁，将此情况告知。

傅作义的女儿地下党员傅冬菊自回傅作义身边后，每天都将其父的情况和思想动态汇报给地下党组织，地下党组织用电台转报平津前线司令部，平津前线司令部再电告驻西柏坡中共中央及中央军委总部。

周北峰回到北平 4 天后，傅作义召见周北峰：“你可以电告林、罗、聂，就说前次所谈已研究过了，只是限于 14 日午夜答复时间太仓促，不日你将同邓宝珊再去。”

平津前线司令部接电复告：“电悉，可请再来。”

傅作义看过周北峰带回的会谈纪要，顿觉心灰意懒。当他想到一下子就将其苦心经营的几十万军队解放军化，实难忍心。当他思绪平静下来后，叫侍卫用电话通知从天津回到北平的副司令宋肯堂还有副司令郭宗汾、参谋长李世杰、副参谋长梁述哉、政工处长王克俊等到总部议事。

当人员到齐，傅作义宣布开会，他首先开始讲话：“今天请诸位前来研究一下我们面临的时局，望诸位畅所欲言，使得我们对当前时局有个统一的正确看法，相应地制定出对策。过去由于我们对共党用兵估计不足，致使我们在东北共军蒙蔽入关之际没有察觉，乃至在康庄、怀来、新保安、张家口失去了 4 个军弟兄。目前，共军在完成截断我们西撤绥远之路后，调集华北两个兵团 6 个军、东北 4 个军围攻北平，调东北共军 5 个军围攻天津。我们是采取突围，还是固守平津，请诸位多献良策。”

傅作义讲完话，会场沉默无声，傅作义只得提请宋肯堂讲，宋肯堂只得说：“我们虽然面临兵临城下的局面，但我们所守平津两城，绝非新保安、张家口，我们尚有40多万兄弟的兵力，物资储备也多，加之美国答应援助，就天津的工事设防，也足可让共军攻他两个月以上，到那时美苏战争一打起来，美军在中国直接登陆，我们之围定能被解。”

宋肯堂讲完话后，郭宗汾接着讲道：“前些日徐永昌部长和郑介民次长分别来平，还有蒋纬国持蒋委员长亲笔信来平，足见蒋委员长对傅总司令的器重，对我部的厚爱，虽然国军失去东北，徐州受到损失，但江南、西北、西南地域辽阔，财力富有，蒋委员长定能重振军威，收复失地，再则平津中央军二十几个师，蒋委员长也不会丢下不管，一定竭力来救，因此我们只有固守，待时局转化。”

二位副司令言过，傅作义提示参谋长李世杰发言，李世杰讲：“就北平城防和天津城防，我军是可支持一阵的，况且傅总司令守城经验丰富，塘沽海口稳操我手，共军无法夺取，经海运物资补给也可靠，只要我们坚守城池，两城策应，消磨共军，再见机行事。”

而后，副参谋长和政工处长也发表了一些意见。

最终，会议制定出“依城出击，保卫北平，策应天津，待机转入攻势”的方针。

傅作义本人被中共列为战犯，尽管中共讲“平津和平解决”可以得到优待，但是他想将来事过境迁，中共会不会变卦呢？北平驻守的中央军不服接受和平解决怎么办？尽管他总的倾向是和平解决平津战事，但总是抱有踞城抵抗的幻想，所以他一边派人和谈，另一边下令天津防守指挥官陈长捷踞城抗击，准备与解放军较量一番。

傅冬菊将傅总部高级首脑的会议情况和其父的思想动态于次日汇报给地下党员负责人崔月犁，崔月犁通过地下电台报告给平津前线司令部，平津前线司令部接电，除报司令员林彪、政委罗荣桓、副司令聂荣臻、刘亚楼之外，还当即转发西柏坡中央军委总部。

西柏坡的毛泽东、周恩来、朱德接到平津前线司令部发来的关于傅作义制定踞城抵抗、和谈诚意不大的电报，立即进行会商。

周恩来说："傅作义对和平解决华北问题仍在犹豫不决，说明傅作义对于踞城抵抗仍存幻想。为此，我们必须一边准备立即攻取天津，一边要准备阻击天津之敌的大规模突围。因为即便傅系军队不愿突围南撤，蒋系军队也有可能要突围南逃。"

毛泽东讲："傅作义想和平解决又犹豫不决，我们只有命令平津前线总部，如果傅作义在 1 月 14 日午夜前不作答复，就下令攻城各纵队，立即向天津发动总攻，告知傅作义的谈判代表，下次和平谈判就不再包括天津在内。"

朱德说："先攻下天津，是促使傅作义和平解决北平的有力措施，并可割断蒋军从海上逃跑之路。"

毛泽东、周恩来、朱德三人一致决定攻打天津。

平津前线司令部接到中央军委电示，即召集包围天津的各纵队解放军师长以上会议，下达准备在 1 月 14 日午夜后向天津守敌发起总攻的命令。

1 月 14 日，天津守敌指挥官陈长捷拒绝解放军平津前线刘亚楼副司令员提出的 4 条劝降条件，各纵队解放军立刻英勇进攻天津守敌，经 29 个小时的激战，解放军胜利攻克天津，生俘陈长捷以下 26 名将官，全歼天津 13 万守军。

地下党员杜任之请出傅作义把兄弟马占山劝降傅作义，马占山力举邓宝珊回平，在马、邓的督促与劝导下，傅作义于 1 月 14 日第三次派邓宝珊、周北峰出城谈判。

1949 年 1 月 14 日，中共中央毛泽东主席发表一篇关于时局的声明，并由新华社播发，声明指出："为了迅速结束战争，实现真正的和平，减少人民的痛苦，中国共产党愿意和南京国民党反动派及其他任何国民党地方政府和军事集团在下列条件的基础上进行和平谈判。这些条件是：一、惩办战争罪犯；二、废除伪宪法；三、废除伪法统；四、依据民主原则改编一切反动部队；五、没收官僚资本；六、改革土地制度；七、废除卖国条约；八、召开没有反动分子参加的政治协商会议，成立民主联合政府，接收南京国民党反动政府及其所属各级政府的一切权力。”

只有承认中国共产党提出的上述八条，并为双方从事和平谈判的基础，才能实现真正的民主的和平。否则，就不是愿意实现真正的民主的和平。在南京国民党反动政府接受并实现真正的民主的和平以前，对于任何敢于反抗的反动派，必须坚决、彻底、干净、全部地予以歼灭之。

傅作义在他的办公室静心地聆听了新华社播发的毛泽东关于“时局的声明”，顿觉和战已到最后关头，一切幻想完全破灭。时至午夜，傅作义床头的电话突然丁零零叫起来，傅作义抓起话筒，就听陈长捷报告说“天津起火了”，傅作义赶忙用电话告诉参谋长李世杰，命令陈总指挥赶快救火。李世杰随后报告：“天津电讯已断。”傅作义情知解放军已开始攻打天津，感到何去何从刻不容缓，立即用电话通知电台，电告已到解放军平津前线司令部的和谈代表邓宝珊、周北峰：“同意和平解决北平问题和部队出城改编，迅速达成全部协议。”

在68团的阵地上往南望了望，北平城隐隐可见，西直门城楼耸立城间，外壕、碉堡、铁丝网环城相布，守卫阵地的2营6连战士们等待得万分焦急，纷纷问连长、指导员：“怎么还不下令攻城？”“什么都准备好了，快请示毛主席下令攻城吧。”

一日，旅首长和团首长检查阵地来到前沿，几个战士和连长围着赵文进旅长问：“怎么还不下令攻城？”赵旅长讲：“上级首长讲，平津前线司令部正和傅作义谈判。因此，解放北平可能出现两种情况：如果敌人不接受我们的条件，我们就打进去；如果晓以大义后，敌人接受人民的和平条件，北平就可能和平解放。中央和军委都在积极努力，力争和平解放，创造一个‘天津方式’之外的新方式。但和谈是手段，解放才是目的。没有我们强大的军事压力，对方是不会在和平协议上签字的。所以，杨得志司令员指示我们要作好进攻准备，丝毫不能松懈。领导干部则要作好多方面的思想准备，迎接这场特殊的战斗。”

听了首长的讲话，指战员顿知待战之奥妙，坚守阵地，随时准备听令攻城。

城外有人民解放军5000门大炮，十几个军重兵围困，城内有几千名地下党员的积极配合，在这样强大的军事压力下，终于促使傅作义军迈出了“和平解放北平”之步，接受中共中央毛泽东主席发表的关于和平谈判的八项条件。人民解放军攻克天津之后，傅作义的谈判代表与解放军平津前线司令部达成全部协议。

1949 年 1 月 21 日上午 10 时，傅作义签订了和平解放北平协议书，北平城内 25 万傅作义部队按照协议规定从 1 月 22 日开始出城，接受人民解放军改编。31 日解放军和平入城，平津战役胜利结束。

2 月 3 日上午 10 时，人民解放军举行了盛大的进驻北平入城仪式

和平解放北平的消息由平津前线司令部传到各围城部队，上下一片欢腾，无不为之高兴。兵团司令员杨得志自平津前线司令部开会归来，立即召开各纵队师长以上会议，布置接待接受改编部队的任务。23 旅旅长赵文进奉命率 67 团、68 团、69 团到西直门外后，领出城接受改编部队一个师官兵向着山西省开进。23 旅所带的一个师原为国民党蒋系部队，当部队行至去往山西的太行山区，该师趁机全部爬上山去，23 旅发觉后，立即将此山包围起来，经过包围部队的喊话，他们下山投降。而后，23 旅旅长赵文进将此事当即报告军党委，军党委指示，立即调原来国民党

国民党军出城接受人民解放军改编

军队连长以上干部到解放军军官教导团学习，原国民党军队由解放军派干部接管。后来就将原国民党军队的兵力分配到23旅各连队。

1949年3月1日，中国人民解放军全军进行统一编制，原纵队级改为军级，原旅级改为师级，由西北第1野战军至东北第4野战军统一排列，各大野战军下辖兵团，兵团下辖军，军下辖师，师下辖团，团下辖营、连、排、班。

原华北2兵团，即杨罗耿兵团改称为19兵团，8纵队改称为65军，65军下辖193师、194师、195师，194师下辖580团、581团、582团。中国人民解放军副总司令彭德怀，兼任西北野战军司令员，杨罗耿第19兵团调归西北野战军建制。

23旅改称194师，所辖68团改称中国人民解放军第19兵团65军194师581团。

杨得志司令员挥师进入山西，经40多天的行军到达太原城附近。部队驻下来，进行休整、学习、练兵，按着中央军委指示作攻打太原守敌阎锡山的准备。

第十一章

捣毁阎匪碉堡城 解放太原建功勋

平津战役胜利结束，581团随19兵团一跃千里，于1949年3月末，兵临太原城下。太原为华北的战略要地，阎锡山集团经过长期经营，修筑种类繁多的外围据点、纵深阵地和城防工事，使太原构成由各式堡垒与壕沟、暗道相结合的，互为依托的多层次、大纵深的环形防御体系，号称坚不可摧的“碉堡城”。战前，部队展开了敌情侦察、战术大练兵、战役总动员及诉苦教育，指战员们战斗士气空前高涨。4月20日，围歼太原守敌战斗打响，581团浴血攻克小南关、大南关，扫清太原南关守敌，直逼太原城池。4月24日5时30分发动总攻，581团越战越勇，突破敌层层火力封锁，攻入城池，活捉敌太原守备司令王靖国。10时，太原战役胜利结束。太原战役的胜利，拔除了国民党反动统治在华北的最后堡垒，标志着山西全省解放，结束了阎锡山对山西省长达38年的统治。太原的解放，标志着华北地区的彻底解放，加快了全中国解放战争的进程。

太原市是山西省的历代首府，曾是山西省老军阀阎锡山经营达38年之久的反革命大本营。阎锡山这个老军阀，自辛亥革命后，在国民党新老军阀中最为狡猾奸诈，逢时应变力最强。他占据山西，一直掌管全省军政大权，为了巩固自己的统治，除了占有在国民党军政部入册的军队外，还私建许多各种诨名的军旅，并且在治军执政方面，也颇有一套反动本能，妄图世世代代由他的子孙统治山西。他曾为营建反动堡垒付出了许多的心血，挖空心思，别出心裁，把土地、军工、铁路运输等建成一个完全独立的体系。在太原，除占有军工生产作基础的钢铁、机械、电器、化学、水泥等工业外，各种军工厂多达30余座。不但制造各种枪支、弹药，还能制造包括150毫米口径榴弹炮在内的大中型火炮，并且研制出一种口径小、射程近、杀伤力大的火炮。火车轨道比全国其他省份都窄，使外省火车进不了山西。

日本帝国主义侵略者侵占太原后，蓄意将太原作为侵略华北的战略基地，花费了许多人力、物力，在太原构筑了许多坚固的工事。日本侵略者投降后，阎锡山继承下这笔遗产，还将许多日本官兵隐留下来，帮助他打内战。他请来几个国家的军事专家做顾问，按照世界上最先进的水平，对太原、运城、临汾等城市进行了坚固的设防，使其成为全国名列一流的现代化军事防御城堡。在军事布防上，空中有飞机配合，地面明碉暗堡林立，沟壕相连，地下坑道相通，真是个易守难攻的“铜墙铁壁”。

太原城，在古代就已是北方军事重镇，修有高十丈，厚七丈，古砖砌筑的宏伟城墙。阎锡山在城墙上设置了4层火力点，最底层火力点有坑道和明暗碉堡相通，控制着护城河边上的外壕阵地；上层火力点在城墙上和城墙内装配多种火炮，可以直射它的外围碉堡，构成了碉堡、城墙、炮阵相结合的连环防御体系。

阎锡山综合吸取了历史上许多的守城经验教训，在太原城外周围又筑起5000多座碉堡，有“钢筋水泥碉”“好汉碉”“梅花碉”“老虎碉”……，由城墙向外扩三四十里宽，作为城外防区。按着火力射程，配制火力控制网，在无数的母子地堡群周围遍布各种地雷，围上数道电网、铁丝网，还在铁丝网上挂地雷，分段设上灯泡，夜间也亮如白昼，

并挖有贯通各地堡群的交通沟、广布鹿砦等。

太原城位于汾河东岸，东、西、北三面高山拱卫，是个利守不利攻的战略要地，阎锡山以高地牛驼寨、小窑头、淖马、卧虎山四大核心阵地为主，南连双塔寺，构筑了大量钢筋水泥工事。成群的各式碉堡和暗道、交通壕，星罗棋布，密如蛛网，四通八达，连绵不断。阎锡山在这南北长30里左右、东西宽60里左右的大大小小山头，筑有各式各样、大小不一、形状奇异的明碉暗堡，拱卫在外壕壁坡上。壁坡就山势削成，有的多达十几层，每层一丈高，并挖有三丈余深的大外壕，还有坑道与各碉堡相通连，各个山头，各碉堡间构成严密的火力网。大碉堡多的驻兵一个排，少的驻兵一个班，每个碉堡设有几挺轻、重机枪。在城东山神庙设有炮兵阵地，直接以炮火支援各阵地。站在高处望去，眼前就会浮现出密密麻麻、难以数清、坟丘般的碉堡，每一个山头、每一处凹地、每一庄院都被各式各样的碉堡覆盖着，真可谓是一座“碉堡城”。阎锡山曾根据这环形的要塞堡垒线，大夸海口：“凭此三千堡垒，足抵百万精兵。”仅此，阎锡山并不满足，他又在东起东山，西至矸峰，北起黄寨、周家山，南至武宿、小店，筑上5000余座各式碉堡，构成所谓“百里火海防线”，这些堡垒群既能独立作战，又能相互支援。阎锡山在城南城北有两个飞机场，南机场可以降落重型轰炸机，还在城外修了环城铁路，装甲列车日夜环驰。平津战役后，阎锡山内心恐惧，又在城内赶修了所谓“不怕枪、不怕炮、不怕炸药”的工事，并在城内拆房破院修了第二道城墙。

一次，阎锡山在召集他的部将师长会议上，大吹牛皮说：“太原城是攻不破的‘钢铁城’，可抵挡共军150万人的进攻。但是我们的防御工事还要随着地球的转动而加强，地球转动一天，我们的工事就要加强一天，把每个主阵地都修成能够经得住一百发炮弹的永久工事。加上日本人的技术、美国朋友的援助，我们就可称为摧不垮、攻不破的坚强堡垒。”

一个美国报社记者采访太原后写道：“任何人到了太原，都会为数不清的碉堡而吃惊，高的、低的、方的、圆的、三角形的，甚至藏在地下的，构成了不可思议的密集火力网。”

阎锡山曾批评国民党许多将领说：“你们只武装了人，却没有武装了地。”

太原真不愧为全国独一无二、具有坚固而又完整防御体系的设防城市，被美帝国主义、国民党反动派誉为“反共模范堡垒城”。

为了加强太原防务，阎锡山在城内囤积大量军火，集中了各种火炮数百门。同时还向蒋介石求援，从西安空运来黄桥松的国民党整编第30师和胡宗南装备精良的嫡系戴丙南旅，从陕北榆林空运的其他部队有30万之众，80%左右被布防在城外各防区。还有抗战胜利后被阎锡山偷偷留下的日本侵华军为骨干组成的今村炮兵，6个炮兵营和阎锡山亲训的炮兵团，榴弹炮团组成的10个炮兵群，由侵华日军今村中将、岩田少将指挥，构成了太原守敌的重型火力阵地。

晋冀鲁豫军区副司令员兼华北野战军第1兵团司令员徐向前，率领华北野战军第1兵团及晋中各军区部队于1947年12月发起对阎锡山坚固设防运城的攻击，反复争夺而攻克，后又将比运城设防还坚固的临汾攻克。1948年6月，又对晋中阎锡山所部发起攻势，以6万之师歼敌10万余众。最后将阎锡山包围在这座孤城太原，受到党中央的致电祝贺。

徐向前率军包围太原3个月，发现阎锡山妄图以攻为守，以7个师敌军分数路到附近山区乡间抢粮抓丁。解放军趁势出击，经过激战歼敌2个整师，外加3个团又7个营。同时突破敌人的百里防线阵地，打开东山要塞的门户，占领北机场，控制南机场。在敌人强大炮火的压迫下，解放军为了避免过大伤亡，脱离直接接触，继而将敌人包围至1949年4月20日。平津战役初期，中共中央和军委曾电示徐向前，暂缓解放太原，意在使傅作义不感到在华北孤立，不下决心西撤或南逃，以利东北解放军入关完成战略分割，实现战略包围。包围太原城，因而延后6个月，前后历时9个月。

被包围在太原城内的阎锡山已到了山穷水尽的地步，什么物资也无法运进城去，只有靠飞机从青岛空运大米空投进城。士兵由于长期吃不上盐，吃不上蔬菜肉食，都已患上雀盲眼。

城内的困境达到了极点，物资短缺，物价飞涨，经常闹饭荒，我军攻进城外敌军防区时发现路旁埋有许多死尸。

阎锡山这个老反共军阀，他以下苦功研究对付共产党著称于世，他不仅抓军事设防，而且用反动思想统治人。首先用铁军组织统治他的军队。阎锡山曾于1939年11月在集训旧军官过程中，指定自己的心腹将校28人成立了铁军组织，继而发展扩大，到1947年，在他的军队中发展到每个士兵班，称为铁军骨干，铁军每个成员都必须宁死忠于阎锡山，阎亲自为铁军制定《守则》《纪律》《经典》，他们的任务是：当场打死倡议缴械投降的任何人；肃清伪装分子；调查主官打仗是否勇敢，有无贪污舞弊及不守阎锡山法令行为等，可随时向阎锡山汇报。每月月初月末统一向阎锡山报告，铁军组织可以越过连、排、班直接与之联系，使阎锡山能很严密地注视着每一部分军队。除铁军之外，大搞特务组织，除了军统、中统特务，他自己还独创两个大特务组织，一是“大铁探”，由阎的心腹之人梁化之掌握，另一是“二铁探”，较前者组织保密性差，由吴绍之掌握。另外，警察、宪兵也遍及全市，用以维护他在山西的统治。

在城防上，阎锡山还制定了《战斗城男女成员编队实施办法》，把城内所有男女一律编为甲级参战队、乙级参战队、老年助战队、少年助战队、妇女助战队，搞所谓的“家家为战”“人人为战”。

三大野战兵团会师太原城下

平津战役胜利结束，1949年2月14日，中共中央军委向杨得志发出指令：“北平和平解决后，太原亦有和平解决之可能。华北第1、2兵团的大休整应放在夺取太原之后。杨罗耿杨李待林罗派出接替所任防务之部队到达后，即开至石家庄附近休整半个月，受徐周陈指挥，控制太原一切机场，迫使阎敌谈判，和平接收太原。如阎敌顽抗，则待华北2、3兵团到达后，实行攻城。”

遵照中央军委指示，杨得志率19兵团，杨成武率20兵团，兵临太原城下。1949 年 3 月末，第 18 兵团、第 19 兵团、第 20 兵团 3 个兵团及第 4 野战军第 7 军炮兵第 1 师会师于太原前线。

中共中央军委指示：以徐向前、罗瑞卿、周士第、杨得志、杨成武、陈漫远、胡耀邦、李天焕 8 人组成太原前线党的总前线委员会，徐、罗、周、陈、胡为总前委常委，徐向前同志任书记，罗瑞卿、周士第同志分任第一、第二副书记，统一领导 3 个兵团。党的前线委员会以第 18 兵团司令部、政治部为太原前线司令部、政治部，徐向前为司令员兼政治委员，陈漫远为参谋长，胡耀邦为政治部主任，统一指挥 3 个兵团，第 1 野战军第 7 军和晋中部队。中共七届二中全会期间，徐向前病重不能身临太原前线，4 月 5 日，中共中央军委只得委任彭德怀为太原前线司令员兼政治委员，毛泽东亲自授命彭德怀，要他拔掉钉在华北腹地的最后一颗反革命硬钉子太原。

太原前线司令部与各路大军云集太原城周围，发出命令，要各部队首先进行战前动员，立即投入大练兵。解放军 3 个兵团 10 个军立即分别召集所部团以上干部进行传达。65 军军长邱蔚此时正在病中，政委王道邦和副军长萧应棠在太原城南榆茨县城以西一处地主庄园大院召开团以上干部大会，赵文进师长率本师 580 团武宏团长、581 团曾绍东团长、582 团孟平团长等全体团以上干部到会，听取军首长传达太原前线司令部首长的指示，部署战前大练兵。

会后，在太原城周围的解放军阵地上，各军师普遍掀起了大练兵的高潮，各部队按着徐向前“练成攻坚铁拳头”的指示，积极展开了提前大练武，到处是操练场，到处是喊杀声，到处是“打进太原城，活捉阎锡山！”“打倒蒋介石，解放全中国！”“平时多流汗，战时少流血”的大字标语。

战前练兵，194 师掀高潮

大练兵开始后，194 师师长赵文进不断深入各团进行指导。一次，他来到 581 团，对着团长曾绍东、参谋长张振川、副团长杨万华等几位干部说道："我们要打太原，实行战前练兵，我们的口号就是'平时多流汗，战时少流血'，勇敢要与技术相结合，要掌握技术、学会战术。总的一句话，就是为了在战斗中少流血，少死人。"

左起：曾绍东、杨万华、张振川、张复海于 1949 年在太原前线试验步兵炮

在练兵开始，581 团团长曾绍东根据上级指示对本团连以上干部进行动员，他指示：打太原，是攻坚战，首先要按上级指示，搞好战前练兵，要学会攻坚的战术和技术。指挥员，关键是掌握战术，但是也要学懂技术。战士基本上要学好各项技术，但要将战术与技术结合来练，攻坚的技术既要分解练，又要配合练，练就一身攻坚的本领，争立更大的功劳。

一次，赵文进师长来到 581 团爆破训练场，他向团干部和 2 营指战员亲自讲解火力掩护爆破与突击："干部首先是士兵，是士兵的同志，是士兵的知心朋友，然后才能把士兵带好，才能使各个出身不同、性格不同的战士，变成一个战斗的整体，部队才能有真正的战斗力。"

一日，581 团 2 连正在小店村阎锡山 44 师做的碉堡群旁，进行单兵爆破演练。赵文进师长带着两个警卫员来到团部设置的临时指挥所，与团干部一起观看单兵怎样连续爆破，火力怎样掩护，爆破成功后小组怎样出击。现场，爆破组刚冲到壕边，还未接近碉堡，掩护的火力就停止了，被赵师长看在眼里，他转过头来，对着杨万华副团长批评道："你这个大个子怎么搞的？这是在敌人坚固钢筋水泥工事面前，别人有障碍、有火力，这不是你带着部队打运动追击战！"

赵文进师长看到演练后，让曾绍东团长把各场地上训练的指挥员全集中到一起，然后赵师长亲自给大家作指示，他讲道："我们这次要攻破有坚固设防的太原城，这对我们来说是由长期的游击战、运动战向阵地攻坚作战的一个重要转变。虽然我们在平津战役中打傅作义35军，在新保安也是攻坚战，但敌人的防守工事、各类型的碉堡群都没阎锡山的花样多，就那样我们也是付出了血的代价的，特别是你们581团2连组织了36人爆破队，最后只剩下6班副班长许学顺同志。他那次是拉了导火索，点着炸药包冲上去的，是他的炸药包导火索冒着的火星和白烟把敌人的机枪手吓蒙了，敌人稍一愣神，他就上去了，这才最后打开了突破口，可是我们付出了30多人伤亡的代价。希望我们这次打太原，要特别注意攻坚战术的演练，把我们的进攻出发阵地尽量向敌人阵地伸展，小组突击近战歼敌，越近越好，以减少我们爆破员的伤亡。我们只有苦练才能做到熟能生巧，做到平时多流汗，战时少流血。"他的讲话，使各级指战员顿时心明眼亮，成为尔后练兵的巨大推动力。

为激发指战员练兵的热情，194师政治部主任国林之亲自召开各团政委、团长、政治部主任会议，部署部队开展诉苦教育。他在会上指示："我们要广泛地发动指战员，诉说自己的苦难史，找自己的苦水源，以提高对地主阶级以及反动政权的总头子蒋介石的仇恨，进一步提高为'打倒蒋介石，解放全中国'练好杀敌本领、杀敌立功的觉悟。"

会后，各连指战员全部召开诉苦会，他们纷纷倒苦水，挖苦根。2连4班班长张明友（青龙人），在日本鬼子的一次大扫荡中，他父母姐姐被敌人杀害了。他和妹妹由一个当家叔叔领进了集家并村的人圈，他16岁出来参加了八路军。顿时会场响起一阵洪亮的口号声："为死去的父老报仇！"他擦干了泪接着说："现在，全村的穷人翻了身，分了土地、牲口，大娘们都经常给我捎信，嘱咐我要在部队好好干，为保卫翻身果实立战功。"

经过几天的诉苦教育，干部战士提高了阶级觉悟，革命热情普遍高涨起来，人人心中像一团火在燃烧。部队很快出现了以练土工作业，练火力、爆破、突击为主要内容的练兵高潮。

面对阎锡山的坚固工事和强大火力配备，各部队各级领导深入基层连队，到实地观察，回到驻地召开大大小小“诸葛亮会”，讨论研究攻破敌人碉堡群的各种对策。

581团团长曾绍东和参谋长张振川由2连连长张友陪同来到一排驻地，一见到排长许学顺，曾团长就开玩笑地说道：“小许，你这个小诸葛火烧过博望坡，今天咱们再研究如何火烧战船。”许学顺脸一红说：“团长说咋打就咋打还不行吗？”团长说：“今天不是我说咋打，你们这些小诸葛说，我和参谋长向你们请教！”一阵玩笑过后，全排战士全围上来，张振川参谋长对着大家讲道：“我们大家都来总结一下攻打新保安的经验教训，共同研究如何打摆在我们面前的各式各样的碉堡群，请大家都要动动脑筋，能说到点子上。”话音刚落，小个子战士赵存旺（青龙人）首先说道：“打新保安时我们主要是没有侦察好，没有发现敌人在城墙拐角底下的暗射孔，造成了我们很大的伤亡，我们的火力压不住敌人的重机枪。”随之又有几人发言，讲了一些加强侦察、压制敌人火力的点子，最后，曾绍东团长总结说：“我们当前没有足够的大炮装备，只有爆破攻坚打开通路，摧毁敌碉，爆破是我们的拿手好戏。我们有血的教训，我们今天要很好地接受教训，要把我们打的敌阵搞清楚，熟练我们的火力、爆破、突击技术，我们相信，阎锡山的王八盖子，我们一定能给他敲透，只要我们苦练加巧练，一定百炼成钢。”随后，团长召集各营、连指挥员开会，介绍了2连的经验，使战前练兵有了针对性，更加提高了指战员打“钢铁城”的信心。

一日，1营营长刘庆兴兴致勃勃地从练兵场跑到团部，向张振川参谋长汇报：“2连的经验值得推广，他们研究出压制敌人碉堡火力的好办法，许学顺组织3个三人特等射手小组，一人一枪封一眼，使敌人的火力无法发挥，这样我们的爆破的成功率就会高得多，我看他们利用敌旧碉堡的实弹射击检验，觉得这个办法很有效。”张参谋长说：“很好，找团长看看去。”

在没有足够炮火摧毁敌人鹿砦、电网、雷区、外壕、主碉、子母碉、暗堡群的情况下，攻坚进攻的练兵主要以爆破为主。各部队除利用敌军的旧工事外，还建成了许多模拟工事，进行爆破、突击演练。

曾绍东团长、张复海政委、杨万华副团长、张振川参谋长等在刘庆兴营长的陪同下，来到2连练兵场地。练兵场上的火力掩护，单兵连续爆破搞得热火朝天。张友连长迎向团首长，张振川参谋长赶忙示意他不要停止，继续演练。只见排长许学顺正在组织2班进行单兵连续爆破，他一边示范，一边讲解："在敌人火力密集射击的情况下，我们必须做到三点：一要动作快，二要准，三要稳。要保证在敌人战火纷飞的情况下，不迷失方向。爆破员在执行任务前，首先要选好爆破点，其次是根据地形选好能迅速并安全地接近爆破点的道路，第三是要根据地形和敌人火力封锁情况，选择安全脱离的道路。更重要的是，我们必须要勇敢，不怕死，一心想着歼灭敌人。作为一个爆破员，越在危险的时候，越要沉着冷静，机智勇敢，要知道接近敌人死角越近，就越安全。"他的一席话，使大家茅塞顿开，有力地促进了爆破训练。

打运动战闻名全师的虎将杨万华副团长，每天都巡回在各连排练场上，指导着演练动作。一天，他来到6连的练兵场，给指战员讲解攻坚要领："过去我们在山地打运动战，靠的是勇猛，主要是投弹、拼刺刀、摔打，打太原不同了，现在是向敌人坚固的工事攻击，光靠过去的本事不行了，要学习在城里街院中拼杀，要练好跳墙上房、登城墙的本事。只有苦练这些本领，才能在攻城中立功……"他的话使跟随他转战千里的指战员们练兵热情大增。连长张自生、指导员邵连林亲自带头，反复练习越墙跨院、攀房蹿脊、攀梯登城的本领，个个练得像猴子似的，能翻过比自己高两倍的墙，跳跃丈余宽沟。指导员邵连林在一次对抗演习中，动作熟练，功夫过硬，在"敌火"下通过13个障碍，打掉5座"敌碉堡"，获得优胜成绩。

通过10多天的艰苦分训，进展到综合演练，各营连把火力掩护、单兵连续爆破、小组突击冲杀密切地结合起来进行演练，同时还演练了在敌阵地前挖交通壕、战壕的本领。并且发明了挖加盖暗壕、八卦阵式网状沟壕等，来对付阎锡山的堡垒城，以此达到接近敌阵、减少伤亡的目的。经过一个多月的战场练兵，各部队战斗力大增。

围攻太原守敌的解放军，3 个兵团 10 个军各部队云集太原前线后，按着前线司令部指令，针对阎锡山部署的防御体系，展开了空前的练兵高潮，从火力掩护、投弹拼杀、攀梯登城、越墙蹿房、越壕攀壁、巷战拼打、破除电网等反复苦练，从分解练到综合练，经过月余的苦练，各部队都练成了攻打太原的铁拳头。请战书、决心书像雪片一样飞到各级指挥机关。“什么时候攻城？”“我们早就作好一切准备了，快下令发起攻击吧！”成为战士们的口头语。

偷窥敌阵图，地下党人建奇功

开展大练兵的同时，太原前线司令部指示各部队对太原城防进行侦察，以掌握敌人的兵力部署、火力配置、工事设防。各部队迅速派出侦察分队，以各种形式进行侦探，同时秘密通知打进城内的地下党组织，发动地下党员积极活动，想方设法，将太原守敌阎锡山的兵力部署、火力配置和工事布防绘制成详细标识图，再秘密转送到城外解放军司令部。

与解放军取得联系并准备起义的黄樵松军长与两名地下党员遇害，太原城内的敌特活动更加猖獗。

在太原城内府西街开设谦益自行车行的老板张全喜，是我党于日本投降以后派进城去的地下工作人员，以开自行车行为伪装，在国民党特务控制极为严格的太原城内，极其艰苦地进行秘密活动。他接到党交给他侦察太原守敌城防的工作，冒着生命危险积极活动，经过分析，决定在与自己长期混熟的阎锡山长官部一位黄参谋身上做文章。

黄参谋对阎匪统治不满情绪越来越大，想投靠旧长官天津守敌指挥官陈长捷，另谋生路。一天，黄参谋写了一封诉说阎匪黑暗、要求陈长捷收留他的信，托一位他的下级军官捎话给陈，结果因怕特务搜查，未敢送出，放于家中。恰巧张全喜到黄家闲聊，看到此信，黄参谋大惊失色，唯恐张泄密，遭阎加害。张全喜抓住黄参谋的把柄，胆子也大起来，对黄说：“忍耐是有好处的，不要着急，天下乌鸦一般黑，你怎知天津会比太原好？慢慢看清情况再说，到非走不可的时候，自然有路可走。”

有一次，张全喜试探地说：“城市不如乡村好，尤其是山里边，环境更僻静，你去过山里吗？”黄惊问：“你指的是哪个山里？”张全喜回答：“就像辽县、昔阳一带。”黄参谋笑说：“没去过，那里都是八路军的根据地。这年头，城里真不如山里好。”张全喜终于试探出黄参谋的心底。

一天，张全喜又找黄参谋闲聊，张全喜开口便说：“我到过太行山，认识八路军，咱们要能跟八路军取得联系，将来一旦城里待不下去，还有一条出路。”黄参谋立即察觉到张可能是共产党，张全喜只是说：“我的家在太谷县小常村，我掩护过他们的地下工作人员，跟他们有点联系。”

天津解放，陈长捷被俘，黄参谋死了投陈之心，他只得考虑通过张全喜为八路军做点事，找条出路。于是他找到张全喜，明确表示：“张经理，我想去投靠八路军，你看敢不敢？”“怕什么？我们村里就有八路军。守城外前沿阵地的又是你的老部下，出境都方便嘛！”张观察一下黄的表情，才继续说：“要走，总得先做一些事才好！”

黄参谋长叹一声：“唉！原先我是师的参谋长，就是活捉阎锡山也能办得到，现在兵权失手，能做什么事呢？”

“解放军很快就攻城了，可以利用你的参谋身份，到前沿阵地观察，了解城防设施，为解放军提供情报嘛！”

事情终于谈成了。黄参谋搞了一套军装给张全喜穿上，两人同乘一辆吉普车，冒名视察阵地，周游太原城防一圈，接着以核实校正作战地图为名义，向各守备部队索取了资料，明碉暗堡、步兵、炮兵、堑壕、电网都一一标在图上。

城防图绘制成功，在车行工人张宪明的协助下，将图藏在被割开的自行车大梁里和割开的内胎里，然后精心焊接修补，恢复原样，完全不露痕迹。

张全喜推着笨重的自行车，在黄参谋的护送下，直奔城南杨家堡。

负责守备杨家堡前沿阵地的阎匪某师3团团长，正是黄参谋老部下，他听黄参谋的“卫士”要到太谷安顿家眷，便笑脸放行了。

张全喜来到解放军65军前沿阵地，接上联系，65军首长派车送张全喜直奔太原前线司令部，陈漫远参谋长亲自接待张全喜，张全喜交上城防图，并将获得城防图的经过详细讲出，陈参谋长将城防图送到司令员和政委们手中，众将如获至宝，万分感谢张全喜的英雄行为。张全喜为人民解放军攻克太原这座坚固之城提供了至关重要的情报，对解放太原起了不可估量的作用。

太原前线司令部根据张全喜提供的城防图和情报，以及各部队侦察的结果报告，研究制订总攻太原的作战方案。3月30日，太原前线司令部将太原作战方案电告中央军委。

中央军委毛泽东、周恩来、朱德等审查了解太原前线司令部所报作战方案，于4月3日复电：“同意3月30日电所述太原作战方案，同时请你们注意和平解决的可能性，如有接洽机会应利用之。”

接到中央军委电令，太原前线司令部罗瑞卿副政委、周士第副司令员与陈漫远参谋长进行会商，决定召见晋中战役中的降将，阎锡山第7集团军前总司令赵承绶及俘虏曹近合，要他们立功赎罪，与太原守军取得联系，劝降守军，以争取和平解放太原。

面临绝境，阎锡山逃离太原

当解放军18兵团将太原团团包围之后的1949年2月间，阎锡山在太原举行了一次外国记者招待会，为了给美帝国主义及其国外反动派展示他的守城决心和给部下打气，会议召开后，阎锡山让侍卫拿来一些装有毒药的小瓶，谈话之间，阎指着毒药瓶说：“我决心死守太原，与城共存亡。太原如果失手，我就和这些小瓶同归于尽。”

3月间，解放军19兵团和20兵团30多万大军与18兵团解放军会师太原城下，素以反共英雄自诩的阎锡山预感末日来临，呈现一切反动派共有的虚弱本质，惶惶不可终日。他初则龟缩在寝室，与其姘头阎慧卿整日唉声叹气，吸抽鸦片，而后则坐立不宁，食不下、睡不着、眼睛熬红、嗓子沙哑、拄着手杖，由两个卫兵搀着，从东花园住处走到中和斋作战室，从作战室再走到北厅办公室，来回往返不知所事。对部下张口便骂，对家眷无事也训。

面临危亡的阎锡山，自知此次难逃灭亡下场，但是还不甘心他的失败，欲作垂死的挣扎。他强打精神，召集全体军政头目会议，在会上他大讲："满则溢，盈则缺"，"否极泰来"，"幸生不生，怕死必死"，"置之亡地而后生，置之亡地而后存"，"要学忻县赌棍赵贵根，输光了钱，剁个手指再压上"。并叫嚣："要有必胜的信念，绝不能功亏一篑"，"以城复省，以省复国"。以此为部下打气壮胆，随后又发出手令："战场倡议投降者杀；无命令后退者杀；主动放弃阵地者杀。"另外，为了让部下看到他的决心之大，还命人为他做了一口棺材，停在绥署院内，以示"不成功则成仁"。

但是阎锡山在大喊大叫"决心死守太原"的同时，暗中却通过在南京政府中的亲信疏通渠道，与国民党代总统李宗仁私谋假邀他去南京开会议事。3 月 29 日下午 2 时，阎锡山突然召开紧急会议，他进入会场，满面红光，笑着令部将入座，然后阎令秘书念李宗仁的来电："和平使节定于月杪飞平，党国大事，诸待公前来商决，敬请迅速命架。"

读过电文，阎锡山假惺惺地对众头目说道："此去三天五天，也许十天八天，待和平商谈有了结果，我就回来，太原的军政领导工作由王司令代理。"为了稳定人心，将他的心上人姘头阎慧卿留在太原城内，自己来个金蝉脱壳，爬上飞机溜之。

1949 年 4 月 5 日，中共中央军委致电太原前线总前委："阎锡山已离开太原，李宗仁愿出面交涉和平解决太原问题。我们已告李宗仁代表（本日由平去宁）允许和平解决，重要反动分子许其乘飞机出走，其余照北平方式解决，部队出城两星期至三星期后开始改编，你们应即派人进城，试行接洽，求得 15 日前谈妥。"

1949 年 4 月 11 日，中共中央军委再次致电太原前线司令部："我们和南京代表团的谈判已进行了 11 天，颇有进展，如南京方面同意，

可能于15日或16日签字，但破裂的可能仍然存在。请将攻击太原的时间推迟至22日，那时如能签订和平协议，则太原即可用和平方案解决，如和谈破裂或签订后反悔不执行，则用战斗方法解决，对我亦无多大损失。”

接军委电示后，太原前线司令部立即举行前委会议，决定对太原守敌发出迫降最后通牒，但敌人封锁各进城道口，无法进城。

4月10日，太原前线司令部只得致电中央军委总部：“自赵承绶、曹近合与赵恭所派之杜某会面后，敌方并无回音，而封锁更严，我们再送信入城，亦不能进去。我炮兵增加，均已进入阵地，侦察及各种准备工作已完成。按目前条件，争取在外围切断歼敌几个师，而乘胜攻城，把握是较大的。如16日南京谈判无大效果，是否提前攻击太原？”

最后决断，党中央命令总攻太原

接到太原前线电报，毛泽东看过电文，与周恩来、朱德会商，毛泽东说：“太原前线彭总来电，电告和平解决太原没有希望，请示何时攻城。”

周恩来开口讲道：“就我军围困太原长达9个月时间，屡次进行招降不成，足见阎锡山实属顽固之敌，非武力所不能夺取。”

朱德也讲道：“太原之敌不能和平争取，那就下命令，由彭总自己决定攻城时间吧！”

于是，中央于4月17日复示太原前线司令部：“你们觉得何时有利，即可动手打太原，不受任何约束。”

接电，彭德怀于18日召集副司令周士第、罗瑞卿、陈漫远、胡耀邦、杨得志、杨成武、李天焕等进行总攻太原的预备会议。

彭德怀首先讲话：“阎锡山匪部实属顽固之敌，我们用和平方式解放太原没有希望，只有发动攻坚战才能夺取，中央复电我们，同意我们的作战方案，并要我们自己决定发动总攻时间。根据敌方防守情况无变化，我军各兵团前日的汇报，我们完全具备了攻打太原的条件，决定于20日

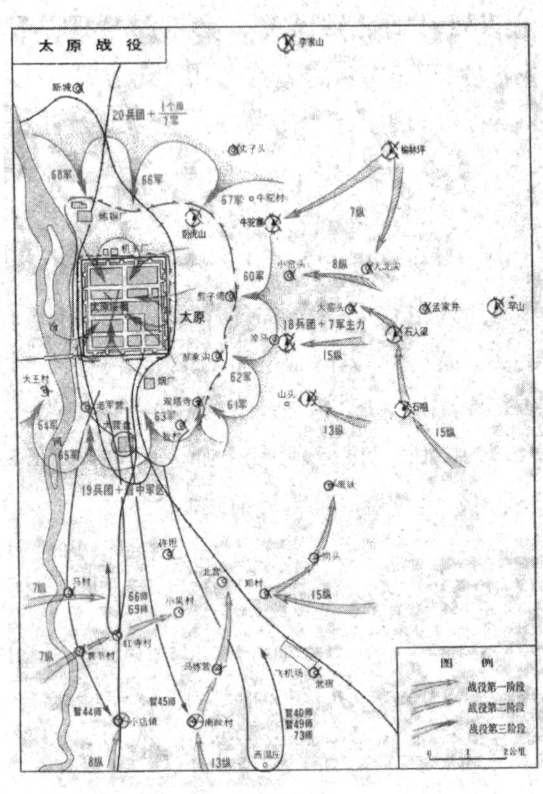

太原战役

6时对太原发动总攻，争取在3日内扫清太原城外之敌，而后争取城内敌军缴械，如王靖国不投降，继续顽抗，我军随即攻城全歼城内之敌，下面请罗瑞卿同志讲一下攻城的思想准备工作。”

罗瑞卿说：“毛主席一贯教导我们，在战略上要蔑视敌人，太原守敌为华北一座孤立无援之敌，一贯高调‘太原能固守’的阎锡山不也爬上飞机溜了吗？任何反动派都不能阻止我们解放的进程，太原很快就将被我们攻破，但太原守敌为我们以前所不曾多遇之顽敌，它的工事设防为全国最坚固的堡垒，我们将面临一场极其艰苦的攻坚战，要求各位回部后，立即召开会议，宣讲太原之敌的特点，作好充分的思想准备，使每个连队、每个指战员都清楚太原的坚固工事设防，匪军中‘铁军’的反动顽固性，在思想上树立准备打一场艰苦攻坚战……”

陈漫远参谋长走到地图前，指着敌我双方军事形势标示讲道：“司令部决定按大家研究制定、中央军委批复的作战方案实施，采取10路大军长驱直入，相互配合，扫清外围，东面由18兵团及第7军负责，西面、南面由19兵团负责，北面由20兵团负责。各兵团按已定作战方案安排各军的进军路线，发动攻击。各军必须作好准备，在3日内按照部署扫清城外之敌，攻到城下，待命攻城……”

会上彭德怀征求一下杨得志、杨成武、李天焕的意见后，宣布闭会。

守敌灭亡之前的最后挣扎

阎锡山逃离太原，在南京每天遥控太原，编造种种谎言，蒙骗部下，以坚定死守太原的决心，今天说国民政府已答应派两个师增援太原，明天说陈纳德“飞虎队”已组织起来日内飞往太原，随后又发电致部将王靖国等人：“保卫太原之战，关系华北存亡和国际视听，你们能参加这个战争，真是荣幸！我因事被阻，不能和大家一起保卫太原，是一生最大的遗憾。”

王靖国接到阎锡山南京电报，立即与绥靖公署副主任孙楚、杨爱源、特务头子梁化之会商，召开军政头目会议。参会的有阎锡山的高参苏体仁，雪耻团总指挥、上党战役被解放军活捉后又放回的史泽坡，副总指挥胡三余，太原城东西南北四防区总指挥、19 军军长温怀光，61 军军长赵恭，34 军军长高倬之，33 军军长韩步洲，双塔寺要塞防守司令 43 军军长刘效增，30 军军长戴炳南，“二铁探”的特务头目吴绍之等。

各军政头目到齐后，王靖国当众宣读了阎锡山电文：“保卫太原之战，关系华北存亡和国际视听，你们能参加这个战争，真是荣幸，我因事被阻，不能和大家一起保卫太原，是一生最大的遗憾，要求所有军政干部，坚定不成功便成仁的决心，誓死保卫太原。”王靖国随后讲道：“阎长官留京，保卫太原全靠诸位同心协力，最近共军将要攻打我太原，各防区都要作好准备，坚守阵地，坚决挡住共军的进攻，各保安部队和宪兵队要相互配合，作好防奸反叛，如发现共党奸细和内部反叛者，格杀勿论，要求所有军政干部精诚团结，本着不成功便成仁的决心，誓与太原共存亡。”

王靖国讲完话，梁化之接着讲道：“请大家勿忘阎长官对大家的热心栽培，勿忘阎长官的厚恩厚德，谁要是背叛阎长官，就是黄樵松的下场。”各军政头目纷纷表示誓死忠于阎锡山，誓死保卫太原。

准备攻城

19兵团开到太原南郊，由南面负责包围守敌，65军194师581团进驻太原城南的榆次，随后部队就进行学习练兵，针对敌人的防御体系，进行攻坚战术的演练、爆破、登梯、爬壕坡、刺杀、破电网等诸项作战本领，反复苦练，灵活掌握技巧。指战员的斗志极为高昂，每当上级首长视察连队训练，指战员就纷纷问首长："怎么还不攻城？""什么时候攻城？""我们早就等得手发痒了。""我们早就作好准备了。"首长们回答："很快就将攻城，你们一定要练好兵，争取登城第一功。"各连指战员会上表决心，会后写决心书，掀起了"学习吕顺宝，人人立功劳"的高潮。把战壕一条条挖向敌军阵地前，每个连队都做了三四个大云梯，云梯三丈来高，下面安上木轮子，几个人推着飞跑。将棉被里的棉花掏出，用布包炸药，用手榴弹雷管导火索作引爆装置，自制炸药包。用布包日本旧指挥刀做成破电网砍刀，找来木板做跳板，用以穿越电网、铁丝网。把自制小炸药包捆绑在手榴弹上，制成专炸地堡的飞雷。一切准备工作都已做好，静候攻城命令的下达。

一列列火车将粮食、弹药、蔬菜肉食品、干柴、饲草等源源不断地运到太原前线，各军区抽调的民兵担架队也相继到达。

解放军太原前线司令部将攻打太原的作战任务下达到各参战部队，19兵团司令员杨得志立即召集63军军长郑维山、政委王宗槐，64军军长曾思玉，65军军长邱蔚、政委王道邦、副军长萧应棠及187师至195师各师师长和政委召开会议，进行作战部署。

解放军战士们在碉群沙盘上研究攻碉方案

杨得志司令员在

会上发布命令："彭总决定20日6时整，对太原发起总攻，我们担负从西南、南面扫清太原城外防线守敌，命令郑军长率部从右侧发起攻击，负责扫清同浦路东黄家坟至双塔寺间各据点及沿线守敌。命令邱军长率部居中路发起攻击，负责扫清汾河以东至同浦路西的杨家堡、大营盘至南关各地点及沿线守敌。命令曾军长从左侧发起攻击，派一个师兵力沿着汾河往北猛攻猛插，与7军南北对进，截断河西敌军的退路，合围后负责扫清南屯至大王村以西各据点及沿线守敌。各部完成扫清外围之敌后，汇集城下，构筑工事，待命攻城。各军必须在三天之内全部歼灭所攻击区域内的敌军，不得违误。"

李志民政委随后讲话："这次攻打太原，各级指挥员在思想上都要作好啃硬骨头、铁骨头的准备，要发扬勇敢战斗、不怕牺牲和连续作战的优良传统，争取在解放太原的战斗中再立新功。"

耿飚参谋长就各军作战任务指出："郑军长所攻区域内的双塔寺是阎锡山在城东南的军事要塞，是我军攻打太原较难的两大重点之一，敌人在双塔寺驻有一个整军，工事复杂，并有炮兵，我军必须步炮协同，以近战、夜战的优势歼敌。邱军长所攻击区域内的小南关，地理位置极为重要，敌军的工事复杂，火力配置也强，而且能直接受到城上敌军火力支援，我军必须不惜一切代价拿下小南关，因为只有拿下小南关才能攻城。邱军长还需派一团兵力，狠插猛突，争先控制汾河水泥大桥，掐断河西敌军退路。曾军长要注意与7军和晋中军区兄弟部队的联系，以最快速度完成沿河北进，与7军合围，而后穿插分割河西守敌，最后予以全歼。各军各师都要根据作战攻击的目标进行严密部署。"

发起总攻

1949年4月20日，围歼太原守敌的战斗打响了。6时，4颗信号弹腾空而起，解放军数千门的大炮怒吼起来，向着太原城外敌军防区展开了猛烈攻击。剧烈的重炮轰击震撼着整个大地，火光冲天而起，浓烟很快就笼罩了整个太原城外敌军防区。一座座碉堡被端了窝，有的整个碉堡被炸翻过来。随着炮火的延伸，等在战壕中的爆破连队的勇士们，扛起炸药包，跃出战壕，跨过破烂不堪的铁丝网、电网冲向敌人防区，将那些隐蔽的地堡拔除。解放军的各主攻部队尖刀连随后跟进，高举着一面面红旗，迅猛冲入敌阵，在尖刀连的后面，各主攻营、团解放军指战员像潮水一样冲入敌人的防区，气势锐不可当。敌军防线迅速土崩瓦解，10多个师全部陷入解放军的钳击之中。在敌军阵地上的火药味、燃烧着的棉布散发出的棉燃味、血腥味充斥着整个战场。

在太原城东的战场上，解放军第18兵团集中全部炮火，对敌军19军军长温怀光的指挥部和炮兵阵地实行压制轰击。敌军火力无法抬头，第7军20师迅速攻占了山庄头、同蒲火车站、牛驼村，并配合20兵团部队包围了阎锡山的重点防区卧虎山阵地。62军主力攻占阎家坟、郝家庄据点。下午继而攻占剪子湾、仓库区、红营房、郝家沟、黑土港和大东关据点，直逼太原城下。

在太原城西的战场上，曾思玉指挥64军在100多门大炮的掩护下，突破敌军的防线，攻占了南屯、南上屯、新庄和沙沟等据点，打开了敌军赵恭阵地的缺口，沿着汾河西岸迅猛推进。第7军19师在拂晓前突破敌军前沿阵地，进占西张村、柴村和芮村据点，控制汾河铁路桥。9时30分，64军趁势攻下小王庄据点，13时，攻占大王庄据点，15时，南北对进的64军和7军19师胜利会师于万柏林敌军据点。两军像铁钳一样扼住了赵恭所部敌军的喉咙，完全切断了向城内的退路，继而两军合围，对敌军穿插分割，各个歼灭。

在太原城西北面战场上，解放军68军第202师，19日夜先行行动，以隐蔽行动穿越敌军防线，未等敌军发觉就抵新城据点城下，遂派爆破连炸开西城门，攻入城内，随后攻占了南固碾、北固碾和下兰村据点。

在太原城东北战场上，解放军67军发起攻击后，迅速攻占了五岔、松树、大脑、下岭、西岭和高家场据点。8时30分，攻占城东敌军重点防地丈子头、南窳、七府坟和飞机场。66军198师在峰西村与蔡家岗两据点间突破敌军防线。早4时，197师和198师占领黄花园和南沟村据点，7时，攻占新店、杜家坟和石坛村据点。与此同时，63军203师攻占南下温村、北下温村、赵道峪、东留庄和向阳店据点。204 师和 202 师一部攻占陈家窑、栏岗和南寨据点。11 时，第 20 兵团在杨成武、李天焕的指挥下，会合于太原北机场和光社村地区，21 日，又攻占了城北工厂区和上北关、小北关等大据点。67 军协同第 7 军兄弟部队，包围了太原两大敌军防御重点部位卧虎山阵地。

65 军奉 19 兵团命令，攻歼太原城关以南、同蒲路以西、汾河以东地区之敌。随后将主力置于城关以南地区，在大南门地段突破城墙，歼灭守敌。

军政委王道邦、副军长萧应棠决心将主力置于大马村、北张庄之间地区。第一步打开缺口，以穿插分割攻歼外围之敌；第二步在大南门以东 300 米以西至西南城角，突破城墙歼灭小南门、米市街、长前街之敌。

在太原城南战场上，65 军 1 梯队展开 4 个团，担任突破，在杨家堡及以东至同蒲路东线打开缺口，攻入敌阵。194 师摆开了强大后劲的 3 个梯队，担任中间突破任务，赵文进师长首先指挥 582 团在炮火延伸射击之际，以极其勇猛的动作，向亲贤村、杨家堡中间的一号碉堡群攻击。战士李俊仁机智灵活，一连成功爆破 7 个地堡，打开突破口，仅 20 分钟，1 营就攻占了一号碉堡群。歼灭敌铁平师一团一部。当正向纵深西冠村进攻时，孟平团长发现后方狄村之敌仍在顽抗，他果断指挥 2 营向右越过战地分界线，迂回到 63 军战斗分界线内的狄村，有力地配合 65 军歼灭了敌人。

当 1 梯队突破成功后，赵文进师长立即命令 580、581 两个团并肩出击，向敌纵深杀去。只见尖刀连在杨万华副团长的率领下，高举红旗，紧跟爆破连之后，勇猛地跨越敌人的道道残破工事，攻进敌人的外围据点。曾绍东团长、张振川参谋长率主力大队迅速跟进，直插敌人纵深阵地。

在 1 营营长刘庆兴、2 连连长张友的指挥下，许学顺排长带领爆破队连克数座碉堡群，迅速地为突击部队扫清了障碍。杨万华副团长率陈志胜连一马当先，跑步向前攻击，仅 4 个小时，就势如破竹地穿插过大营盘敌据点，挺进东岗营盘，与 195 师同时杀向敌战车团驻地。

智缴敌坦克，铁拳齐砸敌阵地

当 581 团突击连出现在敌战车团大院墙头时，一些日本人正慌乱地爬进坦克，杨万华副团长急中生智，赶紧让跟在身边的一位参谋（青龙人，会日语）用日语喊话。只几句日本话，为首的几名日本人就举起双手，随之杨副团长指令 1 连 1 排冲向前去，缴获敌坦克 4 辆，并将敌人全部捉获。与此同时，195 师前卫部队也将战车团主力全部解决。

左翼 193 师担任 1 梯队的 578 团向杨家堡东南碉堡群进行攻击，577 团向杨家堡西南角碉堡群攻击，突破成功后，两团向老君营敌据点勇猛穿插，随后又向小南关猛攻过去。578 团 1 排副排长马万水带领 17 名勇士，插向汾河大桥，敌人以 1 个营兵力从河西反复冲击，企图夺回大桥，打通撤向城内的道路。但在马万水的指挥下，该排像一颗钉子，英勇顽强地打退敌人数次疯狂进攻，胜利切断大桥，保证了友军的歼敌。

12 时，65 军 3 支利剑，穿过西寇村、北寇村、中坞城、亲贤村和大营盘据点，并以猛烈的攻势一举攻占老军营据点，将太原城外西南约 5 公里纵深的上千座碉堡全部砸烂，全部占领军人养畜厂、面粉公司、民众市场、火柴厂、小南关一线阵地。

同时，63 军各师团在郑维山的指挥下，迅速攻破敌军防线，攻占黄家坟、椿树园、千佛寺及狄村、什方院据点。17 时，在 62 军 186 师的配合下包围了双塔寺。

194 师突进到太原城小南关，守敌急忙集中炮火进行拦截，各敌堡群也同时开火阻击。赵文进师长率师指挥所紧随 581 团进行指挥，他立即命令炮兵，以迫击炮平射敌堡枪眼，对敌火力进行压制，并命各团火速派爆破队出击。各爆破队冒着敌军的枪林弹雨，奋不顾身地扑向敌军阵地，将飞雷、炸药包纷纷靠上敌军工事爆炸开花。

猛攻小南关

581 团在 2 连 1 排排长许学顺的带领下，爆破队逐个端掉敌小南关据点外围碉堡之后，奋勇突入小南关大街。只见杨万华副团长，一手抡枪，身先士卒冲在前面，他一边指挥1连压制突破口两侧的敌人火力，巩固突破口；一边指挥2连继续爆破街口敌军地堡，并指挥突入的连队，与敌人展开逐家挨院的争夺战。

守卫小南关之敌乃阎锡山的高倬之军73师，师长听到解放军总攻的炮声，立即用电话命令所部各团严守阵地，随后就接到高倬之军长打来的电话，要他调一个团增援大营盘，没等他答话，电话就中断了。时至9时，师长又接到城内守备司令王靖国亲自打来的电话："大营盘、老军营都已失守，要守住太原城，大小南关至关重要，一定要不惜一切誓死守住，失掉南关就等于失掉城墙，丢掉南关，我要你的脑袋！"敌师长领命，立即用电话命令各团把所有火力都投入阻击，并下死命令："谁丢阵地就砍谁的头。"

当敌师长得知581团在小南关打开缺口后，立即命令一个营长带领两个连通过地道进至缺口处的地堡，迅速以密集火力封锁缺口，同时敌师长还命令各地堡向街道施放毒气弹。跟随杨万华副团长插入敌阵地的1连、6连等指战员，正在沿街道或挨家逐院与反击之敌展开激战时，突然听到连续数声巨响，顿时气浪翻滚，顿感头昏脑涨，呼吸困难。一些指战员当即牺牲，许多人被呛得鼻流鲜血，一些指战员赶忙伏地，将战前准备好的湿布盖在鼻口处，也有一些指战员，赶忙扯下衣服，一手捂鼻，一手尿湿碎布赶紧捂脸鼻，继续战斗，敌军趁此进行反扑。

激战中，杨万华副团长急命4连1个排集中火力压制敌堡重机枪的扫射，命2连1排迅速运炸药至缺口两侧地堡群，准备连锅端掉地堡。紧接着，2连、7连、8连等在团长曾绍东、参谋长张振川的指挥下，接续攻入敌人据点。

先突入敌据点的1连、6连在打退敌人的数次反扑中，一些指战员中弹倒下，但他们毫不畏惧，迎着满街毒气，依托着被炸毁的残墙断壁，用机枪、冲锋枪对准敌堡枪眼狠狠射击，并将飞雷投进枪眼。在连续拔除几座碉堡后，突然遇到用钢板护甲的碉堡，也有些地堡的射击孔竟是能转动的，致使爆破队很难一次拔除，团长曾绍东急唤团炮兵连神炮手李英，赶紧用迫击炮穿甲弹，平射前面大碉堡枪眼。随着炮弹的呼啸，大碉堡在“轰轰”的爆炸声中被炸毁。哗的一下，几面红旗同时竖起，迎着烟尘飞向前去，漫街的解放军将士猛扑敌阵，轰隆轰隆的炮声、爆破声、冲锋号声、冲杀声与“缴枪不杀”声响彻敌军阵地。运送弹药的民工队，转运伤员的担架队，押下的一队队俘虏与那冒着烟火、破烂不堪的街道呈现一派极为混杂的景象。

浴血攻占大南关

11 时，194 师与兄弟部队占领小南关。军政委王道邦和副军长萧应棠率 65 军指挥部前移小南关南老军营，决定以两个团啃掉攻城的最后一个障碍——大南关。萧应棠用电话指示 193 师师长郑三生：“命你师 577 团，由西南先攻造纸厂，而后向文昌庙方向发展。”同时又指示 194 师师长赵文进：“命你师 581 团配合 577 团夺取文昌庙，彻底歼灭大南关之敌。”

大南关临护城河，背靠城墙，由两大部分组成，犹如立在大南门两侧的两扇大屏风，筑有数座高碉及各种伏地堡，并以地道向城内贯通，可以直接得到城墙上各种火力支援，守敌为胡宗南的 85 师 284 团。

194 师各团挺进到小南关一线后，师通信班班长邵玉贵（青龙县城大杖子村南街人，满族）迅即率全班战士，冒着敌人的炮火，架通了与各团的电话线。赵文进师长指示 581 团团长曾绍东：“军首长指示，命你团在晚 9 时发起攻击，配合兄弟团夺取文昌庙，那里离城墙太近，敌人的炮火很强，要作好充分准备，要坚决啃掉这块硬骨头，为登城扫除障碍。任务交给你们，这是军首长对你们的信任，我相信你们会胜利完成任务。”

曾绍东团长接受命令后，即刻与张振川参谋长等研究攻击部署。

晚 21 时，577 团在炮火的支援下，以勇猛的动作首先攻占晋桓造纸厂，守敌在城墙上数 10 门火炮的支援下，以整连整营的兵力进行疯狂反击，妄图夺回阵地，但在 577 团强大火力的杀伤下缩回文昌庙后阵地。

581团发起攻击后，受到文昌庙守敌强火力阻击，团长急调6连掩护，6连六〇炮手姜长海以敏捷的动作，连发三炮，准确地打掉了敌人的一座碉堡。1连连长率部乘势冲向突破口，连长冒着敌人的火力，将红旗刚插上敌人阵地就负伤倒下了，随后副连长和数名战士也在突击中中弹负伤。敌人由两侧以猛烈火力夹击突破口，守敌趁1连被压击的情况下，抢走1连红旗，张振川参谋长看到此景，亲自指挥2连发起攻击。2连集中轻重机枪开路，狠狠压制敌火力，掩护爆破组，成功地炸毁了一个地堡，扩大了突破口。张振川率2连突破敌人阵地，双方战火彻夜未停，一直激战至次日（23日）晨2时。3营7连在陈光宇教导员的率领下，首先打掉了文昌庙东南角的地堡群，突入墙内，抢占高碉。守敌拼死反扑，依托地道反击，在反复争夺战中，由于7连在明处，伤亡过大，前沿指挥陈光宇教导员身负数伤，被抬下阵地，阵地被敌人重新夺回。团长曾绍东亲临前沿指挥8连继续与敌展开争夺战，3营营长顾好梅率9连及时组织助攻，终于夺占墙内高碉，并巩固所得阵地。

23日7时，577团2营在文昌庙西南展开猛攻，与581团形成一副巨钳张口卡向敌284团。两支部队突破敌阵后，迅即与敌展开一墙一院的争夺战。

城内守敌司令王靖国，闻报大南关阵地被解放军突破，用电话声嘶力竭地命令敌284团团长：“坚决堵住缺口，把突入的共军全部消灭掉，保不住阵地，我就命炮兵把你们和阵地一起炸平。”敌团长为保住阵地，急忙命两个营，沿着地道，由两侧向581团4连、6连展开夹击。这时，5连连长黄树英率本连勇猛地插进去，为4连、6连打开重围，如同一颗硬钉钉在敌人阵地中心，敌以成排成连之众向他们发动7次拼死反扑，但5连指战员与敌死打硬拼，多次以拼刺刀粉碎敌人的反扑，最后只剩下17人。在5连的协助下，2营营长张文祥率4连穿墙跨院与敌展开殊死争夺。6连在连长张自生、指导员邵连林的率领下，与数倍之敌展开了英勇拼杀，反复搏击，在打退敌人十几次反扑后，插入敌纵深工事，展开坑道追歼战。

在577、581团的猛烈攻击下，敌284团元气大伤，只有少数人沿地道逃入城内，仅581团就俘敌400余名。迎着朝阳，65军全部攻占大南关阵地，并挖壕作攻城准备。

仅22日一个昼夜的激战，太原城外敌军防线就被解放军全部攻破，阎锡山10多个师被歼，仅剩卧虎山和双塔寺两据点。

张参谋长侦察负伤，各部扫清城外之敌

张振川（1955年）

23日拂晓，581团参谋长张振川为观察城墙上敌军火力配置，只身来到3营阵地，要亲自爬上护城河边的高碉进行观察。顾好梅营长迎上前去说："参谋长，那里很危险，敌人城墙上的炮可以直射。"张振川说声："不怕，你们别上去，我一个人上去，天一亮，看清后就隐蔽着绕回来。"说完他去安排9连警戒，担任掩护。这时，团电话员拉着直通指挥所的电话线也上来了，张振川刚与曾团长说上几句话，赵文进师长的电话就过来了，他在电话里生气地批评道："乱弹琴！你乱窜什么！"张参谋长回话："我想看看城墙上敌人还有啥名堂，为攻城作准备。"听此，赵师长火了："用你去？叫营里查嘛！"此时，师政委、参谋长、580团副团长全被炸伤，曾绍东团长听到师长的批评，急忙从中插话道："张参谋长要亲自侦察一下敌情，为攻城获得第一手情报，还是让他上高碉观察一下吧！这里有我们老顾掩护，问题不大。"赵师长听此才批准进行观察。张参谋长登上敌人高碉，透过枪孔详细观察起来，天一亮才看清城墙上守敌设有三层枪眼，墙外地堡群，似有坑道贯通城内，张参谋长一心想着再进一步看个清楚，不想望远镜闪光被城上守敌发觉。随着"轰！轰！轰！"三声炮响，坍塌的堡墙将张参谋长压在碉堡内。顾营长赶紧以六〇炮、机枪向城墙还击，并掩护7连1个班登上高碉，迅速把参谋长扒出来，顺着战壕抬到团掩蔽部。这时，洪洞县担架队上来将参谋长

抬下战场，他坚持不下火线，并向曾绍东团长说：“我只是伤了皮肉，并没有伤筋动骨，同时地形我都反复看熟了，眼看就要进城了。”政委张复海说：“参谋长不愿下去，你们就抬着进城吧！”

4 月 23 日，太原前线各解放军阵地上传来了振奋人心的消息：“解放军胜利攻占了南京蒋介石的伪总统府。”

攻破卧虎山

卧虎山状如卧虎，是太原城东北阎锡山军事设防要塞区，太原前线司令部原拟作战方案决定，解放军扫清外围其他据点后，暂对卧虎山进行包围，在攻城的同时或攻下太原城后再攻打。

守敌从虎头到虎尾筑有各种碉堡 160 多个，工事非常坚固，驻有 5000 多敌军，阎锡山的太原城东北防区指挥部就设在此山。

21 日晚，解放军两个侦察分队搭人梯爬上峭壁，以夜摸和强袭攻占 4 个碉堡，逼降两连敌军。随后立即请示太原前线司令彭德怀，经批准立即发起全面进攻。解放军 200 师攻“虎头”，199 师攻“虎尾”，经过解放军夜战、近战的攻击，到 22 日黎明，全部碉堡被攻破。旭日刚刚照上山头，卧虎山各主要阵地都已插上红旗，解放军只用 5 个营就全歼守敌 5000 人，以不到 10 个小时的时间就攻破了阎锡山所吹嘘的我军 3 个军 1 个月也攻不下的要塞。

攻占双塔寺

22 日，63 军军长郑维山在扫清东南各据点敌军后，立即将双塔寺敌军阵地包围起来。炮兵第 1 师对准第 13 号至 40 号碉堡进行猛烈的轰击。63 军直属炮兵连的平射迫击炮对准 1 号至 12 号碉堡猛轰，准确地将碉堡拔掉。在炮兵的掩护下，187 师从东和北两面，189 师从西和南两面发起攻击。当各突击连队接近敌阵地时，突遭敌军炮火压制，伤亡很大，无法进攻。郑军长用望远镜仔细观察敌军阵地，发现古塔上设有敌军炮兵观察所，他立即命令身边的军直属炮兵，对准古塔开炮。敌炮兵失去“眼睛”，各突击连一跃而起冲过外壕，连续爆破，摧毁地堡，几个尖刀连迂回猛插狠攻，直捣核心工事，飘扬的红旗在炮尘中飞向前方，爆破声和“缴枪不杀”声响彻整个战场。7 时 30 分，敌双塔寺要塞被 64 军全部占领。

双塔寺成为主战场

4 月 22 日 8 时，解放军 10 路大军全部扫清太原城外敌军防区残敌，歼敌 5 个军部、14 个整师，占太原守敌兵力 80%。

各路大军将俘虏全部押下战场，夜晚又开始挖战壕、整修工事，作攻城的准备。

顽抗到底，拒绝最后通牒，王靖国督部垂死顽抗。

22 日，太原前线司令部为了减轻太原城内人民生命财产的损失，向太原守军司令王靖国发出最后通牒：

太原城内守军司令王靖国及其所部官兵：

我人民解放大军，仅以两天多时间就扫平了阎锡山所吹嘘“3 个月也攻不破的百里防线”，兵临城下，太原城指日可破。解放军顾念城内军民免作无谓之牺牲，特此向王靖国及其部下官兵发出最后通告，立即放下武器，自动出城受降以为生路，不然将被我军强大炮火所毁灭，何去何从，限令 23 日午前做出答复，否则我军将发动攻城。

人民解放军太原前线司令部

彭德怀令司令部将通牒书抄送各军，由各军用高音大喇叭对城内进行广播。各军将大喇叭对向城内，不断进行广播。城上敌军接王靖国命令，用重机枪猛扫各大喇叭，大喇叭被打得全是眼儿。

阎锡山的死党城内守敌王靖国，在解放军兵临城下之际，仍然幻想“凭城固守”，一个劲儿地命令各部加强防守，与其妻同居指挥部大楼，日夜不眠，作垂死挣扎。

阎锡山死党梁化之这个罪恶累累的大特务头子，预感城破身则亡，下令将所有军政头目全部驱赶到绥靖公署，召开会议。梁化之在会上讲：“太原城破之日，就是我们为党国尽忠之时，明将史可法就是我们的榜样。我们生为阎长官的人，死为阎长官的鬼。不成功便成仁。如果我们被共军捉住，谁也别想活，早晚是个死，还不如集体自杀，留得英名。”“日本军人失败就剖腹自杀，成为英雄，我们也要这样死得慷慨，做党国的英雄。”在他的蛊惑和威逼下，数百名阎锡山死党、信徒中的死硬分子聚集地下室集体自杀而死。梁化之与阎慧卿也服毒自杀。

经过一天的招降广播，太原守敌没有反应，守敌司令王靖国决心与解放军为敌到底。23 日傍晚，也就是在解放军向城内守敌发出“立即放下武器，出城投降”通牒之后，王靖国之妻，两手使双枪，带领一伙顽匪，由东门突出，对解放军发动猛烈的闪击，东门外阵地上的解放军由于工事简劣，许多指战员牺牲、负伤。由于解放军顽强阻击，王靖国之妻不得不退入城内，此举大概是王靖国妄图突围的试探。

攻克城池

太原前线司令员彭德怀，根据太原守敌拒绝投降之事与副司令周士第、参谋长陈漫远、副政委罗瑞卿会商，决定于 24 日 5 时 30 分发动攻城，并将命令立即发布到各军、各师，准备攻城。

1949 年 4 月 24 日晨 5 时 30 分，4 颗信号弹腾空而起，数以千计的大炮又怒吼起来，顷刻之间，巨雷滚滚，地动山摇，浓烟遮盖了天空，太原城头一片火海，敌人的城防工事纷纷被摧毁。

炮火延伸，太原城外的解放军各军、各师，立即从四面八方扑向城垣，一架架高大的云梯，由战士拖着靠向城墙，一面面红旗迎风飞扬，无数个尖刀连越过护城壕，攀梯登城。城上敌军仍在垂死挣扎，用火力封锁被炮口打开的缺口，并派军进行反击。各路解放军以猛烈的炮火压制敌人的火力，以无比英勇的行动，奋不顾身地争相登城攻入缺口。

6 时 15 分，66 军突击连首先登上城头，随后沿城头扩展，接应兄弟部队登城，然后向北萧墙和东辑虎营进攻。6 时 30 分，63 军两个连在炮火压制敌军的火力下，并肩登上城头，以无比顽强的行动粉碎敌军于城上的 14 次反击，巩固了突破口，并夺占首义门。与此同时，63 军 187 师突击连也由首义门东登上城头，两支突击部队分别冲向后边街和鼓楼街。冲向鼓楼街的突击连爬上坦克，掀开顶盖，威逼着三辆坦克的敌军，向阎锡山省府冲去。6 时 40 分，64 军在水西门和旱西门间登上城头，投降之敌打开水西门，64 军主力蜂拥进城，冲向半坡北巷、水西门街和麻市街。6 时 50 分，位于城南的 65 军，经过反复压制城上敌军的火力，577 团两个连从大南门以东登城。与此同时，581 团在副团长杨万华的率领下，冲向城墙，将云梯靠上，2 营 6 连连长张自生、指导员邵连林率先攀登，冒着

解放军攻破太原城墙

敌人的火力封锁爬上城去。几位战士中弹由梯掉下，后面继续上冲。7时，荡尽城上守敌，全连登上城头，将红旗牢牢地插在城头。

3排指战员争先恐后攀上城去，立即翻越城墙，扑向市内，两丈多高的云梯，指战员只下几节，离地一丈多高就迫不及待地跳下城去。杨文波背着弹药桶只下三节阶梯就跳进城去，冒着敌人密集的火力插向米市街。

在炮兵火力的掩护下，193师577团40人组成爆破队，用1250斤炸药炸开了大南门，65军主力像洪水一样涌进城去。

解放军缴获的坦克行进在太原鼓楼街

在太原城东南，18兵团各军，一听说19兵团、20兵团都已登上城头，即集中炮火把城墙轰开多道缺口，各突击连如箭脱弦，直奔缺口攻进城去。7时10分，7军、60军在大东门以北，61军、62军在大东门以南，分路突入城内，向西进攻。7时40分，68军204师炸开大北门，203师也在大北门以西架梯登城。至此，解放军12路部队如同决堤的洪水从四面八方涌入太原市内。

攻入城后，各路大军沿着街道猛冲狠攻，炮火将街头巷尾的钢板装甲碉堡穿透摧毁，各部队的爆破队也将一些明碉暗堡炸掉。

杨万华副团长亲自指挥581团6连迅速扫清街头巷尾的大小堡垒，与兄弟部队对米市街与估衣巷间市区进行穿插分割。战士们用飞雷、手榴弹炸毁一些负隅顽抗的敌堡后，枪声逐渐稀疏下来。各连队指战员穿过许多房院，不见敌军，都感到莫名其妙。6连3排杨文波、姜长海等战士冲入一座大院，迎面走出一位老太太，他们立即询问，老太太带领他们到另一个院子的角落，告诉他们地堡口。原来守街头地堡的敌军还是有战斗力的，其余已丧失战斗力的敌军，全部躲在地堡的秘密地下室中。这些工事很不容易被人发现，通道口全设在院子角落的隐蔽处。3排排长立即将这些情况告诉兄弟连、排。指战员找到地堡口，立即将各个口包围起来，然后向里面喊话：“我军优待俘虏。”“把枪扔出来，我们不杀俘虏。”“只有投降才有活路。”各地堡门相继打开，敌人把武器扔上来，然后一个拉着一个走出来。原来他们都患了雀盲眼，看不见路。随后将他们集中起来进行看管，同时还俘虏了300多日本人，当时指战员们都感到奇怪：“怎么解放军还能捉到日本鬼子？”原来他们是阎锡山在抗日战争胜利后偷偷留下的，用以帮助他维护统治，残害中国人民。

解放军突入太原城内巷战

9时，从各方面攻进城的解放军大部队似潮水一样，席卷了大部分市区。63军、65军先锋部队，推着迫击炮平射敌堡，将街中一座座钢甲堡摧毁，沿着鼓楼大街高举红旗涌向敌指挥中心煤山伪绥靖公署和省政府。

在被俘的日籍国民党兵中，有一名1937年随侵华日军来到太原的汽车兵藤浪耕。1945年日本战败投降后，被阎锡山收编为国民党兵。太原战役被俘后，他又被编入解放军20兵团，成为一名英勇的解放军战士。1950年退伍到天津第一机床厂成为八级钳工，是该厂的技术骨干。1953年，在中日交换战俘时，回日本大阪市。他从内心里感谢中国共产党。在随后的60多年中，他致力于中日两国的民间友好交流工作，自费向太原市捐赠消防车、救护车，为促进中日友好做了许多有益的工作。2019年年初在大阪去世，享年100岁。

活捉匪首

冲在前面的581团，在副团长杨万华的率领下，高举红旗，抱着机枪、冲锋枪一边横扫残敌，一边跑步逼向伪省政府大院。退缩到伪省政府大院内敌指挥部西侧的残兵败将，在581团各连的强大攻势下，全部成为俘虏。杨副团长命各连将千余名俘虏集中到几个大院中看管，继续率部攻击伪省政府大院的敌指挥部。

581团5连在张连长的带领下，奋勇冲击，直逼伪省府西便门。当他们扫除了伏在门口沙袋工事后面守敌后，孙士印与另一名机枪射手同时端枪跃到门旁，依附被炸毁的两门垛，交叉狠扫门内之敌。门内守敌在用整捆枪支垛成的挡墙后面进行顽抗。在孙士印等两机枪火力压击敌方火力的同时，几名5连战士趁势冲到门口，将几枚手榴弹同时甩过挡墙，随着爆炸声，守敌枪声骤然停止。5连迅即冲入大院，向顽守在伪省政府大楼内的敌人展开猛攻。

各路大军如决堤的洪水攻入城内，守敌司令官王靖国一看解放军势不可当，即令其妻收拢残部和卫队退守指挥大楼，决心负隅顽抗，做个宁死不降之徒。

65军194师师长赵文进，率581团率先攻进城后，政委袁耐东和参谋长随后率主力跟进，在攻到市内伪公安四分局时，师指挥所受到敌炮轰击，政委和参谋长同时身负重伤。

在解放军581团2营5连由西面攻击敌省政府大楼的同时，62军553团也从南面攻到大楼前面。在火力的掩护下，爆破队将炸药运到楼前，只听“轰隆”一声巨响，大楼被炸开了一个大洞，62军553团攻进楼去，顺楼梯往上冲，同时581团5连也破门，冲进大楼。王靖国与妻和卫兵放弃摆设在首层一大厅内的5门火炮，钻进地下室，5连连长手挥驳壳枪率部直逼地下室口，对地下室高喊“缴枪不杀！”“只有投降才是活路一条！”，在众多的枪口威逼与喊声中，敌军官和卫兵一个个举着手爬出地下室，被解放军押出指挥部大楼，最后一敌卫兵告诉张连长说：“王靖国夫妻还在地下室中。”张连长将手榴弹线拉出，对着地下室高声喊道：“王靖国快出来吧！顽抗就炸死你们。”但里面不见回音，张连长再次高喊道：“不出来，我可要往里扔手榴弹了。”此时里面才答话：“我投降，我上去。”随后，王靖国夫妻举着手，沮丧着脸，灰溜溜地爬出地下室。

太原战役活捉了伪绥靖公署副专员孙楚

在581团5连活捉守敌司令官王靖国的同时，62军553团也打开了另一个地下室口，活捉了伪绥靖公署副专员孙楚、杨爱源等数名战犯和大量敌官兵。当即，王靖国夫妇与阎锡山的死党分子被戴上手铐脚镣，押上火车送往北平。

原来，当解放军兵临城下，发出最后招降通牒之后，阎锡山的军政大员们都被阎锡山死党梁化之召集到伪省政府，一则准备顽抗到底，二则防其率部反叛投降，三则准备强迫集体自杀，尽忠阎锡山。随着解放大军以迅雷不及掩耳之势攻破城垣，从四面八方冲进城内，横扫残敌，进逼伪省政府大楼的敌军指挥中心，顽敌梁化之匆忙下令自杀行动就开始了。在梁化之的威逼之下，四五百人自杀身亡，解放军的神速进展使梁化之匆忙拉着阎慧卿一起服毒，并预先命令铁军骨干将其尸体与阎慧卿尸体一起焚掉，而孙楚、杨爱源等人龟缩地下室中坐以待毙。

战绩辉煌

4 月 24 日 10 时，太原战役胜利结束，歼灭国民党军 1 个“绥靖”公署、2 个兵团部、6 个军部、20 个师，活捉太原伪绥靖公署副主任孙楚、伪太原守备司令王靖国，共毙伤俘 13.5 万余人。太原解放后，大同国民党守军万余人见大势已去，也于 4 月 29 日接受改编，大同和平解放。

太原战役 65 军俘敌 9293 人，除王靖国之外，还俘敌将官 5 名，即敌 69 师师长郭洪仁、军营区司令王毅、处长王立珊、民卫军司令申家寿和参谋长王仁山。缴获各种火炮 626 门，坦克装甲车 8 辆，以及大量的机械装备、弹药器材。

太原外围小庄被俘的阎军

解放军 18、19、20 三大野战兵团，似数十个无比强大的钢铁巨拳，把阎锡山苦心经营数十年的“反共模范区”“钢铁碉堡城”打得稀巴烂，只用 5 天时间就拔除了国民党反动派钉在华北的最后一颗硬钉。

25 日，解放军向市民分发粮食，受到太原市人民的热烈欢迎，各界人士涌上街头，人山人海，夹道欢迎解放军入城。

太原被攻克，标志着反动派不管凭借怎样坚固的堡垒也无法阻挡解放军的进攻，无法阻挡解放全国的进程。

攻克太原后，1949 年 5 月 18 日，时任 581 团 2 营 6 连连长张自生（中）、指导员邵连林（右）、副连长李银坤（左）

参加解放太原这场空前浩大的攻坚战，解放军参战各部队以不怕流血牺牲的英雄气概摧坚捣固，充分显示出人民解放军战无不胜、攻无不克的强大实力。

太原战役，中国人民解放军浴血奋战6个多月，是解放战争中历时最长、战斗最激烈、付出代价最大的城市攻坚战。许许多多的英烈贡献了宝贵的生命，许许多多的将士在解放太原中建立了卓越的功绩，将为世代载颂。

太原人民欢迎解放军入城

第十二章

滴血写书表决心
胜利进军大西北

太原战役胜利结束，参战各部队撤离战场进行大休整。581团开到介休县休整，总结经验，并全面开展进军大西北的各项准备工作。靠双脚跨越2000多里，且边行军、边作战，任务十分艰巨。经过思想动员，581团的指战员精神饱满，斗志高昂，纷纷写下血书，表示坚决完成进军大西北的任务，誓为消灭胡、马匪军贡献一切。

1949年6月5日，581团经禹门口西渡黄河，开始了长达两个多月的千里大追击。经过扶眉战役、六盘山三关口攻坚战、定远痛击马匪军，于8月20日，兵临西北重镇兰州城下。

1949年4月5日，彭德怀受中共中央军委之命，接替徐向前指挥太原战役。4月6日，太原前线司令部召开了欢迎彭德怀会议，副司令员周士第、副政治委员罗瑞卿、参谋长陈漫远、政治部主任胡耀邦、19兵团司令员杨得志和政治委员李志民、20兵团司令员杨成武和政治委员李天焕等齐聚18兵团司令部。周士第副司令员致欢迎词，随后彭德怀讲道："我这次来太原前线办两件事：一是总攻太原。太原敌人城防坚固，我参加此役，主要是学习攻坚战的经验。二是来带兵的。打下太原以后，18 兵团和 19 兵团将调西北战场参加对胡、马匪军的决战，争取在一年左右的时间里，全部解放大西北。各兵团领导都应在攻打太原时，注意摸索和总结阵地攻坚战经验，准备在即将到来的大西北的决战中打几个硬战。”

太原战役胜利结束，参战各部队撤离战场进行大休整，杨万华团长率 581 团开到介休县进行休整。部队一到驻地便开始上课学习，总结经验，评功发奖，下操练兵。

早在 3 月举行的七届二中全会期间，毛泽东主席就与西北野战军司令员彭德怀会商了进军西北之事。指挥太原战役中，彭德怀就开始对西北战场作战部署进行考虑。4 月 28 日，即太原解放后第 4 天，毛泽东电召彭德怀：“速回北平议事。”彭德怀回到北平，立即面见毛泽东。毛泽东主席首先讲道：“太原的胜利攻克，是你们指挥上的成功。今天请你回来，就解决西北五省问题，与恩来、朱总，咱们进一步商讨一下。”

毛泽东与周恩来、朱德、刘少奇、彭德怀等军委领导，在中央军委作战室举行对西北战场的研究讨论会。

毛泽东主持会议，首先请彭德怀谈西北五省敌我双方的兵力情况。彭德怀司令员首先讲道：“盘踞西北的国民党部队主要是胡宗南、马步芳、马鸿逵 3 支主力，胡部为 17 个军、41 个师，共 20 万人，马步芳和马鸿逵为 10 个军，33 个师，共 18 万人。3 部总兵力 38 万人。胡宗南部虽为蒋介石一支装备精良的嫡系主力，但在我军的几次重创之后，战斗力大为削弱，但胡宗南这个反共老手，一贯积极地充当蒋介石反对我党我军的急先锋。青海马步芳部与宁夏马鸿逵部虽为国民党军队杂牌军，但在国民党军队中是战斗力最强之部，当年残酷劫杀我红军，以后又未曾受到我军歼灭性打击，自奉为‘马家军’，反动气焰颇盛。但是长期以来，胡宗南、马步芳、马鸿逵之间，争权夺利，钩心斗角，矛盾很深，但在他们在面临灭亡的共同命运的情况下，又不得不联合起来。由于他们地处分散，极不利我军一役所歼，只能利用他们的矛盾，采取各个歼灭的战略。18 兵团、19 兵团入陕，使一野的兵力增加到 12 个军、35 个师，共34万人，与敌38万人相比，数量大体相等。然而，我军可以集中作战，因此我军对集中于我军对面的敌主力胡宗南7万人，青、宁二马8万人进行决战条件已经成熟。我分析，青海马步芳部为敌三支主力中战斗力最强，只要歼灭其部，马鸿逵部亦好解决。以上仅供军委参考。”

周恩来讲道：“自4月21日，毛主席和朱总司令发出向全国进军命令后，渡过长江的我三大野战军，以摧枯拉朽之势横扫国民党军残兵败将，相继解放了南京、上海及江南大片领土。陈、粟开始向华东进军，刘、邓开始向中南进军，林、罗开始向西南进军。国民党反动政府已分别向台湾、广州、重庆逃窜。败局已定的蒋介石反动集团，对华东、华南的信心已完全丧失，而把最后的希望寄托在盘踞西北的胡、马匪部和退缩西南的白崇禧匪部身上，妄图保住西北和西南地区，作为最后反革命基地，妄图取得帝国主义的支持，以待争取时间，重整旗鼓，卷土重来。因此，我军必须以优势的兵力，向着盘踞在西北五省的胡宗南部和青宁二马两部展开猛烈攻势，方可解放西北，迎接全国解放的到来。”

毛泽东最后讲：“根据各战场的顺利进展和蒋介石集团的土崩瓦解，西北五省有可能用北平的和平方式解决。但是，要争取用和平方法解决西北问题，首先必须经过军事上的决战，消灭胡、马主力。”

会上一致决定，集中华北18、19两个兵团会同西北王震兵团、许光达兵团经陕入甘，利用敌人的矛盾，各个歼灭敌人。

彭德怀离京，立即回到西北野战军司令部，与贺龙、习仲勋、甘泗淇、张宗逊等共商西北战场战略部署，并电令周士第、杨得志做好西进准备工作。

接到准备进军大西北的命令，19兵团司令员杨得志、政委李志民立即召开军、师全体干部会议，要求各级领导，作好进军西北的思想准备工作和战术训练。

581团2营6连指导员邵连林由团部开会回到连队后，与连长张自生组织召开全连指战员会议，先宣讲了毛泽东主席和朱德总司令发布的《向全国进军命令》，向指战员讲：“目前二野、三野、四野百万雄师横渡长江后，正迅速向华北、华南、西南进军，我们兵团首长指示，要我们作好准备，迎接即将开始挺进西北的大进军。这次进军的目的是要我们解放西北五省。西北五省盘踞着国民党胡宗南、马步芳、马鸿逵 38 万军队，中央军委调我们 19 兵团和 18 兵团增援王震兵团、许光达兵团，消灭胡、马匪军，解放大西北。消灭国民党反动派军队，解放全中国，是我们解放军的神圣职责，是我们为人民再立战功的好机会。这次要进行的千里大行军，将要遇到许许多多的困难，要求所有指战员要有思想准备，以坚强的毅力战胜困难，在进军途中争取全连立功。现在我们首先在思想上要先做好轻装，只要我们放下思想上的包袱，就能战胜困难，夺取胜利。思想上的包袱如同一块石头绑在背上，压得我们难以走路。只要我们卸下包袱，走起路来就会轻快。要求全体指战员认真学习领会毛主席和朱总司令发布的《向全国进军命令》，在各班讨论会上发言，检查思想，表示决心。”

靠迈动双腿行军 2000 多里，而且还要边进军、边作战，是一件极其艰苦的任务。但是经过动员会、班组讨论会，广大指战员士气激昂、信心十足，咬破手指，滴血写下决心书：“坚决完成进军西北，誓为消灭胡、马匪军贡献一切。”

部队并对如何与骑兵作战、拼刺刀等进行了有针对性的战术技能训练，做好一切准备工作，以待进军命令的下达。

太原战役中，194 师政委袁耐东和参谋长负重伤住进医院，65 军调陈亚夫担任 194 师政委，调曾绍东担任参谋长，杨万华任 581 团团长。

19 兵团在杨得志的率领下，于 6 月 5 日从驻地出发，经禹门口西渡黄河。指战员们登上大木船，横渡黄河，进入陕南。

轰隆隆的坦克和装甲车车队在前面开路，威武的骑兵部队跟随，紧接着便是浩浩荡荡的步兵队伍，夹杂炮兵而进。以纵队行列跟进的步兵，一个连队跟着一个连队，夹着以骡马牵引的炮车一辆接一辆向前开进，沿途尘土飞扬，前面看不见队伍的头，后面看不见队伍的尾。浩浩荡荡的西进大军，无比壮观。

步兵连队的指战员们，每个人除背包、粮袋子外，还有武器弹药，足有百八十斤重。但谁也不甘落后，相互帮助的事迹在各个连队层出不

穷，屡见不鲜。有的肩上扛着2支枪，还有的扛着3支枪。581团6连队伍里，连长张自生与指导员邵连林把马让给小战士骑，并肩走在连队前列，各自背着自己的背包。指导员还不时带头唱起歌来，活跃连队的进军气氛，连长有时还帮战士背背包，扛武器。

经过革命老区，沿途地方政府和人民早就做好饭菜，等待给过往的子弟兵吃。地方政府预先搭好戏台，儿童、学生们将早已排练好的文艺节目演给西进大军。指战员们欢欣鼓舞，忘掉连日长途行军的劳累。

为了鼓舞士气，部队的文艺队穿插到各营连，或跑到山岭上以各种形式边走边演，一阵激情的快板数来宝，就把指战员们轻松地送上岭去。

部队考虑到气候炎热，原计划日行军50里，每周行军5天，但刚出发，杨得志司令员便收到了彭德怀的电令："西北地区即将开始麦收，而8月又将进入雨季，如我军6月底7月初不能开始战役行动，不仅陷于雨季，对行军作战十分不利，而且陇东陇南夏麦将被敌人抢走，增加我军粮食供应的困难，要求你部每日行程不少于70里。"

部队进入陕南不久，彭德怀又电示："杨、李应加快进军速度，务于6月底到三原完成集结准备，迅速投入战斗。"

接到电示后，杨得志司令员、李志民政委立即指示各部加快进军速度。于是这千里大进军速度越走越快，到后期竟变成日夜兼程的强行军。按彭德怀规定的时间，19兵团准时集结于三原地区。

7月6日，19兵团接彭德怀电示，司令员杨得志、政委李志民、参谋长耿飚到西安参加西北野战军司令部召开的前委会议。

刚一见到彭德怀，彭总便对杨得志司令员讲道："你们长途行军，很辛苦，应该给你们一个月时间休整，而现在要马上打仗，连准备的时间也很少了。虽说充分准备是胜利的关键，但失掉战机，纵有充分准备，也不能歼灭敌人，好在主攻部队已经准备好了，你们对付二马，切不可有盲目轻敌情绪。要严防敌人绕到背后袭击，这是敌人惯用的手法，只要不受袭击，我们就立于不败之地了。这也是毛主席要我告诉你们的。"说着，彭德怀将毛泽东主席于6月26日发来的电报递给了杨得志司令员。电文："杨兵团应立即向西进，迫近两马筑工，担负钳制两马任务，并严防两马回击。此点应严格告诉杨得志，千万不可轻视两马，否则必致吃亏。杨得志等对两马是没有经验的。”

会议研究制定了扶眉战役作战部署。会后，19兵团几位首长返回驻地，立即召开各军、师全体干部会议，传达毛泽东主席和彭德怀的指示，结合作战任务进行了研究部署。

针对青、宁二马多为骑兵部队，19兵团各军、师领导按照兵团司令部指示，抓紧时间进行反骑兵的步炮协同作战的训练，特别着重拼刺刀的训练，并在各连队深入开展了防止麻痹轻敌的思想教育。

581团团长杨万华和政委、参谋长分别深入各连队进行“军队向前进，解放全中国”的政治思想教育，各连队广泛开展“三好立功”和“磨刀练兵”运动，部队的战斗情绪空前高涨，各营之间纷纷相互挑战，各连纷纷上交请战书，争当尖刀连。战士们纷纷表示，要在战斗中完成自己的立功计划。

长江防线被人民解放军百万雄师一举摧毁，南京、上海及江南广大区域相继解放，蒋介石溃奔广州，处于绝望之中。一天，蒋介石突然接西北军政长官马步芳的来电：“只要胡宗南出兵协同，保证拿回西安，仍交还给胡宗南，与胡共守关中，确保西北。”愁肠百结的蒋介石喜上眉梢，立即发报给胡宗南：“学生始为我之臂膀，振国复土仰靠于尔，目前确保西北、西南极为重要，唯要尔与青宁二马通力协同出击，攻占咸阳，夺取西安，阻止共军周士第、杨得志两军西进，而后又可东出河南，钳制刘伯承、林彪两部共军，望尔速决。”蒋介石唯恐胡宗南犹豫不决，速电催促。胡宗南、马步芳、马鸿逵几经磋商，达成协议。于是，马步芳派其子马继援率青海兵团，马鸿逵派次子马敦静率宁夏兵团集结于陇东，总兵力为8万，由马继援统一指挥，沿西兰公路倾巢东进，直扑咸阳。胡宗南调集3个军于渭河北，1个军于渭河南，由裴昌会指挥，分别由武功、周至向东推进。

为了掩护华北两兵团完成集结，彭德怀命3、4、6军收缩至三原，命1、2军收缩至户县，马继援误以为解放军败退，便猛扑咸阳。6月13日，进攻咸阳的马家军遭到解放军61军炮火猛轰。经一昼夜激战，马家军损失惨重，退至礼泉。同时，胡宗南部、马鸿逵部也遭到解放军阻击败退。解放军全部完成集结，胡、马军反扑失败，主力部队后撤，只留小部兵力同解放军保持接触。

扶眉战役

胡宗南部兵力部署较为集中，5 个军集结扶眉地区，青宁二马战线较宽，不易包围。根据敌情，毛主席和彭德怀几经电报往返磋商，制订了“钳马打胡，先胡后马”的扶眉战役作战方案。

扶眉战役开始，19 兵团奉命首先行动，于 7 月 10 日进至马匪军对面之乾县、礼泉，65 军占领乾县以北，执行钳制青、宁二马两部敌军的任务。

194 师 580 团部署在仪井镇，581 团部署在高庙山，582 团部署在杨家山。

581 团接受任务后立即召集营长、教导员会议，杨万华在会上讲：“毛主席和彭总部署的扶眉战役就要付诸展开，我们兵团的任务是钳制青、宁二马军队，保证兄弟部队围歼胡宗南军队，我们团的任务是在高庙山遍筑工事，然后向对面马匪军佯攻，造成敌人的错觉，让敌人认为我们主攻马家军。然而我们的真正任务是防备敌人侧击我军背后，我们各营、连在构筑工事的同时，要虚张声势，把我们一个团说成一个旅，让敌人听到我们要进攻他们，并于筑好工事后对敌军展开佯攻。1 营、2 营为 1 梯队，3 营为预备队，立即行动。”

会后，各营立即部署各连挖壕筑垒，在高庙山的山坡上全线拉开，投入紧张的抢修工事战斗。

581 团的阵地与马步芳军阵地相距只是一条小沟，只要大声说话，对方都听得非常清晰。581 团战士们边挖工事边大声讲：“这次咱们旅总算捞着仗打了，先宰马，后杀胡，解放大西北，咱们可要争头功啦。”对面山坡阵地上的敌军听得一清二楚。

筑好工事，65 军各个阵地向马军发起进攻。581 团首先组织强有力的火力，将敌人火力压住，然后各连如同下山的猛虎，越过山沟冲向敌阵。

马军阵地很快被解放军攻占，丢弃阵地，逃之夭夭。因是佯攻，解放军未曾追击。

7月14日拂晓，就在胡宗南幻想集中5个军，趁解放军进攻马军，乘势侧击解放军，取得胡、马联合作战胜利之时，解放军许光达兵团由胡、马两军间隙隐蔽迂回胡军侧后；周士第兵团沿陇海铁路和咸阳至凤翔公路由东直插敌人纵深部位；王震兵团从渭河南岸沿长安至益门公路及秦岭北麓向西钳击胡军。只一天时间，解放军3个兵团就将胡宗南5个军团团围住，以迅雷不及掩耳之速发起猛攻，经两昼夜激战，歼敌4个军，4.3万余人，解放县城8座，只有1个军残敌溃逃，取得西北战场空前的大胜利，为解放大西北奠定了坚实的基础。

1949年7月19日，彭德怀在宝鸡南面的文广村召开了西北野战军军以上干部会议。

彭德怀在会上讲："同志们，扶眉战役我们打了个大胜仗，这是我军同胡、马敌军决战的第一个回合。平凉战役的作战计划已报中央军委，第二个回合即将展开。青、宁二马在扶眉战役中并未援胡，借口是'来不及'，实际是畏战。二马十分清楚，我歼胡后必定对马发起进攻。因而当我围歼胡军之际，二马集结兵力，摆了个援胡的架子，就向西北逃走了。二马退至陇东地区，处于两难之中。继续退却则失甘、宁咽喉平凉，造成我军直捣兰州、银川之势，估计青、宁二马在尚未受我歼灭性打击的情况下，是不甘心的，必将凭借平凉一带天险进行抵抗。在我军占绝对优势的情况下，敌与我军决战便于我聚歼，对我军是有利的。现在有个怎样对待胡宗南的问题。胡军虽尚有兵力10余万，但却分布在东起秦岭之东江口，西至徽县、成县、两马和武都地区，南至安康、汉中及其以南地区，仅安康一角之地，即被我鄂陕根据地的第19军钳制了3个军。因而，立即对关中发动进攻困难很多，相反，时刻惧我之攻击。当然，宝鸡至西安地区毕竟为我西进之交通命脉，必须予以守备。"

彭德怀一边指着地图一边说："现决定以第18兵团钳制胡宗南军，

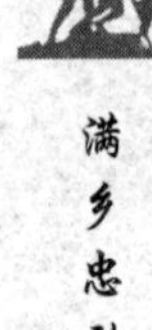

以积极防御的手段，向敌活动，使敌误以为我有进攻秦岭之企图，以保障我军后方之安全。同时，以 3 个兵团及第 62 军进攻平凉。各兵团的任务是：以第 19 兵团附骑兵第 2 旅为右翼，沿西兰公路及其两侧，首先歼灭泾川之敌，而后协同左翼兵团围歼平凉、安口窑、华亭之敌。以第 1、第 2 兵团为左翼，第 2 兵团并指挥第 62 军沿千阳、陇县大道进攻。第 1 兵团位于其左，两路平行北上，先取平凉，直插平凉以西，断敌退路，并准备打击可能由兰州、固原方向的增援之敌，配合第 19 兵团共同完成歼灭二马的任务。”

最后，彭德怀又在会上传达了毛主席指示：“只要平凉战役能歼二马主力，西北战局即可基本上解决，往后占领甘、宁、青、新，基本上只是走路和接管的问题。打马是一个较为重大的战役，要准备付出较大的代价，千万不可麻痹轻敌，疏忽大意。”

扶眉战役后，西北野战军各兵团经五天休整和准备，全军进行政治动员，学习“三大纪律，八项注意”。根据将要进入回族区域，部队作出“对团结回族同胞的规定”“宽待回族俘虏守则”，并释放了回族战俘。

7 月 21 日，19 兵团自乾县、礼泉出发，沿着西兰公路又踏上了西征之路，以几十辆坦克和装甲车在前面开路，以此对付敌人的骑兵队和威慑敌军，对青、宁二马匪军展开了声势浩大的陇东千里大追击。西兰公路上，黄尘飞扬，气势磅礴的坦克和装甲车队，牵引车拖着的大口径山炮、野炮、榴弹炮的长长大队和供应车队与两旁雄赳赳的步兵、骑兵队伍，形成一股巨大的洪流。战士们雄壮的歌声一阵阵伴着前进的大军飞扬：

快快地向前进！快快地向前进！
跑步追击，包围上去，勇敢冲杀，
把那凶恶的马匪一个不留消灭净！
解放大西北，
反动势力全扫清。

面对解放大军的强势进攻，青、宁二马之军队仓皇后退。马步芳、马鸿逵唯恐失掉甘、宁咽喉平凉，导致解放军直捣兰州、银川。24日，马步芳急派西北军政长官公署副长官兼参谋长刘任，在静宁召集马军师长以上会议，研究制订“关山会战指导方案”，作出了在平凉与解放军决战的部署。决定以宁夏马鸿逵第128军、第11军共6个师和1个骑兵团、2个炮兵营部置于平凉以东、以南进行防御，形成一道弧形防御带。以青海马步芳陇南兵团由安口窑地区西移六盘山，以待机迂回解放军侧背，以积极抗击，迟滞解放大军西进。通过消耗解放军精力，然后实施反击，以图击败解放大军的进攻。但当这个计划刚实施，宁夏马鸿逵一见马步芳将他的军队布防打头阵，立起戒心，立即电令他的军队临时总指挥卢忠良：“保存实力，退守宁夏。”青、宁二马会战的“平凉决战计划”未及实施就破产了。

19兵团进至崔木镇附近一条山沟，遇到宁夏马鸿逵一部军队进行阻击。接军长命令，由194师保护炮兵前进，师长赵文进命580团、582团分别由两山攻击前进，命581团保护炮兵队伍从沟中攻击前进。在兄弟团的配合下，581团冲破堵截，保护炮兵胜利通过沟谷。

7月25日晚，解放军194师在泾川追上敌军，580团、581团和582团与敌展开激战2小时，在解放军的猛烈攻击下，敌军丢下大量尸体，仓皇溃逃。

六盘山三关口攻坚战

解放大军直驱陇东，跟踪追击马匪，7月27日，宁夏马鸿逵军撤至平凉以西，青海马步芳军也撤至静宁。彭德怀一看敌军已放弃在平凉决战，便指示各路追击大军：“继续追击，歼灭一切敌人。”

宁夏马鸿逵看到19兵团直指三关、瓦亭，唯恐甘、宁门户洞开，危及兰州、银川。于是灵机一动，指示其军在三关口、瓦亭、任山河地区一线布防，企图凭借六盘山及三关口险要地形固守瓦亭，以此来缓和与青海马步芳的矛盾，再次联合阻止解放军的西征，来挽救他们将要灭亡的命运，另外也可掩护他的主力退回老家宁夏。

7月30日，19兵团解放镇原，跑步120里进入平凉城，直指固原。

三关口位于六盘山东侧，是西去兰州、北至宁夏两条公路的交汇三岔路口，是重要的咽喉要地。瓦亭又是三关口的唯一门户，极为险要，两侧皆为悬崖绝壁，中间只有一条狭路通行。三关口旁建有杨六郎庙，相传北宋年间杨六郎挂帅镇守三关在此，以防西夏国扰边侵犯中原，三关口西三条路口各设有土城。

宁夏马军退守三关口，马步芳急忙致电宁指挥官马敦静："瓦亭为目前宁青联络之最后生命线，扼守瓦亭对内对外尚可转变局势，否则宁青从此破裂！"

马敦静与宁马128军军长卢忠良商定，以精锐骑兵37团扼守三关口南山，256师767团扼守关口北面太白山，炸毁关口公路，遍埋航空炸弹与王八地雷，严密布防，阻止19兵团解放大军西进。卢忠良给两个团长下了一道命令："瓦亭为宁夏门户，奉副长官命令死守该地，一兵一卒亦战死到底，与阵地共存亡。"

19兵团由平凉出发，继续追歼马匪军，杨得志司令接到侦察报告："三关口有敌两个团扼守，道路已遭破坏。"杨得志司令员立即与政委李志民、参谋长耿飚商议，决定由65军派部队强攻三关口，突破瓦亭扫清进军障碍，保证后续大军直进六盘山。并命曾思玉军长指示191师离开西兰公路，迂回三关侧背，切断三关口守敌退路。命曾思玉军长率190师和192师两师立即向任山河地区进击，与郑维山军长所率63军合歼宁马128军。

65军接到兵团指示后，政委王道邦立即与副军长萧应棠研究决定，以193师攻击三关北山太白山敌军，以194师攻打三关口南山敌军。

193师决定以579团主攻太白山敌军。

194师师长赵文进和政委陈亚夫根据三关口南山敌情，决定以581团担任主攻，580团助攻，582团为预备队。

7月31日黄昏，两支主攻部队的侦察员对三关口展开侦察，他们从两侧悬崖攀上山，579团在一位长征途中掉队的老红军的指点下，全部掌握了敌人的火力点；581团侦察员也经过深入敌阵纵深，查清敌军部署和营地，并掌握了南山的地形，然后将侦察结果详尽汇报给团首长。

杨万华团长与张振川参谋长经过分析研究，制订了正面攻击与迂回歼敌相结合的作战方案。午夜后，杨团长率1营和炮兵连，趁夜幕绕山插向敌侧背，张参谋长率团主力攻向敌南山阵地。

8月1日拂晓，解放军193师和194师两支劲旅分别向三关口两侧敌阵地发起猛攻。

579团在炮火的掩护下，经反复争夺，夺占三关口北侧太白山敌767团阵地，继而插向敌纵深阵地。

正值马匪骑兵37团主力闻之581团主力向南山发起攻击，急忙集合队伍之际，杨万华团长已率1营，经艰苦攀爬急行插到了敌营地对面山头，借着黎明曙光，杨团长清楚地望到山沟中的一大场地上，黑压压集合着一大片人马。

杨万华团长抓住这千载难逢的歼敌良机，急命身边的通信员通知炮手火速架炮，对准敌集合队伍狠狠轰击。

不一会儿，几发迫击炮弹就落在刚集合起来的敌军之中，炸得人仰马翻，顿时大乱。受了惊的数百战骑嘶鸣着向山口狂奔，杨万华团长趁势率部冲杀过去，猛烈的机枪、冲锋枪火力夹杂着手榴弹的爆炸，打得敌军溃不成军。被炸得蒙头转向的敌军纷纷举枪投降，溃下山口的敌军被张振川参谋长所率581团主力全部擒获。

聚歼马匪骑兵37团主力后，紧接着581团各营与579团兵分数路，与敌军展开了争夺控制三关口各山峰的战斗。各营、连奋力拼争，终于先敌5分钟攀爬上瓦亭南山峰，向正在争夺山峰的敌军展开猛烈攻击。在579团、581团的夹击下，敌军被打得溃不成军，许多尸体被战马拖着狂奔，余者纷纷举枪投降，也有的跪在地上不停地磕头告饶。两团俘敌数百人，战斗整整进行了一上午。

在579团、581团扫除两山守敌后，邢连密排长（青龙人）受军指挥部命令带领工兵进入三关口山谷排雷，将敌军布下的数颗大航空地雷排除运走，为战车队打开通路。

581团从华北战场缴获来的4辆坦克，隆隆地驶过三关口，以开路

先锋向着拦击的敌群猛冲过去，未见过坦克的马匪军吓得惊慌失措。此时，在三关口助攻中负了伤的580团武宏团长，强忍伤痛，毅然率部奋勇冲上前去，将惊魂未定的敌人尽数俘虏。

三关口的一个大胜仗，仅581团就歼敌1000多人，缴获战马六七百匹。

65军打下三关口，消灭所有守敌，取得了劈关斩将的重大胜利，为19兵团西进兰州打开了大门，继而控制六盘山，再次挫败了青海马步芳和宁夏马鸿逵两部敌军的联合。

在65军攻占三关口同时，64军在任山河歼灭宁夏马鸿逵部5000余人。宁夏马鸿逵部急忙调头向老窝宁夏方向逃窜，19兵团前卫团580、581团在师政委陈亚夫、师长赵文进的率领下，紧追溃逃之敌，经过半日的急行军，挺进六盘山顶。

登上六盘山顶峰，前卫部队停下来休息，陈亚夫政委、赵文进师长分别给指战员讲述，当年毛泽东率中国工农红军登六盘山时的情景。陈亚夫政委站在581团队伍中，高声讲道："这里就是当年工农红军翻越六盘山时，毛主席休息过的地方，毛主席曾在此挥笔作诗《清平乐·六盘山》。"他还为大家高声吟诵起来："天高云淡，望断南飞雁；不到长城非好汉，屈指行程二万；六盘山上高峰，红旗漫卷西风，今日长缨在手，何时缚住苍龙？"陈政委还为大家讲述了全国解放战争胜利的大好形势，并勉励全团将士在解放大西北中英勇杀敌，多立战功，活捉盘踞西北的青、宁二马。将士们报以热烈的掌声，他的讲话深深地鼓舞了一向勇往直前的581团将士。

占领三关口、六盘山，解放军达到了分割青、宁二马的战略目的。随后，杨得志率19兵团浩浩荡荡通过三关口，翻越当年中国工农红军长征走过的六盘山，直向兰州。

被解放军击溃的宁马残兵败将拼命逃窜，194师紧紧跟踪追击。穿过隆德，581团尖兵排发现前面有逃奔的敌军队伍，立即飞报团长，杨万华团长听报，纵马加鞭，手枪一挥，高喊着"快追！捉活的呀！"率部冲了上去，一阵猛冲猛杀，两个支队的保安团被解除了武装。随后

581团押着俘虏直入静宁。

19兵团经十几天追击马匪，挺进到华尖岭。华尖岭是通往兰州的军事要地，整座大山长达270里，要翻越此山至少要三天。山上人烟稀少，没有水源。前卫师194师了解情况后，立即传令各连备水备粮，并往后面大部队传报了华尖岭的情况。

尽管各连队作了备水准备，但因盛水工具有限，只有一些水壶，所以备水很少。581团刚行军一天就用光了水，加之部队连续追击马匪军，许多连队边战斗边行军，顾不上补充，普遍断粮断水。许多指战员口渴得嘴唇裂开一道道血口子，只好趴下来喝路旁路沟里漂有羊粪的积水。有的战士饿得捋路边树叶子充饥。65军紧随前卫师跟进，缺水断粮威胁着滚滚向前的数万大军。当行至山顶时，一位当年红四方面军西进时掉队（落户在华尖岭）的女战士跑上山来，将家中仅有的一些炒面送给过往大军，并带领解放军将地主的粮仓、水窖打开，供应部队。正是这颗红军长征时播下的革命火种，深深激励着65军将士去战胜困难，继续追歼马匪。

定远截歼敌骑兵

8月11日傍晚，581团进抵兰州市东面定远镇境地，突然发现南方地平线上黄尘腾起，团长杨万华凭着以往经验，敏锐地判断有骑兵开了过来，随即对张振川参谋长说道："老张，有情况，你看那边过来的是敌人骑兵。"张参谋长一看："事不宜迟，你在这里指挥，我到前面1营去组织截击。"说完打马奔前面而去。杨团长也急命各连就地分散卧倒，迎击敌骑兵，同时传命炮连火速架炮轰击，命令跟在后面的6连指导员邵连林："小邵，你赶快带6连给我抢下南面那个山头。"

6连指导员邵连林一马当先，率6连向杨团长所指的山头猛跑而去。

说时迟，那时快，杨团长刚部署完毕，滚滚黄土飞尘由远及近，已显露出纷纷跃动的马头、闪闪发光的刀影，向着581团冲杀过来。

这是遭到解放军2兵团追击的青海马步芳部，当他们在望远镜中发现了解放军581团，也派一个连去抢6连抢登的山头，解放军自北，马步芳骑兵自南，同时向上攀登。

6连指战员越沟渠、爬黄土坎，奋力攀登，当他们借着夕阳看到敌人也拉着马向上抢登时，更加增添了劲头，人人拼力争先。指导员邵连林边带头上攀，边鼓动全连加快速度，在两军争夺山顶的关键时刻，他果断命1排去抢山顶，自己亲自指挥2、3排左右开弓，向敌人迂回夹击过去。遭到侧击的敌人，果真忙于迎击，顾不及再争抢山头。在两军展开猛烈枪战之时，1排抢上山头，以一阵机枪猛扫，加手榴弹狠狠砸向敌军。

6连居高临下，两翼夹击，敌军死伤过半，纷纷滚落山下，后面的敌军仓皇拉马后退，邵连林见敌逃跑，立即率部猛扑下山。在追击中，6连指战员不顾一切地跃下高高的黄土坎，跨过宽宽的沟谷，穷追溃敌。在6连的猛追猛打之下，敌人纷纷举起了双手，跪地求饶，只半个多小时，100多敌人就全被6连歼灭。

主战场上，在敌飞骑接近581团队列之际，数发迫击炮弹飞落敌群，炸得敌骑兵人仰马翻，队列顿时失控，杂乱地撞进581团队列。在各连的刺刀战搏击中，许多敌军落马，一些嘶鸣着的惊马驮着死尸狂奔而去。在581团的前后夹击中，敌骑兵损失惨重，只一部奋力冲击，突围逃去。

战斗结束，581团匆忙打扫一下战场，向定远开去。

8月20日，19兵团陆续抵达定远镇一线，胜利完成了陇东千里大追击，将敌人赶进兰州，开始作攻打兰州的准备。581团2营6连在指导员邵连林的带领下荣立进军大西北集体功。

第十三章

攻克兰州灭马匪 西北重镇得解放

1949 年 8 月 20 日，西北野战军参战部队全部到达兰州外围后，对兰州敌军只是三面包围，北面退路黄河铁桥仍然在敌人的控制之下，不能排除敌人在我大军压境下突然逃跑的可能性。为了防止“青马”西逃，我军提前发起兰州战役，彭德怀下令于 21 日拂晓发起攻击。

581 团主攻方向是被称为“兰州锁钥”的三大主要阵地之一的马架山阵地。经过两天的血战，没有攻下阵地。彭德怀当机立断，命令所有部队停止攻击，要求所有指战员认真总结经验教训，分析防御特点，侦察敌情与地形情况，重新调整我军战斗部署与火力配备，有针对性地改变战术。

1949 年 8 月 25 日，兰州战役总攻打响。581 团指战员英勇冲杀，突破敌三道外壕防线，打退敌军多次疯狂反扑，最终将红旗插上马架山顶。随即攻入兰州城区，与守敌展开激烈的巷战，战斗持续到 26 日 10 时。

经过西北野战军参战部队的勇猛拼杀，到 26 日 12 时，全歼守敌，解放兰州。兰州战役是我军为解放全西北而与敌进行的一次决战，也是西北战场上规模最大、战斗最激烈的一次城市攻坚战。西北野战军以伤亡8700余人的代价，共歼灭国民党军马步芳部42360人，其中俘敌24630人，毙伤13480人，起义1250人，投诚3000人。这一胜利使西北其他反动军队完全陷入分散、孤立的境地，而且彻底粉碎了国民党政府利用“二马”盘踞西北作最后挣扎的企图，打通了进军青海、宁夏和河西走廊的门户，为新疆乃至整个西北地区的解放铺平了道路。

1949年8月20日，19兵团与2兵团会师兰州。将兰州马军三面包围，19兵团的63军、65军及2兵团6军、4军、3军分别进入野战军司令部所规定包围兰州的区域。

19兵团完成扫清外围之敌，将兵团司令部设在兰州东面猪嘴岭。2兵团完成扫清外围之敌，将兵团司令部设在兰州南面阿干甘镇，野战军司令部也进至兰州东面定远镇。

20日，在乔家营附近的野战军司令部里，彭德怀与张宗逊、赵寿山、甘泗淇正围着军事地图研究兰州作战方案，经过一阵讨论发言之后，彭德怀作总结讲话并发布命令：“现在我们已全面完成攻打兰州的准备工作，在西北战场各部敌军动弹不得、互相不能接济的有力战机情况下，‘兵贵神速’这个古代军事家传给我们的法宝又该用一用了。我们必须抓住有利战机，命令部队不顾疲劳，连续攻击，决不给敌人以喘息之机，强攻兰州城。命19兵团63军攻打十里山、豆家山，65军进攻马架山、古城岭，2兵团6军攻占营盘岭，4军进攻沈家岭、狗娃山，3军为总预备队。发动这次进攻作为我们的试攻，各军以两个团作为主攻部队，目的是侦察一下敌人的兵力部署、火力配系、工事布防，但不必向两个兵团各军讲明是试攻。现在立即向各兵团正式下达命令，要各部主攻团迅速准备，21日拂晓发起攻击。”

19兵团司令员杨得志、2兵团司令员许光达接到命令，立即召集各军、师长以上干部召开紧急作战会议。65军决定以193师、194师作为主攻部队，195师作为预备队；193师师长郑三生决定以579团作为主攻梯队，577团助攻；194师师长赵文进决定以581团主攻，582团助攻，并命令各参战部队连夜作准备，拂晓出击。

兰州市，北有黄河天然屏障，南有狗娃山、沈家岭、皋兰山、营盘岭，东有豆家山、古城岭、马架山环抱，为城垣之天然屏障。在这些环城山上，有抗日战争时期修筑的钢骨水泥工事，山里全部都已挖通，碉堡全建在暗处，外面浮土覆盖，无法发现。

马架山、古城岭、大顶山是兰州四大防御体系中主要阵地之一，当解放军突破三关、瓦亭时，马步芳急忙下令加修了工事，山上修了环形公路，主峰核心工事有坑道贯通各支撑点，碉堡全为钢骨水泥筑成，火力按照射程进行配系，可相互支援。核心阵地外围，以人工削成二三丈高绝壁，挖有外壕5条，壕外架设了铁丝网，埋设了地雷。其中埋有很多一人高飞机空投用的大炸弹，五六个连在一起，号称“王八雷”，只要踏响其中一个，方圆二三十米内的地雷便同时爆炸。居高临下，凭靠工事，形成绝对优势，易守难攻。守敌为马匪主力100师和马步芳的卫队青海保安第1团。马步芳用封建迷信及反动欺骗宣传和金钱、妓女等收买手段，使士兵对解放军盲目仇恨，十分顽固，勇当亡命之徒。

8月21日拂晓，东方刚刚出现橘红色的霞光，解放军就发起了攻击。无数发炮弹从各个角落，冰雹般倾泻在沈家岭、营盘岭、马架山、古城岭、豆家山敌军阵地上，整个大地在颤抖。9个主攻团分别向目标发起了攻击，杨万华团长率581团由南向北，向马架山敌军发起猛烈攻击，各连队不顾千里大追击的劳累，猛扑敌阵地，掩护尖刀连突击的轻、重机枪对敌阵地猛烈扫射。指战员冒着枪林弹雨，不顾一切地冲向外壕。无数颗手榴弹砸向敌人碉堡和掩体，冲锋枪和各式枪支向敌人火力眼喷射。当1营、2营各连穿过第二道外壕，逼近大顶山敌人阵地时，垂死的敌人像突然从地狱里放出来的魔鬼一样，光着膀子，一手抡着鬼头刀，一手攥着“神符”，高喊着“死了升天”的咒语，从山上蜂拥扑下来。581团各连立即端着刺刀英勇迎敌，与敌人厮杀成一团。在窄长的战壕里，刺刀与鬼头刀相互撞击着，拼过来，杀过去。双方的火器失去了作用，激烈地拼杀，难解难分。有的战士和敌人扭在一起，跌倒在地上，咬住敌人的耳朵；有的战士刺刀拼弯了，就用枪托砸。穷凶极恶的敌人遭到了沉重的打击，但我军也伤亡很大。激战至天晚，不得不退出敌人阵地。

沈家岭战斗

21 日傍晚，守在白塔山指挥所已经整整一天的总指挥马继援，得知解放军 9 个团损伤许多人员都未曾攻破一处阵地，完全撤出他的前沿阵地，哈哈一阵狂笑，随后趾高气扬地说道：“共军吃了豹子胆，竟敢来与我马家军较量，今日也算让他们领教一下我马家军的厉害，来也不过是白送。”随后对参谋长马文鼎命令道：“通知各师，每个弟兄发大洋 5 块。”

撤下阵地的解放军各团，从指挥员到战士，肚里都憋着一股气，这个说：“从来还没有打过这样窝火的仗。”那个说：“非争回这口气，为烈士报仇。”

杨万华与张振川气呼呼地回到驻地，立即召集各营长、教导员开会，总结一天的战斗，并通知各连也召开“诸葛亮”会议。

攻打大顶山

为了更详尽地了解敌人的兵力部署、工事和火力配系，22 日凌晨，彭德怀向各军发布作战命令：22 日原攻击部队 9 个团继续出击。

22日黎明，解放军又集中炮火向敌人各阵地发起猛轰，炮火把敌人前沿阵地轰个稀巴烂，随着炮火的延伸，各团冒着硝烟向敌人各阵地发起猛烈攻击。

杨万华亲自指挥1营、2营向大顶山敌人阵地攻击，各连的红旗在硝烟中飞向敌阵，各连连长率指战员勇猛地冲向敌阵外壕。他们冒着敌人的密集火力，迅速地跨越第一道战壕，逼向第二道战壕。各连吸取前日教训，在外壕迅速堆起掩体，集中步炮、轻重机枪压制敌人火力，掩护爆破组爆破敌堡。炮兵同时以炮火支援，因敌堡外面全有浮土伪装，炮火远距离不易命中，一颗颗炮弹爆炸，只在黄土峭壁上留下一个个小洞。

1营1连在炮火的掩护下多次爆破，终于将第二道战壕上的地堡炸掉2个，1营和2营各连勇士一跃而起，顺着被打开的缺口冲过二道战壕。敌军一看解放军攻下二道战壕的峭壁，立即钻出地堡，挥着鬼头大刀，以集团阵势向581团2个营压下来。1营、2营指战员毫不畏惧，持枪迎上，瞬间，勇士们与敌人拼杀在一起。刀刃拼杀声响彻战壕上下，与喊杀声交织在一起。经过殊死拼杀，冲到壕中的敌人被全部消灭。581团1营部分指战员沿着峭壁被爆破开的缺口冲上去，向第三道战壕攻击。敌人再次以集团反冲锋，争夺阵地。举着鬼头刀的马军在督战队的大刀逼迫下，凶猛地扑向581团1营指战员，一场拼杀又展开了。经过血刃相拼，1营将敌大部消灭，一部敌军见势不妙，仓皇逃回地堡。1营趁势冲锋，集中火力压制第三道战壕敌堡，爆破组紧跟爆破，战士们搭人梯爬上峭壁，攻向敌阵，但遇到敌人密集的火力封锁，无从立足，被迫退了下来。2营被敌人强大的火力压制在二道战壕峭壁下，无法前进。尽管581团以无比顽强的精神冲杀，扫除了外围各据点，逼近大顶山敌主体阵地，但已至黄昏。

这时，19兵团司令部接野战军司令部命令：“全线停止攻击，撤出阵地。”

夜晚退下阵地的各团指战员，方知两天的攻击是彭总布置的试攻，用以侦察敌人的布防、工事及火力配置，摸清和掌握敌情。

8 月 22 日，经过一整天的顽强冲杀，解放军 9 个团都没攻破敌人的主体防御阵地，指战员们情绪低落。马军总指挥马继援，在他的长官公署大厅里，与叔叔马步銮等饮酒狂欢，自吹自擂，什么“撼山易，撼我马家军难！”“照此下去，不出十天我们就可全歼共军。”“我们到那时定可活捉彭德怀，向蒋委员长请功。消灭了彭德怀的一野，我们就去夺西安，定鼎中原还得靠我马家军。”马继援还一再向各师长敬酒，并宣布为参战士兵每人再发银圆 5 块，并指示各师长，狠狠杀伤解放军攻击部队。

完全出乎马步芳意料，就在马继援狂欢胜利之际，王震接彭德怀指示率 1 兵团渡过洮河，攻占了临夏，抄了马步芳、马鸿逵的老窝，打垮了马步芳的新编军，粉碎了敌军从背后切断解放军补给线、包抄解放军的企图，直逼西宁。

解放军第 7 军为配合围歼马步芳部，向天水之敌 119 军进攻，接连夺取礼县、西和，钳敌不敢北犯。周士第也于 8 月 21 日率 18 兵团两个军发起了秦岭战役，迫敌胡宗南就范。

曾思玉率领 64 军、陕北地方兵团 5 个团屯扎固原，迫敌马鸿逵 6 个师丝毫不敢援兰。

此时，兰州守敌已彻底孤立，通过 21 日、22 日两天的试攻，解放军掌握了敌人的兵力部署、指挥系统、火力及工事位置，进一步增加了夺取兰州的把握。

经 21 日的试攻，彭德怀彻夜未眠，听取各军汇报，精心研究战术。小油灯亮到天明，彭德怀将各要点归纳出来，交给参谋长赵寿山，转发各军。

22 日，西北野战军司令部发出进攻兰州的战术指示：“青马匪军为敌军中最有战斗力的部队，在全国也是有数的顽敌，我们需有足够的估计，作充分的精神准备，力戒轻敌、骄傲、急性。进攻时需仔细侦察精密计划，充分准备。需集中优势兵力、火力于一点，一个个山头、房舍、阵地，逐次地歼灭敌人。不攻则已，攻必奏效。进攻中，需充分准备歼灭敌人反冲锋部队，组织消灭敌反冲锋的火力，构筑抗击反冲锋的工事。步炮密切协同，炮兵需反复精细地侦察敌人兵力、火力的具体配备，进行良好的战场观察，切忌盲目射击。须知优势的炮火在顽强的敌人面前，并不是万能的。对敌外壕、陡壁的克服，需用挖对沟、改造地形来接近，用炸药来破坏。因弹药运输困难，炮击只能是辅助的。”

同时，命令各军官兵深入分析21日、22日两天的战斗情况。

22日晚，彭德怀率领野战军司令部进驻乔家营镇内，刚布置好屋子，彭德怀立即召集张宗逊、赵寿山、甘泗淇等野战军司令部全体作战参谋人员研究作战方案。

彭德怀讲：“这次试攻虽然受挫，但是却摸清了敌人的部署，使我们了解到马匪82军3个战斗力最强的主力师，分别固守在马架山、营盘岭、沈家岭三个主阵地，马匪129军及其他部队分别防守东西两翼各阵地及黄河北岸，背靠黄河天险，重点控制南山，分兵把守，从中再无预备队。更重要的是，以血的教训使部队认清了轻敌思想的危害，使全军指战员进一步理解了毛主席的战略上藐视敌人、战术上重视敌人教导的重要性。提醒了我们，只有狠抓发动总攻前的准备工作，才能夺取胜利，才能加大我们夺取兰州的把握。同时通过试攻造成敌军的错觉，增加他们固守的决心。现在大家来研究一下我们今后的作战方案，大家要把敌人的动态和设防分析得更透彻一些，把我军的困难想得更多一些，力求做到知己知彼。”

副司令员兼参谋长赵寿山讲道：“小小的兰州周围一下子就聚集了我们5个整军的部队，人的口粮、牲口的饲料，从西安到兰州这1400里要靠一条质量极差的西兰公路供给，很难满足。目前许多连队只能吃些煮熟的夹角豆子或土豆。由于长时期的连继作战，战士们也极度疲乏，身体虚弱，非战斗减员日渐增多。大批部队集结，没有房子住，不少连队只得住进刚挖成的土洞里，非常危险，这种情况逼迫着我们，只有迅速攻下兰州，才能摆脱困难的局面。”

一位作战参谋插话：“鉴于面临重重困难，首长是否考虑以解放太原之方法长期围困兰州，待我军经过休整，粮弹备足，体力恢复，再强攻兰州？”

针对上述提议，副司令员张宗逊讲道：“兰州是西北5省交通枢纽，是西北政治、经济、文化的第二中心，长期围兰正合马步芳心意，而我军困难会越来越多。目前在整个西北战场上，各部敌军自顾不暇，久拖之后，敌军可能重新集结，我军便丧失各个歼敌的良好战机。”

此时彭德怀站起身，果断指示：“时间就是生命，我军只有迅速强攻兰州，无别路可选。只有克服怕疲劳的情绪，克服轻敌思想，才能打好解放兰州这一仗。”

此时，中央军委针对21日彭德怀的报告发来电示：“集中兵力，充分准备，连续进攻，攻克兰州，坚决歼灭青马。”

野战军司令部立即宣读了中央电令，作出决定，立即命令各军调整部署，总结经验，研究战术，更深、更细地作好战斗准备，于24日展开总攻。

坐镇兰州的马步芳突然接到来自临夏马军的报告：“我军已陷共军第1军、2军重围，损失惨重，临夏难保。”马步芳和其子马继援深感后方空虚，西宁老巢危机，马步芳沮丧地对马继援说：“我们遭了共军的暗算，彭德怀明着攻兰州，暗着派兵去抄咱的老家。马鸿逵、胡宗南这两个狗东西，又在玩弄花招，等我们拼力削弱了共军实力，他们再伸手，既保实力，又抢功。”马继援仍充满信心对其父说道：“共军远程奔袭，粮弹供应一定不足，数量虽大，战力不会强大，可派骑8旅和步兵师中的5个新骑团回援西宁，数量虽不及共军，但战斗力远胜共军数倍。”马步芳虽对马继援所言予以肯定，但对固守兰州仍怀疑虑，即对马继援说道：“对彭德怀不能不怀戒心，明天赶快派人赶往宁夏，催促马鸿逵行动，将他的6个师调过来，并电催陕署胡总赶快行动，另则向中央发报，赶紧派飞机参战。”随后马继援急忙调骑兵团各部驰援西宁。马步芳则因他的91军和120军的丧失、临夏的失守和老巢西宁遭受危机而惶恐不安、忧虑重重，难以入眠。

8月23日，马步芳一清早就匆忙召见马骥，派他急乘飞机赴银川，求马鸿逵速派援兵，并面陈保卫兰州与保卫宁夏的重要性。同时，立即向广州国民党中央发电“要求逐日派强大机群参加助战”。

吃过早饭，彭德怀带上几个随从来到猪嘴岭19兵团司令部。杨得志司令员心情沉重地对彭德怀检讨说：“19兵团部队在历史上还从来没有遇到这样的情况，攻敌人的几个阵地，两天没拿下一个。军、师、团的干部都很憋屈，急于要继续打，非出这口气不可。毛主席一再指示我们，千万不可轻敌二马，否则必致吃亏，现在果然吃了轻敌的亏。我们虽然经常给自己敲警钟，并一再教育部队，克服轻敌思想，但是最近对部队的教育放松了，轻敌思想又有所抬头。这次仗没有打好，责任主要在我们兵团领导人身上。”

彭德怀说：“这次试攻，达到了了解敌人的目的，你们要告诉部队沉住气，总结经验教训，仔细研究敌情，扎扎实实地做好准备工作，待命向敌人发动总攻。王震同志率领下的我军左翼的第 1 兵团前进的速度很快，已于 22 日占领了临夏，现在暂时停止前进，以部分兵力进占永清，控制黄河，斩断兰州和西宁的联系，准备随时堵击敌人。我军占领临夏以后可能出现几种情况，第一种情况是使兰州守敌增加了对其西宁老巢的顾虑，因而分兵防守，重点仍放在兰州。这样有利于我军攻取兰州，打下兰州后再抽部分兵力协助 1 兵团攻取西宁。第二种情况，敌人弃西宁而全力固守兰州，这种可能性很小，或者以新骑 6 军及西宁警卫部队守西宁，这种可能性很大。在这种情况下，我军 1 兵团暂时不宜孤军深入去占领西宁，假如我军同时攻击兰州、西宁而都受阻，宁马主力就可能趁我军疲劳之际出击我军侧背。现在天气渐冷，冬衣送不到，必会使我军遭到很大困难，即使我军占领西宁，而兰州未攻下，也因兵力分散，仍有此种顾虑。第三种情况，如果青马放弃兰州而退西宁，2 兵团即跟踪追击，1 兵团则不失时机地截击敌人，在享堂东西百里地区把青马主力消灭，然后再取西宁。第四种情况，如果我军攻兰州无效，而宁马主力又增援到兰州，敌人兵力加强，我军在打兰州困难时，则可暂不急于攻兰州取西宁，而以 1 至 2 个月的时间，着重做好新解放区的地方工作，建立地方工作基础，争取时间休整主力部队，解决粮食困难，调集充足的弹药，并开展对敌政治攻势，积极创造条件，然后再打兰州。当然，这种情况应当尽量避免，因此决定调三边地方军 5 个团加强 64 军力量，64 军要全力阻击宁马，使其不能来援助兰州。”

杨得志、李志民、葛宴春、耿飚等以无比敬佩的心情静听完彭德怀对敌情精辟的分析和作出相应的对策而感到惊奇，杨得志当即向彭德怀表示：“64 军全军上下斗志高昂，在固原和海原又缴获了敌人 40 多万发子弹，并有两个月的储粮，粮弹充足，工事也不断加强，有信心完成阻击宁马的任务，再加上 5 个团的支援，那就更有把握了。至于攻打兰州，现在已经摸清了敌人的阵地情况和兵力部署，只要有一两天的准备，有把握把敌人的阵地拿下来。”

彭德怀再次要求 19 兵团全体将士，加紧做好准备工作。

随后，彭德怀来到豆家山前沿，与杨得志直达 189 师和 566 团指挥所的一个无名高地，亲自视察，63 军军长郑维山、政委王宗槐等闻讯，急速赶到现场。

“维山你们来得正好，请通知主攻师干部，我们大家来总结一下试攻经验教训，研究部署一下今后的作战方案。”

大家围坐在彭德怀周围，彭德怀讲：“兰州战役关系到西北解放的全局，一定要不惜一切代价拿下来。豆家山是兰州的东大门，一定要把它打开。19 兵团 63 军的担子很重，一定要拿下来，你们这里不是有个红三团吗？在哪里？”

郑维山说：“是 189 师的 566 团，这个团能打山地战。”

彭德怀说：“好嘛，就叫他们上。这次试攻虽然受阻，但达到了了解敌人的目的，你们要告诉各级指挥员认真总结经验教训，仔细研究敌人，扎扎实实地做好准备工作。进攻中，需充分准备歼灭敌人反冲锋部队，组织消灭敌人反冲锋火力，构筑抗击反冲锋的工事。”

聆听完彭德怀指示，杨得志司令接着讲道：“豆家山为兰州的东大门，是敌人东南防线的要冲，它紧扼西兰公路，是锁门之锁。野司和兵团决定把攻打豆家山敌阵的任务交给你们 63 军，是对你们军的信任，相信你们一定能够像攻打石家庄和攻克太原一样，胜利完成任务，再立新功。要打这一仗，首先要根据敌情，做好研究对策和一切准备工作，如你们顺利攻下豆家山，就可沿西兰公路直插兰州城内，从东西夹击敌人，即可致使守敌全线崩溃，希望你们抢立这一大功。”

彭德怀又与郑维山军长等一同观察了敌人阵地的地形，而后走下山去驱车赶往马架山阵地。

天空乌云密布，大雨即将降临，彭德怀与杨得志等驱车来马架山65军阵地，下车立即登临前沿阵地观察地形，军政委王道邦、副军长萧应棠、194师师长赵文进、政委陈亚夫闻讯，立即赶到现场，与首长一起观察。194师师长赵文进命令本师警卫连连长王思稳带领警卫连担任警卫。

仔细观察了马架山敌军防御工事后，彭德怀和杨得志司令向65军王道邦政委和萧应棠副军长作一些指示，然后乘车返回司令部，各军、师长也回到军指挥所，研究部署攻击措施。

65军政委王道邦、副军长萧应棠召集193师师长郑三生和政委史进前、194师师长赵文进和政委陈亚夫、579团团长和581团团长杨万华到军指挥所，对试攻战斗情况进行总结，具体研究了对付敌人的战术。

政委王道邦在会上讲："彭总为了夺取兰州决战的胜利，深入阵地前沿，冒着危险观察地形，了解试攻战斗情况和未能突破敌人阵地的原因，要求我们总结经验教训，发扬我军打硬仗、打恶仗的光荣传统，打好兰州这一仗，并要求我军调整部署，为总攻作好充分准备。请大家认真研究一下歼敌的对策。"

萧应棠副军长接着讲："彭总说，攻克兰州是关系解放大西北的关键。兰州攻克了，歼灭了国民党在西北顽固的马匪军，就可以大大加快解放西北的速度，并将加速解放全中国的进程，我们要攻歼的马步芳匪军，早在王政委我们跟随毛主席北上抗日、长征到了腊子口时，就伙同胡宗南匪军残酷地戮杀了我红一方面军的许多红军战士，而后又在河西走廊大量地戮杀了我红军西路军，血债累累，罪不容诛！而今向马匪讨还血债的时刻到了，我们必须发扬攻打新保安和攻克太原的作风，不畏艰苦，以敢打硬仗、恶仗的传统，全歼顽敌马匪100师于马架山。"

紧接着，萧副军长对着郑三生师长说道："根据彭总调整部署，军党委考虑到郑师长你们193师损伤过半，决定由赵师长他们194师接替担任主攻任务。"

郑三生师长当即站起来，对着王政委、萧副军长庄严地表示："只要我们部队在，马步芳100师休想得逞，我们只有更勇敢地进攻，不惜一切代价，歼灭100师，夺取兰州城，别无出路，我坚决要求军党委让我们193师继续担任主攻，让兄弟师担任助攻，我们师一定胜利完成任务。”

正在这时，兵团参谋长耿飚打来电话：“野司传达中央指示，请记录，党中央、中央军委命令，集中火力，充分准备，连续攻打，攻占兰州，坚决歼灭青马。野司决定推迟总攻时间，要求各部深入进行战前动员，作好充分准备，兵团决定将攻击大顶山的任务划归63军，要求你们军党委要组织人员到各营、连认真检查准备工作。”

会上，579团团长和581团杨万华团长共同提供了马架山守敌100师的特点是：善于夜间动作，常以短火器、提刀白刃格斗的方法，连续反冲击。敌人工事多为全地下、半地下，地面上长有蒿草不易被发现，虽然炮火摧毁了前沿工事，一些隐蔽的地堡仍阻挡我突击部队。并且马架山前开阔地比较宽，用轻火器压制火力差，除了以炮火延伸清除地雷外，还应由工兵排除“王八雷”，应重视用炸药包摧毁暗堡，压制敌火力，压抑敌人集体反冲锋等对策。

王政委最后讲道：“两位团长同志提供的敌情和对策非常重要，要求郑师长、赵师长组织人员深入各连，召开全体指战员会议，将中央指示作为我们的行动指南，深入讨论解决战术问题，多挖交通壕，多做自制炸药包准备工作。”

王道邦政委和萧应棠副军长与参谋长商定，由193师继续担任主攻，调用194师580团、582团归193师指挥。579团接替577团担任主攻团，194师指挥581团在195师作为侧翼担任侧攻。195师作为军预备队，并报兵团司令部批准。

随后，194师师长、政委分头到前沿阵地，进行广泛动员。赵文进师长来到581团1营，向指战员说明攻歼马匪100师的重要性和艰巨性，要求全体指战员不仅对接受的任务进行研究，拿出对策，而且要对可能出现的情况有所准备，作出相应对策。并要求发扬军事民主，多开“诸葛亮”会议，解决战术上的问题。控诉马匪杀戮红军、奸淫抢掠残害人民的罪行。当即指战员中一人高喊：“坚决歼灭马匪”，随后“为死难的红军报仇！”“为我们的战友报仇！”“为兰州人民报仇！”的口号，此起彼伏。

送赵师长走后，杨团长又与参谋长带警卫员张桂芳前往敌军阵地前沿观察地形。突然，敌军一排冷枪扫来，警卫员张桂芳负伤，杨团长赶紧救起张桂芳撤回驻地。归来后立即根据地形研究攻击办法，决定由1营担任正面主攻，2营迂回敌人侧翼，并根据敌人阵地前地面开阔、蒿草茂盛，决定由5连事先潜伏到敌阵前，待炮火轰击延伸的一瞬间，迅速发起攻击。并指示各连抓紧战前准备工作。

2营6连连长张自生、指导员邵连林和副连长李银坤来到1排阵地，在战壕里找到排长王海山，听取了他的汇报：“我们1排战斗情绪普遍高昂，每个班都召开了班组会，每个人都发言表了决心，大多数人写了决心书、请战书，还有五份用血写成的决心书。许多党员提出向党交最后一次党费，未入党的同志都表示争取在火线立功入党，决心血战兰州，坚决歼灭马匪军！各班尽管只吃些豆子，但无一人反映坚持不住，都盼着早日开火，歼灭马匪。现在各班都已完成准备。”

听了王排长的报告，并检查了每个班的准备工作，6连3位领导充满信心地走向2排、3排阵地。

彭德怀回到乔家营司令部，立即将所了解情况详细讲给副司令员张宗逊、赵寿山，政治部主任甘泗淇及司令部作战参谋人员，对原来攻兰部署进行调整。

彭德怀根据马继援的防御部署指出：“皋兰山为兰州南山中最高峰，屏障着兰州全城，马继援深知皋兰山阵地险要，是控制兰州的核心阵地，是攻克兰州的关键，所以他派重兵把守。这样他的防御体系就是正面强硬，东西两翼薄弱，且是分兵把守，城中又无预备队了。黄河铁桥是敌军逃跑的唯一退路，在这种情况下，我军围攻兰州的重点当是攻取南山，但也应由右翼进行迂回，夺取黄河铁桥，解决全歼守敌这关键一着。我认为改变3军预备队的任务，去完成迂回任务是合适的。并且我们以5个军全部投入战斗，这样部署，既符合中央指示精神，也能达到全歼守敌的目的，你们看如何？”

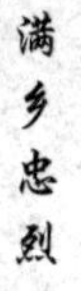

张宗逊、赵寿山表示完全赞同。一致决定：调 3 军配合 4 军攻打狗娃山敌人阵地，而后绕过敌人防区，沿着公路直插西关，迅速控制铁桥，坚决截断敌军逃路。并令 3 军按着指示趁夜立即行动集结到狗娃山背面周家山、韩家湾和土门墩一线。

23 日晚，马步芳召集马步青、马步銮、马继援等在长官公署议事。

马步芳愁绪锁眉地对弟兄和儿子低声说道："看来彭德怀下决心要和我们决战，从各阵地观察，共军都在挖壕筑垒，并且在调整部署，增加兵力。他们即将发起的攻击再不可能是前两天的规模，眼下敌我力量对比，将是敌众我寡，加之到现在胡宗南、马鸿逵还未见行动，空军也不助战，看来胜负难定。"

马继援看到父亲忧虑不振，开口说道："共军虽然以 5 个军兵力围困我兰州，但天冷下雨他们无房可住，人员众多，供给困难，无饭可食，战斗力难强。而我军粮弹充足，工事坚固，火力配备精良，士气很高，人员虽比共军少，但可以少胜多。昨夜我军只出动了 3 个营，就大败下狗娃山共军 1 个师。为了表彰参战弟兄取得的这一大胜仗，我亲自到狗娃山、沈家岭阵地向弟兄们每人发银圆 5 块。通过前两天和昨夜的几仗，足可证明，只要我们坚守阵地，不全面出击，放长时间，定可拖垮共军，等待友军发起夹击，空军前来助阵，我马家军定可攻而歼之共军。"

马步青随后说道："正是由于共军处境艰难，有可能急于向我们发动攻击，我们还是从坏处着想，向中央发电派飞机助战，督促胡马出兵，以防不测。"

马步芳听了哥哥所言，郑重地说道："明天赶紧向中央发报。"

24 日早，马步芳拿到秘书拟写的电报，从头至尾阅了一遍，电文如下："窜洮河县临夏附近之共军第 1 军、第 2 军，正向永靖、循化进犯，患在腹心，情况万急！如陕署、宁夏友军及空军再不迅速行动协歼，深恐兰州、西宁均将震动。千钧一发，迫不及待！务请火速分催，不再迟延。"马步芳看完电文，立即吩咐秘书以十万火急电告逃往广州的国民党中央政府。但是马步芳对此并未抱希望，还是心事难宁，深恐老巢西宁被抄，于是将固守兰州的指挥交给其子马继援，自己乘飞机仓皇逃往西宁，临上飞机，叮嘱马继援："如马鸿逵、胡宗南及空军再不来援，即保存实力，撤守青海。"

总攻兰州

24日傍晚，天空云层裂缝，渐露蓝天，彭德怀立即与副司令员商议，决定25日拂晓发起总攻。他亲自向2兵团司令员许光达、19兵团司令员杨得志下达："命令各军明日拂晓对兰州城防各阵地发起总攻。"

命令下达到65军，萧应棠副军长立即用电话传达到193师、194师。师长赵文进、政委陈亚夫来马架山前581团阵地，与杨万华团长、参谋长张振川、团政委一起部署总攻。决定以1营3个连位于193师南翼，对敌马架山阵地正面发起攻击；以2营5连趁夜间潜伏到敌人阵地前一块高蒿草地中，准备在炮火延伸一瞬间，出其不意地对敌人阵地发起攻击；以2营4连、6连打穿插，由马架山南端两个山头中间冲过去，迂回到敌人阵地后面，围歼敌军；以3营作预备队。

接受任务后，5连作了一下动员和准备，立即行动，神不知鬼不觉地摸到敌人鼻子底下，爬进蒿草地，潜伏下来。

25日子夜，阴云散去，星斗映辉，真乃天公作美，相助解放大军攻兰取胜，各军指战员都在准备投入攻兰决战。

25日拂晓，东方出现鱼肚白，3颗绿色信号弹腾空而起，万炮齐鸣，震撼着兰州城郊的峰峦沟谷，解放军总攻兰州开始了。强大的炮火犹如无数腾飞的火龙，由解放军各阵地分别飞向兰州守敌各阵地，其势如巨雷滚滚，猛轰敌军阵地。霎时，敌军各阵地到处是火团，浓烟滚滚，敌军阵地前沿很快就被炸得破破烂烂。在炮火延伸之际，急待出击的各军步兵，立即高举红旗，扑向敌阵。各主攻部队如下山猛虎，奋不顾身地勇猛冲越第一道战壕。

潜伏在敌人阵地鼻子底下的581团2营5连，在炮火延伸射击一瞬间，立即抖去伪装，端着刺刀，迅猛地冲向敌人阵地。5连连长、副连长各带1个排，由突破的战壕处向两侧暗堡攻击，一排排手榴弹爆炸开花，机枪也吼叫不停。突如其来的攻击，被炮火压制在地堡中的敌人晕头转向。由于此时天还未大亮，两伙马军竟在未弄清情况下，在战壕中误战起来，枪弹所致，军卒纷纷倒地。5连趁势攻占战壕，敌人一看难守地堡，便迅即各自用火点着地堡，顺交通壕逃走，5连攀壁而上，继续攻击。

炮火延伸，4连、6连指战员迅即冒着浓重的硝烟，高举红旗，在嘹亮的冲锋号声中冲向敌阵的第一道外壕，由5连打开的突破口蜂拥而上，由于没有遇到阻击，他们搭人梯顺利登上峭壁，分路攻击。突然，在6连前方，出现一个打着小白旗的敌兵，6连连长命1排排长王海山赶过去受降，并令降兵在前带路追歼敌军。3排副排长和两名战士跟随降兵走在前面，穿过一条交通壕，突然一声巨响，一团火光腾空而起，3排副排长与那位降兵应声倒地，被炮弹炸死，另两位战士负伤，原来踩了航空炸弹。6连尾5连之后，冲上山头，山顶各碉堡敌人均被5连消灭，只剩一些敌伤兵在呻吟。此时，6连指战员看到3连正在与敌人拼杀，急忙集中六〇炮、重机枪，以远距离杀伤扑向3连的敌军。6连随即又冲下山去，会同5连、4连，向着1营所攻击的马架山另一个山包侧背迂回包抄过去。

581团1营在团长杨万华的指挥下，趁炮火将敌阵地第一道战壕摧毁之际，高举红旗，冲进硝烟弥漫的敌阵。2连率先为全营开辟道路，在爆破英雄许学顺的带领下，接连排除第二道战壕上的3座碉堡，并用炸药包炸塌峭壁，打开缺口。1连、3连集中轻重机枪开路，很快冲越第二道战壕，准备攀壁而上，突然守敌集中火力，将1营压在壁下。这时杨团长清楚地看到1营受阻，立即请求赵师长炮火支援。炮兵迅即开炮，将敌人地堡顶掀掉。1营趁势攻上峭壁，刚登上峭壁，突然约一个连的赤臂裸背，一手持马刀、一手举手榴弹的敌人冲出暗堡，杀向1营。这伙匪军高喊“天门开了，死了升天”。凶神恶煞般地沿着交通壕冲杀过来，1营营长手枪一抡，击倒迎头两敌兵，两个连指战员立即迎击而上，一排手榴弹砸向敌群，瞬间两军卷入白刃拼搏。马军自恃擅长短兵相接，在试攻中占了便宜，且不知我军战士已吸取了教训，并找到他们的弱点。

1营各连指战员在激烈的拼杀中，勇猛地举枪舞刀，连连刀刃见红，马军也不示弱，凶狠地舞刀拼杀。顿时，阵地上充满了刺刀与鬼头刀的撞击声、解放军指战员的喊杀声、敌人的号叫声，战士进入胶着状态。随后，杨团长命3营也投入了战斗。

马架山正面战场上，在强大炮火的支援下，193师师长郑三生指挥577团、578团、580团、582团向马架山敌军古城岭核心阵地发起了猛攻。他们冲越第一道战壕，在军工兵营排除上百个飞机炸弹后，577团迅速攻占第二道外壕，摧毁外壕上的碉堡。该团7连又连续摧毁第三道外壕的3座碉堡，578团由右翼突入敌阵。正在这时，敌军发起了集团反冲击，漫山遍野羊群一样黑压压一片，向577团、578团突击连杀来，来势异常凶猛，光着膀子，赤背舞刀，高声怒吼“死了升天”。193师郑三生师长看到此情，立即指挥582团增援，但由于后续部队由下而上，不及敌军速度快，突击部队被压制，许多人牺牲，已经夺得的阵地又被敌人夺回。郑师长急忙组织机关人员和师直属队补入突击队，和582团一起，与敌军展开一场空前激烈的争夺战。

守敌马军100师师长看到郑师长所部3个团兵力蜂拥攻上古城岭，急忙指令古城岭全部守军倾巢出动，从各个暗堡里、各核心工事阵地，高举鬼头刀扑下山来，督战队的大刀、手枪在后面督战。

马军铺天盖地扑向解放军，解放军在指挥员的带领下勇猛相迎，首先以密集的轻重机枪、冲锋枪火力狠狠射击，子弹打光后又英勇地端着刺刀冲入凶猛的敌群，左突右刺，他们高喊“只能前进一丈，不能后退一寸”，英勇冲杀。凶悍的马军狠命顽抗，激烈地拼杀，双方伤亡很大。

刀刃撞击声、杀声、手榴弹爆炸声、枪击声、伤者的哀号声冲荡着山谷。舞刀相战，滚爬摔打遍布战场，交错混杂，难分难解。血染整个战场大地，尸横遍野盖住山坡。

郑三生师长再次组织577团增援，马军的大规模反击才得以粉碎。一些敌军退回地堡，但敌人仍组织小群多路的反冲击，各团在夺得的阵地上顽强地进行反击。

在马架山581团1营攻占的阵地上，敌军连续以成连成营的集团进行反击。在打退敌人12次激烈的反冲击后，马军尸体盖满山坡。1营攻上第三道外壕，在峭壁下又受到敌堡火力的强烈压制，一条条机枪喷射的火舌封锁了1营前进的道路。此时，2营5连已迂回到该山敌阵侧背，立即由侧翼出击，战士解下绑腿带做绳索系下炸药包给爆破手，拔除了3座地堡。17时，1营、3营与2营会师，肃清守敌，将红旗插上马架山山顶。

这时，65军副军长萧应棠与政委王道邦在指挥所观察到，古城岭上的战斗仍在激烈进行，敌军仍在进行顽抗反击，于是用电话指示赵文进师长，命令581团协同577团、578团、579团，再次组织反冲击。在战斗英雄许学顺、马万新的带头下，战士们个个奋勇当先杀入敌群。在解放军强火力的杀伤和拼杀下，敌军弃下许多尸体逃回地堡。

此时，兰州守军总指挥马继援向100师师长打电话："狠狠反击共军，坚守阵地，共军力量快要不支，你们贵在坚持。"师长接电话，继续组织集团反冲击，100师和保安团又全部出动，组成5个大集团敢死队向65军4个团反击。

在山顶部，马军几个大集团方队冲向各团突击连，情况非常危急。守候在豆家山阵地下的63军炮兵，看到山顶黑压压的马军敢死队欲要吞吃刚刚攻上的65军突击队的危险情景，不待命令，调炮口对准古城岭顶部，连续发射数炮，猛轰敌群。一颗颗炮弹准确地命中敌敢死大刀队，马军血肉横飞。郑三生挥军乘势而上，以密集火力猛扫敌群，敌敢死队在后有督战队手枪、大刀威逼，前有解放军密集火力的杀伤下，混乱号叫，溃不成军。冲在前面的581团、579团突击连勇猛冲入敌阵，用刺刀挑、用枪托砸、扭住敌军摔，但马军这伙深受封建迷信熏陶的亡命之徒，死命拼搏，仍在号叫着"死了升天"，冲杀不停。578团、577团、582团陆续攻上顶部，经过激烈的拼杀，全部歼灭敌集团反冲击部队。随后便向古城岭顶部核心工事实施总攻，跟随步兵前进的炮兵，将八二迫击炮对准仍在喷射火舌的主碉堡平射轰击，敌军核心工事在爆炸中被掀了顶盖。但左边一个地堡仍在以轻机枪封锁解放军前进道路，在密集火力的掩护下，一名排长夹起炸药包扑向地堡，只见火光一闪，轰隆一声巨响，地堡被拔除。各团突击队勇猛冲向山顶，将一面面红旗插上古城岭顶峰。19时，全歼敌军100师。

时至傍晚，经浴血征战，解放军全部攻破马步芳固守的沈家岭、营盘岭、马架山三大主阵地。

野战军司令部传来各军的胜利捷报。彭德怀高兴地对19兵团司令员杨得志用电话命令道："命令你兵团63军迅速沿着黄河向兰州城攻击，命令你兵团65军迅速夺占飞机场，由东南郊向市区攻击。"用电话对着2兵团司令员许光达命令道："命你兵团6军、4军从南山迅速攻入城内，命3军沿黄河上游速攻占黄河铁桥，全部包围兰州残敌，继而全歼。"

25日傍晚，马步芳看到大势已去，老巢西宁也难保住，便爬上飞机自西宁飞抵兰州东机场上空。当时各主战场的战斗已结束，还有一些零落枪声。马步芳与地面联系不上，在机场上空转了一圈。这时接受任务的581团杨万华团长亲率6连已冲到机场，他看到飞机要降落，高喊道："快冲啊！捉住敌机！"敌机随即盘旋而起，飞往四川方向。581团肃清了机场的守敌。随后与各兄弟团一起追击逃敌。

在62军、65军的勇猛追歼下，逃跑的马军，有的举枪投降，有的跳进黄河，手里还抓着马尾巴，但很快淹没在汹涌的波涛之中。

581团一直追至黄河滩，在河沿上捡捞了1000余支枪，然后又跑步20余里攻向兰州城。

午后3时后，马军各主阵地相继被解放军攻占，尽管马继援将城中所有二线兵力全投入战场进行争夺，但所增援兵力尽遭炮毁与搏杀，相继丧失，阵地依然难以夺回。此时此刻，马继援一向所期待的胡、马援军又毫无消息，终于像个漏了气的皮球，满腹的雄心浩气尽扫而光。他预感败局难挽，急忙与叔叔马步銮商议撤至黄河北。

在指挥所里，马继援与马步銮、马文鼎会商，马继援首先开口："看来今天这场仗，我们吃了共军炮火的亏，该杀的马鸿逵、胡宗南这两个鳖种，原以为在我们大量挫伤共军主力后，他们必定参战，不想至今连点消息也没有。中央阎院长、顾总长也失信得很，我们死命拼战，他们连一架飞机也不派。根据目前形势，我看只有放弃兰州，回老家西宁了。"

马步銮听了侄子的话，也感叹地说道："根据侦察，共军出动足有 5 个军以上，又有那么多的重炮，如果再打下去，我们的血本就葬送在这兰州了。现在放弃兰州、撤守老家为上策。但此时撤退，困难不少，一来城中公署和眷属应先撤过桥去，二来我们各师都在山上，天黑前撤退有被共军吃掉的危险，不如待天黑后撤安全。"

马继援接下来说："三叔想得周到，那你就先指挥公署和各家机关及眷属先行撤退过桥，然后由文鼎通知各师，待天黑后撤下山，按顺序过桥，三叔那就快速去办吧！"

午后 4 时，马步銮指挥马步芳的西北长官公署和各机关团体、眷属们先后撤过黄河铁桥。

夜幕降临，马军残众从阵地上趁乱撤下来，涌进城里。晚 10 时左右，奉命配合解放军 4 军攻占狗娃山阵地的 3 军 7 师 19 团，当迂回到狗娃山侧背时，发现敌人已撤离阵地。该团 3 个突击连在团长的率领下急速冲下，攻向兰州城西关。前行的尖刀连与南山下来的一股敌军相遇，经过短时的战斗，抓住十几个俘虏，其余之敌又原路逃回。经审问，方知敌人已接到命令北撤过桥，团长当即将此情况报 3 军指挥所。3 军立即转报彭德怀："发现部分敌人通过铁桥逃跑。"彭德怀立即用电话对许光达命令："第 2 兵团迅速以火力封锁黄河铁桥和黄河北岸公路。"

命令传到解放军 19 团，团长立即命副团长、营长、教导员率 8 连抄捷径插向铁桥。漆黑的夜晚，他们只得逼着俘虏带路，绕过西关，顺北城墙根跑步插向桥头。走到半路，突然一股敌军跟踪追来，营长命 8 连长率 1 排往回打，连长率先冲上，以迅雷不及掩耳之速干掉了领头敌军官，其他指战员也一起开枪，击溃了敌军，继续冲向桥头。8 连勇士冲至桥头，13 支冲锋枪一起猛扫过桥的敌步兵、骑兵、马车、汽车，霎时敌尸横七竖八躺满桥头、桥西，后续过桥的敌人被突然的打击吓得赶忙缩进城去，也有的跳进河里企图泅渡，结果被洪涛吞没。打着火的汽车挡住了骑、步兵的逃路，骑兵又相互拥挤，车挡马、马挤人、马踩人、人挤人，人嚎马嘶，一塌糊涂，许多敌骑兵连人带马被挤到滔滔黄河之中，落水者不计其数。

占领桥头的喜讯传到前线总指挥彭德怀那里，他高兴地说："打得好，打得好啊！请转告19团，一定要把黄河铁桥守住。要注意好好组织兵力，扩大战果，彻底消灭东教场的敌人。"

马继援看到，马步芳所部署的兰州防线全线崩溃，三大主阵地全被解放军占领，更为吃惊的是，兰州铁桥也受到了解放军的火力控制。他自知灭亡临头，于是故作镇静，对着他的参谋长马文鼎说道："我去催调援兵，这里由你指挥，等各师撤过桥后，派人将桥死死封锁，援军一到，我们再做部署。"夜幕降临之后，马继援便带着骑兵护卫往青海逃去。

彭德怀的命令传到7师19团，副团长申文范率突击营7连、9连、机炮连尾8连之后，冲进北城门，占领城墙和城门楼，控制铁桥附近的这一制高点，居高临下，以猛烈的火力，掩护8连继续攻桥，猛烈杀伤从城里和皋兰山溃退下来准备冲过桥的敌军。19团4个连集中火力，射击敌群，但是从各山下来的大量马军根本不畏生死，像潮水一样涌向铁桥。车辆夹杂骑兵、步兵，混乱不堪，难以控制。午夜，敌军四五辆满载油料、弹药的卡车被炮火击中，车上成箱手榴弹、炮弹连续爆炸，响声震天，火光巨闪，整座铁桥形似一条巨型火龙。敌人摸不清有多少解放军攻桥，只得撤回城里。

退到城里的敌军仍企图顽抗，3军另一部攻占西城门，与敌军展开巷战，并控制一些要点。

63军、65军也从城东插入市区，4军、6军从南面攻进南市区，全城敌军立即陷入各路解放军的围攻、穿插、分割之中。枪炮声、汽车轰鸣声、喇叭声、冲杀声，人喊马嘶，火光烟雾冲荡着整座兰州城的夜空。

冲到兰州东梢门的581团，经过一阵攻击，肃清了城关附近的残敌。这时，炮兵也跟着运动上来，迅速架好迫击炮，30门炮一起开火，一下子就将整个城门轰个粉碎，继而581团2营在炮火的掩护下冲进城去，插入一条街中。垂死的敌军凭着地堡，集中火力阻挡581团进攻，6连连长张自生急命1班班长带3个战士，带着手榴弹、炸药包在火力的掩护下爬向敌堡，轰隆一声巨响，地堡被拔除。3连、6连插入街道，指战员们高喊着"缴枪不杀！""冲啊！"将一排排手榴弹砸向敌群，顽抗的敌军仍在进行挣扎，一次又一次地对解放军进行反击。各连依托店铺、楼台与敌军展开激烈的巷战。6连手榴弹打光了，就端刺刀往前冲。战斗持续到26日10时，一群群俘虏被押下战场。

解放军占领伪西北军政长官公署

经过各路解放大军的英勇冲杀，被打得晕头转向的残伤之敌纷纷举枪投降。7师于5时攻占东教场敌兵营，俘敌大部。一小股敌军突围至段家滩，经雁滩乘马渡黄河。在强大火力的追击之下，不少敌人被淹没于黄河激流，也有一些宁死不降的顽敌相续跳入黄河，企图泅渡，但多数被波涛卷走。

11时，3军7师21团在火力的掩护下穿过铁桥，攻占黄河北岸白塔山的敌军指挥所，全歼马军。鲜艳的红旗插遍兰州城头、市区、黄河北岸。

兰州人民欢庆解放

26日午前，19兵团司令员杨得志、政委李志民、参谋长耿飚，2兵团司令员许光达、政委王世泰、副司令员徐立清率先进城，清理战场。午后，彭德怀总司令、张宗逊副司令员、政治部主任甘泗淇率野战军司令部进

兰州人民热烈欢迎解放军入城

驻兰州。

65 军歼敌 2 万多，194 师 581 团 1 营受到野战军司令部首长甘泗淇的表扬，许多连队、个人荣立战功，581 团光荣地参加了解放军进驻兰州的入城式。1 营走在步兵队伍最前列，受到杨得志、李志民的检阅和兰州人民的热烈欢迎。参谋长张振川，在他的回忆录中记录了当时入城式的情景。

1949 年 8 月 26 日，兰州回到人民手中，但这胜利来之不易，解放军付出了伤亡 8700 多人的代价。攻占兰州贡献宝贵生命的先烈们，永远长眠在兰州的烈士陵园中。

已知在此役中牺牲的 581 团青龙县籍战士：

贾振记　班长

何成记　战士

张贵贤　战士

胡宝义　战士

王　俊　战士

兰州解放纪念碑

第十四章

进军宁夏肃顽匪 红旗直插石嘴山

兰州解放，国民党军西北军政长官公署长官马步芳所部主力在兰州战役中被歼灭后，副长官马鸿逵逃往台湾，由其子马敦静指挥宁夏兵团及第81军等共7万余人的兵力，依托黄河天险，分别在同心、靖远、景泰、中卫、中宁、金积、灵武地区组成3道防线，企图阻止人民解放军北进宁夏。人民解放军西北野战军决定以第19兵团并指挥西北军区独立第1、第2师进军宁夏。

1949年9月5日，581团随65军经靖远、打拉池向中宁挺进，19日占领中宁黄河东岸。在军事压力与政治争取下，19日，原国民党西北军政副长官马鸿宾随其子与第81军军长马惇靖起义。同日，第64军进攻金积、灵武等城镇。至21日，马鸿逵部的3道防线被全部摧毁，马敦静乘飞机逃走，宁夏兵团失去指挥，贺兰军和第11军相继溃散。22日，马鸿宾召集国民党宁夏军政要员召开会议，敦促各部弃暗投明。经与人民解放军谈判，23日，宁夏军政当局签字投诚。24日，第19兵团主力进驻银川，宁夏遂告解放。

为解放宁夏北部地区，肃清残敌，65军奉命快速进军宁北。581团为快速支队，于9月26日乘汽车快速向石嘴山插进，当日进占宁北重镇石嘴山。25日，国民党新疆警备总司令陶峙岳通电起义。26日，国民党新疆省政府主席兼新疆保安司令包尔汉通电起义，整个西北战场上的战争基本宣告结束。

早在彭德怀率领西北野战军1、2两兵团和19兵团攻破青宁二马在三关、瓦亭、固关一带的联合防线，歼灭宁夏马鸿逵部队5000多众之后，盘踞宁夏的国民党老军阀马鸿逵就大为惊恐，顿感解放大军威力强大无比，他的灭亡之日即将来临，形势迫使他不得不考虑后事。一日，马鸿逵召集心腹宁夏保安司令部参谋长马光天、宁夏省政府秘书长马廷秀密商对策。马鸿逵讲："此次共军进攻西北，大不比往常，势强力猛，就我们这几万军队，宁夏恐难保，后事不得不虑呀！如果共产党夺占宁夏，我们怎么办？我看只有上贺兰山打游击，或越过腾格里沙漠，撤往河西，坐待时机，再收复家园，你们看如何？"

参谋长马光天迟虑一下讲："共军进攻西北，矛头指向我们，当前加强军力、加紧布防为当务之急。三国时，曹操百万雄师陈于江岸，大有吞没江南之势，而江东和西蜀加在一起，不足7万之军，结果在诸葛亮与周瑜的孙刘联合抗曹智取下，大败曹军。曹操败逃华容道，幸亏关公放其而过。现在我们所面临的共军，恰似当年的曹孟德。他们虽然兵强势猛，但远攻西北后方供给线长，只要胡总司令出兵，掐断他的粮弹供应，我们再与兰州马继援联合抗击，打败共军还是大有希望的。由此可见，应抓紧整编一下各军，将各军编外的零散部再组成一个军，以利调用布防。"

马光天讲到此处，马鸿逵深有感触地说道："光天你说的正合我意，充实军力，联合抗共为当前上策。首先将各军的编制调整一下，每个军增加1个保安队，余下的保安团我们再组成1个军，这个军，中央不能给番号，我们自己命名。马步芳为了扬名他的军力，自称马家军，南宋岳飞曾在词句《满江红》中写'踏破贺兰山缺'，我意用'贺兰'命此军名。如果共产党夺得宁夏，我们盘踞整座贺兰山，搅得他日无安宁，难以立脚，最后夺回家园。明日我就召集诸军之将，宣布整军，光天、廷秀你们看由谁担任贺兰军军长为宜？”

马廷秀：“还是由敦静物色人选为宜。”

马鸿逵说：“那也可，待他回来再定。”

马鸿逵自广州开完西北联防会议飞回宁夏，抓紧部署援兰兵团，调动3个主力军，由次子马敦静统一指挥，开赴靖远、打拉池一线。

出发前，老奸巨猾的马鸿逵对儿子密旨：“要待马继援重挫共军锐气后，再兵击共军侧背，万万不可轻举妄动，损失主力。”

所以在解放军总攻兰州之际，尽管马继援一份份电报催，又派马骥飞宁相催，被解放军64军所牵制在兰州左翼的宁夏马鸿逵之军竟未出动。其原因就在于马敦静害怕自己的主力援兰州被解放军歼灭。

兰州战役结束，宁夏马鸿逵坐视马步芳主力被歼，立即预示到解放军很快就会进攻宁夏，也进一步加剧了他的惶恐不安。

27日，马鸿逵为了稳定军心，重新部署防线，在宁夏保安司令部召集他的堂弟西北军政副长官马鸿宾、128军军长卢忠良、81军军长马惇靖、贺兰军军长马全良、11军军长马敦静、宁夏保安司令部参谋长马光天、省政府秘书长马廷秀及各师师长、旅长召开会议。

会上马鸿逵发表讲话：“兰州已在昨天失陷，看来共军的下一个进攻目标就将是我们了。傅作义、邓宝珊他们哥俩劝我归降共党，可我再三思量，我们可比不了他们，当年我们截杀红军西路军，而后又进攻陕甘，攻击三边，援救榆林，与共党已结下深仇大恨，共党是绝不会忘记的，绝不会善罢甘休的，因此归降，也只能是上当。不如我们横下一条心，死战到底，我决心以打光、杀光、烧光为政策坚持到直至宁夏全被共军占领为止。银川城内放火时，先由我的公馆烧起。我们宁夏要效仿山西太原阎锡山的办法，抵抗到底，就是损失近净，也在所不惜。最后阎锡山还不是当了行政院长？这也就是蒋委员长常讲的‘不成功便成仁’，我要求大家都要坚定这种信念，为保卫宁夏贡献自己的一切，留取英名，传芳百世，下面敦静你把新部署宣布一下。”

宁夏马军总指挥马鸿逵的次子马敦静宣布新的军事部署：“决定以骑

兵第20团守同心，81军257师守靖远，骑兵第1旅守景泰，构成第一道防线；决定以81军守中卫，贺兰军守中宁，构成第二道防线；决定以128军守金积，11军守灵武，构成第三道防线。各军必须坚守驻地，不得有失。”

会议结束，众将执令而去，率部设防。

早在许光达兵团、杨得志兵团抵达兰州城郊的前一天，彭德怀就兰州、西宁解放后，北攻宁夏、西进新疆、南下四川及新解放区的干部解决方法的设想，电告中共中央毛泽东主席：“兰州西宁解放，拟调王震、许光达两兵团4个军进军河西走廊和新疆，调杨得志兵团3个军北攻宁夏，调周士第兵团2个军南下四川，协助刘邓解放川康。陕、甘两省县以上干部，大体由西北局配齐，青、新两省，凉、甘、肃州及宁夏干部问题，没有解决。拟1军干部抽配青海，2、6两军干部抽配新疆，4军干部抽配凉、甘、肃州，19兵团干部抽配宁夏。7军干部少，拟基本不抽，3军亦只抽少数干部至青海。从军中抽出有限干部配备如此辽阔地区，实感困难。”

毛泽东主席于次日，8月20日复电彭德怀并告驻西安的西北野战军副司令员贺龙和政委习仲勋：“同意你的部署。19兵团何时向宁夏进军，待占领兰州后看情况决定。如果王震4个军确有把握占领青海，则19兵团可在兰州休息10天或半个月后即向宁夏，否则可略微推迟。入疆部队至少休息一个月，必要时酌量增加休整时间，作好充分准备。入川部队待与贺面商后作最后决定，大体上以18兵团入川是适宜的。”

兰州解放后，彭德怀立即与从西安赶来参加庆祝的贺龙、习仲勋及张宗逊、赵寿山、甘泗淇研究西北战场以后的作战方针及解放区的建设，并根据毛泽东主席的指示制订了进军方案。

9月1日，在西北野战军司令部驻地举行了团以上干部庆祝会，彭德怀、贺龙、习仲勋、张宗逊、赵寿山、甘泗淇、杨得志、李志民、耿飚、许光达、王世泰、徐立清等就座主席台，彭德怀司令兴致勃勃地在大会上讲话：“同志们，在毛主席军事思想的指导下，经过我军指战员浴血奋战，终于歼灭了马步芳的主力12.7万余人，解放了这西北第二

大城市兰州。解放兰州是我们西北野战军的一次伟大胜利，但是，我们的任务是艰巨的，还要解放大西北，解放全中国，要取得完全胜利，必须准备继续战斗！我军歼灭了青马主力，整个西北战场上的敌人，基本上失去了组织战役的能力，敌人虽然减少但却更加分散了，若不迅速歼灭使其得到喘息，将造成我军今后作战之困难。宁夏境内还尚有马鸿逵七八万军队，还有逃往河西的敌军周嘉彬 91 军、黄祖勋 120 军，加上敌西北军政长官公署及联勤第 8 补给区部队，共约三四万人。另一方面，大片土地获得了解放，但尚不巩固，大军继续前进，战争支援将会发生困难。根据这些情况，依照中央和毛主席批准的进军方案，司令部决定 1 军留青海，4 军之 12 师留兰州，7 军留天水，62 军留临夏，共 3 个军又 1 个师，担任工作队任务；19 兵团进军宁夏。第 2 兵团及第 1 兵团率第 2 军进军河西走廊，歼灭逃敌，为进军新疆创造条件。我希望全体指战员在解放整个大西北的过程中，英勇战斗，再接再厉，再立新功！”

贺龙、习仲勋政委、甘泗淇主任等也在大会上讲话，表扬英雄团体、英雄功臣，鼓励将士继续战斗，多立战功。

会后，19 兵团司令员杨得志代表兵团司令部向各军发布作战命令：“为完成解放大西北之光荣任务，我兵团奉命北进，攻歼宁马匪军，解放宁夏全省。第一步以截击中宁之敌为目的，其部署如下：

> 63 军以 1 个工兵团并该军工兵营附 65 军工兵营组成先遣队，于 9 月 2 日出发，担任扫荡残匪、修补道路、筹集粮食等任务。该军主力（欠 188 师）于 7 日出动，以 4 日行程（具体路自行选定）进至靖远（含）以北地区休息 1 天。而后以一部向北经徒城堡、水泉扫清残匪，沿公路东进。该军主力则经打拉池向中宁攻击前进。188 师于 7 日出发，沿黄河北岸，在该军左侧后向中卫推进（具体路线由该军具体规定）。
>
> 65 军（欠工兵营）于 8 日出发，以 5 日行程经贡马井及其东西地区，分路进至郭城驿、黑城子、叶张家、双寨子地区休息 1 天，而后经靖远、打拉池随 63 军后尾跟进。

64军候兵团主力进至靖远地区后由现地出动，主力经红寺堡向中宁东北前进，截断中宁敌之退路，并打击增援之敌，另以1师沿平宁公路向中宁前进，配合63军夹击中宁地区之敌。

兵团炮兵团、战车队归63军指挥，于3日出动，经新集、三十里铺（会宁西北）第一步进至靖远地区，但战车队及机械化炮兵营应于7日出发。

兵团直接于4日出发，第一步进至郭城，并担任筹粮修路及扫荡地方残匪之任务，10日进到靖远东南之十里铺。兵团指挥所于7日出动，第一天进至甘草店宿营。

9月2日晚，各军又接到兵团司令部命令："遵照彭总指示，决定提前5天行动，即9月2日出发进军宁夏。"

2日，19兵团在杨得志的率领下，浩浩荡荡向宁夏开进，1、2两兵团向河西进军，18兵团向川康进军。从此开始了横扫残敌、解放大西北的最后征战。

9月3日，中共中央毛泽东主席在致彭德怀并告贺龙、习仲勋政委

19兵团纷纷召开解放宁夏誓师大会

的电报中指出："宁夏马军力争全部缴械，其次则争取大部缴械，一部改编，总之改编的部队愈少愈好。马鸿逵残杀陕北人民甚多，从来没做过好事，和傅部情况不同，和平解决的可能性虽未丧失，但实际执行恐有困难。"彭德怀接此电报，随即将此文转告19兵团司令员杨得志。

向宁夏进军的19兵团各军，严格地执行了野战军司令部颁发的《回族工作手册》《宽待回族俘虏守则》及《团结回族守则》等规定，受到沿途回族群众的欢迎。由于各军指战员自觉遵守纪律，赢得了广大回族同胞对仁义之师的爱戴，在回族群众的支持下，各军进军也很迅速。

沿兰宁公路北进63军187师561团于9月3日占领一条城，敌1个连投降。5日攻占小炉子，歼敌200余。7日，在189师一部的协同下，奔袭解放靖远。敌81军294师1个团先行北逃，俘敌自卫队两个中队400余人。

宁夏马军指挥官马敦静眼见解放军先遣部队一路进击，势如破竹，顿感再按原部署设防，第一道防线恐难保住，于是急改单纯防御为以攻为守的方针，拼凑3个骑兵团4个步兵团，于9月10日以一部向预旺堡的解放军西北军区独立第1师佯动，主力则围攻下马关解放军西北军区独立第2师，妄图打乱解放军的全面进攻计划。杨得志司令员接此报告，即命由固原北进的64军军长曾思玉派1个团增援预旺堡的第1师，其余各部队继续向北推进，64军191师1个团在预旺堡地区击退敌128军，12日占领同心城。

63军在郑维山的指挥下于11日进占打拉池。189师向贺家集、兴仁堡之敌81军35师攻击，守敌35师一个团逃向中卫。187师取捷径向中卫追击，188师也奉命向中卫速进。188师1个团沿黄河西岸，1个团派1个营乘羊皮筏和木船顺黄河而下，主力沿黄河东岸。3路之军顶风冒雨，翻山越岭疾进，迫进景泰，敌第一道防线被解放军攻破。与此同时，64军攻占同心。

自奉宁夏霸主的老军阀马鸿逵一看赖以依靠的黄河天险也阻挡不了解放军的进攻，所设防的防线也如同秋风扫落叶，一击则溃，就将宁夏军政大权托交次子马敦静，自己爬上飞机先行逃离。

19 兵团胜利渡过黄河，图为部队在黄河西岸的情景

出敌之预料，63 军 188 师沿黄河西岸北上甚快，对敌造成极大威胁。敌军高级将领马鸿宾、卢忠良、马全良等开始动摇，于是他们聚集于马鸿宾公馆里进行秘密私下会商。

马鸿宾说："老蒋几百万美械精锐之师，尽被共军所歼，大部土地尽被共产党所占，得道者得天下，为古往今来所证实。我们这几万军队何以能抗击能征惯战的杨得志兵团？"

卢忠良也说："共军征战勇猛顽强，实为以往所罕见，瓦亭、固原一战我深有感触。他们将士指挥有方、冲杀凶猛，步兵赛过我们骑兵，那时我们拒险难守，今日无险更无把握。马继援还不是吃了自信的亏，落个主力尽丧兰州、光杆司令落荒出逃的下场。"

马全良："我们不如尽早接受中共八项和平条件，以保全我们的生命财产……"

与诸将截然相反的总指挥马敦静却秉承其父"继续组织抵抗"之旨意，解放军逼近中宁，马敦静主动撤出中宁，调贺兰军北渡黄河加强右翼，调 11 军退守老窝银川，128 军仍留金积、灵武。决定以收缩兵力于

金积以南扼守青铜峡、滚泉，依靠天险抗击解放军的进攻。并狂妄地在他的军事布防会上扬言："只要共军攻进金积、灵武池沼地带，我就决堤放水，来个'水淹七军'。"

敌贺兰军撤出中宁，9 月 14 日解放军 64 军进占中宁。

解放军 65 军由于在解放兰州战斗伤损较重，杨得志令其担任兵团北进宁夏的后卫部队，由于 63 军、64 军担任前卫，一路横扫残敌。65 军进军途中战斗基本上就很少了，65 军在政委王道邦、副军长萧应棠率领下，途经靖远、打拉池向中宁进发。

解放军的凌厉攻势迫使敌军不是溃散，便是投降。

早在 8 月 19 日彭德怀总司令就致电毛泽东主席并告贺龙、习仲勋："在攻占兰州、西宁、凉州后，以政治、军事双管齐下，争取其一部或大部和平放下武器或改编的可能性是增加了。请贺、习注意，在西安找马鸿宾、卢忠良、马敦静有关系的人前往游说，利用内线关系开展统战工作。"

马鸿宾、马惇靖父子素与马鸿逵父子不和，早有率部起义之念，但恐被马鸿逵父子宁夏兵团吞掉，加之思想上对起义后生命安全之顾虑，一时举棋不定。以往马鸿宾与傅作义交情甚密，经傅作义、邓宝珊劝导，马鸿宾父子决定了率部起义。在杨得志派郭南浦赴宁夏和谈劝降团至银川时，马鸿宾要郭老先生向杨得志司令员转告他起义之诚心。同时也托傅作义、邓宝珊转告周恩来副主席，他同意接受和平条件，举行起义。9 月 18 日，解放军 64 军通知敌 81 军军长马惇靖举行谈判，逾期宣告无效，当日两方派代表草拟起义条款。次日中午，解放军 64 军军长曾思玉与马惇靖分别代表各方

解放军战士渡黄河

在协议书上签字。81 军宣告起义，马鸿逵布防的第二道防线随之被攻破。

中卫解放，解放军 63 军北渡黄河，沿西岸直进银川，64 军 14 日进占中宁后，17 日攻占牛首山，18 日攻破天险青铜峡。19 日早，宁夏马鸿逵之子马敦静看到大势已去，弃掉宁夏军政大权爬上飞机逃走。

在各路解放大军的强大军事压力面前，宁夏马军的高级将领于 19 日上午自行集会，决定通电接受和平。贺兰军军长马全良领衔，于 20 日下午发出："致解放军西北野战军司令部，国民党秉国以来，领导无方，纲纪不振，民生凋敝，致战祸弥漫全国，强者死于炮灰，弱者流于沟壑。刻又战事迫近西北，面临宁夏。全良等不忍地方 70 万军民遭受涂炭，爰于本月 20 日停战。至于军事如何改编，政治如何革新，听后协商，一致服从。"

9 月 21 日下午，彭德怀复电马全良等："电悉诸将军即愿宁夏问题和平解决，殊甚欣慰。望督率军即速见诸实行，此间即告杨得志司令员知照。请即派代表至中宁与杨司令员接洽。特复。"

21 日下午，宁夏方面由马鸿宾主持，派出全权代表卢忠良和代表马光天（前省保安司令部参谋长）、马廷秀（前省政府秘书长）前往中宁，与解放军 19 兵团司令部接洽进行谈判。

解放军 19 兵团进占中宁，杨得志司令员与李志民政委、耿飚参谋长面对宁夏战局进行全面分析，迅即作出抉择："一、对敢于抵抗之敌坚决歼灭，以促和平解决。二、对敌人通电举行谈判进行接洽。一边命曾思玉率 64 军继续进攻金积，一边以耿飚为首席代表组织谈判。"

21 日午前，进至中宁黄河西岸的 63 军 1 个师、黄河东岸的 65 军 194 师，向西宁展开广播，宣讲争取和平解决。

21 日午后，双方代表进行了接触，耿飚向宁方代表宣读了中共中央制定的接受和平条件"八条二十四款"，并申明了解放军 19 兵团的谈判条件："以八条二十四款为指导，和平解放宁夏，接受执行八条二十四款，就立即进行广播，不答应，解放军就下令开炮，发起全面攻击。"宁方代表一再表示愿意接受和平条件，并由 22 日午前正式举行和谈。

22 日晨 9 时，双方代表举行正式谈判，谈判场地设在黄河岸边，

解放军65军待命的炮兵部队指战员全部各就各位，数10门大炮长长地排放了一河岸，威严怒视着黄河对岸宁军阵地；步兵部队也沿岸集结待命，队伍中无数面红旗迎风招展。谈判桌旁，581团团长杨万华等几位团长全副武装，威严地站立在耿飚参谋长身旁，听候命令，好一派庄严威武的阵势，与远方隆隆的炮声，构成了无法抗拒的强兵压境之势。

经过一整日的工作，双方代表草拟出和平解放宁夏问题协议文本。

23日，耿飚与卢忠良协议分别代表双方在《和平解放宁夏问题之协议》书上签字。

谈判成功，宁方代表复归，进行《和平解决宁夏问题之协议》的宣传、执行工作。解放军19兵团64军191师率先进入银川，迅速进行了接管。

9月23日，马鸿宾致电彭德怀，陈述军队已溃散等情，要求解放军连夜派兵进省城维护治安，并派30余辆汽车迎接解放军191师进入银川。

24日，杨得志率19兵团主力进驻银川，马鸿逵的4个军2个保安军大部7万余人宣告彻底覆灭。

25日，解放军19兵团于银川发布军字第一号命令：

本兵团此次进军宁夏，旨在解救西北人民，扶助各少数民族，实行自治，建设民主繁荣的新宁夏。大军所至，望风披靡，时不过旬，连下十余城，其敢于进行抵抗者，悉遭歼灭，残存者，亦均于9月23日和平解决。所有武装、政权均按民主原则，实行整编与改革。唯大军未到之境地，迄今仍未前来报到者，实为不当。兹为顾全宁夏人民利益，避免遭受战争之痛苦，本兵团仍本和平解决之精神，特颁布命令如下：

凡宁夏境内溃散之武装与本兵团未到之各县、旗、设置局及其他武装，于接此命令后，立即前来宁夏本兵团司令部或当地人民解放军和当地人民政府报到，呈送实力表及当地全般情况报告书，并接受指挥，按指定地区集结，听候处理。本兵团决以宽大政策之原则，给予自新之路，以便重新为人民服务。倘敢故意拖延反抗，破坏革命秩序，本兵团坚决歼灭之，切勿观望自误，自绝人民。

此令

司令员　杨得志

政委　李志民

副司令员　葛晏春

副司令员兼参谋长　耿飙

副政委兼主任　潘自力

宁夏军政首脑宣布投降，全部放下武器，等待解放大军前往接收。一时散兵游匪遍布宁夏区域，有的到处抢劫，也有的趁混乱之际聚集匪众拉立股队。

杨得志率领19兵团浩浩荡荡开进银川后，不待司令部安顿停当，便赶忙与耿飚参谋长研究起宁夏战局来。

杨得志指着地图上的宁北地域说："残敌在这么大地区溃散得到处都是，如不尽快收拾、就地解决，将给我们全面解放宁夏、建立政权带来很大麻烦。我意由63军控制宁南，64军这几天连续作战，尚未休息，应当驻银川，担负警备，由65军去收拾宁北残敌。"

耿飚参谋长接着讲道："要尽快解决宁北，首要应迅速关上大门打狗，如稍加迟滞，将放敌溜上贺兰山及宁北草原和沙漠，给我们今后作战带来更大困难。"

杨司令员插言道："要65军组织一支快速支队，乘车直插石嘴山，封锁出口，赶紧通知王道邦、萧应棠立即行动。"

王道邦政委与萧应棠副军长立即商议，决定以194师为前卫师，火速向宁北进军，并传令赵文进师长率前卫团581团尽快渡过黄河，到银川东南叶盛堡地区乘车。

581团赶到指定地点，兵团司令部派来了马鸿宾部队的50余辆汽车。团长杨万华、政委孙筱川、参谋长张振川、政治处主任于自新等按赵文进师长指示，将部队分别组成前卫营、团本队、后梯队，决定以1营为前卫营，由团长、参谋长指挥，团主力为团本队，由政委指挥，骡马、

大行李、勤杂人员为后梯队，由政治处主任指挥。

几位团指挥官在短暂的准备中，对行动又进行了研究安排。决定每部车都在驾驶室上架上马克沁重机枪，以加强火力掩护，并准备了曳光弹，以便发生情况时对空发出警告。为展示解放军的强大威势，每部车全插上红旗，还组织了通信联络，每车准备两名司机和修理工，并研制出作战方案：一般情况不停车，迅速前进。

解放军进军宁夏

1949 年 9 月 26 日早 7 时，第一挺进梯队前卫营开始出发，一条犹如长龙的车队，浩浩荡荡向宁北石嘴山飞速挺进。一面面红旗迎风招展，一挺挺重机枪怒视前方，一车车持枪荷弹的指战员精神抖擞，斗志激昂，随时准备投入战斗。

车队第 1 车，3 面大红旗随风舞动，3 挺重机枪“品”字形架在车顶，摆出一副横扫一切路障之雄姿。车队路过贺兰县北常信堡时，突遇一小股人马向车队方向开枪射击，乘坐在前卫营前卫连指挥车上的团参谋长张振川和 1 营营长刘庆兴指示前车 3 挺重机枪同时开火，发出警告性射击，并令车队不停车，迅速向前猛进。

车队路过黄渠桥，远远遥望到前面一土丘上插着一面白旗，其后堆架着枪支，一伙人马团坐在远隔一块空地的后面。车队很快驶至近前，原来是要求投降的，遇此情况，参谋长与刘营长简单地交换了几句，对着求降等人简短地命令道：“老老实实等后续部队受降！”随即车队继续向前开去。

在杨万华团长、张振川参谋长的率领下，581 团于当日傍晚进站宁北重镇石嘴山，受到石嘴山人民的热烈欢迎，胜利完成了兵团司令部交给的战斗任务。次日即派第3营继续进占了磴口，完全封锁宁北出路。

581团进驻石嘴山，团直属队驻靠黄河南北走向大街的北部，团部驻街西的一个大院，国民党人员全部跑光，1营驻后街，2营驻南街。

194师后梯队接受了伪保安队长郭永胜带50余人投诚。

24日，在王震、许光达率领的两路大军的威慑下，酒泉2万多国民党军队起义。25日，国民党新疆警备总司令陶峙岳通电起义。26日，国民党新疆省政府主席兼新疆保安司令包尔汉通电起义，整个西北战场上的战争基本结束。

银川军民庆祝西北军政委员会成立

第十五章

驻防宁北剿匪特 垦荒生产结硕果

1949 年 9 月 26 日，581 团进驻贺兰山下石嘴山。

在宁夏各界人民与解放大军欢庆解放的喜庆日子里，中华人民共和国中央人民政府于 10 月 1 日宣告成立了。各部队与驻地人民纷纷召开庆祝大会，欢庆中华人民共和国的成立。

65 军召开团以上干部动员大会，号召全体指战员下定决心扎下根，与当地各族人民一道，劳动建设大西北。581 团的主要任务：一是剿匪，保卫人民；二是大力开展生产运动；三是协助地方搞好政权建设。

经过全面动员，各部队迅速投入了生产建设的准备工作。

正在贺兰山下军民共建美丽富饶的新宁夏之际，已向解放军投诚的惯匪郭永胜，于 1950 年 3 月 5 日叛变，杀害多名解放军战士，重新拉起土匪队伍，窜进贺兰山。一时土匪活动十分猖獗，杀害军民，破坏生产。65 军决定，不惜一切代价，下大力迅速彻底剿灭股匪。581 团又投入了贺兰山剿匪战斗。经过大力清剿和政治攻心，在当地群众的大力支持下，到 10 月底，取得了剿匪作战的全面胜利。

在大力清剿土匪的同时，各部队的大生产运动也热火朝天地在宁北大地展开着。从贺兰山脚到黄河沿岸，从平罗到石嘴山，到处红旗招展，人群遍野。581团指战员在地方政府和群众的帮助下，发扬南泥湾精神，把在战场上打仗的劲头，用在生产建设上，开垦荒滩，大搞种植养殖。到了秋收季节，粮食、畜牧养殖都获得了大丰收。宁夏大地上处处呈现蒸蒸日上的新气象。

1949年9月28日，194师主力先后进抵平罗。赵文进师长率师部进驻平罗（后移惠农），580团奉命驻平罗，582团进驻黄渠桥，师政委陈亚夫、副师长潘永堤、副政委兼主任国林之、参谋长曾绍东，全部到达。

9月30日，65军军部进驻平罗（后移驻银川市兼宁夏军区）。193师驻平罗南姚伏堡（后移永宁地区），195师于9月27日进驻银川，担任军管会的警卫任务。军长邱蔚因病未到任，军政委王道邦、副军长萧应棠、政治部主任陈宜贵，主持军务。

在宁夏各界人民与解放大军欢庆解放的喜庆日子里，中华人民共和国中央人民政府于10月1日宣告成立了。各部队与驻地人民都兴高采烈地召开庆祝大会，欢庆中华人民共和国的成立。

在欢庆胜利的日子里，65军政委王道邦主持召开了全军团以上干部动员大会，在会上传达中央军委和西北野战军司令员彭德怀关于命65军驻防宁夏、全力建设大西北的指示。号召全体同志：“要安下心，扎下根，建设大西北！”会后各部队积极行动，与宁夏各族人民一道展开了建设新宁夏的热潮。

65军遵照中央军委指示，一边加强部队建设，提高部队战斗力，一边积极展开了剿匪斗争，以保卫刚刚获得解放的人民，同时部署开展生产运动，协助建立地方政权工作。194师先后派出师政治部民运科科长信宁、工作人员韩佐等几十名人员担任了平罗、惠农县委领导。

宁夏地处边远，历史上各个时期，都匪患不绝。解放初期，马匪军残余、当地土匪、国民党特务，不甘心自己的失败，互相勾结，到处搞破坏活动，扰乱社会治安，准备东山再起。慑于解放大军的强大威力，敌匪在解放初期仅以小股活动，使大部队难以进剿，加之各部队将主要

精力投入到加强地方政权建设和驻地营房建设上，曾一度疏忽小股土匪活动，再加上政权刚刚建立或待建立，群众没有被充分动员起来，很多流窜在乡间的伪军官兵和枪支未得到收缴，致使各地匪特逐渐活跃起来，经常到处抢劫财物，杀害零散外出的解放军官兵和新政权工作人员。国民党特务还在多民族杂居地制造矛盾，煽动群众反对共产党和解放军，策动残匪危害新生的人民政权。

贺兰山位于宁夏河套平原之西，南北走向，长约500多里，东西宽数百里，峰峦沟谷纵横，大的山沟几十里，山中多为原始森林，余外之处，杂草茂密，不易穿行，山顶常年积雪，沟深岩峭，岩洞遍及峰峦之间，成为历代匪患的穴窝。马鸿逵匪军溃散，许多土匪拉起队伍，上山割据。这些土匪利用地理优势，出没无常，烧杀抢掠，无恶不作，抢走贺兰山附近群众的大量牛羊牲畜，一些年轻小伙子也被拉上山去当匪卒，山中居住的一些蒙民、回民，因惧怕匪特，也多为土匪当联络员，或观察哨，为土匪运送物资，看护牛羊等。

被收编的郭永胜，被194师临时任命为惠农县保安队队长，驻黄渠桥，归582团管辖。但其只是在穷途末路时，慑于解放大军的强大威力，暂时降服。

1949年入冬，驻宁各部队展开了政治整训与练兵高潮。65军政委王道邦主持召开了全军团以上干部大会，遵照党中央毛主席在七届二中全会上的讲话，进行形势教育，指出："现在大规模的战争基本结束了，但蒋介石匪帮还盘踞着台湾，依附着美帝国主义，仍有卷土重来的可能。国内还有反动分子、土匪特务存在，国际上还有帝国主义存在，他们每天都想颠覆破坏我们新生的人民政权。只要敌人存在，我军就永远是一个战斗队。我们必须吸取李闯王的教训，必须把自身建设成一支现代化、正规化的革命军队，做到永远兵强马壮，才能保卫新生的人民政权。"

同时还指出："在使各级干部和战士认清国内外形势的基础上，还要广泛开展个人和国家关系的教育。要通过讨论光荣从何而来，胜利从何而来，如何巩固胜利的教育，来激发广大指战员的光荣感。弄清只有保护好国家政权，才能有个人家庭的幸福生活。打倒国民党，建立新中国，仅仅是万里长征走完的第一步，以后的路程将更加艰苦，更加伟大。务必使同志们保持清醒的头脑，艰苦奋斗，戒骄戒躁，立志为建设新宁夏贡献自己的力量。”

会后，各师、团全面开展形势教育活动，认识胜利和荣誉应归功于党和毛主席，掀起了查停滞下来不求进步、热衷于回家乡过安稳日子等思想的讨论热潮，大大提高了广大指战员继续革命的思想觉悟，进一步安下心来，扎根建设新宁夏。

在全面动员的基础上，军、师、团在党委的领导下，都建立起生产委员会，设置了办事机构，作为各级生产指挥部。

寒冬降至宁北大地，贺兰山以东的广阔原野上，白雪覆盖了丘陵草原、沟河渠网、荒滩和耕地。194 师师长赵文进带领着武宏、杨万华、孟平 3 位团长及各团政委、参谋长、副参谋长，在当地政府和群众的帮助下，顶风冒雪，骑马跑遍了平罗、惠农、石嘴山的广阔大地。他们在东至黄河岸边、西至贺兰山脚这无边无际的荒原草滩上，反复勘察、反复研究，与当地群众反复征求意见，最后确定部队占地生产计划，基本上达到了军党委制定的占地要求：既不影响群众利益，又有利于部队生产，使所制订的生产计划达到了群众满意、政府满意、部队满意。65 军最后确定占地 42000 亩，194 师在石嘴山平罗惠农占用 19535 亩（荒滩 11924 亩，群众闲置土地借给部队耕种的 7611 亩），基本上达到了军生产指挥部规定的“每人 3 亩地”的指标。

与此同时，各团生产指挥部指示下属营连进行备耕准备。

581 团除派专人筹备种子外，还广泛发动指战员举荐各行各业能人，十几日就组建起制造农具的铁工组、木工组，砌起铁匠炉，开始打制锹、镐、犁，只一冬就打制 2500 件。各营连指战员还广挖肥源，积肥达到 1234 万斤，为军垦生产创造良好的开端。

在掀起热火朝天的备耕生产高潮中，团里还着手组建挖煤、挖盐、制作副食的小作坊，还制造出用于运输的大车。赵文进师长观看后，高兴地对 581 团几位团干部说：“581 团不光能打仗，还有许多能工巧匠，何愁建设一个新石嘴山。”

1950年2月5日，毛泽东主席向全国军队发出指示：“人民解放军参加生产，应从长远建设出发。其重点在于劳动增加社会和国家的财富。因此，从1950年春季开始起，实行参加生产建设工作，借以改善自己的生活，并节约国家一部分开支，此种生产建设工作应形成一种生产运动。”

为贯彻毛泽东主席这一指示，西北野战军彭德怀司令员向各军提出：“全体同志，要安下心，扎下根，半耕半读，劳动建设大西北。”

各部队深入贯彻毛泽东主席指示和落实彭德怀提出的要求，展开了轰轰烈烈的大生产运动。

春节刚过，宁夏地区还没有一丝春意，各部指战员就扛着镐和锹，挑着箩筐，拿着自制的各式各样工具，唱着学习359旅的歌声，像当年南泥湾大生产一样，涌向广阔的原野，开始了开荒造田、修路、修渠、修田堤的劳动。

正当宁夏军民热火朝天投入春季生产的欢乐日子里，来自兰州的国民党特务化装成军人，潜进黄渠桥582团驻地，找到郭永胜，将一张《任郭永胜为反共救国军宁夏区司令》的委任状交给了他，并督他尽早叛变，举事上山。

3月4日，天还未亮，582团指战员们起床出操。一名小司号员起床后，来到营地家属驻区，练习吹号。号声惊醒了附近熟睡的郭永胜之妻，郭妻起床与小司号员争吵起来。小司号员失口说出：“你个土匪婆有什么了不起！”一语出口，像颗子弹射出枪膛，一下子就重伤了对方，郭妻立刻大哭大闹起来，哭喊不止。小司号员又是个犟脾气，不会赔礼道歉，各连队都在出操，无人知晓，无人劝慰。当日晚间，郭妻对郭永胜哭诉：“这里我们也待不下去了，到什么时候，人家也说咱们是土匪，今早连个吹号的小崽子都骂我土匪婆，我受不了这个气，不如及早上山。”郭永胜满腹怒气：“他妈的！老蒋都没小看咱，他个狗崽子竟敢欺负老子，今夜就让他见阎王，正好这几天在换团长，连他妈的团部也一块儿收拾……”

3月5日，天还未亮，郭永胜率保安团人员，杀进582团团部，干掉哨兵，打死打伤几名正在熟睡的战士后，率部逃上贺兰山。当582团组织起队伍，骑马追击时，郭部已进入密林。

郭永胜率部入山，归居旧巢，原匪众纷纷归附。只几日，就集聚匪众数百人。匪首张海录、李成福、杨河虎、薛占魁、董福祥、阎廷录等也相继聚众策应，到处抢劫，杀害地方干部。

4至5月间，各县股匪日益增多，更加疯狂起来。不仅扰乱社会治安，而且袭扰驻军。194师教导队、580团、582团以及在野外牧马人员和零星外出人员，屡遭伤害，有时公路交通也受到阻截。

匪特到处宣传郭永胜被蒋介石委任为“反共救国军宁夏军区司令员”，消息传遍贺兰山、宁北大地，许多匪股争先朝拜和归附。在国民党特务的策划下，郭匪将其部众按军队编制进行了编排，建立起几个大队，并以“司令”的名义，对张海录、李成福、杨河虎等匪股进行联合、笼络，很快便成了一支贺兰山最大最强的土匪队伍。下属头目及骨干分子多为旧军官、老惯匪，能骑善射，枪法高超。经国民党特务煽动蛊惑，对共产党、解放军盲目仇恨。他们弹药充裕，并备有电台等通信器材，可与逃出大陆的蒋帮联系。从组织到装备都不亚于国民党正规军，并占据了贺兰山大部沟谷。

郭永胜，乳名栓子，当地人通常称他郭栓子。出身匪首世家，8岁就习练枪法，有百步熄灯之功，性情勇猛、凶狠毒辣。解放前在贺兰山就是一名超凡的股匪首领，后被马鸿逵招抚，编入贺兰军。解放大军攻下宁夏，赶跑了“宁夏王”马鸿逵父子，郭匪走投无路才投降了解放军。

郭永胜在群匪附和及国民党特务的协助下，统领了宁夏所有股匪。一日，他下令匪卒大杀牛羊，会宴各股匪头目和他的各匪队大小头目，犒赏匪众。席宴间，他把国民党特务介绍给到场的股匪头目，声称是国民党中央任命的驻宁夏特派专员。此特务当众匪之面宣读了郭栓子的委任状。众匪首齐乎“拥护郭司令”“听郭司令指挥”。而后，国民党特务当众匪之面宣读了国民党总部指示：“第三次世界大战很快就将打起来，美国朋友已把第7舰队开到台湾海峡，准备运国军反攻大陆，各省地下反共救国军都将起来与共党斗争。我宁夏形势很好，但还要大干，我们要争取走在其他省前面，恢复国民政府。到那时，谁的人多枪多、功大，谁的官职就大，希望大家都做大官、发大财，光宗耀祖，留名史书。”

郭栓子随后与众匪首同喝滴血酒，歃血为盟。他带头喝下血酒，领头盟誓："我们兄弟有饭同吃，有苦同当，有福同享，亲如兄弟，共谋大业，坚决赶走共产党，消灭解放军，光复宁夏。"

随后众匪头目共呼誓词，并乱七八糟地呼喊："赶走共军，收复宁夏，坚决跟着郭司令。"

郭栓子止息群言乱语，举杯要大家喝酒，喝下酒后，他慷慨陈词道："众位兄弟，今天大家欢聚，都要喝个痛快。马长官请我们下山，给官发钱，不想好景不长，共产党来后，收编了我们。不过错进了大门，他们不给大官，不发饷银，还管得贼严，嘴上说团结，实际是教育改造。我早有回山之意，只是没有机会。他们给我气受，这受得了吗？一气之下，我反了他们团部，拉队伍回了山。众弟兄举荐我为司令，我姓郭的不才，只是为弟兄们出个头。反对共产党，赶走解放军，还得靠众兄弟同心协力。共产党他们小瞧姓郭的，我决心与他们比试比试，看谁最后占据宁夏。这次归山的队伍比以往实力都大多了，有马长官留下的好枪炮，又有特派员的指挥领导，何愁搅不散共产党的政府，撵不走解放军！我们大家都要加紧活动，要搅得他们日无安宁并要大力扩充队伍，我们要联合行动，先攻打平罗、黄渠桥，消灭赵文进师，杀光他 582 团，然后再在银川、吴忠举行暴动，迎接蒋委员长反攻大陆。"

从此土匪活动更加猖狂起来，到处传扬郭栓子要攻打平罗、黄渠桥，还要在银川、吴忠举行暴动。一时，群众的思想波动很大，治安更加无法巩固，宁北各县充满恐怖气氛。

582 团将情况立即报告师部，赵文进师长立即转报军党委。65 军党委决定：由 194 师组织小分队进山剿匪。

582 团对郭栓子逃回贺兰山作了检讨书，指战员们气愤难平，主动请缨，进山剿匪。

582 团组织 3 个剿匪分队，从各连选派精干人员，全部骑马，配以六〇炮、八二炮、轻重机枪，并对参战人员进行教育动员。各分队准备完毕，开始进山剿匪。土匪闻之，全都隐入密林，踪影难见。各剿匪分队穿山越沟搜剿，一连几日转不出山来。一个分队眼看任务没完成，粮食又快吃完，决定派一个排回营地取粮，不想匪特正与他们捉迷藏，刚刚派出的骑兵排就被土匪跟上。当骑兵排走入一条山涧，突遭土匪居高临下伏击，土匪以准确的枪法将解放军指战员全部杀伤，匪徒冲下山，将伤员全部杀死。另一个分队进山后，找不到土匪，派一个骑兵班进行侦察，突遭匪徒伏击，终因寡不敌众，全部牺牲，烈士的尸体被砍成碎块，扔进涧底，惨景难睹。当分队赶到时，匪特早已逃得无影无踪。

一日，郭栓子得到匪特报告：永宁城内只有共军193师部只有一个教导队，并没有什么设防。众匪特欣喜若狂，决定偷袭永宁城，消灭193师教导队，以此震惊整个宁夏，向蒋帮报功。

郭栓子与匪特头目谋商，决定以两个联队骑兵包围永宁。特派员亲为郭匪送行，并叮嘱众匪要干得利落一些，争取在共军援军赶到以前，把教导队解决，能抓活的更好。要狠狠杀，狠狠烧，造大声势，将来好在海外登报。

天黑后，众匪徒在郭栓子的带领下窜下贺兰山，飞奔永宁城。

永宁城驻军，在匪特猖獗的日子里，早已有所戒备，岗哨与巡岗队听到野外有马队奔声，立即鸣枪报警，并派人飞报师首长，193师教导队迅即行动起来，迎击敌匪。

群匪汇集城下，发起猛烈冲击，他们冒着解放军的枪弹，飞马杀入城内。教导队本是从各部队抽调来培训的排长等干部，全是部队作战的精英，他们组织性很强，作战经验丰富，双方一接火，就立即利用各街口、店房为依托，以密集的火力猛杀窜入城内的敌兵。突到城外的解放军也迂回敌后，以手榴弹狠炸敌匪。敌骑兵被打得晕头晕脑，在街道乱撞，在火光中只见许多驮着死尸的马嘶叫着狂奔，郭匪一见解放军火力甚猛，难以攻下永宁城，急命众匪冲开一条血路逃出城，败归贺兰山而去。偷鸡不成蚀一把米，匪兵丧失数十人，解放军方面牺牲几名受训干部。

而后，194师教导队进贺兰山打柴，又遭到土匪打击。

匪特的日益嚣张引起了65军（兼宁夏军区司令部）领导的极大关注。5月末，军党委、司令部召开了“保卫人民，保卫政权，彻底剿灭匪特作战会议”。

团以上干部全部到会，军政委潘自力在会上全面分析匪特活动情况，总结剿匪经验教训，并宣布了军党委的决定：

一、决心：党政军民齐动员，不消灭土匪不收兵。

二、方针：军事清剿与政治争取相结合，镇压与宽大相结合，充分发动群众，实行人民战争，大力清剿。

三、政策：首恶必办，胁从不问，立功者受奖。

四、口号：“不怕敌人跑得快，只要我们追得猛。”“十网打鱼九网空，一网打中就成功。”

五、组织足够的力量，坚强的指挥，分片负责。

兼任司令员的王道邦政委对剿匪进行部署，他指出：“除黄河南同心等地区由独立师和骑兵师负责清剿外，在银川贺兰山区首先组织8个步兵营、2个骑兵连及各师侦察分队为清剿部队。193师负责永宁地区，194师负责平罗、惠农、石嘴山地区，195师负责贺兰县境。”

进入6月，各部队都选派精壮指战员组成剿匪分队，雷厉风行地投入了剿匪作战。

194师师长赵文进与政委陈亚夫亲自部署剿匪，制订剿匪作战方案。

581团除抽选精干指战员组成剿匪分队外，还针对敌匪占据着高山密林，枪法娴熟、行动分散、迅速的特点，进一步加强了各剿匪分队的武器装备。每连装备一个六〇炮班，配炮4门，装备一个迫击炮班，配炮3门，还有一个重机枪班，配4挺重机，一个轻机枪班，配6挺轻机，并全部骑马，还添加了通信器材，以便于联合作战。

581团团长杨万华、参谋长张振川、副团长姜玉昆亲自统率剿匪分队作战，他们按师指挥部命令，首先遏制了股匪进出贺兰山的咽喉要道——大武沟口。赵文进师长亲临581团，向剿匪部队指战员作动员、指示，他指示指战员要发扬过去那种英勇顽强、不怕流血牺牲的精神，坚决剿尽贺兰山股匪，为宁夏的安宁、繁荣再立新功。

几日后，581团侦察到郭栓子率300多土匪流窜到大武沟南侧山林中，杨万华团长立即率581团出击，各连兵分数路，奋勇攀崖钻林，包剿敌匪。郭栓子闻枪炮声四起，急忙指挥匪股分散突围，依靠陡峭的山势和茂密的杂草树林转向山里。

各连尾追敌匪，一直隐入深山老林，追击中毙伤一部匪徒。

战斗结束，581团撤到山外，隐蔽在大武沟口附近，继续侦察匪情。一日黄昏，团指挥所接到一位住在大武沟口附近老乡的报告，邻居家午后来了两个陌生人，形迹可疑。杨万华团长立即命6连连夜赶到大武沟口盘查。在那位老乡的带路下，6连迅速出动，包围清查了那户人家，发现睡在炕上的有3个男人是外人，并在他们的马褡子中搜出一只手枪，经连长严厉审问，3人中1人供认是郭栓子手下小队长谢文奎，并供认出是奉郭栓子之命联络各股匪头目到大武沟里聚集开会。

6连连长立即将审问情况电告团指挥所，并命一个班将3名土匪押送团部，郭匪不见谢匪归山，急派部接应。

解放军押送俘虏行至半路，突遭伏于山崖处敌匪的截击，恰在此时，杨团长率领团主力赶到，指挥炮火猛攻伏于山崖上的土匪。土匪被解放军炮火压得难以抬头，纷纷抱头鼠窜，各连指战员高喊“缴枪不杀！我们优待俘虏！”奋勇攀崖追击。30多名敌匪在猛烈的炮火中毙命，各连攀崖穿林俘虏30余名匪卒。

在解放军各路剿匪部队的强大攻势面前，连遭打击的各股匪特只得采取守势，保存实力。各分队轮番进山剿匪，一转就是几天、十几天，寻战土匪。他们在深山老林中风餐露宿，住羊圈，吃野菜野果，有时追击土匪穿过贺兰山，直追至腾格里沙漠，有时追出群山，追进宁北草原。各分队每次归营，都带回一些俘虏和许多牛羊，使各部队的肉食不断，有时部队还将缴获的牛羊送给当地政府和附近老乡。

一次，581团6连进山剿匪，刚至山口，便遇上一股土匪。

贺兰山与其他山不同，在平坦的大地上拔地而起，立峭的山崖如刀切一样挺立，6连未曾料到会在山脚处遇上土匪。当发现土匪已行至近前，来不及架炮攻击。土匪伏于崖上柴草中，居高临下直射崖下，6连几位战士受伤，在完全处于敌人火力杀伤危险情况下，连长迅即抓过身边战士手中的轻机枪首先开火，左右开弓横扫崖上之敌，紧随其后，其他指战员也趁势对敌猛扫狠射，打得崖上崖下硝烟弥漫，火光迸射，压得敌人抬不起头来。1 排排长王海山命 1 班班长带领战士由侧翼往上冲，敌匪见状迅速以火力阻击。1 班班长与两战士中弹牺牲。王排长见此状，命机枪射手狠狠压制敌方火力，在机枪猛烈火力的掩护下，王排长带领几名战士冒着敌人的枪弹迅速逼近崖坎，他们搭人梯攀上崖沿，与此同时，另几名战士也冲至崖沿，仿王排长搭人梯向崖坎攀登。两支队伍登崖，以冲锋枪横扫敌群，不断以手榴弹进行攻击，敌人一看侧翼被解放军攻破，崖坎难以坚守，慌忙撤逃，向密林遁去，6 连继续向前搜剿。

另一次，581 团 2 营 6 连进山搜剿敌匪，行至大武沟里十二三里处的一小村子时，刚进村口，恰遇一股六七十名土匪从山上下来，两军相遇。说时迟，那时快，6 连走在前面的指战员迅速抢占了一堵残墙，借此掩蔽，向敌人迅速展开射击，惊慌的敌匪未来得及还击，便倒在血泊中，40 多人被毙伤，余者急忙后退，钻进沟谷中的柴草丛中，借着树林崖坎逃进深山。

一次，581 团 4 连进山搜剿敌匪，发现一股土匪，吴振邦指导员率领 1 个排紧紧追击。在一密林处，双方展开激烈的枪战。土匪利用详熟的地形，与解放军展开周旋。吴指导员与排长兵分几路，跟踪追击土匪，消灭十几名匪徒，但吴指导员在追歼匪徒中多次负伤，最后英勇地献出了宝贵的生命。

各剿匪部队英勇作战，在进剿过程中严格执行共产党的民族政策和俘虏政策，并协助地方全面建立起乡、村两级政权，还帮助群众生产劳动，与地方政府和人民群众结成了深厚友情，每发现匪情，地方政府和人民群众就很快告知部队，马上追剿，有许多群众还主动为部队当向导。在人民群众的大力支援下，到 6 月底，全歼土匪 12 股，宁北只剩下郭栓子、张海录等股土匪。随着剿匪斗争的进展，经验也日益丰富起来，对前期捉住的俘虏经过教育，便按照优待俘虏规定，放其回家。许多人在土匪的威逼和拉拢下重归山里，继续为匪，后来经地方政府和群众提议，部队改变做法，不再随捉随放，而是捉住后，集中教育管理，从而断绝了土匪的补源。

7月初，经过解放军各部队沉重打击的郭栓子匪股已人员大减，并且无处安身，时而窜于贺兰山，时而转至阿拉善。

65军根据剿匪战况，再次召开各剿匪部队首长会议，总结经验，进一步进行部署，并向各师发出命令："坚决彻底迅速歼灭郭栓子匪股，各师领导都必须亲临一线指挥，在本部队所负责区域内严密组织，反复清剿。要求在战术上采取以集中对集中，以分散对分散，山里山外结合，严格控制各关口，分片分段逐次搜剿，同时要大力发动群众争取瓦解敌匪，断绝郭匪粮源水源。"

各师按着军司令部命令，深入动员，迅速准备，全面展开进剿。各剿匪部队指战员满怀坚决剿尽匪患的信心，英勇开进深山野林，在山高林密、交通极为艰难、给养困难、风餐露宿、雨淋雹击等艰苦情况下，昼夜兼程，从四面八方向贺兰山展开清剿。这一全军的统一行动，给郭匪撒下天罗地网。

经过一个阶段的大力清剿，郭匪活动范围日渐缩小，处境愈加孤立，吃用异常困难，以往的反动气焰一荡而尽，情绪极度消沉低落，惶惶不可终日。此时郭匪连自己的5个老婆也难以相顾了。

赵文进师长亲自指挥580团、581团剿匪部队，将各山口、水源统统严密封锁起来，并在本师所负责清剿区域反复搜查。581团团长杨万华、副团长姜玉昆亲率剿匪部队，攀山钻林认真、反复地搜查每一山段、每片森林、每一岩洞崖缝，将隐藏很深的匪徒抓获。

193师自南，194师由北，195师中间横插，把贺兰山围个水泄不通，山外层层封锁，山内分段分片，反复拉网搜剿，郭栓子等匪特在山穷水尽、日暮途穷之际，只得命各股匪分散隐蔽，并一再流窜，最后达到了连一枪也不敢放的地步，因一暴露目标，就难逃罗网。

10月15日，195师584团将两个下山抢粮的土匪捉获，俘虏供出郭栓子、张怀忠、董福祥等股匪汇聚一起，共33人，已窜至平罗县西风口以西山沟树林内隐匿。584团立即报告师指挥部，火速集中力量进行围歼。团长亲自指挥2连、7连由俘虏带路，连夜出击，天亮就将匪徒包围起来。16日晨7时，匪徒仓皇向北逃窜，爬至半山坡，被解放军一阵猛打，死伤一部，余匪全向东山窜去，恰遇包围上来的6连迎面堵住去路，将其全部活捉，危害宁夏人民达20年之久的土匪郭栓子终于落网。

郭栓子被捉住后，对流窜的残匪震慑很大，各部队在相继追剿其他股匪的同时，广泛宣传“首恶必办，胁从不问，立功者受奖”的政策，散匪见大势已去，难逃法网，纷纷缴械向解放军投降。有些俘匪为立功得到宽大处理，主动带路，取出埋藏的枪支电台，各地群众也纷纷积极地检举暗藏的散匪，有些散匪亲属也积极动员向当地政府自首。谢占奎散匪于10月9日被打散后，无处逃藏，于14日被迫向解放军投降。

1950年10月，宁夏军民在欢度第一个国庆节之后，迎来了剿匪作战的全面胜利，各族人民无不欢欣鼓舞。被土匪残害多年的人民群众，纷纷奔走相告，欢呼剿匪的重大胜利，许多老人高兴地对政府和驻军赞誉道：“哪朝哪代官府也没把土匪打净过，如今共产党和毛主席派来的解放大军算是把土匪绝了种，为民除了大害，这可真是老百姓天大的喜事。”

各地政府和人民群众与各界团体都召开了庆祝大会来庆祝剿匪的胜利，向剿匪部队赠送锦旗和献花，并凭吊在剿匪作战中牺牲的烈士，慰问伤病员。

11月19日，中共宁夏省委、省政府、65军兼省军区司令部在银川市联合召开了剿匪祝捷大会，65军政委、代军长、兼宁夏军区司令员王道邦首先公布了剿匪战绩：“经过人民群众的大力协助，几个月来，各剿匪部队英勇作战，已肃清了宁夏地区14股匪。自展开剿匪工作以后，我军共毙伤俘郭栓子、张怀忠、谢占奎、张海录、李成福、杨河虎、阎廷芳等匪首以下1920人，缴各种枪支894支，从而保护了人民，保卫了政权，安定了全宁夏的社会秩序……”讲话中不时响起热烈的掌声。

军政委潘自力在会上讲话，表彰了以584团为首的立功部队和剿匪作战中荣立战功的将士。他还指出：“这次剿匪各部队英勇作战，不怕牺牲，不畏艰苦困难，自觉地遵守党的民族政策，团结各族人民，剿灭了匪患，而且扩大了我党我军的政治影响，加强了军政、军民之间的团结，加深了各族人民与解放军的相互了解，为军民共建社会主义新宁夏打下了良好的开端。”

65 军政治部陈宜贵主任在会上宣读了 19 兵团司令员杨得志发来的嘉奖令：“65 军剿匪部队全体同志以高度为人民除害的决心，历尽险阻艰辛，深入崇山密林，克服万难，获得歼灭股匪的重大胜利。这种刻苦耐劳、不怕牺牲的战斗作风，特给予表扬。”

随后，宁夏省政府公布了郭栓子等匪首的罪状，处决了罪恶累累的匪首郭永胜。

在大力清剿股匪的同时，各部队的大生产运动也热火朝天地在宁北大地展开着。从贺兰山脚到黄河沿岸，从平罗到石嘴山，到处红旗招展，人群遍野。一连连指战员，一队队机关干部，硬是一镐一镐，一锹一锹，将荒地开垦出来，将废地整修为良田。不到一个月，194 师就开荒地 1.1 万多亩，整修废地 7600 多亩。从师首长到连队指战员，手上都磨出了血泡，磨出厚厚的茧皮，但是谁也不曾叫苦。在广阔的田野上，到处都飘扬着歌声和欢笑声，当年南泥湾大生产波澜壮阔的情景，又展现在“宁北的好江南”的宝地上。

春播开始，一对对指战员，以人拉犁车，播下麦种，种下丰收的希望。

一些强壮的指战员加入剿匪分队，一些体弱和年龄较大的干部、战士则被分配到生产建设的各个岗位，有的耕田，有的挖煤，有的挖盐熬碱，还有的打鱼、养猪、养牛、养羊和鸡鸭鹅鱼，仅 581 团在石嘴山的拉僧庙及西南山，就开了两座小煤窑，战士们从低矮的坑道中，背出一箩筐又一箩筐黑油油的煤块。在石嘴山市（镇）的西南角，还开办了一座陶瓷窑，烧出了黑红色的小缸和大碗。有的连队还修建了 7 座鱼塘，修水渠引黄河水进稻田，将黄河中几两重的红尾巴鲤鱼带进鱼塘。团直属机关和连队还在春播后，组织人员搞副业生产，先后组织数 10 个挖甘草、耙发菜小组，还组织人员编织草席、草帽、打草绳。为了保证农业生产，兴办 65 个铁匠炉、木工组。为了改善生活，团直属和各营还开设了豆腐坊。在大力发展农业、工副业、畜牧业的生产中，581 团与石嘴山市人民结下了深厚的感情。部队聘请许多顾问帮助指导各方面的生产，部队也主动帮助群众解决生产、生活中的困难，主动为缺少劳力户的家庭犁田种地、修房垒圈，团卫生队主动为回族和当地各族人民群众免费看病就医。团直、政治处还帮助学校修缮校舍、帮助教学，使许多适龄青少年回到学校就读。团政治股股长邵连林在居民兴办教育事业之中，与女教师李玉梅相识，结下深厚友谊，相恋至亲。581 团还经常帮助石嘴山市修整街道路面，清除垃圾污水，改善市面环境。部队开办的各种工副业也大大繁荣了市场，到处呈现着军队爱人民、人民群众拥戴子弟兵的祥和景象，使沉睡的石嘴山市骤然沸腾起来。

在开展剿匪与垦荒生产的同时，军队还根据战争结束后转入建设的新形势，加强了党的思想建设工作。581 团政治股按期轮训班长以上党员干部，每期半个月，由股长邵连林授课，首先学习了毛主席在七届二中全会上的报告，使每个学员对全国解放后党的思想教育得到了充分认识，根除了一些党员干部头脑中“热衷于回家安居乐业”“居功自傲不求上进”等错误思想意识，进一步增强了继续革命、建设社会主义祖国的干劲。

在 65 军全军开展大生产运动的高潮中，581 团团长杨万华、政委孙筱川、参谋长张振川等首长身先士卒，亲自带领团部工作人员在石嘴山黄河滩上开出了几十亩地，种上麦子，还开了一个小菜园。出身小长工的杨团长，种地是内行。他是一位身高腿长的大个子，在 194 师中算得上一员老勇将。在运动战时，他带部队追击敌人，非把敌人追垮歼灭才肯罢休。大生产中还是不减那勇猛的战斗精神，出工走在前，收工走在后，刨地抡大镐，一干就是两个多小时不松劲，犁田驾辕拉犁，从不说声累。在他的带领下，官兵一致，始终奋战在生产建设第一线。劳动至中午，团部炊事员老卢将红烧黄河大鲤鱼和香喷喷的米饭送到田间，杨团长首先用勺子喝一口醋，然后吃饭，嘴中还不停唠叨着他的口头语：“山西人吃醋名声在外，我们河北人爱吃醋，实实在在。”孙筱川政委接过话茬，玩笑说：“咱们的伙食要亏了，主要是大老杨吃醋太多的原因！”杨团长大嘴一张就说：“所以这次大生产，我一定要拼一锤子。”

每当田间休息，杨团长就像冬天里的一盆火一样吸引着干部战士全围坐到他的周围，磨他讲故事。在众人的催促下，他便滔滔不绝地讲起什么赵子龙大战长坂坡、诸葛亮草船借箭、武松打虎，等等。由于他没有官架子，平易近人，特别随和，特别能聊说，干部战士给他送一个美称“杨大聊”，581团上下皆知。每当他到连队巡查工作，指战员们也总是磨他聊故事。尽管生活艰苦，生产劳累，全体官兵总是欢欢乐乐，以苦为荣，以苦为乐，勤勤恳恳地建设着新宁夏。

秋风吹来，掀起无数道麦浪，整个宁北大地犹如一片金色的海洋，一队队指战员开始挥镰收割，以在战场上与敌人拼刺刀的劲头，争先抢头地展开收割大会战。

通过克服种种困难，全体官兵以辛勤的劳动终于迎来了全面的大丰收。全军共收粮食1.037亿多斤，猪牛羊1.46万多头，还有大量的鸡鸭鱼等，挖甘草3.8万多斤，耙发菜（珍贵的食用菜）2000多斤，还有大量的农副产品，既达到了改善部队生活，减轻人民负担，也达到了增加国家财富的目的。

第十六章

告别祖国过江界 抗美援朝赴前线

正在欢庆丰收之际，美帝国主义不顾中国政府的严正警告，于1950年10月1日悍然越过三八线，把战火烧到鸭绿江边。10月8日，中国被迫组建中国人民志愿军，抗美援朝，保家卫国。本想在宁夏扎下根建设大西北、过和平日子的581团，奉命随19兵团急调山东集结待命，准备入朝作战。期间又有来自河北省青龙县两个连的新兵补充进来，改称中国人民志愿军第65军194师581团。1951年2月3日，581团离开山东，踏上北上的列车，跨过鸭绿江，告别亲爱的祖国，奔赴抗美援朝保家卫国的战场，开始了与武装到牙齿的美帝国主义世界列强的浴血鏖战。

24岁的满族优秀儿子581团2营教导员邵连林，与心爱的姑娘订下婚约："待我从战场凯旋，我们就回青龙老家结婚，一定等我回来。"就这样与恋人相拥而别，告别亲爱的祖国，与多年并肩战斗的青龙满乡的战友们一起，义无反顾地开赴了血雨腥风的战场。刚过鸭绿江，见到眼下现代战争戕害、满目疮痍的战场，这位身经百战的老战士，在寄给妈妈的家书中写道："大军已过鸭绿江，进入了朝鲜，这里战场惨烈，这次我可能回不去了，不能给您尽孝了。"正是这些早已把生死置之度外的千千万万各族优秀儿女，构筑了我们新生共和国坚不可摧的钢铁长城。

1950年6月25日，朝鲜战争爆发，随后，帝国主义阵营的霸主——美帝国主义，看到金日成所领导的朝鲜人民军在短短的几个月里，把他们扶植起来的李承晚打得大败，解放了占朝鲜半岛90%以上的国土，李承晚政权陷于濒临灭亡的境地，急忙派驻在日本的美军头目麦克阿瑟出兵朝鲜，同时纠集了16个国家的帮凶军，拼凑所谓的“联合国军”，进行武装干涉，同时任命麦克阿瑟为总司令。

麦克阿瑟首先利用美军海、空军优势，在朝鲜北部仁川港偷袭登陆成功，进而从沅山东西两翼出击，一举隔绝南北联系，使朝鲜人民军陷入受包围、被隔绝的困境；同时派出大量的飞机，对朝鲜领土展开大规模的狂轰滥炸，使朝鲜北部城乡变成一片焦土废墟，尸横遍野。与此同时，派美军第8集团军、第10军侵占了包括平壤在内的大片土地，并把战火一直燃烧到鸭绿江边，整个朝鲜半岛沉浸在血火之中。

在朝鲜人民处于生死存亡的危难之际，金日成代表朝鲜政府向兄弟的中国政府求援。

中国人民的伟大领袖毛泽东主席根据中国人民的意志和朝鲜民主主义人民共和国政府的请求，于10月8日毅然作出决定：组建中国人民志愿军赴朝参战，任命能征惯战的彭德怀为司令员，挂帅出征。并动员全中国人民积极行动起来，支援抗美援朝。从10月16日夜晚开始，中国人民解放军第13兵团、第9兵团等几十万新中国的英雄儿女，雄赳赳、气昂昂，跨过鸭绿江，踏上了“抗美援朝，保家卫国”的征程，并于10月25日开赴朝鲜前线，与朝鲜人民军组成了一个强大的反攻阵线。

在制空、制海权全操在美军手里，地理不熟、语言不通、冰天雪地、武器装备落后、物资供应极端困难等诸多不利因素之下，彭德怀司令员与邓华、解方、洪学智、韩先楚等临艰不惧，勇挫强敌，通过发动四个战役，消灭美李军等联合国军数10万，将美李军赶到三十七度线，打得美军头目麦克阿瑟都丧失了信心，不断向美国总统杜鲁门疾呼：“中国军

队太厉害了！”在屡遭残败之际，麦克阿瑟这个第二次世界大战中的美军五星上将，只得卑鄙地督促美国总统下令轰炸中国东北，叫嚣使用原子弹。

在抗美援朝战场上，彭德怀司令员指挥中国人民志愿军与朝鲜人民军并肩作战，连续组织四次战役，从根本上扭转了朝鲜战局。美军在中国人民志愿军的强大攻势下，接连失利，连美第 8 集团军司令沃克也在溃逃乱军之中翻车身亡。麦克阿瑟另派李奇微接替沃克，李奇微到任后，在汉江南岸掘壕抵抗，组织反击，收复汉城，继而把战线推回到临津江边。

毛泽东主席“抗美援朝，保家卫国”的动员令传到驻守宁夏的 19 兵团 65 军，全军将士无不义愤填膺，在愤怒声讨美帝国主义的同时，纷纷申请到朝鲜前线去。各级指挥员的请战书、决心书像雪片一样飞到各级领导机关，“坚决要求到朝鲜前线去，狠狠严惩美帝国主义侵略者！保家卫国！”成为全军将士的一致吼声。

中央军委决定全军轮换到朝鲜战场，参加抗美援朝作战，以提高部队在战场的实战能力。

19 兵团杨得志司令员接到中央军委毛泽东主席的调令，立即传令所属 3 个军，迅速作好出征赴朝准备。

在准备开赴朝鲜前线的动员会上，65 军政委王道邦向到会的全军团以上干部传达了党中央、毛主席的命令，并代表军党委进行“拔根”动员：“同志们，我们要迅速准备，开赴国防前线，去参加保家卫国的战斗。同志们，你们都把根给我拔出来，我们要上前线了！……”台下立刻一阵哄堂大笑，大家笑的是刚进宁夏时，王政委曾号召官兵在宁夏扎根，建设大西北。195 师政委高秉哲、军后勤部政委张子晏以及一些团干部已经在宁夏结了婚，581 团 2 营教导员邵连林也与当地一名女教师李玉梅处于热恋之中。

会后，各部队立即准备出征，把粮食全部上交了政府，国家付给部队一部分劳动报酬，各部队按人份发给了本部官兵。581 团人均 50 元，把收获的其他果实一部分交给来接防的友军，一部分送给地方政府，而后各部队在宁夏父老乡亲的热情欢送中，告别宁夏踏上了征程。

1950年年底，19兵团离开了宁夏，乘火车由陇海线至山东济南。驻守在宁夏北端石嘴山市三圣公的581团，在团长杨万华的率领下，奉命步行到包头市上火车，至首都北京市，然后换车至山东，在藤县（滕州）、兖州（隶属济宁）休整一段时间，度过了1951年新年。

在山东休整期间，中国人民解放军总司令朱德亲自到部队看望19兵团各军将士，在接见团以上干部会议上，朱总司令就部队情况征求了各级指挥员的意见。

会上朱总司令讲："同志们，大家辛苦啦！你们从华北转战大西北，在进军大西北、解放西北五省中，浴血奋战，屡建战功。为了抗美援朝，保家卫国，现在你们又要奔赴朝鲜战场，我代表党中央和毛主席看望同志们，如果有什么困难，希望大家提出来，在国内解决一下……"

会上有位团长向朱总司令提出："19兵团在进军西北后，兵团始终没有得到补充。"

还有位师参谋长提出："部队出国作战，地形不熟，语言不通，请总司令考虑，是否给各部队派些朝鲜族人员做翻译……"

会上还有一部分干部提出了一些部队中存在的问题。

朱总司令当即答应："请大家放心，军委最近就给各部队补充兵员，并进行大换装，军委决定给你们以两至三个月的时间，进行休整……"

会议结束后，朱总司令又亲自到一些基层连队看望指战员，全军上下深受鼓舞。

在山东，一批批新兵补充到各部队，其中有河北省青龙县籍（其中有现青龙县运输公司乔贵）两个连的新兵补充到581团，并进行大换装，武器装备为清一色苏联制最新式。每个营除三个步兵连外，还增加了炮兵连，并发了新帐篷、新棉被。

1951年2月3日，部队自山东开往东北，沿途19兵团受到祖国亲人的热烈欢送，每座城市、每个车站都挤满了欢送的人群，将士们为祖国亲人的期望所感动。

部队到本溪市下火车，休息两天，581团又补充了300多名朝鲜族新战士做翻译。根据上级指示，部队进行大轻装，每个指战员仅带作战所需物品，不能超过规定重量，其余物品交当地政府保存，待战事结束后再取。指战员们把参军以来所有自用物品、日记等全部集中起来，整整装满了一个大仓库。

两日后，部队开向鸭绿江，在边城安东（今丹东）被美军炸毁的倒塌房中住了一宿，然后趁黑夜由水中桥涉水渡过鸭绿江，踏上了朝鲜国土。

过了鸭绿江，部队穿过已是一片废墟的新义川，到顺川，然后又向南挺进到达前线。由于敌机的频繁轰炸，部队夜行晓宿，到达平山附近，部队又进行了一段时间的休整。在此期间，各连队纷纷请兄弟部队的战友介绍朝鲜战场的情况，交流作战经验。

第十七章

俘英团长首战捷 火线穿插抵汉江

到达前线，经过一段时间的休整，19兵团立即投入第五次战役。1951年4月22日夜，194师581团作为65军前卫团，强渡临津江，师长身先士卒，勇猛穿插，犹如神兵天降，于25日拂晓插到敌主阵地武建里，到达指定地点，完成对敌包抄，俘获英29旅步兵团团长卡恩斯等274人，首战告捷。随后八昼夜，一边战斗、一边穿插，冲破层层阻截封锁，穿越无数山川河网，战胜重重困难，挺进议政府，抵达汉江北岸。首战告捷，使部队积累了作战经验，极大地鼓舞了全团指战员的士气，增加了战胜强敌的信心。

第二次世界大战结束，德国被美英为首的盟国和苏联一分为二，柏林随即变成了两军在欧洲对垒的前哨。1950年12月16日，美国《华尔街日报》报道：白宫、五角大楼和国务院的官员和外交家，愁眉苦脸地说："我们没留神欧洲，我们已经陷在朝鲜，天知道会出什么事情！"英国首相丘吉尔在英国国会上说："特别担心西欧常规防御力量岌岌可危，俄国至少有80个步兵师，西欧只有12个，俄国有25个到30个装甲师，我方只有2个。”

为了在朝鲜战场脱身，抽调军队充实西欧，美国政府和总统杜鲁门只得谋求与中朝两国政府进行谈判。1951年3月20日，美国总统杜鲁门将谋求“停火谈判”通过电报授意给侵朝美军头目麦克阿瑟。但是被志愿军打得输红眼的麦克阿瑟，妄图挽回自己的声誉，竟公然违背国家和总统的决策，于3月24日自作主张地发表了对中国政府的恐吓声明：“敌方现在一定痛苦地知道，联合国军如果决定放弃把战争局限在朝鲜境内，而扩大我们的军事行动到中国的沿海地区和内地基地，这就使中国遭受军事上即将崩溃的危险。”

中国政府在麦克阿瑟发表恐吓声明之后，对此立即发表了一篇十分藐视的发言，美国总统杜鲁门收听后，气得怒不可遏，认为麦克阿瑟的举动是对他的公然违抗，到了不可容忍的地步。于4月10日，杜鲁门责成美军总参谋长布莱德雷用广播宣读了对麦克阿瑟的罢免令：“我以总统和最高统帅官名义，非常遗憾地免去阁下的驻日联合国军司令官、联合国军最高司令官、美远东军司令官、远东地区美陆军司令官职务。请阁下将指挥权立即移交给李奇微将军。”

彭德怀司令员指挥中国人民志愿军只通过四个战役，便将美军和李承晚军队从鸭绿江边一直赶到三十七度线，取得了震动全球的伟大胜利，使新中国在世界的声威大震，连美国前总统胡佛也在广播演说中承认：“美国在朝鲜被共产党中国击败了，世界上没有任何部队足以击退中国人。”一些美国军界头脑也惊呼，朝鲜战争是“美国陆军史上最大的失败”，“似乎一夜工夫，中国便跃进为世界强国之列”。

保持清醒头脑的美军副总参谋长李奇微，接替麦克阿瑟，任侵朝美军第8集团军司令后，他深入战场，解决实际问题，遏制住美军的“撤退病”，从而稳住了战线。他一上任，就抓住战场的实际，对志愿军的战术特点展开精心的研究。他看到中国军队每次发动战役，由于制空权全操在美军一方，补给运输极度困难，粮弹又不能取之于同一战场，只能靠人背、扛，仅能维持一个星期左右，故被其称为“礼拜攻势”。继而他又根据美军的空中和机械化优势，研究出一种“磁性战术”，即中国军队进攻，美军就一边抵抗，一边后撤，以消耗中国军队的弹药。一周过后，当中国军队粮弹困难之际，便利用中国军队后撤之机，迅速以机械化部队发起攻击，像磁铁一样把对方军队紧紧黏住。李奇微利用这一战术，在中国人民志愿军第四次战役后，强劲地展开反击，他指挥美军越过汉江，夺回汉城，继而把战线向北一直推回到三八线。李奇微因此受到了美国总统和军界首脑的赏识，接替了美国侵朝战争政策失败的替罪羊——麦克阿瑟，任美国侵朝军总司令。

一心想着首战殊荣、以战迫和的美军指挥官李奇微，自把阵线推回到三八线后，一方面沿临津江南岸进行严密的掘壕设防，向国内外催调援兵及军火；另一方面则煞费苦心地研究起中国军队的战略战术。经过总结过去失败的原因，李奇微终于研究出一些符合战场实际的对策，进而又在他脑海中形成了新的进攻战术。

4 月初的一天上午，李奇微在他的战地司令部召开了美李军和其他盟军高级将领会议。李奇微在会上进行了滔滔不绝的演说：“共产党中国的军队，已经打了 20 多年仗，战术和作战素质确实是世界少见，但事实告诉我们，中国军队并不是不可战胜的军队，只要掌握他们的战术特点，找出他们的弱点，用我们强大的空中堡垒和地面机械化的优势，彻底战胜共产党中国军队是完全可能的。我们每一位大美利坚合众国的将军、大韩国的将军、联合国军的将军，都应为联合国大会负责，为夺回我们的荣誉尽力。”

他还高兴地讲：“我已真正找到了中国军队的惯用战术，他常常由我布防的空隙地带钻过，跑到我们的后面，进行拦截，卡住我们的退路这一点作为设防，我们要更加严密地进行布防，作为撤退，我们要互相援助，严禁混乱。中国军队作战的最大弱点是全靠步行，粮弹靠背运，因此在他们发动进攻之时，我们就后撤，拉长他们的战线，当他们疲劳、弹尽粮绝需要补给时，我们再用坦克、大炮从两翼合围进攻，势必打败他们。目前看来，中国军队调动频繁，似要准备发起新的攻势，其后方海岸一定设防薄弱，我意在他们发动进攻之前，用我们强大的舰队、大量的直升机空降部队进行‘垂直作战’，攻其侧背，捣毁他们的供应线，断他们的粮弹，然后再次南北夹击，陷他们于绝境，使李总统一统大韩全国，然后再帮助蒋介石大元帅复统大陆。”

会后，李奇微命第 8 集团军司令范佛里特立即派飞机对北朝鲜海岸展开侦察。

志愿军彭德怀司令员接到东西海岸“发现敌侦察机频繁侦察我海岸阵地”的报告，立时意识到敌军要偷袭的阴谋，他刻不容缓地与邓华、解方、洪学智、韩先楚等进行研究，决定提前发动第五次战役。

4 月 20 日夜，中国人民志愿军司令部召开各兵团、朝鲜人民军军长（军团长）以上会议。

在会上，彭德怀指出：“第五次战役作战方案已经军委审核，毛主席批准，原计划 5 月上旬展开，目前发现敌人有在我侧背登陆之企图，为了赶在敌人前面行动，志司决定于 4 月 22 日发起五次战役。”

随后，他走到大幅军用地图旁，用指示棍指着临津江两岸双方军队部署示意标志大声讲道：“目前，敌人在前线有 5 个军 14 个师又 3 个旅，预备队为 2 个师又 1 个空降团；我军在前线有 11 个军，另 1 个军团，预备队 3 个军，我们的战役企图是将这 12 个军（其中 1 个军团）组成 3 个强大的突击集团，在朝鲜西线实施主要突击。我们计划用正面突击，结合左右两翼的强大战役迂回，以分割歼灭汉江以北和北汉江以西的敌人主要集团。第五次战役预定歼敌 5 个师又 3 个旅，即歼灭美 3 师、24 师、25 师、伪 6 师和伪 8 师与英 27 旅、29 旅、土耳其旅。志司决定以 19 兵团担任西线的突击任务，一梯队首先以 63 军、64 军和人民军展开，要在 31 公里正面突破临津江；第二梯队 65 军尾后跟进，第一步歼敌英 29 旅及伪 1 师，第二步配合右集团军围歼美 24 师、25 师，并相机占领汉城。志司对各军的作战命令会后由丁处长下发。”彭总讲完总的战役部署，把脸转向杨得志、李志民说道：“19 兵团战华北、攻太原、进军大西北出过大力，这次把重担子交给你们，可要努力打好这赴朝参战第一仗啊！才能不失你们以前的荣誉。下面由邓副司令员讲讲。”

邓华副司令员接着讲道：“这次战役准备得比较仓促，各部队也刚刚到达前线，疲劳还未消除，就要投入战斗，确实很辛苦，但战局要求我们必须提前发动。志司决定：突击队在明天黄昏以后，必须强行架桥，以保证 22 日夜间大军全部渡江。部队过江后，要全面迅速展开，插入敌后，以迅雷不及掩耳之势包围英 29 旅。志司要求各军发扬以往那种不怕牺牲、英勇顽强的战斗作风，坚决打好第五次战役，达到我们预期的歼敌目的。”

解方参谋长接下来讲道：“同志们，我看有必要给你们介绍一下，我们的对手李奇微，他是美国最高学府西点军校毕业的高材生，来朝鲜前担任美军副总参谋长，第四次战役担任美第 8 集团军司令。因他能清醒地分析战场情况，及时总结经验教训，并根据我方的作战特点，采取有效的对策，把战线推回到临津江边，被美国大老板们、军界头目们称为‘清醒将军’，接替我们的手下败将麦克阿瑟当上了总司令。第四次战役后，我们吃过他不少亏，希望大家在第五次战役中，在战术上要重视敌人，根据战场上的实际情况，采取灵活机动的战略战术，随时可根据敌情，调整原来的部署。要战胜狐狸，就要学得比狐狸还狡猾……”

会上杨得志、周士第等代表本兵团表示决心：“坚决完成志司交给的战斗任务！打好第五次战役！狠狠消灭美李军！”

4 月 21 日，杨得志指挥 19 兵团工兵部队，冒着敌人的冷弹火力袭击，在西线 31 公里的临津江面架设数道浮桥，一举成功。

4 月 22 日黄昏后，郑维山率 63 军、曾思玉率 64 军、朝鲜人民军 3 军团，分别云集各桥处河口，炮车、人流、马匹排满了漫长的江岸，按着指挥部安排的顺序，先后跃上桥面。在各连队、各部机关众多“注意！注意！快！快！”的呼喊声中，手挽手，以纵队突过江面。脚下的桥板，不时地拍击水面，溅起排排浪花。

美英军的无数根探照灯光柱，在江面扫来扫去，曳光弹把漆黑的夜空不时照得亮如白昼，漫无目标的炮弹，炸起的大水柱在江面纷纷腾向夜空。我渡河大军，犹如数支蛟龙飞向对岸。

65 军前卫团 581 团、580 团在 194 师师长赵文进的亲自率领下，紧随 63 军之后过江。

杨万华团长率 581 团来到江岸，看到过桥十分拥挤，他与团政委等商量一下，亲带警卫排到浮桥上游查找可渡江面。由于天太黑，未能如愿，只得返回渡口，待兄弟部队渡完，率本团登桥越江。

在天将破晓之际，胜利渡过临津江的 19 兵团数 10 万大军，全部隐蔽进南岸的崇山峻岭之中。

23 日黎明前，杨万华团长率 581 团踏上江岸，翻越一座山停下休息，各连队立即掘挖猫耳洞，迎接过江后第一个白天。

旭日升空，一队队美国飞机飞临江岸上空，丢下一批批炸弹，山谷中“轰！轰！”的爆炸声不断回响，除此之外，则是异常平静，有谁晓得这里竟隐藏着千军万马？

23 日夜，65 军主力在王道邦、萧应棠的率领下越过临津江。由于敌炮火对浮桥的破坏，军炮兵团大部分火炮陷落江中。

23 夜，63 军某师由于地理不熟，走错路线，怕误时间未能完成穿插阻击英 29 旅退路的任务，只歼敌约一个营。64 军过江后，被敌军的严密设防阻击于临津江南岸，未能完成战役穿插任务。19 兵团司令部接到报告，杨得志司令员与李志民政委等立即商议，决定命 65 军 194 师穿插武建里，协同 63 军歼灭英 29 旅。

穿插武建里，首战奏捷

23 日夜，194 师师长赵文进率 65 军前卫团经一夜攀山越岭，于 24 日拂晓挺进到马智里以西一线。在得知兵团担任战役迂回的友邻部队未能完成穿插任务之时，师部收到了 65 军指挥部转来的兵团司令部命令：“兵团令 2 梯队 65 军立即加入战斗，穿插武建里、孝竹里，配合 63 军团歼英 29 旅。军部决定你师担负穿插任务，立即行动。”

24 日白天，接受战斗任务的 194 师师长赵文进冒着敌人不断的敌机轰炸和炮击，立即召集 580 团团长武宏、581 团团长杨万华等两团指挥员勘察地形，先在地图上辨明，后在现地遥望南方敌人的阵地，研究地形。正当观察之际，敌机两次临空扫射投弹，赵师长赶快指挥疏散隐蔽，免除了危险。透过远方薄薄雾气，用望远镜向东南一直观察到绀岳山，向西南观察到弥勒寺山。

赵文进师长根据地形的勘察情况，以及兵团司令部交给的战斗任务，立即决定：581团由左翼要不惜一切代价向武建里猛插过去；580团由右翼要尽一切努力插到孝竹里。各团都必须在25日拂晓前赶到指定地点。赵师长同时指出：“时间紧，任务重，要利用好夜暗之时，不走大川公路，以避开敌人空炮火力阻拦，绕行于山地丘陵之中，以最隐蔽、最突然的动作，插入敌人的防御纵深部位。要做到神不知、鬼不晓。路上遇到敌情，尽量不予纠缠，以防耽误时间。各团在行进中，队伍前后要跟紧，保证同时到达指定地点，以利完成阻击任务。遇到敌人的强火力拦截，各团领导都要身临一线指挥，要不惜一切代价冲过去，保证完成穿插阻击任务。”

会后，各团立即召集连以上干部进行动员。

24日黄昏，各团立即投入穿插战斗，赵文进师长身先士卒，一马当先赶到581团前卫连，亲自指挥，拼命插向武建里。尽管几次遇到敌人炮火拦阻，前卫连出现伤亡，他仍然身披棉大衣走在队伍中，他的行动恰似无声的命令，在鞭策着指战员，勇猛顽强地冲向前去。

在两前卫团展开穿插之际，194师政委陈亚夫率师直机关和师预备队582团尾后跟进。

在团长杨万华、副团长安东、参谋长张振川的指挥带领下，581团主力1营、2营指战员，攀山穿林，披荆斩棘，冲过敌军的数道火力拦阻，以迅速敏捷的动作从敌阵地绀岳山和弥勒寺山之间猛插敌军纵深防御地带。

4月25日晨3时左右，到达武建里一线后，赵师长、杨团长和参谋长、副团长简短地商议一下作战方案，果断地命令2营营长张文祥、教导员邵连林率2营各连迅速抢占南山诸高地；命1营营长郭长春、教导员苏振江率1营迅速切断沟谷通道，作好堵截准备。

杨团长在下达命令的同时，简短地对几位营干部指出：“这是我们入朝第一仗，必须打好。我们就是要打掉美军的威风，在大白天把他们消灭。我们必须在敌机飞来前，把敌人包围展开近战，让他们的空中优势使不上劲！”

2营营长张文祥与教导员邵连林接受任务后，立即带领4连、5连、6连分头抢攀南山各高点，当指战员奋不顾身地爬上长满树木的陡峭山顶时，东方即见放亮，6连一战士在山顶突然拾到一颗美制卡宾枪还有80余发子弹，并立即报告给教导员，教导员马上唤通信员传告各连加强警戒。

25日天近拂晓，部队刚部署就绪，团指挥所就在天刚放亮之际，从望远镜里发现了敌人由北方绀岳山脚向武建里方向运动过来。

英国皇家王牌陆军29旅格洛斯特郡团团长、兼直属营营长卡恩斯中校接到撤退命令后，率部沿着川路向马智里开来。英军多数是鼻子伸得老长、黄头发、蓝眼睛。1营1连连长陈芝胜一发现敌人就大喊：“堵住了，同志们，立功的时候到了！”他迅速带领队伍占领武建里村东和东北的小高地，卡住英军的逃路。战士们一见敌人就忘了饥饿和疲劳，甩着手榴弹，端着冲锋枪，一阵子猛打，把企图夺路而逃的敌人打了回去。1营营长郭长春是个小胖子，作战勇敢，一见敌人就眼红。这时，他叫参谋李清命令部队采取两翼迂回的战术，向敌人展开勇猛的进攻。

3连连长王焕云、指导员王祥看敌人来势好像很凶，但队形混乱，已是惊弓之鸟，一声怒吼：“同志们，冲啊！”全连像下山猛虎扑向敌人。各班排吹着联络用的小牛角喇叭，与敌人展开了混战。

这时，2连由左翼猛冲上来。副连长许学顺（平泉县人，爆破英雄）和指导员武英锋是个大个子，比有的英军还高，他拿起一位伤员的冲锋枪，把自己的手枪往腰里一插，两个袖子卷得老高，端着冲锋枪“哒哒哒”向敌人猛扫。高喊：“同志们！立国际功的时候到了，抓俘虏呀！”

战斗激烈进行。2连2班向连长报告：“有一股敌人，由吉普车上下来，钻了南山沟。”连长宋振宗是个青年虎将，他命令：“2班马上由左侧迂回过去，堵住敌人！”

突然，正面的敌人以猛烈的火力加喷火器向2连攻来。2连几位战士倒下，宋连长红了眼，立即组织6挺机枪向敌人猛打，而后率领全连由两翼包抄上去。这时，2班在敌人后边打响了。2班班长原是燕山里的小羊倌，叫耿玉旺，不幸被敌人击中，光荣牺牲。但这股敌人一个也没跑掉，2 班还活捉了敌团长，立了一大功。（摘自《鏖战疆场》224 页）

此时，2 营各连也从各山头向敌人展开攻击，被打得晕头转向的敌军，一看南山各高地都被占领，山下遭到三面包围，纷纷扔下枪支，举手投降。

经过短兵相接的激烈战斗，581 团打死许多敌人，生俘英 29 旅格洛斯特郡团团长卡恩斯以下 274 人，内有 4 名朝鲜翻译。

因敌炮火不断袭击，581 团未能搜山，致使少数敌人逃脱。

太阳高高升起，杨万华团长命 1 营将俘虏集中到一块开阔地上，让他们坐在草坪上。多数俘虏军帽也丢了，黄头发黄胡子乱蓬蓬的，一派霜打的样子。各种枪炮弹药堆了几大片地，各种器材如步谈机、发报机、望远镜等就摆了一片地，光照相机就十几个。恰在此时，一队敌机轰鸣着飞临上空，志愿军翻译人员立即指令俘虏中朝鲜人打信号，俘虏立即用镜子对空中反光，敌机盘旋一圈，眼睁睁看着缴了械的英军，沮丧飞去。

赵文进师长和杨万华团长等指挥员率 581 团勇猛插入敌人防御的纵深地带，果断投入战斗，并以速战速决歼灭了中路突围之敌，首创在白天歼敌之先例，当即受到 19 兵团和 65 军的通令嘉奖。

新华社曾于 1951 年 5 月 25 日发出朝鲜前线电称，在朝鲜第五次战役作战中，全歼敌番号英 29 旅步兵团 1、2、3、9 等 4 个连，还指出俘虏敌军英 29 旅步兵团兼直属营营长以下 982 名，其中就包括 65 军 194 师 581 团俘获的英 29 旅格洛斯特郡团团长卡恩斯以下 274 名。

英 29 旅格洛斯特郡团据说在 1801 年远征埃及的殖民战争中立下赫赫战功，被英王授予“皇家陆军”的称号，但这次却被中国人民志愿军打得落花流水。

此次穿插战斗成功，在美军头目李奇微的《朝鲜战争》回忆录 176 页也有证实：“尽管第一军（美军）一再设法援救，格洛斯特团的第一营（英 29 旅的步兵团）仍为敌军所切断和打垮。卡恩斯特中校（张振川《鏖战疆场续闻》中记载实际是上校，被俘时自己挖掉了一个花）在该团已工作了 20 年之久，和他的部队在自己的阵地上英勇顽强地坚持了好几天，直到弹药全部告罄，仅有少数士兵设法回到联合国军一边。”

当 581 团插到武建里后，敌人的炮火不断地自西山后袭来，一阵阵猛烈的炮火压得 581 团卧伏在一片稻田地中前进。赵文进师长当即命令师侦察科科长屈振海带侦察员登上西山，去查清敌人炮兵阵地所在位置。屈科长等登上西山最高点，查清了敌炮阵的方位，可能在孝竹里方向。在屈科长将侦察结果汇报完后，赵师长果断命令屈科长带侦察员跑步到右翼团（580 团）找武宏团长，派出小部队，由侦察科科长指挥，白天隐蔽地插向孝竹里，去袭击敌人的炮兵阵地。

在精明的侦察科长屈振海的率领下，侦察组绕山穿林，终于在中午找到武宏团长。武团长一听赵师长让他们派小分队袭击敌炮兵阵地非常高兴，当即派 1 连跟屈科长先行，去奔袭敌炮阵地，自己率 580 团跟进。

屈科长率小分队沿着崎岖的山径，借助着小松林的隐蔽一路疾奔，迅速地接近了敌军的炮阵。当英 29 旅炮兵一发现 580 团小分队快接近了，慌忙把炮挂上汽车，拉起就跑，在小分队的猛烈火力扫射下，有的敌炮兵竟不顾及挂炮，开着空汽车逃跑了，留下三门崭新的大炮做了志愿军的胜利品。

在 581 团的胜利鼓舞下，580 团也于次日大白天在孝竹里打了一个大胜仗。

美军头目李奇微，闻报英 29 旅格洛斯特郡团团长卡恩斯及所部，被志愿军歼灭，感到十分痛惜，当即传命美军 25 师，以猛烈炮火协同空军严密封锁各川道山野，确保各部队安全后撤。

八昼夜穿插火线数百里，挺进议政府

194 师旗开得胜，两个前卫团首战告捷，群情振奋。正当 581 团怀着胜利的喜悦清理完战场，将俘虏押解后送之际，赵文进师长又接到了军指挥部的命令：“命你部继续向前奋力穿插，10 日内赶到汉城一线，完成战役穿插，协同 63 军阻住敌人南逃退路。”

1951年4月24日后，一场以李奇微率军大撤退与杨得志挥师大追歼的大规模运动战在朝鲜西线战场展开了。

美英李（承晚）军队全是现代装备，天上有飞机协同，地面作战靠坦克、大炮、汽车摩托化，而志愿军行军靠夜间或爬山穿林隐蔽进军，硬是以无比坚强的两条腿与敌军汽车轮子展开了大赛跑。

杨万华团长接受任务后，率581团立即行动，他们趁着黑夜跋山涉水，穿过敌人层层封锁线，向着汉城方向挺进。他们饿了吞口炒面，渴了就下到沟川中喝上一口稻田中的脏水，累了趁白天躲避飞机之时在密林中稍稍休息一下。

某日，581团穿插到敌人封锁线附近，敌军一顿猛烈的炮火拦住前进的去路，各营指战员趴伏在田埂上、水田中。漆黑的夜空，伸手不见五指，只有敌人的照明弹不时把夜空照得亮如白昼，杨团长根据辨明的火力发射方向，果断地命令2营登上右侧一山脊，抢先控制了制高点，1营和3营沿山边掘挖掩体。时间不长，又一排炮弹像冰雹一样倾注在1营、3营阵地上，顿时有数名战士负伤。

为了扫除敌军拦阻火力，杨万华团长和参谋长等根据2营的观察报告，立即决定：命2营负责掩护，命1营营长郭长春、教导员苏振江各带领一个连迂回敌后，利用夜暗近战去打掉敌人的炮兵阵地。

接受任务后，指战员立即进行了轻装，按照2营辨指的方向，翻身下谷，踏着荆棘，一路跑行插到敌阵地，当两个连左右夹击、一阵猛扫狠炸过去，惊慌失措的敌人当即纷纷倒地，一些爬到车下、钻入小树林的美军被一个个拉出来，当了俘虏，经过短暂的战斗，就消灭了敌一个炮兵阵地。

在拔掉美军炮兵阵地后，581团在师长赵文进的率领下继续向南挺进。一个漆黑的夜晚，连续翻过几座山，走出一个峡谷，进入一片稻田地。这时，天哗哗下起大雨，穿在身上的棉衣被淋透，水分使负重不断增加，经雨水浇淋过的田埂，再加上众多人群穿行，已经格外光滑，指战员们只得借助敌人的探照灯、曳光弹闪光辨认着方向前进。许多指战员滑进水田，弄得满身泥水。早春的夜风袭来，战士们被冻得浑身颤抖。雨后，跟行 2 营队伍中的赵师长只得脱下棉大衣，叫两个警卫员拧一拧水，然后重新穿上，还风趣地说："穿上这装甲衣，能挡炮弹片。同志们再加把劲，在天亮前，咱们必须走出这危险地带，到山林中去晒一晒衣服。"

经过八昼夜的急行军，581 团冲破敌军的层层阻截封锁，挺进议政府一线，与 580 团会合。师侦察科科长屈振海率侦察员立即对议政府镇子进行了侦察。

经过短暂的休息，赵文进师长指挥 580 团、581 团攻进议政府，敌人闻志愿军攻至城下，弃城逃向汉城。穿过议政府，赵文进师长挥师继续追歼敌军，在距汉城只有七里路的时候，电台收到了军指挥部的命令："停止追击，据守大德山一线。"至此 581 团在八昼夜中，一边战斗、一边穿插，穿越山山川川、层层封锁，提前两天，胜利完成了军指挥部交给的穿插任务。

第十八章

御敌横梁固防线
血战土美扬军威

因后勤补给不足，志愿军司令部命令，停止追击，581团沿横梁山掘壕固守，作好阵地防御，两次击退美军发动的试探性进攻。美军抓住志愿军“肩上后勤”粮弹不足、兵员得不到补充这一弱点，以逸待劳，组织机械化特遣队，集中主力，利用空中和炮火上的绝对优势，于5月18日向志愿军65军疯狂反扑。为掩护志愿军主力撤退，争取构筑防御工事时间，18日夜，581团赶到土美山口，阻击反扑敌军。19日，3营8连1排的19名勇士与美25师血战整日，最后战至曹邦国一人，仍坚守阵地，毙伤敌270多，完成阻击任务。581团8连1排获“二级英雄排”称号和“人人都是铁打英雄汉”锦旗，排长赵柏生被志愿军总部追认为“二级战斗英雄”和“土美山壮士”称号，曹邦国荣立一等功。土美山战斗中，志愿军凭的是对祖国的忠诚，靠的是战士们的勇敢和勇于战胜一切强敌的信心，以及前赴后继、不怕牺牲的精神，阻击数十倍强敌，敌军未能前进一步，打出了军威。

中国人民解放军原总参谋长、时任19兵团司令员的杨得志将军，在《杨得志回忆录》559页中记载了土美山阻击战：“194师581团在土美山担任阻击任务，多次打退敌人的围攻。最后一次被敌人包围时，负重伤的1排排长赵柏生同志为避免被俘，滚下山崖壮烈牺牲。多次负伤的共产党员杜云同志在滚向敌群的同时拉响了手榴弹，与敌人同归于尽。当阵地上只剩下战士曹邦国同志时，他毫无惧色，采取跳跃的方法，机枪、手榴弹交替使用，硬是打退了敌人的围攻。”

横梁山阵地防御战

横跨在北汉江以西、汉江以北的横梁山脉，如同一座天然屏障，拱卫着汉城。被志愿军19兵团追得落花流水的美英军，仓忙逃到汉城一线后，美军头目李奇微纵观战局，看到志愿军连续出击，急需补给和恢复体质，急令各部停止撤退，沿汉城、北汉江一线固守并作好反击准备。

志愿军以无比顽强的勇往直前精神，硬是以两条腿与敌人的汽车轮子展开赛跑。63军的两个前卫营在收到停止追击命令时，已涉水渡过北汉江，直驱汉城一线的194师主力也恨不得立刻攻下汉城。

63军、65军将士对志愿军司令部“停止追击”的命令很不理解，认为放敌人逃去太可惜了。

原来，在志愿军司令部收到19兵团挺进到汉江一线时，彭德怀司令员已预见到出击过远与后勤补给脱节的问题，急忙与邓华、解方、韩先楚、洪学智等几位志司首长商议对策。

在会上，彭总首先开口：“古往今来，‘大军未动，粮草先行’，要打仗，军队就得吃饭，就得需要补充弹药，可现在我们的运输跟不上去，物资供应不上，前线可要发难了。”

邓华副司令插话道：“彭总让63军、65军的前卫部队停止追击，沿横梁山防御，这样我们一来有险可守，二来可使部队休息一下，以利再战。待我们加强一下运输，将物资运上前线，待我们尽快备足粮弹，再打过汉江去。”

彭总说：“先缓一口气我们再过江前进。”

解方参谋长随后说：“我看李奇微不是败逃，而是主动收缩兵力，是在使用我们的老战术——诱我们过远出击，然后利用我方疲劳和需要补给之机发动反击。他一再加强轰炸我运输线，意在使我前线断粮断弹，应提示杨得志所部加强构筑防御阵地，就地筹集一些粮食，坚持防御到我们运上粮弹。”

洪学智副司令员最后表示道：“请彭总放心，前方需要的作战物资已陆续运过平壤，保证在一个星期内全部运到前线。”

彭总接话：“我们还要把困难估计得更大一些，运输转运要大力加强，尽量要在夜间运，避开敌机轰炸，并要传令高炮部队和沿途部队，做好护路工作。”

会议最后决定：命 19 兵团停止追击，沿横梁山脉掘壕固守，作好阵地防御。

杨得志接到志愿军司令部指令，立即传令各军，迅速抢占横梁山脉，挖壕筑垒，做好阵地防御战准备工作，同时派出人员在附近找筹粮食，维持食用。

19 兵团占据横梁山一线阵地后，立即投入大挖战壕掩体的土工作业。581 团地处大德山一线，任务下达各营连后，土工作业迅速展开，一条条战壕、一片片猫耳洞沿山密布，团、营长多次下连队，检查指导工事掩体的修筑。

在此布防，一场严酷的逆境降临在志愿军的前线阵地上。以往，中国部队赴朝参战后，一直是打运动仗，利用夜战、近战、奇袭战以及穿插、迂回等战术，巧妙地战胜了拥有海空优势、钢铁战争、快速机械化装备的美李军。而据地坚守，则难以扬长避短。面对美军的强大空中优势，打阵地防御战则困难太大了，阵地、兵力一下子全暴露给敌方了。

581 团 2 营 6 连 3 排由于在穿插的一次战斗中担负掩护任务，失掉联系而掉队，在排长黄海洲的带领下，指战员穿林越山，以两天两夜的急行，在汉江边赶上主力部队。

美李军撤到汉城一线，美军指挥官李奇微立即命令部队停止退却，停下脚来沿汉江掘壕固守。他指令空军大力加强对志愿军横梁山阵地的轰炸，指令地面部队展开反击。与此同时，李奇微还加紧完备了李承晚军队的装备，并投入战场。除将援军和大量军需运上前线，准备发动全面大反击外，还指令美空军加紧轰炸志愿军的补给线，同时以空降兵破坏志愿军后方的铁路、桥梁、公路、军事设施等，以此达到阻断或迟滞前线补给、削弱志愿军前线将士战斗力的目的。

由于敌机的狂轰滥炸，前沿部队供给几乎被切断，进入阵地后，粮食弹药就呈现了贫尽，其他方面困难也日益增加，伤员无药可医，又无能力后转，指战员的鞋子大多走烂，阳春之际身上还穿一套棉装。

杨万华团长、申建堂政委等团、营领导每天都巡查各连阵地，鼓舞指战员战胜困难，并组织对空火力，反击敌机的轰炸。

各连指战员将省下来的一点粮食让给伤病员，自己吃榆树叶子、麦苗，饮水也非常困难，都得到山下去取，雨露淋湿衣鞋，也只能靠人体温烘干。

部队刚进入横梁山进行防御，敌军每天就派出大量飞机进行狂轰滥炸。第一天，581 团将马匹刚拴在栗树林中进行掩蔽，一群敌机便飞临树林上空，盘旋数圈，不断地俯冲扫射、投弹轰炸，把整个树林炸得树折火起，战马嘶鸣不止，乱蹦乱跳，把蹄下地都刨出了大坑。炸弹掀起的烟尘很快就遮盖了整片树林，升腾到半空中。

每天 8 时许，敌机便出动进行轰炸，有时擦着山皮俯冲，有时低空飞行，向志愿军阵地丢下大量炸弹，炸得满山遍野硝烟腾滚。各部队利用夜间和白天敌机轰炸间隙，修交通壕，掩蔽洞，同时在公路上连续掘壕断道，阻止敌军的坦克进攻。

为了解决粮食问题，各部队纷纷派出人员到附近村寨筹集，找粮的人员走遍所有村村户户，因横梁山地处南朝鲜，志愿军与当地居民不仅语言不通，更为重要的是，异国军队难以得到群众的理解与支持，加之战争慌乱，许多当地居民将粮食藏起，致使许多筹粮食人员空手而归。581 团 2 营 6 连派班长姜长海带两名战士去筹粮，第一次在一个只有一个女人的草屋中筹到约 40 斤黄豆；第二次在只有一对老夫妇的山洞中筹到 100 多斤高粱（洞中两麻袋，经老夫妇同意给一袋）；第三次在一个山洞中（两个中年男人看藏）找到几袋水稻，经商量，答应给 1000 多斤。姜长海高兴地返回阵地，请来全排战士搬粮上山，但是这些粮食多为带皮粗粮，当时在南朝鲜，农民还延用舂米石槽捣米。一次派两名战士下到村寨捣米，双双牺牲。一次派人去捣米，稻谷刚有三分之一的粒子脱皮，便遇敌机盘旋俯冲，只得将宝贵的粮食拖回做饭，饥饿的 6 连指战员便分发一些狼吞虎咽下肚，怎奈许多人咽喉被稻皮划破出血。

在没有高炮等防空武器的条件下，杨万华团长教导各连指挥员，用手中的机枪、冲锋枪打飞机，并传授了打提前量的方法。某日，一群敌机飞临 581 团阵地上空，进行低空盘旋扫射、轰炸，各连迅即集中火力，组成对空射击网，随着一梭子轻机枪“哒！哒！哒！”的吼叫声，一架敌机中弹起火，拖着一股浓烟，翅膀一歪，栽进汉江激流。阵地上欢呼声此起彼伏，其他敌机也在密集的对空火力射击中仓皇逃去。

进入阵地防御战后，美军曾多次向志愿军阵地发动局部试探性进攻，581 团两次与敌接火，经激烈反击，将敌击溃，捉住一些美军俘虏，并缴获一些战利品，其中有白面和饼干、罐头，还有一些枪支弹药。为了防止食物中毒，团指挥所下令，所有食物一律不得食用，但一些饿急了的战士，不管三七二十一，还是暗中偷偷吃下。

第七天晚上，581 团接到师部指示：主动撤出阵地，有部署地向北撤退。

血战土美山

随着志愿军的主动后撤，潜心研究志愿军战略战术的李奇微，一心想把处于粮弹贫尽、极度疲劳的志愿军追垮，并消灭在撤退途中，他每天派出大量空军，狂轰滥炸，派出大量坦克、摩托化快速部队，沿着公路线平行猛攻穷追，并派空降兵抢占桥梁、要路隘口等阻击撤退中的中朝军队，同时还把收缩到汉城一线的美军和李承晚军队全部投入战场，把战线重新推回到三八线附近。

5 月 13 日前后，志愿军和朝鲜人民军相继撤至临津江沿线，完成了兵力集结和粮弹补充。彭德怀司令员纵观战局，看到李奇微已视志愿军

的主动后撤为节节败退，失去抗击能力，遂挥军激进，向北展开了疯狂的大进攻。

5 月 15 日，志愿军总部收到了李承晚军第 5 师、第 7 师已进至加平至春川北一线山区的情报，彭德怀司令员当即抓住战机，于夜间召开各兵团军长以上军事会议，研究制订发起第五次战役第二阶段的作战方案。

5 月 16 日黄昏，志愿军出动 9 个军，朝鲜人民军出动 4 个军的兵力，以绝对的优势、迅猛的行动，一举突破美李军防线，开始了第五次战役二阶段的作战，将进至中线地域的李承晚第 5 师、第 7 师团团包围在狭长的山地之中。

自 16 日午夜至 19 日夜晚，志愿军和朝鲜人民军与李承晚军队在加平至春川北的狭长山区，展开了一场殊死的大决战。李奇微看到李承晚两个师陷入重围，急忙调动大量飞机、坦克、大炮进行援助。飞机的狂轰滥炸，坦克火炮的轰鸣，与那炽烈的枪炮吼叫声交织在一起，轰鸣数十里之外。经过三天的激烈拼杀，李承晚第 5 师、第 7 师被志愿军和朝鲜人民军击垮，战斗进行到第四天，已经开始溃逃。

5 月 16 日，西线 65 军三路突击部队同时楔入敌后。

为牵制志愿军东路的进攻，美军在汉城集结了大量兵力，于 5 月 18 日在西线向 65 军展开了疯狂的大反扑。

5 月 18 日，193 师于右翼率先接近美军主力骑 1 师 3 旅，不料遭遇敌人有准备的阻击。193 师师长郑三生率部边打边退，被敌围截到汉城附近东南的佛岩山、水落山、国赐峰狭窄地段，全师被迫整体后撤近 200 里。其中，579 团 2 营进入佛岩山阵地 299 人，经三天苦战，到 20 日奉命撤离阵地时仅剩 37 人，伤亡惨重。

18 日晚，左翼 194 师 581 团、582 团也遭遇敌飞机、重炮打击，岩石碎片四处飞溅，志愿军两团至午夜已伤亡近三分之一。两团以昼夜不到 40 里的速度艰难向南韩军第 3 师、第 9 师靠近。师长赵文进死令避免减员问题，581 团、582 团改走稻地，虽使减员问题得到了有效遏制，但陆续集结的美军机械师主力很快已尾随于后。

5 月 18 日夜，581 团赶到土美山口。杨万华团长见此地易守难攻，便命大部继续前进，留下3营8连1排19名勇士阻击集结反扑之敌。同时，580团也留一部在金谷里。土美山地处汉城至铁原金化方向的公路西侧，与公路东侧的金谷里西南山相对，两小股留守部队正好卡住通往汉城的咽喉要道。

19日，天刚蒙蒙亮，美军低空盘旋的侦察机发现了土美山的志愿军伏兵，美军25师疯狂的炮击开始了，炮弹、编队飞机扔下的炸弹和燃烧弹倾泻到阵地上，顿时满山烈焰熊熊。炮声一停，敌步兵接着便发起进攻。面对敌人的攻击，1排战士机枪、冲锋枪一起射向敌人，缺乏夜战经验的美韩军吓得一时不敢轻易展开全面进攻。

19日上午9时，1个营的美军步兵从三面包围了1排阵地。为迅速夺取高地，敌人的炸弹更密集地撒向1排阵地。巨石被炸碎了，掩体被炸平了……1排与指挥部失掉了联系。机枪班班长杨明义被弹片击中流血过多，壮烈牺牲。全排只剩下8人，其中5名战士还是重伤员。排长赵柏生不顾头部伤痛，毅然操起机关枪狠狠地向敌人扫射，敌人顿时又留下了一片尸体。趁战斗间隙，赵柏生对仅有的8名战士重新进行了部署：神枪手曹邦国守在正面，田宇守在左边，郝根子守在右边，赵柏生自己和其余4位身负重伤的战士为预备队，哪里敌人多就转到哪里支援，敌人轰炸时找山石暂时隐蔽，敌人步兵上来时就集中火力打击。

战至下午2时左右，一股敌人从侧面爬上1排阵地。身负重伤、奄奄一息的共产党员杜云（青龙县七道河乡新桥村人，满族，26岁）用牙咬出两颗手榴弹的引线，顺着山坡滚入敌群。随着一声猛烈爆炸，进入阵地的数十名敌人被炸得血肉横飞，英雄战士杜云与敌人同归于尽了。

此时，赵柏生头上、身上已负伤数十处，鲜血已模糊了双眼，但他深知自己身负的使命和责任，仍以顽强的毅力指挥着战斗。打退敌人一轮进攻后，再清点人数时已只剩4人，都是浑身是伤。敌人向1排阵地一步步逼近，50米、30米、20米……田宇、郝根子拉响了手中紧握的手榴弹，用尽最后一点力量冲入敌群，与敌人同归于尽，为祖国流尽了最后一滴血。班长曹邦国（19岁）含泪呼唤着战友的名字，从烈士身旁捡起4颗手榴弹，带上剩下的60发子弹，顺着雨裂沟爬到了敌人侧翼。

他把两颗手榴弹狠狠地甩入敌群，随着手榴弹爆炸的硝烟，冲入敌阵，用冲锋枪一通连射，顿时敌人死伤大片，剩下的敌人鬼哭狼嚎地又一次滚下山去。曹邦国兴奋地高喊着：“排长！敌人被打退了，敌人又被打退了！”

激战中，曹邦国头部和臂部又多处负伤。打退敌人的一轮进攻后，他艰难地爬回阵地，见排长遍体伤痕，血肉模糊，怀里紧紧抱着的那挺机关枪已被打坏。他说：“排长，我背着你，撤吧！”赵柏生吃力地睁开眼，严声喝令：“别管我，守住阵地要紧！”在这生死关头，他心里想的仍不是个人生死，而是全局的胜利，这种情操是多么的伟大。

一股敌人进逼到了两人跟前。在万分危急的情况下，重伤的赵柏生为了不成战友的累赘，喊着“宁死不当俘虏！为战友报仇！”滚下陡峭的山崖。

曹邦国端起冲锋枪猛扫，又消灭了10多个敌人，美军再一次忙乱地撤下山去。就这样，曹邦国面对敌人的狂轰滥炸，毫无畏惧，独自一人不断狙击敌人，使敌人始终未能登上土美山高地。血战整日，敌人伤亡270多人，8连1排胜利地完成了阻击任务，堵住了美军的大举进攻，打得十分惨烈，十分英勇，充分显示了中国人民志愿军的骨气，打出了军威。

志愿军19兵团授予581团8连1排的锦旗

战后，志愿军总部追授赵柏生（兴隆县人）为“二级战斗英雄”和“土美山壮士”光荣称号，并记一等功；曹邦国荣立一等功。581团8连1排荣立集体一等功；志愿军19兵团授予“二级英雄排”称号，由兵团司令杨得志亲授赵柏生排“人人都是铁打的英雄汉”锦旗一面。（摘自《读乐亭》杂志故乡特刊第44期，李树领根据时任581团副团长安东的口述整理的《安东和他的王成式战友们》，《鏖战疆场》238 ～ 240 页中也有同样的记载。）

安东

经 5 天 5 夜的激烈拼战，志愿军和朝鲜人民军将李承晚两个整师击溃，缴获了敌军 4 个师的装备，但由于东线山高林密，一时搜剿不易，只歼敌 1.7 万余人。

5 月 21 日，中朝军队在东线推进了五六十公里，由于粮弹接济不上，不得不停下等待补充。李奇微指挥美军和李承晚军队集中大量的飞机、坦克、大炮，很快堵塞了被志愿军打开的防线缺口。

5 月 21 日，彭德怀司令员将此情况立即电报毛泽东主席，并向各部队果断下达了停止追击的命令，至此，第五次战役第二阶段告以结束。

第十九章

固守云岳护转移
以弱胜强突重围

当志愿军194师撤至三八线附近时，接到65军命令，速转中线云岳山，掩护19兵团司令部转移。581团固守云岳山三天，紧紧地拖住了敌人。2营5连当时仅有战斗人员37名，经过三天的激烈战斗，反复争夺，战斗人员全部伤亡，阵地被敌人占领。身负重伤的副连长动员勤杂人员组成反击小分队，拿起伤员和烈士们的武器，奋勇拼杀，一举夺回阵地。在四面受敌包围、生死存亡的关键时刻，团长临危不惧，果断勇敢，冲锋在前，率领全团勇突重围，光荣地完成了兵团交给的掩护任务。5月23日至25日，581团苦战云岳山三昼夜，阻击了美24师、南2师的多次疯狂进攻，毙伤敌800多，击毁敌坦克4辆，俘敌10人。

为了缩短供给线，中国人民志愿军司令部作出了主动北撤的指示。

581团接到命令，团长、政委等立即作出部署，决定2营担任掩护并断后，由1营、3营、团直属队保护伤员先撤。

在抬伤员上路之际，一些重伤员怕拖累战友，拼力挣扎不上担架，有几位老战士甚至从担架上滚下几遍，叫骂着不让抬走。一位被炸掉双腿的重伤员，拼命地嘶喊着：“给我凉水喝！给我拿凉水来！”最后大哭大喊不让抬走，战友只得含泪找来凉水，稍事片刻，头一偏垂便合上双眼牺牲了。正是祖国的这些优秀儿女，为了支援朝鲜、保家卫国，舍生忘死，正是这种高尚品格，激励着中朝军队同仇敌忾，打败了强大的美军及其帮凶。

虽然缺少粮食，但在撤退时，边撤边战，指战员们为了减轻负担，只得将缴获的一袋袋白面扔掉。

当部队后撤到议政府一线时，后勤分部的粮袋已堆积如小山，部队一撤，来不及搬运，只好倒上汽油，一烧了之。当部队从这些物资堆旁后撤走过时，看管物资的人员带着哭声，心痛地喊叫：“同志们，你们能拿就拿吧，有带芝麻的炒米、板鸭、衣服、烧鸡……”可是指战员一心想着打仗，谁想增加负担拿东西呢？只有个别战士拿上一双胶鞋，就匆匆跟上部队上路前进了。

当部队走过去，回过头一看，物资堆已是浓烟滚滚，炸声轰轰，这不是敌人所炸，而是自己部队浇汽油燃烧进行销毁。队列里传来粗声难听的叫骂：“管物的指挥官，这么多粮弹你不往上运，叫我们在前线挨饿！”倒也难怪，敌人空中有飞机不停地轰炸，地面炮火连天，坦克说到就到，运输部队没有掩护确实难办。

581团各营连相继撤出阵地北去，营长张文祥、教导员邵连林率2营掩护断后。当他们撤出阵地，走出一段路后，清点一下队伍，突然发现4连没有跟上，急忙派副教导员带着姜长海及另外三个班、营通信班迅速返原阵地去找。由于4连在掩护主力撤退时移动了阵地，未能接到撤出战斗的通知，去找寻的人又没找见，真急坏了营干部。多亏连长徐景山察觉主力已走远，决定撤出阵地，随后敌军先锋部队就进占了他们的阵地，徐景山连长带领4连，边战边撤，两天后一路猛跑赶上了主力。

随着志愿军的撤退，李奇微下令发起了猛烈的攻势。

当志愿军自汉江北撤后，美李军就在空中的配合下，坦克摩托化步兵沿着公路展开了快速平行大追击，同时还派出空降兵，在志愿军的退路上降落，抢占桥梁、渡口、隘路和要点，进行阻击。

靠步行撤退的志愿军各部，边撤边战，时时都在与敌军争时间、抢道路。撤退中的581团2营，三天三夜穿越数百里战火，没吃上一点东西，饥渴劳累，致使指战员体力难以支持，在临津江边上，部队根据情况决定停下来，稍息片刻，许多战士便倒地进入了梦乡。休息一下后，营长张文祥、教导员邵连林赶紧唤醒各连长，督促上路。各连、排长推醒战友，继续撤退。当部队撤出约15里处，教导员邵连林突然发觉随从的通信员中少了杨文波，他立即告诉营长张文祥，几人一回忆，可能丢在休息地，急忙派一骑兵侦察员赶回休息地去找杨文波。原来又疲又饿的杨文波在休息时，走进江边一个破碉堡，倒地便睡，部队启程他也不知道，别的战友又没看见他，去找他的侦察员在碉堡中找到他，才把他从梦中唤醒，两人骑一匹马，一路飞跑追上队伍，后面的敌军坦克很快将追上来。

天上敌机轮番轰炸，俯冲扫射，地面坦克、摩托化部队沿着公路平行猛追，战火一下蔓延几百里，致使撤退中的志愿军部队连喘口气的时间都没有。一次，581团2营刚进入树林中想休息一下，敌人的空降兵就降至了，2营营长张文祥立即指令6连2排、3排迎战。他们以猛烈的火力击溃了冲到林边的敌军，1排也以一顿手榴弹将侧面攻来的敌军击退，随后，2营4连、5连保护伤员立即上路继续后撤，6连断后跟进。

在赵文进师长的亲自带领下，194师冲破敌军的层层阻截，摆脱了强大的追兵。

激战云岳山，勇突重围

在撤至三八线附近时，赵文进师长接到了65军命令：“命你部速转中线云岳山，去执行保卫兵团司令部的任务。”

赵文进师长指示580团、581团为前卫团，即刻登程。

为了摆脱敌机的追击，部队决定撇开公路，绕行山地。第一个夜晚，天漆黑一团，各营攀山登崖，转了一夜，可是天明一看，距离出发地那座山还很近。

在进军的路上，581团遇上一部敌军阻截，为了掩护部队通过，杨团长命连长董庆林率5连登上山顶，战斗了整整一天，才撤出战斗，去追赶主力部队。

赵文进

经几天的艰苦转战，赵文进师长率两前卫团按时赶到了云岳山。到达19兵团司令部驻地，杨得志、李志民亲自接见了赵文进师长，武宏、杨万华两位团长。

杨得志司令员见面就说："你们辛苦了，本应让你们休息一下，但是由于敌人的追近，已不可能了。这里存有可供我们兵团渡过汉江作战用的一个月的军用物资和弹药，但是由于形势发生了变化，紧急的敌情，又不容许我们将这些物资运走，只得忍痛将它烧掉。目前，摆在你们面前的任务是十分艰巨的。根据侦察，敌人的强兵很快就将攻到，你们必须拼力阻住敌人的进攻，将物资全部销毁，一点儿也不能留给敌人，赵师长你们赶紧部署行动吧！"

武宏团长、杨万华团长等两位兵团首长下达完命令，异口同声地爽快回答道："请首长放心，保证完成任务！"

赵文进师长当即指示，武宏团长率580团抢占左翼山头，杨万华团长率581团1营、2营抢占右翼山头，作好阻击准备，581团3营负责燃烧物资。

赵文进师长部署完毕，两团长领命而行。

杨得志司令员、李志民政委看到两个团全部抢占了附近各制高点，燃烧物资行动也开始后，乘车率兵团司令部转移而去。

1951年5月23日太阳升起，抢占山头的部队刚刚挖筑完一些简单掩体，一群群敌机便自南面飞来。各营、连赶紧隐入树林。说时迟，那时快，敌机转眼飞临阵地上空，随即就是盘旋俯冲，扫射投弹，三个山头被炸得土翻石崩，硝烟腾滚，敌机狂轰滥炸一气后飞去。

轰炸一停，各营连立即重新进入阵地抢挖掩体。稍息片刻，敌军的

几十辆坦克就沿着公路向着581团的阵地隆隆地开了过来。当敌坦克进入射程后，杨团长一声令下，两侧阵地上的炮火、手雷一起砸向敌坦克大队，打得坦克立刻停止了进攻。

敌坦克遇到突如其来的阻击，随即调整队形，欲作一字排摆开，立交布阵进行攻击，但在慌乱中，10多辆坦克陷入稻田，无法动弹，紧接着，敌人的步兵也随后乘车冲来。

在坦克炮火的支援下，敌步兵像羊群一样，漫山遍野地向这个山头发起了攻击。

杨万华团长和于品增参谋长（张振川参谋长调往582团）钻进一个掩蔽部，两人正从望孔用望远镜观察敌情，突然一颗炸弹落在洞口，“轰！”的一声巨响，把站在洞口的警卫员炸得血肉横飞，洞顶被震落的尘土使团长、参谋长变成了土人。

各营连指战员冒着敌人的猛烈炮火，牢牢坚守在阵地上，集中一切轻重火力，将李承晚军的一次次冲锋打退下去，阵地前留下大量的敌人尸体。

在激战中，敌机几次飞临助战，进行俯冲轰炸，但各阵地上的勇士越战越勇，将一箱箱炮弹、一箱箱手雷手榴弹，雨点似的砸向蜂拥而上的敌群，将无数箱子弹扫向敌军，并多次反击，打退敌人的一次次集团冲锋。战斗由早上一直打到日落西山，又由黄昏一直战至午夜，只打得敌军横尸遍野，一直战到3营报告，所有物资全部烧尽烧光，杨万华团长才下命令交替撤退。

在580团，581团1营、2营奋力顽强阻击的同时，梅营长率3营将一桶桶汽油浇到物资堆上，然后点燃，熊熊烈火在各山洞仓库燃烧起来，一直烧到夜晚，只照得那漆黑的夜空亮出数里之外。被燃烧的军火，如巨雷一般轰鸣，震得大地颤抖，山崩地裂，山洞全部崩塌。

由于报话机被炸坏，580团与581团在夜战中失掉了联系，直至午夜0时才获知，580团已撤出战斗转移而去，此时师部和582团也都早已撤走，只剩581团陷在敌军的重围之中。

战斗进行到第三天时（5月25日），2营5连坚守的468.6高地上仅有战斗人员37人，经过3天与敌人反复争夺，战斗人员全部伤亡了，阵地被敌人占领。这时，已负伤的副连长黄忠明忍着剧烈的伤痛，动员全部勤杂人员说："同志们，我们在毛主席的领导下打垮了蒋介石800万，我们也同样地要揍得他们的后台老板大老美鼻青脸肿。"接着他又说，"咱们的连长、指导员负伤了，他们还在阵地上。我们要打上去，夺回阵地，把他们救回来。"

黄副连长的动员，虽然话语不多，但却深深地打动了同志们的心，连部勤杂人员（炊事员、文书等）9位同志眼含热泪一齐表示，一定打上去，救回连长、指导员。大家一致推选司务长勾云峰同志率领反击小分队打上去。他们拿起伤员和烈士们的武器，在没有掩护的情况下，隐蔽勇猛地打上去。他们见了敌人眼睛全红了，一阵子猛打猛冲，打得敌人鬼哭狼嚎，死伤一大片，其余全部逃下山去。一个没有实战经验的小分队，一举夺回了阵地，救回了伤员，对全团阵地起到了稳住阵脚的作用。（编著者摘自《鏖战疆场》247页。）

此时美李军的探照灯遍布四周，一根根强大的光柱扫来扫去，照明弹也不断升空，581团的阵地被照得亮如白昼。在隆隆的坦克开近声中，敌人的劝降声此起彼伏，连绵不断，敌军的广播飞机也飞临上空，盘旋着进行广播，散发传单，一股十分令人恐怖的气氛笼罩着581团的整个阵地。

在此危险的紧要关头，政委申建堂，参谋长于品增，副团长安东，师侦察连连长、1营营长郭长春，教导员苏振江，2营营长张文祥，教导员邵连林，3营营长顾好梅等围着杨万华团长，正在紧急商议如何突围，有人说："集中突围，敌人会集中火力攻击，危险大，不如分散突围，然后再会合。"也有人议论，走小路或可避开敌军的实力突破包围……听着大家的议论，杨团长闷不作声，陷入了仔细的斟酌之中。面对众多的议论，申政委怀着敬重的心情对着杨团长说道："还是老杨拿下主意吧！"杨万华团长略沉思一下，开口果断地讲道："我主张走大道突围，因我们人员太多，走山路通过时间长，易被敌人集中阻击，分散突围路线多了，又不易集中火力掩护。"

说到此处，在场人员都把突围希望投向了杨团长，异口同声地说道："请团长决定。"

杨团长胸有成竹地命令道："1营营长传令各连，全部上刺刀，把机枪集中在一起，跟我在前开路；政委你带2营、直属队保护伤员走中间，重伤员两人抬一个，轻伤员一人搀一个；安副团长，你与顾营长带3营断后，马上行动。"

在581团处于生死存亡的关键时刻，杨万华团长临危不惧，只见他手握一挺轻机枪，率机枪队勇猛地冲向敌阵。在数十挺机枪锐不可当的狂烈扫射下，敌人的第一道防线被打开了一个大缺口，就势1营指战员端着明晃晃的刺刀豁将上去，把一把把寒光闪闪的刺刀指向惶恐后退的敌群。杨团长亲率1营，以迅猛动作穿过敌人的坦克阵地，并以此之势一连闯数道封锁线，沿着大路冲出重围。申建堂政委、张文祥营长、邵连林教导员指挥2营，紧随1营之后，边战边跑，将伤员全部护出重围。安东副团长、顾好梅营长看到主力冲出重围，立即传令，各连交替掩护，快速突围，7连、8连、9连指战员边战边撤，沿着公路一气跑了40里夜路，才摆脱了敌人的追击，赶上主力部队。

刚刚摆脱追兵的581团指战员，正在大路上飞步急行，迎面走来了焦急不安的师长赵文进和警卫排。

赵文进师长快步迎上走在队伍前面的杨万华团长，劈口便问："都冲出来了吗？"

杨团长答道："都冲出来了，连所有的重伤员也带出来了。"

"可把我们急坏了，深恐你们冲不出来！"赵师长说。

"马上抢山头，敌人的坦克又追上来了。"赵师长急促地命令道。

郭营长赶快抢占东山，随着杨团长的命令，1连、2连指战员，唰的一下冲上路边东南两个小山头，2营、3营刚跑过去，敌军的坦克就开过来了。1营营长郭长春和教导员苏振江指挥1营奋力阻击，激战整整一上午，才撤出战斗，追赶主力。

5月25日午后，581团靠近友邻部队63军，终于迫使敌军停止了追击。

581团苦战云岳山，与敌反复争夺了三昼夜，毙伤敌人800多名，击毁敌坦克4辆，俘虏敌人10名。581团充分发挥了政治优势，用劣势装备顶住了装备占绝对优势的敌人的疯狂进攻，光荣地完成了兵团赋予的掩护主力转移的任务。

第二十章

满乡忠魂映沙场
玉女峰上血染旗

为阻击敌军的疯狂反扑，为64军构筑防线争取时间，581团奉命于5月29日进入玉女峰阻击敌军。玉女峰坐落在三八线北的涟川北、铁原以南，是北进的门户，关系到整个战局。志愿军司令部下令，不管付出多大代价，也要死守玉女峰。侵朝美军司令李奇微为打开北进门户，实施中路突破，也电令美前线指挥官，务必攻下玉女峰，否则军法处置。一时间，玉女峰成了两军争夺的焦点。美军利用空中和炮火上的绝对优势，调集美军王牌骑兵1师等精锐部队，在坦克的掩护下，狂轰滥炸，炮犁火耕，阵地被炸下去近1米，对玉女峰展开疯狂进攻。581团的勇士们不畏强敌，英勇顽强，视死如归，死守阵地，完成了阻击任务，粉碎了美军特遣队的追击。玉女峰阻击战是抗美援朝战争中最惨烈的战斗之一，也是581团有史以来最为惨烈的战斗。老红军3营营长顾好梅壮烈牺牲，2营和3营仅有40余人生还。烈士的鲜血染红了玉女峰，许多满乡优秀子弟长眠在这里，有的连名字都没留下。担任玉女峰前沿指挥的满乡优秀儿子2营教导员邵连林，在战至最后4人时，绝不后退，最终战死沙场，再也没有兑现与未婚妻的婚约，再也没有回到日夜期盼儿子凯旋的母亲身边。

《65军军史》252～253页上记载："65军581团在涟川西山（公铁路以西）玉女峰的阻击战。5月29日占领阵地，反复与敌人争夺9天，战斗到6月6日完成阻击任务，歼灭敌人1200余人，击毁敌坦克4辆，击落敌机1架。"

张振川的《鏖战疆场续闻》70～71页的"苦战玉女峰"记载了玉女峰阻击战的惨烈。

中国人民志愿军五战五捷，取得了震惊世界的辉煌战绩，第五次战役第二阶段结束后，19兵团遵照彭德怀司令员的命令，相继撤到三八线以北。

5月25日，志愿军581团正在向着铁原方向行进，队伍中间不断传出战士们的议论："咱们已经撤回三八线，怎么还向北开？""黄连长，咱们的仗还要到哪儿去打？"6连战士问黄海洲连长，黄海洲连长顺口答道："这很可能是咱们的彭总在诱敌深入。"队伍边行进边议论，也有人埋怨道："再向后撤，把三八线都让给美国佬，这可要前功尽弃，丢我们志愿军的脸啊！……"

与此同时，在志愿军司令部所在的山洞中，彭德怀与邓华副司令员、解方参谋长及作战处处长丁甘如等，正在根据19兵团司令员杨得志的军情报告，聚精会神地围在地图前，精心运筹着战策。

彭德怀边看着地图上两军态势边说道："毛主席来电要我们稳住阵线，不和他李奇微来回跑，由运动战转到'持久作战，积极防御'的战略方针上来，目前首要的是在三八线站稳脚跟。"

此时，参谋长解方指着地图上的涟川说道："杨得志司令员报告，64军还有65军的194师已过三八线，65军后部还在涟川以南，李奇微集中的快速追击部队很快就将与65军首尾相接。"

彭德怀接过话说道："看来这李奇微是想在我们注重防止仁川登陆重演时，他改变战术，来一个中间突破，长驱直入。我看65军一过涟川，咱们就把玉女峰这个大门给他关死！"

邓华副司令在彭总讲完说道：“形势这样紧迫，好在玉女峰上38军修的工事还完好无损，尚可利用，我看65军靠近此处，就由他们坚守玉女峰，让64军尽快作好防御准备。”

彭总点头应允道：“就这样，电告杨得志快速部署，叫他们不管付出多大代价，也要给我死死守住玉女峰。”

5月26日，我志愿军194师师长赵文进奉命速至军部接受任务。在一个山洞中，65军军长萧应棠对赵文进师长指示道：“兵团杨司令员来电指示，命令你们师迅速插回涟川，坚守玉女峰一周，以掩护我军后续部队的撤退，并为64军作好防御准备赢得时间。志司获悉李奇微已集中数百架飞机、几十辆坦克、几个摩托化步兵师，由中路向我方猛追过来，因此坚守玉女峰关系到整个战局，任务异常艰巨。彭总已指出，不管付出多么大的代价，也要死死守住玉女峰！兵团深知这项任务艰巨，已决定给你们配一个坦克连，但主要还得靠你们的英勇顽强。”

交代完任务，王道邦政委接下来讲道：“玉女峰是我军之门户，失去它，很快就能打破我们的阵脚，西取平壤，影响整个战局。只要你们能坚守一周左右，我军就能把握战局。老赵啊！要准备和敌人的强大空军和摩托化部队进行血战，你们多阻滞一天敌人，我们就能多撤几十里，64军就能把防御工作准备得更充分一些，军党委要求你们一定坚持到胜利完成任务。”

赵文进师长向萧应棠军长、王道邦政委表示了决心：“我们誓死完成玉女峰阻击任务！”然后握手告别。

回到师指挥部，赵文进师长立即与师政委陈亚夫、参谋长曾绍东进行紧急部署，决定以师侦察科科长屈振海、王参谋率侦察连火速插回玉女峰，进行侦察敌情和进行阻击战准备工作。随后，赵文进师长与杨万华团长率581团尾侦察连之后跟进。

玉女峰坐落在三八线上的涟川以北、铁原西南，西傍临津江，东面山脚紧靠着自汉城经议政府北上的中线公路。公路至玉女峰北，东西岔开，西去平壤，东达元山，玉女峰确是朝鲜半岛南北交通要道上的一个咽喉锁隘，可见它的战略地理位置至关重要，李奇微视攻下玉女峰为打开北进之门户。

玉女峰如一尊雄狮耸立在公路西侧，控制着南北交通必经之路，玉女峰临江之面山陡崖峭，临公路的东面山势则较为坦缓，山坡上樟松片片，北坡密林蔽日。

第四次战役前，志愿军 38 军曾在玉女峰临公路的山坡上构筑了许多掩蔽部，从山上砍伐了许多直径二三十厘米的原木，纵横交替四五层铺成顶盖，然后覆盖一米多厚土石，还自北向南斜下横贯全山坡挖了几条大战壕，将各掩蔽部洞口串联起来，构成了逐梯次能战能守的工事体系。还在紧挨公路的山脚处，掘挖了一条宽五六尺、深六七尺的大沟，以防坦克攻击。

5 月 27 日夜间，194 师侦察科科长屈振海率侦察连历经艰苦跋涉，于 28 日拂晓挺进到玉女峰，随即进入阵地。屈科长与王参谋将侦察连沿工事部署停当，继而向玉女峰以南展开侦察。

28 日，65 军所有后续部队，全部撤过玉女峰。

《抗美援朝战争史》二卷 355 页写道："1951 年 5 月 28 日 17 时，彭德怀直接命令，第 63 军并指挥 65 军 194 师，迅速在涟川铁原之间，东起古南山，西至临津江畔……坚决阻敌进攻。"（1951 年 6 月 10 日战斗结束后，194 师归建。）

29 日晨，赵文进师长、杨万华团长率 581 团 2 营插回到玉女峰。

581 团挺进到玉女峰一线后，赵文进师长、杨万华团长与参谋长于品增带 2 营营长张文祥、教导员邵连林立即赶到前沿察看地形，进行作战部署。

正当赵文进师长、杨万华团长登山察看地形之际，两架美军侦察机飞临玉女峰上空进行侦察，嗡嗡地盘旋两周后便掉头返回。

赵师长、杨团长一行登上玉女峰，俯视整个战场后，决定设一前沿指挥所，以配合设在二线阵地上的团指挥所指挥作战。根据地形，杨团长选择了玉女峰 205 高地顶部北面坡的一个掩蔽部作为前沿指挥所，并当即任命 2 营营长张文祥为前沿总指挥，便于统一指挥师侦察连及第一战线各梯队 4 连、5 连、6 连，并将炮兵观察哨安设在 205 高地顶端。

玉女峰北坡脚下有一江叉注入临津江，江叉北横卧一小山，581团指挥所就设在此山背后北坡的一个山洞中，与前沿指挥所相距七八里远，中间拉设电话线相连通。主力赶到后，杨团长立即命1营、3营指挥员挖掘战壕，构筑二线阵地，隐蔽待命。

5月30日午前，连绵细雨，整个玉女峰为浓雾所笼罩，各掩蔽部顶普遍渗水，侦察连指战员只得一边用锹往外淘水，一边进行战前准备。

在前沿指挥所的掩蔽部中，教导员邵连林与通信员杨文波将几块油布拼凑起来，系在顶部横木上，接上面渗下的水滴。营长张文祥、参谋长朱占春也与炊事员张真（青龙县青龙镇广茶山村）、通信员小地头，将两个供休息的小支洞挖小渠将渗水引到主洞水坑，然后挖水沟排到洞外。

时至中午，云雾渐渐离散，太阳露出脸来。581团指挥所电话里传来了赵文进师长话音："师指挥部决定，先由你们团坚守玉女峰5日，然后移交582团。"杨团长当即回话："请师长放心，保证完成任务。"

同时，赵文进师长还用电话直接指示205高地上的前沿指挥所加强警戒，仔细观察玉女峰以南的敌情。

午后2时许，果然不出所料，玉女峰以南空中突然传来了飞机的轰鸣声，顷刻，一队队美军战斗机掠空飞临玉女峰上空，随即盘旋低飞至山脚，然后一架架擦着玉女峰东坡树梢俯冲而上，伴之一道道机关炮火光射向了树丛，扫向交通壕。

庞大机群的轰鸣声与若干机关枪的射击吼叫声交织在一起，激荡在数十里空际，震撼着整座山脉和数里沟川江流，一片沉寂的玉女峰骤然被恐怖的喧嚣气浪笼罩起来。

美军飞机俯冲扫射折腾一阵过后，美军轰炸机又轰鸣而至。只见一排排恶鹰般的大型轰炸机腹下，纷纷丢下一排又一排的大肚子炸弹，随即在玉女峰山坡上爆炸。顷刻间，从天而降的无数枚凝固汽油弹爆炸燃起了漫天大火，熊熊烈焰翻滚着烧向树丛，烧向战壕，烧向各掩蔽部。

在这紧要关头，师侦察科科长屈振海与王参谋、侦察连连长、指导员，立即冲出掩蔽部，指挥侦察员们奋战火海，用树枝扑打扑向各掩蔽部洞口的烈焰。在扑打烈火之中，王参谋身先士卒，冲在前面，最后不幸因烧伤过重壮烈牺牲。

同日，美军一个坦克团、一个摩托化师进抵涟川北，美军总指挥李奇微电令出动60架飞机，准备于30日午后先行轰炸玉女峰，然后以坦克掩护一个步兵加强营进行试探性攻击。

夜晚，杨万华团长与2营教导员邵连林等来到前沿阵地看望了师侦察连指战员，并嘱咐加强警戒和侦察。

同时，581团指挥所也令运输队将一箱箱弹药扛上前沿各掩蔽部。

5月31日午前，雾雨仍然笼罩着玉女峰，194师侦察科科长屈振海亲率一个侦察班，插到玉女峰以南地区进行侦察，回报侦察结果："没有发现敌情。"

中午天气放晴，大雾散去，玉女峰以南公路的远方一派宁静，侦察连继续监视敌情。

午后2时许，数十架美军战斗机出现在天边，眨眼之间，就飞扑向了玉女峰，一架架自山下擦着山皮俯冲上来，把无数发机关炮弹扫向志愿军的阵地、掩蔽洞口。尾随其后的轰炸机纷纷将炸弹倾泻到玉女峰上，霎时就炸得遍山硝烟，弹坑累累。

在飞机狂轰滥炸之际，几十辆敌军坦克自玉女峰以南公路东侧的一个山口急驰而来，至玉女峰山脚处摆下攻击阵势。

随后，数辆汽车满载李承晚军队也驶抵玉女峰下。

3时许，坦克炮一起向志愿军阵地展开了猛烈的轰击。随着隆隆的炮声，玉女峰山腰的战壕上下一团团火光硝烟冲天腾起，弥漫了整个阵地。

在炮火硝烟的掩护下，一队队李承晚军冲向玉女峰阵地。

当李承晚军距志愿军前哨阵地三四十米处时，设在205高地的观察哨迅即转告前沿指挥所。随着命令的下达，隐蔽在前哨阵地几个掩蔽部的侦察连1排勇士们，火速冲到战壕中，抡起机枪、冲锋枪，咬牙怒扫上攻之敌，打得敌人倒下一片又一片。在甩出一顿手榴弹之后，1

排排长看到李承晚军掉头回退，大喝一声“追！”一马当先跃出战壕，亲率战友追击下去。李承晚军数十人死伤在志愿军的猛烈扫射之下，1排的勇士们一直把敌军赶到防坦克壕下，才撤回阵地。

当志愿军刚撤到阵地前沿，美军坦克炮火又向玉女峰阵地轰击而来。一些指战员中弹伤亡，救护员冒着炮火，顺着战壕赶紧救下伤员。随着炮火的延伸，李承晚军又发起了冲锋。志愿军前沿指挥所急命侦察连展开反击，战斗一直进行到太阳西下，侦察连在连续打退敌军五次冲锋，歼灭了约两个连的敌人后，全连仅剩二十几个人坚守在阵地上，前沿指挥所急调581团4连进入阵地。

美李军指挥官见天色已晚，便下令坦克掉转屁股保护残兵败将向南撤去。

5月31日晚，美军总指挥官李奇微闻报试攻玉女峰败归，立即指令空军6月1日午后出动100架飞机轰炸玉女峰，并指令前线指挥部派一个团继续攻击玉女峰。

晚饭后，志愿军194师师长赵文进、581团团长杨万华、参谋长于品增在2营教导员邵连林、参谋长朱占春的陪同下，亲临前沿阵地进行视察，并到各掩蔽部进行战斗动员。4连各排指战员看到师团领导来到前沿，纷纷表示：“坚决守住玉女峰阵地。”

6月1日早晨，在志愿军前沿指挥所内，2营营长张文祥患病躺在铺上，高烧不退，教导员邵连林派通信员杨文波送营长回团部，并用电话向杨团长请示担当前沿总指挥的担子，团长高兴地答复了他的请示。

6月1日午前，玉女峰依然沉浸在雾雨之中，4连各班指战员都蹲在掩蔽部中擦武器，揭手榴弹盖。

午后2时许，弥漫全山的大雾刚刚散去，数十架美军战斗机、轰炸机就凶鹰群般地铺天盖地扑向玉女峰，继而展开了猛烈的狂轰滥炸。

瞬间，遍山硝烟腾滚、火光迸射、雷鸣不止，把条条战壕炸得壁塌沟平，掩蔽洞也被震得直打哆嗦，颤抖不止，纷纷落土。

闷在掩蔽洞中的4连指战员已气愤难抑，纷纷大骂美国佬欺人太甚，连长徐景山嘴里骂着“狗娘养的，非揍下你一架下来”，随即拉着

1 班班长冒着危险爬到洞口，观察美机的盘旋轰炸。徐连长边观察，边对 1 班班长说道：“瞅准就揍他一下。”正说着，一架美机轰的一声俯冲而过，一梭子机枪子弹射出，未击中敌机，随后徐连长指着山脚方向喊道：“那一架又俯冲过来了。”说时迟，那时快，一梭子子弹扫向了敌机腹部，只见那架敌机肚下火光闪闪，浓烟骤起，翅膀一歪摔向临津江的对岸。

在美机被击中起火之际，美军飞行员迅速跳伞降落在临津江的对岸树林边。片刻，只见 5 架美机又飞临上空，地面上的敌军飞行员迅速把镜光往空中一晃，接上联络信号，在其余 4 架飞机的盘旋保护下，一架直升机立即停在空中，撇下长长的云梯，飞行员即刻抓住云梯，爬上飞机狼狈逃去。

在美机中弹起火之际，各掩蔽洞口立时传出来“打得好！打得好！”的欢呼声。

敌机狂轰滥炸过后，美军王牌骑兵第 1 师以一个团兵力组织起来的数支攻击集团，便在坦克炮火炸起的浓烈硝烟掩护下，冲向玉女峰阵地。

当敌军冲上半山腰之际，前沿指挥所一声令下，连长徐景山立即指挥 1 排各战斗组冲出掩蔽部，以猛烈火力向上攻之，与敌展开强烈的阻击。机枪、冲锋枪、手榴弹一起开火，只打得敌军像割倒的麦子，倒下一片又一片。

在两军展开冲锋与阻击的激烈拼战中，志愿军玉女峰前沿指挥所立即请求团指挥部命令坦克连和团炮火给以支援，拦截敌军后队。顷刻，一排炮弹凌空飞落，敌军尾部爆炸开花，徐连长看到敌军惊慌地掉头回窜，立即大喝一声：“追啊！捉活的！”伴着喊声，只见 4 连 1 排副排长一马当先，带领 1 排勇士，勇猛地冲出战壕，跃下山坡扑向敌群。追击队伍中的朝鲜族战士也不停地高喊朝鲜语“缴枪不杀”，杀向敌群。

李承晚军在前有强烈反击、后有炮火的拦截之下，纷纷溃败下去，许多被打得跌跌爬爬的士兵扔掉枪支，跪在地上举手投降。4 连 1 排押着 30 余名俘虏，胜利返上玉女峰阵地。

李承晚军的第一次冲锋被打下后，美军指挥官立即命令坦克炮火再次排击玉女峰志愿军阵地。顷刻，浓烈的炮火就又重新笼罩了玉女峰。

迅速闪进掩蔽部的581团4连指战员，纷纷要求连长反击敌人的坦克。

美军炮火还未停止，连长耳边的报话机就传来了教导员“准备反击”的命令。徐景山连长放下话筒，赶紧钻出洞口，一看敌炮火已延伸至掩蔽洞以上，火速命令各战斗组投入阻击，并唤通信员传告各战斗班组，反击下去，全带反坦克手榴弹，争取敲掉敌人几辆坦克。

敌军的坦克炮火虽然向上延伸，但小步兵炮仍在阵地上下零散爆炸开花，重机枪也在战壕沿上不断地迸射出排排火花烟尘，压得志愿军难以抬头。

当敌军的进攻集团进入射程后，徐景山连长手枪一抡，大喝一声“打！”随着喊声，1排各战斗组从战壕里、弹坑中奋不顾身地一跃而起，抡枪向敌军展开了狠狠的扫射，并把一捆捆手榴弹砸向敌群。

冲在前面的李承晚军纷纷中弹毙命，后面的见状急忙后退，但在督战队人员的枪口逼迫下，又重新冒死冲了上去。

在志愿军4连猛烈火力的阻击下，李承晚军一排排被击倒在阵地前沿，但在反击中，4连1排指战员相继负伤挂花，被拖下战场。徐连长看到1排伤亡后，赶忙调2排投入了战斗。

战斗在血火之中激烈地进行着，一排排炮弹又自玉女峰山后掠空飞落敌坦克阵地前，迅即切断了李承晚军的后卫。徐景山连长看到本军炮火展开，火速命令道：“反击！”随后他指挥着1排、2排指战员跃出战壕，抱着机枪、冲锋枪向着敌人猛烈横扫过去，李承晚军再次惊慌地溃败下去。许多敌人在枪弹扫射下丧生，逃不掉的只得缴枪投降。徐景山连长率军一直追击到反坦克壕边，在徐连长“跃过去！炸坦克啊！”的吼声中，2排副排长朱玉枝（青龙县肖营子镇温杖子村人，满族）等十几位勇士成功地跨过反坦克壕，冲入敌坦克阵地。只见二十几颗飞雷连续脱手，带着飘抖的布条飞向敌坦克，但见火光闪处，雷声轰隆，几辆坦克被炸毁，瘫痪在地上。敌军前沿指挥官一看志愿军已冲入坦克阵地，急忙指挥预备队展开反击。徐连长见势，急忙率队伍交替掩护撤向玉女峰阵地。敌军已组织几个冲锋集团在炮火的掩护下，重新攻向玉女峰。

美李军的攻击一次比一次猛烈，在志愿军刚刚接近阵地之际，一排美坦克炮弹飞袭交通壕沿上下，副排长朱玉枝等人当即中弹牺牲，徐景山连长与几个战士也中弹挂了花，被救入掩蔽部。前沿指挥所闻报，教导员邵连林立即带着通信员小地头冒着纷飞的炮火，顺着交通壕，火速赶到了前沿阵地，随即指挥4连3排投入战斗，向美李军展开了英勇的反击。

在美李军炮火纷纷倾泻前沿阵地、集团攻击队伍蜂拥而上之际，教导员邵连林果断地命令3排排长代理连长职务，指挥全连展开猛烈的反击，同时用电话转告朱占春参谋长，请求炮火支援，拦截敌后续队伍。

随着号令，团直属炮兵队和坦克一起开火，一发发炮弹接连落入敌群，炸得敌军一片片倒地。在敌军惊慌之际，3排排长（代理连长）大喝一声："同志们，把敌人赶下去啊！"只见4连各战斗组纷纷跃出战壕，端起轻机枪、冲锋枪，奋不顾身地向着敌群横扫过去，加之手榴弹、爆破筒的巨大威力，立刻打得敌军横尸遍坡，纷纷抱头鼠窜。4连指战员趁势冲杀下去，冲入溃败的敌群，展开生死拼杀。敌我胶着在一起拼杀，使美军的坦克炮火也失去了作用。

在4连指战员的英勇冲杀下，许多挂伤之敌扔下枪支，跪在地上举手告饶。冲在前面的几位志愿军勇士直逼美军坦克阵地，敏捷地将一枚枚反坦克手雷和爆破筒投掷过去。敌坦克见势急忙调转屁股逃跑，但在接连的巨大爆声中，有几辆坦克起火并被炸飞了链轨。

三次冲锋被反击下去，美李军又组织起更大规模的冲锋。只见成连成连的敌军端着枪，在炮火的掩护下又黑压压地冲上玉女峰。

一排排炮火落在志愿军阵地上，战斗在前沿的2营教导员邵连林，急忙指示4连撤入了掩蔽部，进行阻击准备。

在美军炮火延伸的一瞬间，4连指战员立即涌出洞口，展开猛烈的阻击。敌军被打倒一排又一排，但敌人在炮火的支援下仍是源源不断地冲上来。邵连林看到伤亡不断增加，敌人的攻势有增无减，立即用电话转告朱占春参谋长，调预备队5连1排火速进入阵地。

5连1排冒着炮火赶到前沿，立即协助4连展开英勇的反击。在太阳近山之际，581团炮火再次给予支援，4连、5连指战员终于又把敌军赶下玉女峰。

夕阳沉入山背，美李军指挥官看到天色将晚，进攻无望，遂命残兵败将爬上汽车，在坦克的庇护下南撤而去。

战斗结束，4连只剩下十几个能坚持战斗的人员。

是日晚，董庆林连长奉命率5连全部进入玉女峰前沿阵地，并于夜晚修复了战壕。

晚饭后，赵文进师长、杨万华团长、于品增参谋长登上玉女峰前沿阵地进行了视察，向前沿指挥邵连林询问了反击情况，并鼓励5连指战员英勇作战，坚决阻击敌人的进攻。

6月1日晚，美军总指挥官李奇微闻报进攻玉女峰毫无进展，非常恼怒，遂让他的参谋长撤换了进攻玉女峰的前线指挥官，并责令空军调集100架攻击机、200架轰炸机听令，还指令空军于6月2日午后出动攻击机50架、轰炸机100架前往玉女峰及川北交通要陆进行攻击轰炸，并调美军一个坦克团增援玉女峰，掩护美军一个摩托化步兵师继续争夺玉女峰。同时调集美军一个火炮师、李承晚步兵一个师，向玉女峰进发。

在李奇微调兵遣将的同时，在玉女峰志愿军581团阵地上，教导员邵连林也深入5连各排进行了次日的作战部署和战斗动员。

6月2日午前，玉女峰地区依然天气阴沉，整个玉女峰沉浸在云雨之中。只有设在北山后的团指挥所的电话不断地询问着前沿敌情。整个玉女峰地区沉寂无声，无人一样，志愿军的坦克和火炮都掩隐在山脚下，只有几匹骡子驮着炮弹默默地冒雨行进在川路上。

近午，云雾渐渐散去，志愿军指战员才从积满泥水的掩蔽洞中钻出来，在交通壕中换一换新鲜空气。一些战士一边伸胳膊活动腿脚，一边自言自语道："看来后半晌不会再憋闷咱们了，美国佬又要进攻了。""看来美国佬不会死心，今天咱们也有可能为家中挣得一个烈士证。"也有的战士拿出信物互相赠送，准备牺牲后当作纪念。

午后2时，果然美空军出动了，狂妄的美战斗机一队紧挨一队，漫天盖地地扑向了玉女峰地区。

听到飞机的轰鸣声，581团5连全部隐进掩蔽部，只有设在205高地的炮兵监视哨依然监视着敌人的行动。

片刻，近百架美军攻击机、轰炸机就把玉女峰及以北的二线阵地和北上道路狂轰滥炸得硝烟冲天，直炸得玉女峰土翻石飞，树木尽折，山摇地抖，掩蔽洞接连出现坍塌。

在美空军的摧毁性大轰炸后，坦克和火炮又对玉女峰展开了猛烈的轰击。

伴着炮弹的呼啸与爆炸，一个冲锋集团又一个冲锋集团的美军，漫山遍野地向玉女峰发起攻击。

当美军逼近志愿军阵地前沿之际，只听董庆林连长一声令下“打！”，1、2排各战斗班组立即从战壕里和弹坑中一跃而起，只见轻重机枪射手早已挽起了袖口，愤怒地抱起机枪，打了起来，将一链链一盘盘愤怒的子弹射向敌军。战士刘曾、李殿福等飞快地将一箱又一箱已揭去盖的手榴弹，一股脑砸向蜂拥而上的敌群。在5连轻重机枪、冲锋枪、手榴弹、爆破筒等重火力的沉重打击下，敌军弃下许多尸体败下山去，一直把美军赶回到反坦克壕下。

在5连发起反击之后，前沿指挥教导员邵连林立即请团炮火予以支援。刹那间，坦克炮和92步兵炮一起开火，一发发炮弹从山后掠空而过，纷纷落入敌坦克阵地，溃败之敌惊慌地向路东逃去。班长李茂林等十几个勇士乘势袭进坦克阵地，连续炸毁了几辆坦克。

经过5连指战员的浴血拼杀，敌人的4次成连成营的集团冲锋均被反击下去，美李军的尸体横七竖八地盖满了玉女峰山坡。但在连续反击中，王殿福、刘曾等许多指战员相继负伤，被抬下火线，班长李茂林（青龙县双山子镇岭下村人，满族，31岁）、战士马成义（青龙县茨榆山乡土桥岭村人，满族，22岁）等也英勇牺牲。

太阳压山，美军又组织起更为猛烈的攻击。在炮火的掩护下，几个冲锋集团又黑压压地向玉女峰进攻。志愿军的阵地上，一团团炮火硝

烟纷纷腾上天空，石块、泥土、弹片四处迸射。只见那山腰中，在夕阳的映照下，闪闪发亮的无数顶钢盔，正在晃动着向上冲。

接到监视哨的报告，前沿指挥邵连林赶忙用电话指示5连连长董庆林作好反击准备，并命通信员杨文波去调6连增援前沿，随后又带着通信员小地头，冒着战火急忙赶到前沿阵地视察。

敌人炮火还在继续轰击，可敌军已逼近了前哨阵地，教导员邵连林不待美军炮火停止就急切地命令董庆林连长带领5连立即投入阻击。

5连指战员临危不惧，巧妙地运动在交通沟、弹坑中，向蜂拥而上的敌军展开了强劲的阻击，打得敌人倒下一批又一批。在那血火相交的战火之中，前面的战友牺牲了，后面的就赶快冲上补充。供弹药的一些战士也紧张地投入了战斗，有的帮助机枪射手压子弹，有的扔手榴弹，但因敌炮火猛烈，攻击势猛，志愿军战斗人员锐减。一伙美军突破阵地，涌上了交通壕，董连长即率十几个战士扑过去，扭住美军摔打起来。

目睹此状，十几位供运弹药的战士和抢救伤员的卫生员、通信员也奋不顾身地扑上去，与5连勇士们一起奋搏美军。他们有的抱住美军就摔，有的以枪托抡打，有的用拳头捶去，也有的与美军厮打滚在一起。一场你死我活的血肉拼杀，在前沿阵地上展开了。副班长张柱（青龙县七道河乡后水河村人，满族，26岁）一人竟以刺刀轮战数敌，混战中身负多伤，最后与敌同归于尽在阵地上。

在董庆林连长率5连英勇拼杀之际，黄海洲连长率6连穿越敌军炮火的拦截，驰援前沿阵地。6连1班班长樊庆春（青龙县安子岭乡吉利峪人，满族，28岁）进入阵地时不幸中弹牺牲。冲到阵地的援军立即投入战斗，硬是以勇猛顽强的斗志全部干掉了冲上阵地的美军，奋勇打退了美军第五次攻击，确保了阵地。

傍晚，美李军主力陆续进入玉女峰一线，纷纷在玉女峰前的路东侧山头上安营扎寨，摆出了一副大决战的姿态。

在美军停止攻击、收兵入营之际，志愿军阵地前沿指挥所清理一下战场，4连、5连能战斗的人员已不足一个排了，教导员邵连林立即命董庆林连长和黄海洲连长加强警戒，严防敌军偷袭阵地。

6月2日晚，在美军玉女峰前线指挥部中，美军玉女峰前线总指挥官正向美李军诸将校下达美军司令部李奇微发来的电令，即对次日作战进行了有针对性的部署。

美军前线指挥官对着所属诸将校首先讲道：“刚刚收到总司令官李奇微的电令，要我们明日傍晚务必攻下玉女峰，否则军法处置。夺占玉女峰，打开北进之门，可在谈判前恢复我们大美利坚合众国的声威。为了明天的成功，望诸位多加效力，多提上策。”

一位李承晚军师长开言：“中国军队太厉害了，简直不可思议，他们躲在坑道里，避开我军炮火，等我们一发起攻击，他们就跑出来狠命地反击，要多派飞机、火炮彻底摧毁他们的坑道。”

另一位美军顾问接着发言：“我军失利的另一个原因则是没有孤立玉女峰这座山，只要以炮火封锁中国军队的增援，我们就能把玉女峰上的中国军队击垮。”

一席话提醒了美军前线指挥官：“你们的观点很有道理，我们可以再多出动一些飞机，去摧毁中国军队的坑道，或派坦克迂回山后，切断中国军队的增援之路。”

另一位参加当日攻击玉女峰的美军团长接着坦言：“我们第五次攻上去，很有希望能攻占中国军队的阵地，不想一股中国军队又从后山涌出，把我们给压了下来。我看山后树林中肯定有坑道，暗藏着中国军队，我军应以空军和火炮狠狠地摧毁中国军队的后山阵地。”

还有位美军参谋人员指出：“轰炸中国军队的补给线与轰炸玉女峰上的中国军队应同时展开。”

最后美军前线指挥官宣布了作战部署：“根据诸位提供的战场实际，我决定明天命空军300架飞机全部出动，将玉女峰中国军队坑道和他们的补给线全部进行毁灭性大摧毁，并以坦克迂回山后包围玉女峰。还决定以远程火炮摧毁山后阵地，封锁中国军队的增援之路，决定由联军担任主攻，韩国步兵师必于明天傍晚攻占玉女峰，违误者军法处置。”

经过美李军几天的狂轰滥炸，玉女峰已弹坑遍坡，石粉土焦。在浴

火交织的战场，志愿军 581 团 2 营连续歼灭了超过本部数倍之敌，但也付出了巨大的代价。赵文进师长、杨万华团长等师团首长，时时在关注着玉女峰阵地上 2 营官兵的每一次反击，他们夜以继日地守在师、团指挥所内，手不离话筒地询问着前沿阵地上的一切情况，并根据战场实际给予确切的指挥。

6 月 2 日晚，赵文进师长、杨万华团长等冒着美军打冷枪冷炮的危险，再次登上玉女峰，检查了前沿阵地，并指示作好迎击敌人更残酷、更凶猛的攻击的准备。

自进入阵地后，2 营教导员邵连林、参谋长朱占春就担起了指挥的重任，夜以继日地坚守在第一线阵地上。他们每天早晚都深入前沿阵地各班组进行战斗动员，检查反击中的伤亡、弹药供应、伤员救护等情况，根据战场情况调整部署。在战场紧张之际，常常冒着战火亲临前线指挥，打退敌人一次又一次的冲锋，确保牢牢控制着阵地。

6 月 2 日晚，由于敌炮火的封锁，营指挥所断了粮，炊事员张真（青龙县青龙镇广茶山村，满族）忍痛割下被炸死的营部驮文件包袱的白马大腿，用火烤熟后拿给教导员、参谋长，两人又将马肉分给电话员、通信员、炊事员各一份。

教导员邵连林边啃马肉，边风趣地笑着说道："太香啦！马肉充饥，这生活还真不错，只要有肉吃，就不愁打美国佬没有劲。"突然电话铃响起，传来了杨团长的话声："喂！小鬼，请你们教导员接电话。""教导员，团长找你。"教导员邵连林立即放下马肉，接过话筒就讲了起来："杨团长，请指示。"随即听筒里传来了杨团长的话音："小邵啊，刚才赵师长来电话转告，据侦察，美军已增加到三四个师的兵力，要求你们作好坚守的准备，明天美军肯定要下更大的赌注，同时也是我们团负责防御的最后一天，只要我们坚持到傍晚，就能完成任务！"教导员邵连林非常干脆地回答道："请团长转告师首长，不管敌人的进攻怎样凶猛残酷，我们 2 营一定坚持到底，保证人在阵地在。""好！我现在就把你们的决心转告赵师长，团里相信你们一定能胜利完成任务！"

吃过晚饭，教导员立即命通信员杨文波把5连连长董庆林、6连连长黄海洲召集到前沿指挥所，下达了师团的命令，并要求两位连长作好部署，迎接次日更为残酷的战斗。

6月3日午前，玉女峰阵地仍被雾雨所笼罩，志愿军581团2营官兵全隐蔽在掩蔽洞中，蹲在泥水中边嚼炒熟的黄豆，边忙着压子弹盘、揭手榴弹盖等战前准备。

近午，云雾散尽。班长姜长海爬出洞口，向山下一望，三四十辆美军坦克运动在公路上，正把炮口一一对准玉女峰志愿军阵地。玉女峰对面的东山一些小高地处，无数的美国兵正在漫山遍野地吃着午饭，南面远处的公路上，汽车、炮车还源源不断地向北开来，一场空前大决战即将来临。

中午1时许，美军数百架飞机提前出动了，一排排满载炸弹的大型轰炸机尾攻击机之后，在玉女峰及川北数十里的公路上展开了欲要摧毁一切的狂轰滥炸。整个战场上，撕裂人们肺腑的飞机鸣叫声与震耳欲聋的轰炸声此起彼伏。一个多小时过后，整座玉女峰到处硝烟弥漫，被炸折的树木，到处冒着烟火，战壕已为弹坑所移平。玉女峰以北的二线阵地和北上公路也被轰炸得硝烟蔽日，烈火卷漫。

在美军飞机对玉女峰进行大轰炸时，隐蔽在掩蔽洞中的志愿军感到剧烈的地震降临此地。由于美军几天的往复狂轰滥炸，掩蔽洞上的土层越来越薄，支撑力日渐削弱。大轰炸刚开始，位于最前哨的掩蔽洞中弹坍塌，把6连机枪班4名战士压在里面，全部牺牲。位于第二掩蔽洞的姜长海和3个战友听到后，赶忙冒着战火移入第三掩蔽洞。进洞隐蔽时间不长，一炸弹飞落，掩蔽洞顶就又塌落下来，幸得入洞时，姜长海告诫另外三位战友躲在四角处，洞塌坑木折断，四角产生一些空隙，四个人幸免负伤。他们忍痛爬起来，隐进相邻掩蔽洞。

敌机轰炸过后，敌坦克、火炮咆哮起来，对着玉女峰前坡、后坡猛烈地轰击，转瞬就轰得志愿军阵地硝烟冲荡而起，轰得山后崖崩树燃。

一排排重型炮弹掠空飞落玉女峰205高地后坡，“轰！轰！”爆炸，震得前沿指挥所掩蔽洞剧烈颤抖起来，营参谋长朱占春一边惊奇地说：

“这炮来得真怪呀！”一边走到洞口去观察。刚至洞口，突然一颗炮弹落在指挥所洞口不远处轰然爆炸，只听“哎呀！”一声，营参谋长朱占春双手抱头退了下来，教导员急步上前，一看方知参谋长面部已被炮弹皮划开了一个大口子，鲜血立即流了下来。教导员、通信员立即进行包扎，待炮击一停，教导员邵连林立即命通信员杨文波把参谋长朱占春送回了团部。此时，前沿指挥所内只剩下教导员邵连林、一个电话员、通信员小地头、炊事员张真。

美军的炮弹还在一排排地爆炸，美步兵漫山遍野地冲向了玉女峰。

董庆林和黄海洲两位连长听到敌人炮声延伸过战壕，迅速冲出掩蔽洞，指挥所部对向上冲的美军展开了强劲的反击。在暴风骤雨般的轻重机枪、冲锋枪的狂扫下，在冰雹般的手榴弹的爆炸声中，敌军立刻陈尸遍地，但同样打红眼了的美军在轻重火力的掩护下，在督战队的死亡督战下，仍是源源不断地向上猛攻，玉女峰前的激战空前展开。

机枪班班长姜长海抱着机枪左右抖动，将一盘盘愤怒的子弹扫向冲上来美国兵，不幸一颗敌弹片擦伤了他的腿部，助手赶忙接过机枪继续射击，卫生员李玉然立即扑到近前，对他进行了简单的包扎，姜长海随即被救护人员扶下了阵地。

玉女峰 205 高地上的前沿指挥所内也空前紧张起来，教导员邵连林一手抓着通往团指挥所的话筒，另一手握着对前沿阵地的电话筒，一面请求团长炮火支援，另一面指令前沿董庆林、黄海洲两位连长加强阻击。

时间不长，电话耳机里传来了黄连长“炸得好！炸得好啊！”的称赞声，教导员立即意识到志愿军炮火已展开，立即向黄连长下达了“趁势反击”的命令。

随着命令的下达，董庆林连长立即率领指战员向往上冲的美军英勇地反击下去。被炮火轰击和英勇反击的美军，立即全面惊恐起来，随之全线溃退下去。

第一次反击刚刚结束，美军的炮火又展开了大轰击，一些还未来得及回到掩蔽洞的志愿军勇士伤亡在炮火下。

在猛烈的炮火掩护下，大量的美军又蜂拥着冲上了玉女峰山坡。在美军步兵大规模进攻玉女峰志愿军阵地的同时，美军炮火向着玉女峰山背后展开了连续、猛烈的轰击。另外，美军坦克一路以炮火开路，向玉女峰北山脚展开了迂回包围。志愿军581团运输队受到炮火的拦截，许多人牺牲在炮火之中。弹药运不上山，伤员也撤转不下火线，情况异常危险起来。在前沿指挥所附近，卫生员李玉然匆忙地为伤员包扎着伤口，并安排一些轻伤员自己下山后转。

此时，设在205高地上的炮兵监视哨已被美军炮火端掉，战情处于非常紧张的状态之下，前沿指挥部邵连林急忙将情况报告团指挥所，杨团长立即命令二线兵力1营集中火力掩护2营反击。

1营营长郭长春接到命令后，立即在二线阵地调机炮连集中八二迫击炮、六〇炮、重机枪，隔江叉向攻击玉女峰的美军展开轰击；美军指挥部看到581团1营的炮火自江叉以北连续轰击，便指令炮火还击；581团1营机炮连连长赶忙指令各排分散行动，排长于宝义指挥六〇炮手打几炮便移动一下炮阵，与敌方炮火玩起了“捉迷藏”。

在1营火力和团炮火的支援下，2营奋力反击，连续打退了美军四次成营成团的强力冲锋。在激烈的反击中，战士吕秀（青龙县安子岭乡吉利峪人，满族，25岁）等相续战死，黄海洲连长等几十人相继负伤被转下战场。

教导员邵连林闻报黄海洲连长负重伤，急忙赶到前沿阵地，在向董庆林连长了解一下情况后，急忙指示董庆林连长调出最后的预备战斗班组，去准备迎击美军的第五次冲锋。随后，极速赶回指挥所，用电话向团指挥所搬请援兵。

丁连密

午后5时许，581团指挥所电话耳机里传来了前沿阵地上2营教导员邵连林急切的喊声：“团长！团长！前沿伤亡过大，弹药不足，非常吃紧，请求增援，越快越好！”“请你们坚持一下，增援马上就上去。”杨团长果断地回复，并立即命令3营营长顾好梅调预备队7连火速增援玉女峰。命令刚下完，杨团长的耳机里又传来了2营教导员的喊声："美军的第五次强冲又发起，并且敌炮火更猛烈，快发炮支援！发炮支援！"等杨万华团长呼叫坦克和团炮直属队发炮时，回答则是："团长，炮弹已用光，运输队还未赶到。"

面对十分紧张的战情，杨万华团长急唤参谋长调通信班速返后方去催，丁连密所在通信班领命飞马而去，不想在返回途中遇敌机跟踪俯冲扫射，通信班全体人马急忙避进树林，可又遭到美军飞机的轰炸，树木尽被炸倒，燃起熊熊烈火，全班只有丁连密（1927—2018年5月，青龙县双山子丁家沟村人，满族）一人幸免于难，他拼命滚出烈焰滚滚的数十米火海，返回到团指挥所。

怎奈在当时，581团只靠几匹骡子驮运炮弹，每匹骡子一次只驮4发，还要穿行数十里战火，随时都会受到美机的跟踪追击扫射与轰炸，怎能供得上作战的需要？每运到一次，打几炮就光了，以至于造成了战场上的被动。

前沿阵地上得不到炮火的支援，反击中人员伤亡越来越多，前沿指挥邵连林只得再次连续向团指挥所催问："增援怎么还未赶到？""前沿已全部投入了拼杀，请火速增援。""前沿已太困难了，难以坚持下去。"

杨万华团长、于品增参谋长等在指挥所中也急切紧张地调兵遣将，火速增援2营。杨万华团长一会儿向前沿指挥所回复："7连已经登上山去，十几分钟就能赶到前沿。"回过头来又叫通了3营营长顾好梅："7连怎么还没增援上去？"顾好梅回复："团长，刚接到退下伤员的报告，7连刚登到半山腰就遭到了美国佬炮火的拦截，大部伤亡，我马上组织8连抢登。"杨团长随即向顾营长讲道："命8连克服一切困难，火速增援2营。"时间不长，杨团长就又接到了顾营长的电话："团长啊！8连刚登上去，又遇到敌人猛烈的炮火拦击，太惨了，只下来十几个人。"

增援上不去，杨团长急得再次指令1营营长郭长春调集所有步兵炮、重机枪，火速支援2营。隔着江叉，1营连续发起猛烈的火力支援。美军看到志愿军581团1营火力纷纷扫向发起五次冲锋的美军，便指令调整炮火轰击志愿军二线阵地。一排排炮弹飞落志愿军阵地，机炮连排长于宝义（青龙县龙王庙乡陈庄村人，满族，31 岁）等人先后中弹壮烈牺牲。

在 1 营火力的支援下，2 营战地敌方炮火渐弱，全体将士竭尽全力，奋勇又将美军第五次集团冲锋反击下去。

在打退美军第五次冲锋后，前沿指挥所与团指挥中断了联系，杨万华团长命话务员连续呼叫，不想怎么也叫不通，此时从洞外走进来的警卫员张桂芳说道："团长，前沿指挥所那边炮声响了很长时间了，不是线被炸断，就是指挥所挨了炸。"

增援部队受阻、前沿指挥所又失掉了联系，团长、政委、参谋长心急如火，赶忙派通信员张兴文带两人设法去登玉女峰，进行联系。接令，张兴文立即出发，三人各自分散，拉开距离，绕小径，避敌弹向 205 高地奋勇攀去。

下午，在玉女峰前哨南端阵地上，董庆林连长在自抱重机枪打退美军第五次进攻之后，环顾一下周围的战友。映入他眼帘的则是东倒西歪、血肉模糊的尸体，已无一生还者了。再看一看山脚下的敌军，坦克还在向山北轰击，并且敌步兵大队也在自东向西运动，加之弹药也快打光，很难再坚守阵地，便自行撤下战场搬取援兵。

在玉女峰前沿北哨一线战场上，6 连 2 排排长（青龙县籍）率全排在连续拼战，打退敌人五次强大冲锋之后，发现战友全部挂花与阵亡，他立即把重伤员背到山后较安全处，并把早已揭去盖的手榴弹一抱又一抱地准备在伤员的身边，准备迎击敌人新的进攻。

夕阳垂近天际，美军又在炮火的掩护下重新攻上了玉女峰，6 连 2 排排长立即端起轻机枪狠扫上冲之敌，伤员们也纷纷将手榴弹扔向敌群。最后，2 排排长在全排战友全部牺牲、机枪子弹打光、美军接近阵地之际，他英勇地抱起一支爆破筒，大喊："送你们回老家吧！"冲入了敌群，"轰"的一声巨响，30 多名美军被炸飞。2 排排长实现了他"誓与阵地共存亡"的神圣诺言，壮烈牺牲在玉女峰上。

被炮击震伤昏死过去的一位战士，压在距 2 排排长不远的战友遗体下面，在2排排长英勇献身之际复苏过来，他亲眼看见了2排排长的壮烈之举。天黑后，他悄悄摸下山，绕道返回团指挥所，向团领导汇报了玉女峰反击中的一切情况。

在2排排长英勇抗击美军之时，一伙美军涌上了董庆林原来坚守的阵地，顺着山脊冲上了205高地。逼近志愿军前沿指挥所，6连姜长海等十几位伤员先后撤下阵地，行至山腰，3营7连、8连遭受美军炮火拦击的地方时，遍地已是满目的残尸烂体，悲惨至极。伤员们相互搀扶着下山，忽听山上前沿指挥所处枪声大作，急忙回头，便见几十个美军出现在205高地顶上，他们不禁心酸地落下泪来："咱们的教导员还在指挥所里，这下可完了。"姜长海等伤员在敌坦克即将全面包围玉女峰之际撤过了江叉。当他们进入二线阵地，路过本军坦克旁时，看到坦克战友们全在闲置着，走过去质问道："前沿吃紧，怎么不打炮？"坦克兵们回答："炮弹供不上来，我们又有什么办法？"

伤员继续北行，恰遇杨文波送朱占春营参谋长回团部，返至江叉北小山口处，姜长海等问道："杨文波你还往哪儿去？""教导员他们还在山上，我回去看看。"杨文波答道。重伤员都哭着说道："别去啦，美国兵已占了205高地，教导员他们都牺牲了。""我想下山给教导员他们寻些吃的，不想他们全牺牲了，真痛心啊！"跟在伤员身后的营部炊事员张真说。

一行人穿过二线阵地，来到战地包扎所。医护人员听到2营教导员等牺牲的消息，纷纷落下眼泪。伤员们刚进包扎帐篷，军医孟景文就说："上级来指示，让轻伤员赶紧自己后撤，这里危险，我们也马上收拾转移。"随后伤员们互相搀扶后撤。

在十几个美军接近志愿军前沿指挥所之际，坚守在指挥所内的教导员邵连林，在中断了与团指挥所的联系之后，又失去与前沿的联系，万分焦急，急唤通信员小地头到洞外看一看增援是否上来了，不想小地头刚走到洞口外交通壕沿上，就挨了美军一枪，滚下山去。教导员闻此，立即拔枪，与此同时，电话员也抓过冲锋枪，隐到洞口旁；美军爬到掩蔽洞上，看到有许多电话线伸入洞内，立即意识到此洞就是中国军队的指挥部，一边射击，一边用外语喊着：“拦啊麻斯！拦啊麻斯！”（缴枪不杀）让里面人投降，只听里面传来雄壮的回答声：“我们中国共产党人是宁死也不会投降的！打倒美帝国主义！和平一定属于人民！”

邵连林

恰在此时，团通信员张兴文等人攀登到2营指挥所，他们一看十几个美国兵占领了掩蔽洞顶，立即用冲锋枪向美军狠狠扫射过去，枪声响处，十来个美军应声倒下，余者急忙隐蔽还击。在美军向洞内停止射击之后，教导员与电话员立即接近洞口向外还击，在激烈的对击中，美军全部被歼，而通信员也中弹牺牲。枪击停止，张兴文大声喊着：“邵教导员，我们找你们来啦！”好在前沿指挥所洞内有两个支洞，教导员和电话员未伤着，他们听到自己人的喊声才冲出洞口，与张兴文两人会合。此时，山梁上又冲上来一批美军，他们4人赶忙滚入交通壕，迎战后继之敌。未遇到抵抗的一伙美军顺山脊赶过来，迎面遇上了几颗手榴弹飞来，当即被炸得死伤一片，仓皇败退下去。

时间不长，美军又一排排炮弹袭来，随着炮弹爆炸的轰鸣，2营指挥所掩蔽洞“咕咚”一声被炸塌了下来。面对美军炮火对205高地侧背的轰击，教导员邵连林立即唤张兴文等爬上205高地顶处，突然一颗炮弹落在他们附近，一块弹皮横飞过来，击中了教导员的左臂，通信员赶忙爬过来，帮助包扎。这时，敌人又冲了上来，他们立即奋起反击，通信员用捡来的美军卡宾枪向敌人横扫起来，教导员也忍着伤痛把一颗颗手榴弹投向敌人，终于再次将敌军赶下山去。

太阳落山之际，美军见玉女峰仍攻不下，仍命炮火猛轰205高地，

呼啸而来的炮弹落在教导员邵连林和张兴文他们4人附近。随着“轰！轰！”的连续爆炸，被炮火掀起的土石四处迸射，剧烈地连续腾翻倾覆，将仅存的4名勇士全压在泥土之中。通信员张兴文昏晕一阵后，清醒了过来，活动一下身子，确信还能动弹，就活动着身子从泥土中爬出来，当他去扒其他3名战友时，发现都已牺牲了。炸烂的血肉已湿润了泥土，他稍休息一下，又竭尽全力用手扒土，把烈士遗体覆埋上一层，然后趁着降临的夜幕，悲痛地摸下玉女峰，奔向团指挥所去汇报。

傍晚，赵文进师长收到了581团指挥所“玉女峰上2营损失过大，3营几次增援均遭敌炮火拦截”的报告，心情骤然紧张起来，立即唤过师警卫连连长王恩稳（青龙县马圈子镇二道杖子村人，满族），命其速率警卫连前往玉女峰北二线阵地，找581团指挥所，协同581团3营继续增援玉女峰阵地。王恩稳连长率本连跑步赶到581团指挥所，向杨万华团长传达了师长的命令。杨团长当即命顾好梅营长亲带9连与警卫连一起增援玉女峰。临行，杨团长对着顾营长、王连长讲道：“无论如何也要攻上去，找到2营指挥所，保住阵地。”并命5连连长董庆林带路前往。

夜幕降临后，美军停止了炮击，师警卫连、3营趁机攻上山去，当登到半山腰处时，恰遇3位6连伤员慢慢地移下山来，伤员对警卫连连长讲道：“我们营教导员他们都牺牲了，阵地上没有活人啦！”

王恩稳连长与顾好梅营长在董庆林的引导下，率部摸到了205高地，并找到前沿指挥所的掩蔽洞一看，掩蔽洞已被炸塌下来。随即派一部分人员掘挖掩蔽洞，派一部分人员在205高地附近寻找2营战友。

夺回了205高地，顾营长与王连长即命所部抓紧挖掘掩体，构筑防御工事。

美军指挥部失去了与玉女峰上占领部队的联系，确认美方部队遭到了中国军队的夜袭，便指令炮兵连夜轰击205高地。一排排炮弹飞落205高地，3营营长顾好梅这位历经两万五千里长征的老将，当即被猛烈的炮火炸飞了身体，王恩稳连长指挥部队隐蔽，不幸一颗炮弹落在附近，将其炸伤昏晕过去，随即被抬下了战场。志愿军再次遭受到重大伤亡，阵地又重新被敌人炮火控制起来。

赵文进师长收到攻上205高地的师警卫连和581团3营再次遭受重大伤亡报告之后，不禁顿足捶胸，悲痛地落下了眼泪说道：“我这支队伍，从没有受过这样大的损失啊！”随后赵文进师长再次命通信连前往581团指挥所，协助581团再次争夺玉女峰阵地。

时过午夜，杨万华团长命1营1连连长邢海珍亲率所部，协同师通信连一起攀上玉女峰北坡。刚至玉女峰北山腰，不想美军的一排炮火又凌空飞落在行进中的队伍中，炸得师通信连、581团1连死伤一地，被炮火拦截得无法前行。

6月4日，天将破晓，当赵文进师长再次调动部队，准备再次争夺玉女峰阵地之际，突然接到了军部宣布玉女峰阻击战结束的电令。随即赵文进师长令坚守在二线阵地的581团2营、3营撤出阵地，将二线阵地移交给582团防守。

在六昼夜浴血拼杀的阻击战中，581团英勇地抗击了美李军在300架飞机、2个坦克团、1个火炮师的配合下，几个步兵师强大的攻击，胜利地完成了兵团交给的阻击任务。

张振川在《鏖战疆场续闻》71页中记载：“玉女峰反复争夺五昼夜，共毙伤敌人1200多名，击毁坦克4辆，击落敌机1架。战斗下来，安小四、姚旺、王如清等烈士立二等功。在反击中，老红军3营营长顾好梅、2营教导员邵连林壮烈牺牲。”

玉女峰激战正酣时，美骑兵第1师在玉溪里集结40余辆坦克，企图绕过涟川、朔宁公路迂回我军阵地，配合其主力由涟川山口向铁原方向的进攻。6月4日，581团抽调1营1连、2连有战斗经验的班长和老战士11人，由2连指导员武英峰具体组织，分为3个小组。他们巧妙利用上、下三串里军粮站的破草袋掩埋好地雷。公路上还挖了一段反坦克壕，两侧修了隐蔽工事。6月6日9时，在航空兵、炮兵的掩护下，敌先头3辆坦克，而后24辆成纵队向下三串里冲来。11时20分，敌先头第一辆坦克到反坦克战壕前10米，被迫停止。我军埋伏的反坦克小组趁机以手雷向坦克攻击，在其转身后退时，被我军埋的地雷炸毁。我军反坦克小组趁机从右侧出击，以手雷击毁第二辆坦克。这时，

敌坦克兵窜出坦克企图逃跑，被我军击毙。第三辆坦克转身回窜时，被乱草袋子掩盖的地雷炸毁。第四辆坦克企图占领公路北侧凹部，以火力向我军回击时，也触雷被炸毁。敌慌张溃退，遗弃4辆坦克残骸和20多具尸体。上下三串里打坦克的战斗，我军仅负伤1人，创造了一个班打坦克的典范战例。1951年，八一电影制片厂将这个战例拍成军教片（可惜因当时战斗频繁，政治部门来不及上报，所以没有一个立功的）。1956年10月，抗美援朝战争编委会将此战例编入成功的步兵打坦克选辑。（摘自张振川《鏖战疆场续闻》71页。）

1951年6月4日上午，志愿军582团奉命进入玉女峰北二线阵地担负防御。杨万华团长、申建堂政委、于品增参谋长及副团长安东带着所部2连、3连、团直属队和2营、3营40余名生还战友，沉痛地告别了烈士鲜血染红的玉女峰，告别了牺牲在玉女峰上的数百名战友，转移向下三洞进行休整。

师长赵文进、师政委陈亚夫、师参谋长曾绍东等来到581团驻地，为杨万华团长及所部送别。

心情处于极度创伤之中的赵师长、陈政委、曾参谋长与杨万华团长等战友，在临别之际，为在玉女峰阻击战中牺牲的烈士举行了团体默哀与鸣枪告别仪式。赵师长回望玉女峰一段时间后，缓步走到杨万华团长身前，拉住杨团长的手，双手紧握含泪悲伤地说道：“万没想到玉女峰这一仗我们付出了这么大的牺牲，竟连折了像邵连林这样年轻有为和经历了长征的顾好梅这些营连干部，还有我们从热南带出来的这一批老骨干。痛心哪！真没想到，我们带着你们打遍热南、冀东和平北，从南下太行山攻保定到打新保安，从围北平战太原，进军大西北，还有从打兰州进宁夏灭匪，到参加五次战役，哪一次打胜仗不是靠着他们这些骨干啊！唉！想不到我们这些拳头，竟葬身在这玉女峰上！”说着说着，这位南征北战20余年、身经百战的老将，竟然失声痛哭起来。

一向以英勇坚强著称的虎将杨万华团长，此时也不禁泪流满面，哽咽着说道：“赵师长，确实太痛心了，损失了这么多好兄弟，尤其是老曾我们从青龙带出来的那些老战士，他们一向英勇征战，为历次夺取胜利起过骨干作用。我们失去这么多血本骨干，以后可去靠谁呀！”

看到赵师长、杨团长如此悲伤，师政委陈亚夫走向前去，拉住二人的手劝慰道：“赵师长、杨团长，我们的心情都一样啊！失去这样一大批老骨干、老家底，怎不使人痛心呢？但是，我们应为我们师在这样无比恶劣的条件下，顶住了美军数百架飞机、数十辆坦克、数百门大炮、几个步兵师的联合进攻，还炸了那么多敌人的坦克，打下了飞机，抓了许多俘虏，按时完成了阻击任务而感到自豪，为有这样的烈士感到骄傲！要和平就得征服敌人，打仗总要付出一定的代价，只不过这一仗我们付出的牺牲太大了，伤了血本，但比较起来，还是战果大于损失！祖国一定会派干部、战士给我们部队补充起来的！”

陈亚夫政委讲到此处，曾绍东师参谋长也含着泪对杨万华团长安慰道：“老杨，我理解你的心情，玉女峰这一仗虽然打得太残酷了，但取得的战绩远远超过了我们付出的代价，我们要为这么多英雄感到自豪啊！他们勇敢拼杀，以步枪、手榴弹顶住了敌人如此疯狂的进攻，坚守了阵地五昼夜，为我军战略撤退，为64军作好防御准备赢得了时间，并粉碎了李奇微的中路突破阴谋，这是我们赴朝作战以来的丰功伟绩啊！老杨！节一节哀，你只管带咱们团去养伤，去休整，这里有582团防御，过些日子，当我们准备充足后，一定向敌人讨还这笔血债，为581团烈士们报仇雪恨。老杨啊！你们安心地追赶部队吧！”

说到此处，杨团长擦去泪水，与师长、政委、参谋长一一握手告别。然后与申建堂政委、于品增参谋长一起上马，告别玉女峰而去。

半个月后，582团胜利地从美军手中夺回了玉女峰阵地，挖开了被炸塌的前沿指挥所，找到了一些2营的遗物，但由于正值夏季，牺牲在阻击战中的烈士遗体均已腐烂。

张振川在1999年出版的《鏖战疆场》中写道：“在6天争夺玉女峰反击战中，《志愿军战史》有记载说：‘65军在涟川反击，歼敌一部，阻止了敌人的追击。朝鲜战局已趋于稳定。’这一仗起到稳定战局的作用是很大的胜利。”

自从第五次战役开始后，194师官兵，冒着敌机的狂轰滥炸、炮火

左起：安东、武宏、卫金昌、于品增、刘静芝

拦截，长驱敌后，负重七八十斤粮弹，跋山涉水，苦拼血战，饱经了流血牺牲、饥餐露宿、野菜充饥、阴雨连绵、夏暑冬装、痢疾流行和强敌追击等艰难困苦，在赵文进师长亲临前卫的指挥下，在武宏、杨万华、张振川等一大批团、营、连、排指挥员身先士卒英勇冲锋陷阵的带领下，全师将士面对强敌浴血奋战，打了多场胜仗，受到了19兵团和65军的表彰。

第五次战役结束后，65军召集全军团长以上干部参加了总结大会，军政委王道邦在讲评各师成绩中指出：“某师伤亡大胜利小，某师伤亡不大，胜利大，不但俘虏英国鬼子200多人，还捉过美军25师的俘虏，查清了美军头目李奇微的作战企图，受到19兵团首长的表彰。”

第二十一章

护卫开城促谈判 凯旋归国卫京畿

经过7个月的殊死较量，志愿军发动了五次大规模的战役，给美韩联军以沉重打击。抗美援朝第一阶段结束，战线稳定在“三八线”南北地区。美国政府深知中朝军民抗击侵略、保家卫国的决心，谋求用和平方式解决朝鲜问题。1951年7月10日，双方开始了停战谈判。从此，战争出现长达两年的边打边谈的局面。

玉女峰阻击战后，581团在三下洞进行了一个多月的休整，补充了兵员。杨万华团长调任578团任团长，副团长安东任581团团长。

1951年8月26日，581团随65军由中线挥戈西线，开往开城前线，在板门店西侧接替64军担任停战谈判的保卫任务。

谈判期间，美国仍不甘心自己在军事上的失败，肆无忌惮地制造事端，进行军事挑衅。581团与美军斗智斗勇，三战77.9高地，打击了美军的嚣张气焰，为保卫开城、推动停战谈判作出了贡献。

1953年年底，赴朝参战的中国人民志愿军65军官兵，在历时2年8个月之后奉调归国。

归国后，中国人民解放军65集团军始终拱卫着祖国首都北京的北大

门——张家口，成为新中国一道不朽的钢铁长城。

581团来到下三洞，进行了一个月大休整，并得到了祖国从兄弟部队调来的干部和四川省送来新战士的补充，使各营连恢复到了入朝时的建制。

由于578团干部严重伤损，一直带领581团的老团长杨万华被军党委调到578团担任了团长（归国后，杨万华又调某坦克师任师长），581团原副团长安东接任了团长。

此时，以美国为首的“联合国军”在中朝两国军队的沉重打击下，损兵折将，急需喘息。美帝国主义在志愿军发动的五场战役中，领略到中国人的厉害，它那不可一世的嚣张气焰如同遭受到一场暴风雨的浇淋，火势顿减直下。

5月31日，正是玉女峰阻击战开始的第二天，美国总统杜鲁门委托国务卿艾奇逊通过曾任过驻苏大使顾问的凯南，以私人身份单独会见了苏联驻联合国代表马立克，探索朝鲜停战谈判的可能性。6月23日，马立克发表了广播演说，建议在朝鲜交战的双方举行停战谈判。随后，美国总统杜鲁门授权李奇微在当地邀请朝中代表磋商停战谈判。6月30日，李奇微发表广播声明，希望志愿军和朝鲜人民军停火谈判，并提出派代表与中朝会晤，并安排了谈判地点、时间。毛泽东主席随即授权志愿军司令员彭德怀与朝鲜首相金日成联合于7月1日发表广播声明，同意举行停火谈判，并建议谈判地址设在三八线上的开城地区，时间在7月10日开始，而后，得到了美方的同意。

双方停火谈判达成了共识，谈判地点最后双方议定在三八线上开城附近的板门店。

谈判区为10公里见方矩形区域，谈判区周围设中立区，中立区为120公里见方矩形区域。

在三八线的中轴线上，用线绳索住一个飘在半空中的彩色大气球，作为停火谈判区的中心标志。谈判区四角还有四个索系着红色大气球飘在半空作为标志。

谈判区内自北而南用白石灰撒线画一条公路线，中间设立谈判帐篷，东西两侧双方设立了谈判休息帐篷，并在谈判区周围各方架设了铁丝网。并发表声明，向全世界宣布谈判区为和平区，凡进入和平区的双方勤务人员，都不得携带武器弹药。

声明中规定中立区双方不准使用武力，严禁双方飞机进入中立区上空，严禁向中立区内释放枪炮，并由双方派驻军保护。

1951年8月26日，志愿军65军奉命由朝鲜中线挥戈西进，到开城外围接替47军139师，在板门店两翼第一线接替64军，担任谈判保卫部队。

65军194师奉命开进中立区，立即在板门店西面的一个无名高地上设立了指挥部，赵文进师长随即授命581团担任了谈判勤务部队。各团随之就投入了大挖坑道的紧张战备，使各山包都实现了坑道上下纵横沟通，达到了能攻能防的程度。

谈判驻地、会场等全部布置就绪后，身着黄色呢军礼服的581团（一部）官兵排着整齐的队伍与美方勤务部队一起开进谈判区，开始了担负谈判保卫与勤务工作。

谈判区内双方都备置了许多香烟、糖果等食用品供谈判人员与勤务人员享用。在展开谈判的过程中，志愿军士兵经常把一些香烟、糖果送给美军士兵，从而感化了许多美国士兵，使美国下层士兵了解到中国人民是爱好和平和友好的，尽管语言不通，但还是受到了美国士兵以各种方式的赞誉。

由于在战场上，美国军队未能发挥空军、海军和优势的装备，战胜战斗经验丰富、作风勇敢顽强的中朝军队，骄横高傲的美国只得被迫坐下来进行谈判。谈判正式开始后，双方代表坐在谈判桌旁，竟缄默不语地僵持了100多分钟，成为世界谈判史上罕见的奇观。由于美国人玩弄假谈判、真备战，什么谈判条款议题也拿不出，最后还是中朝方面提出了三个议题：一、以三八线作为军事分界线，在此南北各10公里以内建立非军事区；二、协商战俘遣返问题；三、在短期内撤走朝鲜境内的全部外国军队。

谈判期间，美国人仍不甘心他们在军事上的失败，竟无视国际舆论的谴责和中立国制定的谈判协议，肆无忌惮地连续制造事端，进行军事挑衅。他们时常派出飞机进入中立区进行骚扰破坏，还常向中立区内的志愿军打冷枪、冷炮。

一次，美军一发炮弹飞落中立区爆炸，执行勤务的 581 团立即将现场保护起来。中朝方面代表在谈判桌上向美方提出严正谴责，美方代表肆意抵赖，胡说中朝方面无端制造是非。在美方拒不认账的情况下，中朝代表团邀请中立国代表捡来印有美国文字的弹皮，拿到了美国代表面前时，他们才在事实面前认了账。

美军驻板门店部队在其上司的指使下除经常向中立区打枪打炮外，还经常利用夜暗偷袭志愿军驻地。面对敌人肆无忌惮的挑衅，志愿军 581 团指战员早已气愤难抑，纷纷要求惩治敌人，无奈师、团指挥部严禁违反协定在中立区开枪开炮。后来 581 团指战员想出了一个好办法：发现敌人偷袭，立即秘密出动擒拿。在阵地前，581 团各连曾以神奇的行动连续活抓了几个美军兵，在谈判桌上向中立国代表、各国记者公开揭露了美军的丑恶行径。

1951 年 9 月 30 日，581 团 2 营到团部驻地参加国庆联欢会，散会返回驻地途经中立区内一条小河，走在前面的营长猛然间发现一架美军飞机向着队伍的上空扑来，迅即对还未过河的 4 连连长徐景山高声喊道："注意隐蔽！"喊声刚落，一排炸弹凌空飞泻，纷纷落在 4 连队伍左右，在"轰！轰！"的爆炸声中，水柱纷纷腾起，弹片四散迸飞。当即几人中弹倒在河中，队伍四散隐蔽，烈士的鲜血染红了小河。

美方刻意制造事端，破坏谈判的罪恶行为愈加猖獗，并在谈判席中愈发狂妄，谈谈停停，致使所有议题都达不成协议。

一次，一位美国记者当着中立国代表和中朝代表团人员的面，用手指着坐落在中立区南侧的美军 77.9 阵地，狂妄地叫嚣道："中国军队的装备与作战能力太落后了，只有联军才是世界上最先进的军队。"

美帝国主义的狂妄之言传遍了驻开城地区的志愿军各部队，65 军将士无不义愤填膺，纷纷要求出击，打下美军 77.9 高地，给美军一个颜色看看。

根据美国代表在谈判桌上尚未服气、高傲狂妄的姿态，与经常利用他的77.9高地屡次制造事端，破坏谈判进展，志愿军司令员彭德怀经过请示毛泽东主席批准，决定攻下77.9高地，给美军和世界各国看一看，只有中国人民志愿军才是最坚强的军队，以此进一步展示中朝两国人民才是坚不可摧的阵营，并以此推动谈判的进展。

志愿军65军接受攻打77.9高地的任务后，立即向194师下达了命令。赵文进师长根据军指挥部指示，对581团攻夺77.9高地展开了仔细部署。

77.9高地是坐落在板门店以南，与红山包相邻的一个无名小山包。美军在上面派驻了一个军中最强的连队，经过几个月的挖修，地下坑道纵横贯通整个山包，周围八方留有出口，攻防自如，并有地道暗通山下，可输送粮弹。山下建有地下秘密弹药库和食品供应库，还在山脚处广布密置了各种类型的地雷，并设有电网、鹿砦，只要发生战事便可得到空军支援，还可得到美军设在板门店以南10里外大口径火炮的支援。

581团接受任务后，安东团长、申建堂政委、于品增参谋长等立即召开营干部会议，进行战前准备。首先决定由侦察排摸清77.9高地上的敌情，扫除攻击道路上的障碍，并针对敌军经常在洞口对中立区内志愿军施放冷枪冷弹，在全团抽调了24名优秀射手，分组封锁敌军各洞口，以支援侦察行动的开展。

部署就绪，从各连排选拔的“神枪手”3人1组，立即进入各自阵地。志愿军581团指战员早把不断打冷枪、冷弹的美军恨透了，每当美军一露出洞口，就立即一枪一个，将其毙伤在洞口。次日，美军便在各洞口处绑置一些小松树，借以掩蔽行迹。为了剥掉美军的伪装，志愿军的射手找来曳光弹，将小松树全部烧成了小秃头。经过几天的封锁狙击，打死打伤美军几十人，最后打得美军再也不敢露面了。

在“神枪手”封锁美军坑道口的同时，581团侦察排“大个子”排长带两个老练的侦察员，每天夜间潜入77.9高地美军阵地，进行排雷和侦察美军的暗道机关。

当美军发觉志愿军偷挖所布地雷之后，双方随即展开了布雷与排雷的一系列较量。

美军除了在地上布雷，还在铁丝网上挂雷和罐头盒，并在夜间无目标地放冷枪冷弹，但志愿军581团大个子侦察排排长和两个战友，还是照样一袋子一袋子地将敌人的地雷起出背回本军阵地。后来，美军调来地雷专家，研制出新的布雷方法，他们在地雷下面加上美制磕火蛋形手榴弹，如若不知，在挖起地雷时就会牵引手榴弹爆炸，造成伤亡。但是在胆大心细的大个子侦察排排长起第一颗地雷时，就发现了其中的秘密，识破了敌人的鬼把戏。针对美军的招数，侦察员们也想出了一个很好的对策，他们在起雷时，用一根铁钉将下面的手榴弹发火簧插上，然后启雷，后将手榴弹一块起出。

美军新的布雷招数失败后，地雷专家又施第二招。因志愿军挖起地雷都在夜间进行，又不能有照明，美军经过研究，在布雷过程中，用极细铁丝将各个地雷连接起来，启动一个地雷，就连响一片地雷。如不注意，行走中绊上极细的铁丝，就要引爆数雷，使排雷人粉身碎骨。但大智大勇、经验丰富的志愿军侦察员，也在不断侦探敌人的招数，研究相应的对策。一天夜间，刚进入美军阵地布雷区，借着暗淡上弦月光，3人便看到地面像有许多闪光的蛛丝，大个子排长立即警惕地告诫战友："你们看，那是美军的绊雷线。"就这样，三人敏捷地剪断了东拉西扯的绊雷线，将美军的地雷起了三袋子，背回到本军阵地。

美军的新招数接连被志愿军识破，气得美军连长头昏脑涨、智穷道尽，竟对着部下命令，把一箱箱的地雷堆放到前沿阵地上，并命守洞口的士兵夜间乱放枪弹，击响地雷，来炸伤志愿军侦察员。可是此招数更显得太蠢了，因每个洞口都在志愿军"神枪手"的控制之下，美军士兵人人都惧怕到洞口送命，满装了一箱箱的各式地雷竟被志愿军侦察员在光天化日之下，一箱箱扛回本军的阵地。

大个子侦察排排长与战友经过十几天的仔细侦察，终于识破了美军的伪装，在后山脚下侦探到了上山坑道的运输洞口，摸清了敌军的地下弹药库。他们利用夜暗率领一支小分队，钻进地洞，进入美军弹药库，将美军弹药成箱地扛回自己阵地。

侦察任务胜利完成后，安东团长让大个子排长到各连汇报讲述了侦察全过程，向战友们揭示了 77.9 高地上的美军的秘密。

在进行侦察的同时，581 团团长安东与参谋长于品增也亲临美军前沿阵地，观察地形地貌。

一切准备就绪，安东团长立即将作战方案呈报师指挥部，军和师指挥部看到夺取 77.9 高地已准备成熟，就向 581 团下达了攻击的命令。

1951 年初冬的一天拂晓，板门店以南，4 颗红色信号弹腾空而起，随即数十门火炮对着美军 77.9 高地展开了猛烈的轰击，仅半个小时，就把 77.9 高地炸得一塌糊涂，工事被掀得稀巴烂。借着炮火的掩护，581 团 3 连 1 排在侦察员的带领下，迅速突破了美军的后山防线，插入美军地下坑道口，掐断了美军的水、电和物资供应线。

与此同时，在 2 营的火力掩护下，1 营营长邢海珍亲自指挥 1 连、2 连勇士们东西并进，迅速地穿越 77.9 高地前的开阔地的沙河子、水稻田，扑向 77.9 高地。

驻守在 77.9 高地上的美军连长在梦乡中被哨兵叫醒，闻报中国军队进攻 77.9 高地，不禁惊慌，急忙下命加强各洞口的火力，展开阻击。

美军以密集的火力网狠狠封锁 77.9 高地前开阔地，志愿军 581 团 2 连被压制得难以前进。2 连连长急忙指挥重机枪狠狠压击敌火力，掩护副连长带突击队冲锋。正在此时，重机枪手不幸负伤，连长急忙接过机枪亲自射击起来。2 连趁势攻上山脚，不幸的是，一颗敌迫击炮弹飞落重机枪旁爆炸，2 连连长当即牺牲，冲锋再次受阻。

安东团长看到 2 连攻击受阻，立即指挥团炮火和 2 营以强火力支援 1 营。

在团炮火和 2 营的火力支援下，邢海珍营长指挥 1 连、2 连指战员，冒着敌人的火力，从四面八方，奋勇地攻上了美军各坑道口。

在嘹亮的冲锋号声与激烈的枪炮声中，一面面红旗相继插上了美军各坑道口。卫国清连长率 1 连两个突击班组率先炸毁了美军设在洞口的沙袋掩体突入坑道，与敌展开拼杀，随后 2 连各排也先后攻进敌坑道。

驻守77.9高地的美军在坑道中遭受到志愿军的封闭式夹击，相继被歼，最后只剩两个伤员做了俘虏。

战斗胜利结束，1营指战员会师高地，举枪欢呼胜利攻占77.9高地，并将一面五星红旗插在高地上。

战后，赵文进师长等师领导亲自迎接安东团长率部凯旋。

美军丢掉77.9高地，在中国和世界各国记者面前丢了脸面，气得李奇微寝食难安，立即传命空军出动50架飞机，轮番轰炸小小的77.9高地。

授命轰炸77.9高地的美机，每天早8时出动，对77.9高地进行轮番轰炸，炸得这座高地烟尘腾滚、遮天蔽日。经过几天的轰炸，竟把山包炸下一米多深才罢休，却不想志愿军打下77.9高地后，早已撤出战场。

美军在轰炸77.9高地过后，重新派一个加强连进驻了77.9高地，整修坑道，设置防御工事。

美军重新占领77.9高地之后，为了挽回颜面，竟利用广播、报纸大肆歪曲事实，胡编谎言宣传说中国军队进攻77.9高地，在联军空军轰炸中全部丧生，77.9高地坑道一直掌握在联军手中，中国军队始终未攻进一个洞口，中国军队的进攻以失败告终，等等。

为了赢得军事上和政治上斗争的胜利，志愿军司令部决定再次夺取77.9高地。

被再次受命攻打77.9高地的志愿军581团，在团长安东的布置下，又迅速地展开了战前的侦察与排雷工作。

一切准备工作完成，581团立即把作战方案呈报师指挥部审核批准。

某日刚过午夜，志愿军581团侦察排就奉命摸上了美军77.9高地前沿防线。在大个子排长的带领下，他们以机智敏捷的动作剪断美军几道电网、铁丝网，绕过雷区，按时穿插到美军的阵地侧背，随即成功地炸毁了美军地下坑道运输线，切断了敌人的退路。

在侦察兵展开穿插之后，邢海珍营长率突击队1营各连和2营4连，也悄悄地跨过了沙河子，穿越开阔的水稻田，从东、西、北三面逼近美军阵地。

拂晓前，侦察排的三颗红色信号弹自77.9高地侧后腾空而起，志愿军581团团长安东，立即命团炮兵直属队向77.9高地展开轰击，并命2营准备以火力掩护1营。

1营营长邢海珍亲自带1营从东、北方面展开在敌阵地前，通信班班长孙士印身背步谈机紧随其后，当看到信号弹升起，1营营长立即命令孙士印用步谈机传命各连发起攻击。

在炮火的掩护下，1营与2营4连各突击队勇士们，奋不顾身地爬上了被炮火摧毁的美军各坑道口。

美军第二次占领77.9高地，防守人员全是从部队抽调的班、排长和精壮士兵，并每人配穿一套防弹衣，但在坑道激战中，被英勇顽强的志愿军打个落花流水，整连全部覆没。

太阳冉冉升起，581团将12个俘虏押出洞口，随即各连撤下77.9高地。

在第二次攻打77.9高地过程中，赵文进师长根据志愿军司令部指示，用电话亲自指示安东团长，在夺下77.9高地后，为了不给美军编造谎言的机会，作好安排巧守几日。随着1营撤下77.9高地，安东团长根据第一次夺得77.9高地后的情况，进行了巧妙的部署。

志愿军再次神奇般地攻下77.9高地，美军总司令李奇微闻报后，竟命空军再次出动进行轰炸，并责令美军驻板门店部队立刻夺回77.9高地。

随着命令的下达，一批批美军飞机飞临77.9高地上空，将数十吨的炸弹倾泻在高地之上，只有半日就将山头炮犁火耕一米多深。

在对77.9高地进行狂轰滥炸之后，美军又派出一个营的兵力来夺77.9高地，但当美军爬上山坡后，成捆的手榴弹便劈头盖脸地迎头砸了下来，一瞬间，大个子、黄头发的美军便被炸得纷纷滚下山去，跟在后面的美军见状也惊慌地号叫着败下坡去。

美军夺山遇到阻击，急请空军助战。

顷刻，一架架美军攻击机、轰炸机像猎鹰一般飞扑77.9高地而来，霎时，77.9高地就被炸得乌烟瘴气。飞机离去，美军的远程炮火又一排排飞落77.9高地，直炸得团团烟柱腾空而起。

炮火停止后，在美军营长认为山上再也不会有敌方阻击部队之后，才重新组织上山。

当美军执抢刚刚爬到半坡时，不想一排排手榴弹又自几个坍塌的坑道口连续迎头砸来，美军又丧魂落魄地连同死尸一起滚落坡去。

反复攻击、反复轰炸，战斗一直持续了3个白昼。

原来坚守77.9高地只有3个志愿军战士，他们在二次攻占77.9高地时带着干粮潜进坑道。每一次美军攻击上山，他们便将部队事先为他们准备好的手榴弹，一箱箱揭去盖，摆放在各坑道口里侧，待美军冲上山时，便将手榴弹成捆成捆地砸向敌群，在打退美军的冲锋后，便随即进入坑道，任凭美军飞机和大炮怎样狂轰滥炸也无法伤及。

经历3个昼夜周而复始的大轰炸、大炮击，无数次攻击，美军始终未能占领77.9高地，顿使驻板门店的各国代表和世界各国记者感到费解，一时间传为神话。

经过3日激战的3位勇士，接到团指挥所撤下战场指示后，才兴奋地钻出坑道，与前来接应的战友带着胜利的喜悦返回本军阵地。

两战77.9高地后，美军又对志愿军展开了“绞杀战”和“细菌战”，企图切断志愿军的运输补给线和制造病患。

1952年新年前后，美军又多次派飞机、特务侵犯中朝代表团驻地开城，并几度袭击中国驻板门店保卫部队194师和各团的新年联欢会。

为了保卫谈判、保卫开城，志愿军司令部决定第三次夺取77.9高地。

新年刚过，赵文进师长便传命581团团长安东、参谋长于品增到师指挥部接受任务。

在师指挥部的坑道内，赵文进师长亲自下达命令要581团第三次夺取77.9高地。

他向安东团长、于品增参谋长说：“昨天夜里，军首长王道邦政委指示我们师，要在谈判桌旁向敌人展开针锋相对的斗争，从军事上和政治上打掉美帝国主义的嚣张气焰，以此推动谈判的进展。《水浒传》中有宋江三打祝家庄，这次我们也要来一个三打77.9高地，让联合国的官员们和美国总统杜鲁门领教一下，中国人民志愿军是不好惹的。这次夺取77.9高地不比前两次，美军吃了两次亏，一定汲取了教训，改变了防御体系，要求你们认真进行侦察，并不暴露我军的意图，仔细研究作战方案。要打就坚决打胜，这是志司首长的命令，请你们回去后好好动员，作好一切准备，胜利完成任务。”

安东团长领命回团指挥所，立即派侦察排排长率部连夜潜入77.9高地进行侦察，并召开各营连干部会议进行动员部署。当安团长讲到赵文进师长要581团学《水浒传》中宋江三打祝家庄再夺77.9高地时，参会者不禁欢腾起来，纷纷争当突击队员。

午夜的会议还未结束，大个子侦察排排长便带着侦察员高兴地归来了，他们急切地向团长作了汇报，原来是侦察获知美军正在换防，原来的驻军晚上已下了山，新换防的军队还未上山。

安东团长、申建堂政委和于品增参谋长等闻报，当即决定派卫国清连长率1连火速占领77.9高地，随即命邢海珍营长率2连、3连尾后跟进，拦截新换防的美军上山。

天近黎明，卫国清连长率1连指战员在侦察排排长的带领下，穿过山脚布雷区，悄悄地摸上了77.9高地。

在天明之际，卫国清连长率部攻占各坑道口，只见一个新调防上来的美军营长和两个卫兵正在观察地形。当美军营长看到志愿军出现在近前之时，不禁惊慌失措。卫国清见状即命所部发起政治攻势，活抓美军头目。

在“担丁麻斯”的吼叫声与追击下，美军营长慌忙隐进坑道，顺着地道直奔山下逃去，不想山后地下弹药库和山脚地道口早已被志愿军侦察员占领，美军营长只得掉头回返山顶出口。当他们逃上山头，欲开机呼叫空援之时，志愿军581团1连指战员已从坑道内和四面八方包围上山头，在受到团团包围的呐喊声中，美军营长等3人乖乖地举起了双手。

太阳升起，志愿军581团团长安东以万分喜悦的心情，向师长报告了胜利的捷报。

志愿军581团在第三次兵不血刃地攻夺下77.9高地后，随即对该高

地长期固守布防。后来美军多次争夺未果，使美军在各国代表面前连连出丑。

在谈判桌边，中国人民志愿军65军与敌斗智斗勇，一连打了几个漂亮的大胜仗，打出了军威，打出了国威，大长了中朝人民的志气，大灭了美帝国主义侵略者的威风，为保卫开城、推动停战谈判作出了卓越的贡献。

1952年，美军竟公然撕毁了停火协议，纠集了40个师的兵力，重新向志愿军阵地上甘岭发起了猛烈的攻势，使停火谈判从此夭折。志愿军65军再次奉命开到朝鲜西海岸构筑工事，开始了持久的防御战。

1953年7月27日，打了3年的朝鲜战争，双方停战代表终于在停战协议上签字，抗美援朝战争胜利结束。抗美援朝用事实雄辩地证明：西方侵略者近百年来只要在东方的一个海岸上架起几尊大炮就可以霸占一个国家的时代一去不复返了。

1953年年底，赴朝参战的中国人民志愿军65军官兵在历时2年8个月之后奉调归国。

大部由满乡青龙优秀儿女组成的，在血雨腥风中成长起来的志愿军65军194师581团，在朝鲜战场浴血奋战，血染战旗，牺牲了官兵1000余名，击落美机4架，毙伤敌数千，俘敌包括英王牌军团长在内的美英李等联军数百名。他们用鲜血捍卫了祖国的尊严，为中朝人民在全世界赢得了崇高的声誉。

板门店谈判开始后，志愿军和朝鲜人民在铁原城外为581团建起了烈士陵园。

20世纪80年代，志愿军烈士们的名字全部进入朝鲜平壤市中国人民志愿军纪念塔的烈士名册中。

附　　录

青龙县支队至581团历任主要领导

（1945年8月—1952年）

青龙县支队

（1945年8月—1947年2月）

队　长： 周子丰（青龙县木头凳人，满族）

曾绍东（江西赣县人，曾任北京卫戍区副司令员）

政　委： 何济民

刘秀斋

副队长： 戴士奇

杨万华（遵化县人，曾任沈阳警备区司令员）

热南17军分区独立团（宏远部队）至581团

（1947年2月—1952年）

团　长： 莫异明（曾任北京卫戍区司令员）

曾绍东

杨万华

安　东（本名郑成勋，乐亭县人，曾任旅大警备区副参谋长）

政　委： 郑紫明

张复海（曾任广西壮族自治区高级人民法院院长）

赵佛山（曾任北京军分区装甲兵副政委）

孙筱川

申建堂

参谋长：刘静芝

张振川（曾任河北省军区司令员）

于品增（曾任65军副参谋长）

青龙县支队演变历程

（1945—1953 年）

序号	时间	部队番号	驻地	青龙籍成批入伍大约人数	部队兵员	备注
1	1945 年 9 月	八路军冀热辽军区成立青龙县支队	青龙县青龙镇大杖子村		青龙籍 500 人	周子丰带一个连，到 1946 年 1 月发展到 4 个连
2	1946 年 10 月	热南 17 军分区新组建警卫营	宽城	300	青龙籍	从青龙县支队抽调 2 个连组建警卫营
3	1947 年 2 月	热南 17 军分区独立团，代号宏远部队	宽城	600	青龙县支队 4 个连、青西县支队 2 个连、平泉县支队和兴隆县支队 3 个连	从青龙县支队抽调 1 个连，后又新征大约 500 人
4	1947 年 11 月	冀东军区直属独立团，也称警备团	卢龙县等地			
5	1948 年 1 月 22 日	冀热察辽军区独 5 师 14 团	玉田县等地			
6	1948 年 8 月 26 日	华北野战军 2 兵团独 1 旅 2 团	平津一带不定			
7	1948 年 11 月 7 日	华北野战军 2 兵团 8 纵队 23 旅 68 团	平津一带不定			
8	1949 年 3 月 1 日	中国人民解放军第 19 兵团 65 军 194 师 581 团	平津、太原、宁夏、甘肃不定			
9	1951 年 2 月	中国人民志愿军第 19 兵团 65 军 194 师 581 团	朝鲜	300		1950 年年底，山东省集训时补充青龙新兵 2 个连
	合计			1200		

青龙县支队至581团战斗历程

（1945—1952年）

序号	时间	地点	战斗	备注
1	1945年12月10日	青龙县城	赵辅臣叛变后攻打青龙县城，刚刚成立的县支队掩护县直机关突围	
2	1945年12月12日	青龙县城	剿杀叛匪赵辅臣，收复青龙县城	
3	1946年1月	抚宁县义院口长城内外	追剿叛匪赵辅臣	
4	1946年2月	抚宁县台营	围攻叛匪赵辅臣	
5	1946年8月	青龙县肖营子	剿杀叛匪宋绍久，平息七区事变	
6	1947年春	平泉县郭杖子	剿杀土匪张其昌	
7	1947年6月	平泉县小寺沟	小寺沟巧战国民党新6军	
8	1947年夏	宽城龙须门	龙须门大败蒋匪军	
9	1947年夏	平泉县小寺沟镇黑山口	黑山口伏击国民党13军	
10	1947年夏	兴隆县北部	兴隆伏击国民党骑兵	
11	1947年8月15日	兴隆县鹰手营子	鹰手营子剿杀土匪	
12	1947年10月	宽城城关	宽城血战国民党13军	
13	1947年冬	滦河川东	破坏国民党电网、交通线	
14	1947年冬	抚宁潘官营村	潘官营重创国民党92军168团	
15	1948年4月	密云焦家坞村	焦家坞保卫战血战国民党13军4师和地方还乡团	
16	1948年6月	怀柔梭草村	攻战国民党地方军驻守的梭草	
17	1948年6月	顺义牛栏山	攻战国民党地方军驻守的牛栏山	

（续表）

序号	时间	地点	战斗	备注
18	1948 年 6 月	滦平县巴克什营	攻克国民党 13 军 32 师和保安团驻守的巴克什营	后到玉田休整
19	1948 年 9 月	延庆大观头、小观头	大小观头伏击国民党暂 3 军	
20	1948 年 9 月 21 日	延庆青龙桥火车站	攻克国民党傅作义部队驻守的青龙桥火车站	
21	1948 年 10 月 10—16 日	延庆青龙桥火车站	青龙桥阻击国民党傅作义部队阵地战	
22	1948 年 10 月	青龙桥至保定，跨太行山区	五百里驰援西柏坡	
23	1948 年 11 月 16 日	保定	围攻保定西关	
24	1948 年 12 月	新保安	围攻新保安歼敌 35 军	
25	1948 年 12 月	新保安—大同—昌平	三天急行赴大同，调头回师围北平	
26	1949 年 1 月	北平	包围北平，促北平和平解放	
27	1949 年 4 月 20 日	太原	攻打太原小南关	
28	1949 年 4 月 20 日	太原	攻打太原大南关	
29	1949 年 4 月 24 日	太原	攻克太原城池	后到介休休整
30	1949 年 7 月	陕西省扶眉	扶眉战役	
31	1949 年 8 月 1 日	宁夏六盘山三关口	六盘山三关口攻坚战	
32	1949 年 8 月 11 日	甘肃省兰州市榆中县定远镇	定远截歼敌骑兵	
33	1949 年 8 月 21 日	兰州马架山	攻打马架山	
34	1949 年 8 月 22 日	兰州大顶山	攻打大顶山	
35	1949 年 8 月 25 日	兰州	攻克兰州	
36	1949 年 9 月 26 日	宁夏石嘴山市	解放石嘴山	
37	1950 年 3—10 月	宁夏贺兰山区	剿匪	
38	1951 年 4 月 23—25 日	朝鲜武建里	穿插武建里，俘英军团长	

（续表）

序号	时间	地点	战斗	备注
39	1951 年 4 月	朝鲜议政府	八昼夜穿插火线数百里，挺进议政府	
40	1951 年 5 月	朝鲜横梁山	固守横梁山	
41	1951 年 5 月 18—19 日	朝鲜土美山	血战土美山	
42	1951 年 5 月 23—25 日	朝鲜云岳山	固守云岳山	
43	1951 年 5 月 30 日—6 月 4 日	朝鲜涟川玉女峰	玉女峰阻击战	
44	1951 年冬	朝鲜板门店	首战 77.9 高地	
45	1951 年冬	朝鲜板门店	再战 77.9 高地	
46	1952 年春	朝鲜板门店	三战 77.9 高地	

青龙县支队至 581 团征战示意图

（1945—1952 年）

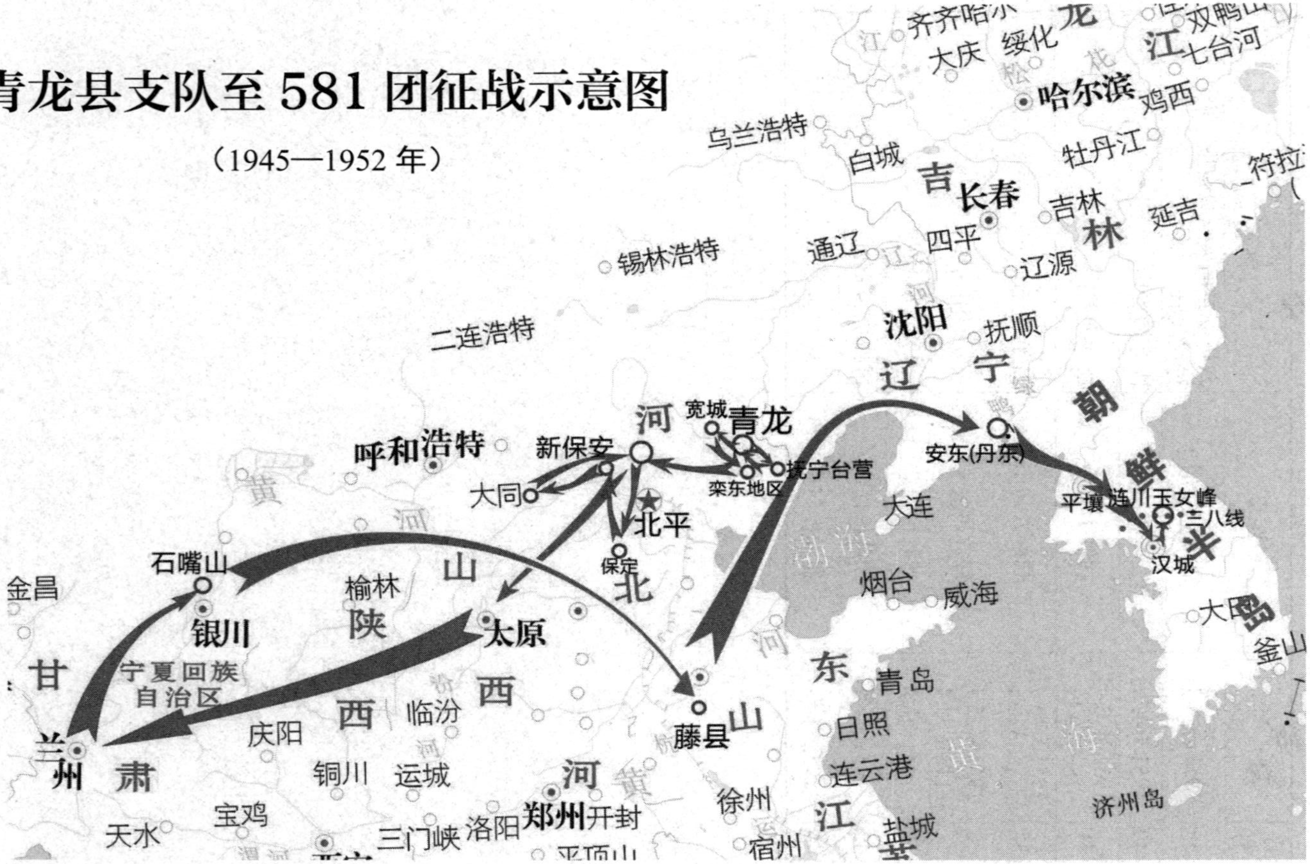

青龙县支队至65军194师581团青龙籍烈士英名册

（1945—1953年）

序号	姓名	性别	民族	出生时间	政治面貌	籍贯	参加革命时间	牺牲时间	牺牲地点	牺牲时所在单位	牺牲时职务	安葬地点
1	邵连林	男	满族	1928	中共党员	青龙县青龙镇大杖子村	1945.10	1951.6.3	朝鲜玉女峰阻击战	581团2营	营教导员	朝鲜
2	刘进财	男	汉族	1928.8	群众	青龙县祖山镇丁家河村	1946.11	1948	河北省张家口市	华野2兵团8纵23旅68团	通讯员	河北省张家口市
3	唐忠喜	男	汉族	1925		青龙县祖山镇丁家河村	1947	1952	朝鲜	581团	战士	朝鲜
4	王　俊	男	汉族	1929.2	群众	青龙县祖山镇陆杖子村	1947.1	1949.8	甘肃省皋兰县	581团	战士	甘肃省皋兰县
5	贾振记	男	汉族	1928.11	群众	青龙县祖山镇三岔村	1947.1	1949.8	甘肃省兰州市	581团	班长	甘肃省兰州市
6	赵存周	男	汉族	1926	群众	青龙县祖山镇英武山村	1947.1	1948.12	河北省怀来县新保安镇	华野2兵团8纵23旅68团	战士	河北省怀来县新保安镇
7	李　成	男	满族	1928.6	中共党员	青龙县龙王庙乡龙王庙村	1947.1	1948.6	河北省滦平县桦树沟	冀热察辽军区独5师14团3营9连	战士	河北省滦平县桦树沟
8	朱国勋	男	满族	1928.3	群众	青龙县龙王庙乡龙王庙村	1947.12	1949	山西省太原市	581团	战士	山西省太原市
9	田　汉	男	满族	1926.2	群众	青龙县龙王庙乡起河村	1947.3	1948	北京市密云县	冀热察辽军区独5师14团1营	战士	北京市密云县
10	申廷财	男	满族	1926.11	群众	青龙县龙王庙乡老院村	1947.1	1951.5	朝鲜	582团1营3连	战士	朝鲜

（续表）

序号	姓名	性别	民族	出生时间	政治面貌	籍贯	参加革命时间	牺牲时间	牺牲地点	牺牲时所在单位	牺牲时职务	安葬地点
11	于宝义	男	满族	1921	中共党员	青龙县龙王庙乡陈庄村	1947.9	1951.6	朝鲜	581团1营机炮连	排长	朝鲜
12	刘怀君	男	满族		群众	青龙县龙王庙乡陈庄村	1947.1	1948.4	河北省滦平县	冀热察辽军区独5师14团	战士	河北省滦平县
13	李　江	男	满族		群众	青龙县龙王庙乡陈庄村	1947.1	1948.7	北京市密云县	冀热察辽军区独5师14团	排长	北京市密云县
14	汪　荣	男	满族	1919.12	群众	青龙县凤凰山乡碾子沟村	1947.1	1948.12	河北省怀来县新保安镇	华野2兵团8纵23旅68团	战士	河北省怀来县新保安镇
15	何俊山	男	满族	1929.4	群众	青龙县凤凰山乡河台子村	1947.8	1951.5	朝鲜	581团3营9连	战士	朝鲜
16	胡继文	男	满族	1926	群众	青龙县隔河头镇草场村	1944	1945.8	青龙县双山子镇曾杖子村	青龙县支队	战士	青龙县隔河头镇草场村
17	李　友	男	满族	1922.3	群众	青龙县隔河头镇刘庄村	1946	1948	北京市密云县	冀热察辽军区独5师14团	战士	北京市密云县
18	宋文昌	男	满族	1929	群众	青龙县隔河头镇宋庄村	1946	1947.11	北京市密云县	冀热察辽军区独5师14团	班长	北京市密云县
19	高　生	男	满族	1921	群众	青龙县双山子镇双山子村	1946	1948.6	青龙县安子岭乡	青龙县支队	战士	青龙县双山子镇双山子村
20	李春柱	男	满族	1921	群众	青龙县双山子镇双山子村	1945	1948.6	青龙县安子岭乡	青龙县支队	战士	青龙县双山子镇双山子村

（续表）

序号	姓名	性别	民族	出生时间	政治面貌	籍贯	参加革命时间	牺牲时间	牺牲地点	牺牲时所在单位	牺牲时职务	安葬地点
21	陈保申	男	满族	1929	群众	青龙县双山子镇瓦房村	1945	1948.6	北戴河区	宏远部队	战士	抚宁县台营镇柳各庄村
22	田　文	男	满族	1924	群众	青龙县双山子镇红石岭下村	1947.7.7	1947.11	河北省滦东昌黎县前两山	宏远部队	战士	滦东昌黎县前两山
23	王进长	男	满族	1928	群众	青龙县双山子镇小巫岚村	1947.7	1948	河北省平泉县党坝	宏远部队	战士	平泉县党坝
24	赵长泰	男	满族	1928	群众	青龙县双山子镇大汇河村	1947.5.6	1947.8.5	河北省滦东昌黎县前两山	宏远部队	战士	滦东昌黎县前两山
25	曾庆然	男	满族	1926	群众	青龙县双山子镇三合店村	1947.8	1948.12	河北省滦平县	宏远部队	战士	河北省滦平县
26	邢振明	男	满族	1927	群众	青龙县双山子镇三合店村	1947.8	1948	河北省怀来县新保安镇	宏远部队	战士	怀来县新保安镇
27	刘　满	男	满族	1929	群众	青龙县双山子镇三合店村	1947.8	1948	河北省滦平县	宏远部队	战士	河北省滦平县
28	缪永生	男	满族	1925.3	群众	青龙县双山子镇康杖子村	1945.1	1948.9	河北省宽城县	宏远部队	战士	河北省宽城县
29	刘德锋	男	满族	1928.6	群众	青龙县双山子镇康杖子村	1947.8	1948.8	河北省抚宁县	冀热察辽军区独5师14团	战士	抚宁县留守营
30	高思标	男	满族	1925	群众	青龙县双山子镇双山子村	1947.7	1949.11	青龙县安子岭乡	青龙县支队	战士	青龙县双山子镇双山子村

（续表）

序号	姓名	性别	民族	出生时间	政治面貌	籍贯	参加革命时间	牺牲时间	牺牲地点	牺牲时所在单位	牺牲时职务	安葬地点
31	李永银	男	满族	1923	群众	青龙县双山子镇红石岭下村	1947.8.15	1948.7.30	北京市怀柔区梭草村	冀热察辽军区独5师14团	副班长	北京市怀柔区
32	李茂林	男	满族	1921	群众	青龙县双山子镇岭下村	1945.6	1951.6.2	朝鲜玉女峰	581团2营5连	班长	朝鲜
33	杨茂文	男	满族	1922	群众	青龙县双山子镇黄杖子村	1949	1953.3	朝鲜	581团	排长	朝鲜
34	刘　财	男	满族	1928.2	群众	青龙县双山子镇曾杖子村	1947.9	1949.1	山西省太原市	581团	排长	太原市
35	崔占龙	男	满族	1923	群众	青龙县双山子镇大汇河村	1947.8.20	1948.9	北京市延庆	冀热察辽军区独5师14团	副班长	北京市延庆
36	穆　国	男	满族		群众	青龙县双山子镇古楼寺村	1947.7	1948.9	北京市密云县	冀热察辽军区独5师14团	战士	北京市密云县
37	李长林	男	满族		群众	青龙县双山子镇王杖子村	1947.7	1948	河北省平泉县	宏远部队	战士	河北省平泉县党坝
38	杨义明	男	满族	1925	中共党员	青龙县茨榆山乡茨榆山村	1947.7	1953.5	朝鲜	581团	战士	朝鲜
39	王　海	男	满族	1922	群众	青龙县茨榆山乡茨榆山村	1947.8	1949	山西省太原市	582团	排长	太原市
40	何成记	男	满族	1926	中共党员	青龙县茨榆山乡茨榆山村	1947.8	1949.7	甘肃省榆中县马架山	581团	战士	甘肃省榆中县马架山

（续表）

序号	姓名	性别	民族	出生时间	政治面貌	籍贯	参加革命时间	牺牲时间	牺牲地点	牺牲时所在单位	牺牲时职务	安葬地点
41	张景兴	男	满族	1924	群众	青龙县茨榆山乡沙金沟村	1947.7	1948.6	北京市密云县	冀热察辽军区独5师14团	战士	北京市密云县
42	陈永贵	男	满族	1922	群众	青龙县茨榆山乡杨台子村	1947.11	1949	北京市通州区	冀热察辽军区独5师14团	战士	北京市通州区
43	马成义	男	满族	1929	群众	青龙县茨榆山乡土桥岭村	1950.1	1951.6.2	朝鲜玉女峰	581团2营5连	战士	朝鲜
44	徐志远	男	满族	1928	中共党员	青龙县茨榆山乡土桥岭村	1947	1949.4	山西省太原市	581团	战士	太原市
45	刘青亭	男	满族	1921	群众	青龙县茨榆山乡下白城子村	1947.1	1947.12	河北省宽城县华尖	宏远部队	战士	宽城县华尖
46	张福山	男	满族	1922	群众	青龙县茨榆山乡下白城子村	1945.7	1947	河北省昌黎县	宏远部队	战士	河北省昌黎县
47	李玉来	男	满族	1927	中共党员	青龙县茨榆山乡茨榆山村	1947	1948.12	河北省保定市	华野2兵团8纵23旅68	战士	河北省保定市
48	王树昌	男	满族	1927	群众	青龙县茨榆山乡土桥岭村	1947.9	1948.2	北京市密云县焦家坞	冀热察辽军区独5师14团	战士	密云县焦家坞
49	孟广志	男	满族	1930	中共党员	青龙县茨榆山乡茨榆山村	1947.7	1947	河北省昌黎县	宏远部队	战士	河北省昌黎县
50	徐占友	男	满族	1926	中共党员	青龙县茨榆山乡尖山子村	1946.7	1947.9	河北省宽城县	宏远部队	战士	宽城县

（续表）

序号	姓名	性别	民族	出生时间	政治面貌	籍贯	参加革命时间	牺牲时间	牺牲地点	牺牲时所在单位	牺牲时职务	安葬地点
51	徐凤有	男	满族		群众	青龙县茨榆山乡土桥岭村	1947.9	1951.4	朝鲜	581团	战士	朝鲜
52	张朋菊	男	满族	1922	群众	青龙县平方子乡二道河村	1947.7	1949.7	河北省张家口市	582团3营7连	战士	张家口市
53	裴德成	男	满族	1929	中共党员	青龙县平方子乡薛庄村	1947	1951	朝鲜	581团	警卫员	朝鲜
54	方自全	男	满族	1934.5	中共党员	青龙县平方子乡北沟村	1951	1951	朝鲜	581团	战士	朝鲜
55	侯　全	男	满族	1930	群众	青龙县平方子乡于杖子村	1947	1948	北京市密云县	冀热察辽军区独5师14团	通讯员	密云县
56	刘文生	男	满族	1928.6	群众	青龙县安子岭乡二道河	1947.1	1948.9	河北省滦平县	华野2兵团总队	战士	河北省滦平县
57	申荣春	男	满族	1923.12	群众	青龙县安子岭乡刘杖子村	1947.9	1948.8	河北省滦平县	华野2兵团独1旅2团	战士	河北省滦平县
58	王殿瑞	男	满族	1925.4	群众	青龙县安子岭乡吉利峪村	1947.1	1947.12	河北省昌黎县	冀热察辽军区独5师14团1营3连	战士	河北省昌黎县
59	吴文元	男	满族	1917	群众	青龙县安子岭乡吉利峪村	1946.9	1948.2	河北省宽城县	宏远部队	战士	青龙县安子岭乡吉利峪村
60	樊庆柱	男	满族	1928.3	群众	青龙县安子岭乡吉利峪村	1947.1	1948.2	天津市蓟县	冀热察辽军区独5师14团	战士	天津市蓟县

（续表）

序号	姓名	性别	民族	出生时间	政治面貌	籍贯	参加革命时间	牺牲时间	牺牲地点	牺牲时所在单位	牺牲时职务	安葬地点
61	张士斌	男	满族	1926.7	群众	青龙县安子岭乡吉利峪村	1947.1	1948	天津市静海县	冀热察辽军区独5师14团2营6连	战士	天津市静海县
62	樊美林	男	满族	1921.6	群众	青龙县安子岭乡吉利峪村	1947.1	1949	山西省太原市	582团	战士	太原市
63	孙占山	男	满族	1924.5	群众	青龙县安子岭乡吉利峪村	1947.1	1948.5	北京市顺义区	冀热察辽军区独5师14团2营5连	战士	北京市顺义区
64	吕　香	男	满族	1927.4	群众	青龙县安子岭乡吉利峪村	1947.1	1948.4	北京市密云县	冀热察辽军区独5师14团	战士	北京市密云县
65	樊宝林	男	满族	1924.2	群众	青龙县安子岭乡吉利峪村	1947.1	1948	北京市密云县	冀热察辽军区独5师14团	战士	密云县
66	杨贵贤	男	满族	1926.8	群众	青龙县安子岭乡金马村	1947.9	1949.8	甘肃省兰州市	585团2营6连	战士	兰州市
67	王福臣	男	满族	1929.12	群众	青龙县安子岭乡干树沟村	1947.1	1948.5	北京市顺义区	冀热察辽军区独5师14团2营4连	战士	北京市顺义区
68	郭树才	男	满族	1931.1	群众	青龙县安子岭乡干树沟村	1947.1				战士	失踪
69	方　文	男	满族	1920	群众	青龙县安子岭乡三界岭村	1947.1	1948.3	北京市顺义区	冀热察辽军区独5师14团	战士	北京市顺义区
70	刘　明	男	满族	1924.9	群众	青龙县安子岭乡干树沟村	1947.1	1948.2	北京市密云县	冀热察辽军区独5师14团	战士	北京市密云县

（续表）

序号	姓名	性别	民族	出生时间	政治面貌	籍贯	参加革命时间	牺牲时间	牺牲地点	牺牲时所在单位	牺牲时职务	安葬地点
71	方玉庆	男	满族	1927.12	群众	青龙县安子岭乡三界岭村	1947.1	1948.3	北京市密云县	冀热察辽军区独5师14团	战士	北京市密云县
72	李长和	男	满族	1925.4	群众	青龙县安子岭乡干树沟村	1947.1	1948.2	河北省保定市	冀热察辽军区独5师14团	战士	保定市
73	吴春香	男	满族	1929.11	群众	青龙县安子岭乡三界岭村	1947.1	1948.12	河北省怀来县新保安镇	华野2兵团8纵23旅68团	战士	河北省怀来县新保安镇
74	吕　秀	男	满族	1926.9	群众	青龙县安子岭乡吉利峪村	1947.1	1951.6	朝鲜玉女峰	581团2营	战士	朝鲜
75	王庆利	男	满族	1921.4	群众	青龙县安子岭乡吉利峪村	1947.1	1951.6	朝鲜	581团	战士	朝鲜
76	吕秀凤	男	满族	1927.8	群众	青龙县安子岭乡吉利峪村	1947.1	1952.1	朝鲜	582团	战士	朝鲜
77	樊庆春	男	满族	1923.5	群众	青龙县安子岭乡吉利峪村	1947.1	1951.6.2	朝鲜玉女峰	581团2营6连	班长	朝鲜
78	樊凤林	男	满族	1924.11	群众	青龙县安子岭乡金马村	1947.1	1951.12	朝鲜	581团2营6连	战士	朝鲜
79	王玉福	男	满族	1927.7	群众	青龙县安子岭乡干树沟村	1947.1	1951.11	朝鲜	581团	战士	朝鲜
80	吕惠山	男	满族	1929.4	群众	青龙县安子岭乡干树沟村	1947.1	1951.5	朝鲜	581团	战士	朝鲜

（续表）

序号	姓名	性别	民族	出生时间	政治面貌	籍贯	参加革命时间	牺牲时间	牺牲地点	牺牲时所在单位	牺牲时职务	安葬地点
81	贾祥喜	男	满族	1923.8	群众	青龙县安子岭乡吉利峪村	1947.1	1948.6		冀热察辽军区独5师14团	战士	失踪
82	孔宪元	男	满族	1927.7	群众	青龙县安子岭乡金马村	1947.1	1948.1	北京市密云县	冀热察辽军区独5师14团	战士	北京市密云县
83	王文来	男	满族		群众	青龙县安子岭乡金杖子村	1947.1	1948.5	天津市蓟县	冀热察辽军区独5师14团	战士	天津市蓟县
84	刘文福	男	满族		群众	青龙县安子岭乡陡沟村	1947.1	1948.6	河北省兴隆县	冀热察辽军区独5师14团	战士	河北省兴隆县
85	李　荣	男	满族	1925	中共党员	青龙县土门子镇影壁山村	1947.1	1951.8	朝鲜	志愿军纠察团	战士	朝鲜
86	郭文清	男	满族	1926.11	群众	青龙县土门子镇水泉村	1946.9	1953.7	朝鲜	581团1营1连	战士	朝鲜
87	冯长海	男	满族	1926	群众	青龙县土门子镇炮手堡子村	1947.	1952	山西省太和县	581团	排长	山西省太和县
88	李春贺	男	满族	1927	群众	青龙县大巫岚镇铁炉沟村	1946.6	1948.3	北京市密云县	冀热察辽军区独5师15团	战士	北京市密云县
89	左　贵	男	满族		群众	青龙县大巫岚镇东干河子村	1946.11	1948.7	北京市密云县	冀热察辽军区独5师14团	战士	北京市密云县
90	袁少先	男	满族	1925	群众	青龙县木头凳镇兴隆台子村	1946.9	1947	河北省兴隆县白马川	宏远部队	战士	兴隆县白马川

（续表）

序号	姓名	性别	民族	出生时间	政治面貌	籍贯	参加革命时间	牺牲时间	牺牲地点	牺牲时所在单位	牺牲时职务	安葬地点
91	胡宝义	男	满族	1926.3	群众	青龙县三星口乡转城号村	1947	1949.6	甘肃省兰州市	581团	战士	甘肃省兰州市
92	徐井兴	男	满族	1928.2	群众	青龙县三星口乡三星口村	1946.9	1947.1	青龙县三星口乡	青龙县支队	战士	青龙县三星口乡三星口村
93	王志存	男	满族	1913.12	中共党员	青龙县三星口乡三道沟村	1946.6	1948.11	河北省张家口市	冀热察辽军区独5师14团1营1连	指导员	河北省张家口市
94	张　宝	男	满族	1923.3	中共党员	青龙县三星口乡望宝盖子村	1947.6	1951.4	朝鲜	581团2营	战士	朝鲜
95	王占忠	男	满族		群众	青龙县三星口乡转城号村	1946.8	1947	河北省迁西县	宏远部队	战士	河北省迁西县
96	袁庆文	男	满族	1913	群众	青龙县三星口乡李台子村	1945.7	1951	朝鲜	581团	连长	朝鲜
97	施占富	男	满族	1926	群众	青龙县三星口乡三星口村	1946.8	1951	朝鲜	581团	排长	朝鲜
98	王士为	男	满族	1927	群众	青龙县马圈子镇拉拉岭村	1947	1949	北京市密云县	581团	战士	北京市密云县
89	田国明	男	满族	1925	群众	青龙县马圈子镇杨杖子村	1946.11	1948.7	北京市密云县	581团	战士	北京市密云县
100	赵　荣	男	满族	1926	群众	青龙县马圈子镇张杖子村	1947	1948	河北省宽城县	宏远部队	战士	河北省宽城县

（续表）

序号	姓名	性别	民族	出生时间	政治面貌	籍贯	参加革命时间	牺牲时间	牺牲地点	牺牲时所在单位	牺牲时职务	安葬地点
101	刘　庆	男	满族	1927	群众	青龙县马圈子镇兴隆沟村	1946	1948	青龙县青龙镇大杖子村	青龙县支队	战士	青龙县马圈子镇兴隆沟村
102	任玉安	男	满族	1923.2	中共党员	青龙县朱杖子乡老李洞村	1947.7	1951	朝鲜	581团	战士	朝鲜
103	徐景立	男	满族		群众	青龙县朱杖子乡老李洞村	1946.3	1947.1	青龙县安子岭乡	宏远部队	战士	青龙县朱杖子乡老李洞村
104	邵玉栋	男	满族	1928	群众	青龙县肖营子镇肖营子村	1946	1948.3	抚宁县尖山子村（今前槐尖山）	青龙县支队2连	战士	抚宁县尖山子村
105	姚凤朝	男	满族	1924	群众	青龙县肖营子镇姚杖子村	1945.6	1948.8	河北省平泉县小寺沟	宏远部队	战士	平泉县小寺沟
106	朱玉枝	男	满族	1913	群众	青龙县肖营子镇温杖子村	1946.9	1951.6	朝鲜	581团	副排长	朝鲜
107	杜　云	男	满族	1926	中共党员	青龙县七道河乡新桥村	1946.8	1951.5.19	朝鲜土美山	581团8连1排	战士	朝鲜
108	汤玉奎	男	满族	1919.9	群众	青龙县马圈子镇拉拉岭村	1947	1951.5	朝鲜	581团	副排长	朝鲜
109	张　柱	男	满族	1926	群众	青龙县七道河乡后水河村	1951.1	1951.6.2	朝鲜玉女峰	581团2营5连	副班长	朝鲜
110	张　红	男	满族	1928.12	群众	青龙县八道河镇大转村	1942.2	1947.2	河北省宽城县	宏远部队	战士	河北省宽城县

（续表）

序号	姓名	性别	民族	出生时间	政治面貌	籍贯	参加革命时间	牺牲时间	牺牲地点	牺牲时所在单位	牺牲时职务	安葬地点
111	杨　文	男	满族	1928.3	共青团员	青龙县八道河镇王厂村	1947	1951.5	朝鲜	582团3营7连	战士	朝鲜
112	昝玉清	男	满族	1928.5	中共党员	青龙县娄杖子镇前牛山村	1946.9	1947.7	河北省平泉县小寺沟	宏远部队	战士	娄杖子镇前牛山村
113	李云伶	男	满族	1928.7	群众	青龙县娄杖子镇前擦岭村	1946.1	1947.9	河北省宽城县	宏远部队	战士	河北省宽城县
114	周　景	男	满族	1916	群众	青龙县凉水河乡上草碾村	1946	1946.1	河北省宽城县	青龙县支队	战士	凉水河乡上草碾村
115	马　凤	男	满族	1918	群众	青龙县凉水河乡上草碾村	1946.7	1948.2	北京市密云县焦家坞村	冀热察辽军区独5师14团	战士	密云县焦家坞
116	霍万树	男	满族	1915.12	群众	青龙县凉水河乡上草碾村	1946	1947.11	北京市密云县	冀热察辽军区独5师14团	战士	北京市密云县
117	马保田	男	满族	1923.5	群众	青龙县凉水河乡庄户村	1942	1946.8	河北省宽城县椁椤台子乡椁椤台子村	青龙县支队	战士	椁椤台子村
118	张　海	男	满族	1918	群众	青龙县凉水河乡庄户村	1945	1947.12	河北省宽城县	青龙县支队	战士	河北省宽城县
119	白　江	男	满族	1915.5	群众	青龙县祖山镇安门口村	1947.11	1948.1	抚宁县潘管营	冀东军区警备团	副排长	抚宁县任各庄东
120	田庆义	男	满族	1923.1	群众	青龙县凤凰山乡碾子沟村九龙沟	1947.10.8	1947.11.10	抚宁县潘管营	宏远部队	战士	抚宁县范各庄村

（续表）

序号	姓名	性别	民族	出生时间	政治面貌	籍 贯	参加革命时间	牺牲时间	牺牲地点	牺牲时所在单位	牺牲时职务	安葬地点
121	郁殿全	男	满族		群众	青龙县三区郁杖子	1947.11	1948.9	北京市顺义县梭草村	冀热察辽军区独5师14团	战士	北京市顺义县梭草村
122	张文宝	男	满族	1929	中共党员	青龙县文杖子村	1946.8	1948.11.16	河北省保定市西关	华野2兵团8纵23旅68团	战士	不详
123	杨茂武	男	满族		群众	青龙县双山子镇红石岭上村	1947.9.10	1948.4.8	河北省三河县台头庄	冀热察辽军区独5师14团	战士	三河县台头庄
124	杨　润	男	满族	1924	群众	青龙县四区杨杖子	1946.7	1948.3.25	北京市密云县焦家坞村	冀热察辽军区独5师14团3连	班长	密云县焦家坞村
125	李　明	男	满族	1928	群众	青龙县平方子村	1947.10.10	1948.1	河北省昌黎县前两山村	冀热察辽军区独5师14团7连	战士	抚宁县任各庄

以上为已知的烈士名单，由青龙满族自治县退役军人事务局提供，经核对，有修改。

据不完全统计，1945 年 8 月至 1953 年 8 年间，这支部队有 125 名青龙籍的英雄牺牲在保家卫国的战场，其中有 12 位青龙籍烈士的《烈士证》于 2019 年 7 月才发到亲人手中。还有许许多多的英雄，连名字都没留下。

这 125 名烈士中，有 5 名为汉族，120 名为满族，有 95 名牺牲在解放战争的战场，有 30 名牺牲在抗美援朝的战场。

后　记

40多年前，原创作者邵新枝常到家中与家父探讨有关抗美援朝的情况，当时我是个中学生，对此都没在意，只是偶尔听原创作者讲其二叔在抗美援朝中牺牲了，但又有人说还活着，为寻真相，他到处调查走访，收集了一些资料。22年前，原创作者因病离世，就再也没人提起过此事了。

近几年来，我心里始终惦记着这件事，经多方打探，得知其女儿邵丽娅始终珍存着父亲的手稿。2019年年初，当从其女儿手中接过这沉甸甸的手稿时，我的心灵受到了震撼，没想到是份1119页的字迹工整、章节段落都较清晰的书稿。经粗略翻阅，得知这是一部完整地记录青龙县支队从组建到抗美援朝8年间的发展史，并被这支英雄部队的事迹和原创作者20多年呕心沥血的精神所感动，特别是中共青龙满族自治县委原副书记，《河北朝鲜族史》《承德满族史》的作者李印林对原创书稿的历史价值给予了高度评价，并鼓励我没有克服不了的困难。故下决心，一定将其整理编辑、出版面世，以偿原创作者夙愿。

这部作品倾注了原创作者半生的心血，白天要到田间或建筑工地劳动，还要抽空调查走访亲历者，晚上熬夜查阅大量资料和整理撰写，20多年如一日，呕心沥血，孜孜不倦，笔耕不辍。为掌握详尽真实的第一手资料，将青龙县支队首任队长周子丰请到家中，几日彻夜长谈；利用到石家庄学习的机会，拜访曾任581团参谋长、65军代军长、河北省军区司令员的张振川将军；专程到沈阳拜访青龙支队第二任支队长、581团团长、沈阳警备区司令员杨万华；深入田间、炕头走访当年与其二叔并肩战斗、浴血沙场的老战友。作品中的每个字都浸染着

作者的心血；记录的每一场战斗都饱含着作者对为我们今天的幸福生活抛头颅、洒热血的先辈们崇高精神的敬仰之情。

原创作者宽广无私的胸怀，不畏艰辛、不图名利、默默无闻、持之以恒的精神，深深地感染和激励着我。为更好地完善作品，我查阅了辽沈战役、平津战役、太原战役、解放大西北、抗美援朝等大量史料，参考张振川将军1999年至2006年间出版的《鏖战疆场》《鏖战疆场余墨》《鏖战疆场续闻》共100多万字的回忆录，请教有关专家，拜访时任581团机炮连排长郁万财老前辈（现居安子岭乡郁丈子村）、邵连林烈士的嫂子年逾九旬的景青兰（原创作者的母亲）、青龙支队老战士丁连密之子丁建国、姜长海之子姜文生，电话拜访王成式英雄人物杜云弟妹、老战士杨文波后人。对作品中每个事件的时间、地点、人物、起因、过程、结果，都一一进行核实、校正，又添补了最新收集到的资料，使记录的事件更加真实和完善，作品得到进一步丰富。

作品有两个主要特点：一是史料未及。原创作者以亲历者口述为主要素材，按时间顺序，详尽记述了青龙县支队从组建到抗美援朝8年间53场浴血沙场的光辉历程，再现了许多鲜为人知的真实的历史事件。这些史料在其他的历史文献中是查不到的，也是对现存的史料的补充。如抗美援朝玉女峰阻击战，《志愿军战史》中只记载："65军在涟川反击，歼敌一部，阻止了敌人的追击。朝鲜战局已趋于稳定。"《65军军史》252～253页上记载："65军581团在涟川西山（公铁路以西）玉女峰的阻击战。5月29日占领阵地，反复与敌人争夺9天，战斗到6月6日完成阻击任务，歼灭敌人1200余人，击毁敌坦克4辆，击落敌机1架。"张振川将军的《鏖战疆场续闻》70～71页的"苦战玉女峰"中只是简单记载了玉女峰阻击战的惨烈。这些权威的历史文献都没有玉女峰阻击战的细节记载。本作品的第二十章"满乡忠魂映沙场，玉女峰上血染旗"则以2万多字详细记述了玉女峰阻击战的战斗场面，再现了十几个鲜活的英雄人物，这些都是史料未及的。原创作者40多年前采访的亲历者，大多在50多岁，给我们留下了弥足珍贵的第一手资料。随着时间的推移，现今大多亲历者已去世，现在只靠查阅历史资料来完成这样一部作品是不可能的。

二是原创作者将收集来的真实的史料，准确恰当地植入大的历史背景之中，对当时社会背景、战略意义、战役部署、战术运用、战斗场面都有较详尽的描述，虽然是实书直述，没有华丽的词汇，但很有画面感，使读者置身于一幅波澜壮阔的历史长卷之中，增加了作品的可读性，情节感人至深，催人奋进。

以上的两个特点，也正是作品的价值所在。

这支英雄部队中的青龙满族儿女，保留着满族骁勇善战、以小搏大、勇往直前、永不放弃的民族精神，又有用毛泽东思想武装起来的革命信仰，如虎添翼，在抗美援朝战场上与世界头号强敌美国联军的殊死搏斗中，涌现出了一大批可歌可泣的英雄人物。有临危受命担任玉女峰阻击战前沿指挥、誓与阵地共存亡、战斗到流尽最后一滴血的2营教导员邵连林；有土美山战斗中，身负重伤后用牙咬出两颗手榴弹引线，顺着山坡滚入敌群，与敌同归于尽的王成式的英雄人物杜云；有冒死冲入敌坦克阵地、炸毁敌坦克、英勇牺牲的副排长朱玉枝；有用刺刀轮战数敌、与敌同归于尽的副班长张柱；有宁死不退、战死沙场的排长于宝义，班长李茂林、樊庆春，战士马成义、吕秀；有身负重伤依旧哼唱《国歌》“冒着敌人的炮火，前进”鼓励战友杀敌的莫松秀……是他们用不屈的意志和鲜活的生命，铸就了祖国的钢铁长城，捍卫了民族的尊严，赢得了我们今天的和平生活。他们是青龙人民的骄傲。

这支部队这8年间牺牲的青龙籍烈士，目前能知道姓名的有125名，其中有12位青龙籍烈士的《烈士证》于2019年7月才发到亲人手中。还有许许多多的英雄，连名字都没留下，但他们都有一个共同的名字，那就是“中国军人”“最可爱的人”！

著名作家巴金1952年在朝鲜前线期间，有一个多月时间深入581团各连队，与战士们同吃同住，收集英雄们的事迹，回国后撰写了小说《团圆》，后改编为电影《英雄儿女》。王成就是千千万万个志愿军的缩影。

初稿整理完成后，面对里面的人物、事件、社会背景等，我是一头雾水的。我是学企业管理的，对历史是门外汉，特别是书中记述的是真实的历史人物和事件，必须要符合实际、一丝不苟。为此，我就从头开始学习起了历史，查阅了大量解放战争、抗美援朝的资料和回忆录，对手稿中记载的人物和事件一一进行核实和校正。

如原稿中的人名就有17个音同字不同，原稿中的65军军长“肖英堂”，应是“萧应棠”，原稿中的581团政委“赵福山”“张福海”“沈建堂”，应是“赵佛山”“张复海”“申建堂”，等等。

又如，原稿中将抗美援朝第五次战役第二阶段结束后的后撤，写成“主动北撤，诱歼敌军”，这是在20世纪七八十年代的社会背景下的认知。实际是中朝人民军队由于对“联合国军”迅速实施全线反扑估计不足，转移的组织计划不够周密，担任运动防御的部队有的尚未进入防御地区，有的虽已进入但未很好控制要点与公路，组织有效的交替掩护，以致全线出现多处空隙，使“联合国军”的“特遣队”得以乘虚而入，志愿军有的部队被隔于敌后。

再如，对原创书稿中的杜云事迹我进行了五项核实：一是时任581团副团长安东在《读乐亭》杂志故乡特刊第44期《安东和他的王成式战友们》记述：“……战至下午2时左右，一股敌人从侧面爬上1排阵地。身负重伤、奄奄一息的杜云，用牙咬出两颗手榴弹的引线，顺着山坡滚入敌群。随着一声猛烈爆炸，进入阵地的十数名敌人被炸得血肉横飞，英雄战士杜云与敌人同归于尽了。……”二是时任582团团长张振川在回忆录《鏖战疆场》238～240页中也有同样的记述。三是中国人民解放军原总参谋长、时任19兵团司令员的杨得志将军在《杨得志回忆录》559页中记载了土美山阻击战：“194师581团在土美山担任阻击任务，多次打退敌人的围攻。最后一次被敌人包围时，负重伤的1排排长赵柏生同志为避免被俘，滚下山崖壮烈牺牲。多次负伤的共产党员杜云同志在滚向敌群的同时拉响了手榴弹，与敌人同归于尽……”以上三位将军都是亲历者，又是重量级人物，详细记述了杜云的英雄壮举。四是青龙满族自治县退役军人事务部提供的《英烈册》中记载：杜云，满族，1926年生，七道河乡新桥村，581团战士，1951年牺牲在朝鲜。五是为进一步确认杜云的身份，我于2020年10月27日，联系上了杜云的家人杜云的弟媳（80岁，杜云弟弟杜路的妻子），进行了电话采访，她听杜路（去年去世）讲，杜云牺牲在朝鲜，当时政府给了200元钱，钱给弟弟盖了房，有烈士证，原来在婆婆手，后来找不到了，听同村打仗回来的人说，在阵地上负伤，敌人上来了，说被俘了也好不了，就与敌同归于尽了。这些与上面的记述完全吻合。

类似这样的诸多人名、地名、时间、事件我都逐一核实校正。

为使内容更加翔实准确，我将每次改过的书稿打印出来，请专业人士提意见，并多次组织邀请史学、文学方面的专家和老领导参加的研讨会。根据各方面的意见和建议，反复修改，不断完善。

作品中记述的青龙满族支队从小到大、从弱到强，最终锤炼成世界强敌都为之胆寒的威武之师的实践证明，中国共产党的坚强领导，毛泽东思想武装起来的战士，是战胜一切强敌的法宝。这是一支有信仰、有灵魂、不怕牺牲、纪律严明、来自人民、为了人民的英雄部队。我们今天把70多年前的英雄事迹和人物展现给读者，不仅是为了崇敬英雄，而且更深层次的意义在于，在中华民族伟大复兴的征程中，我们这代人面对的是先辈们当年面对的同样的对手和困难，甚至会有意想不到的险阻，现在同样需要先辈们的那种勇气和精神去面对。

中华民族伟大复兴的号角已经吹响，让我们继承和发扬先辈们的光荣传统，不畏艰难，勇往直前，为祖国的繁荣富强贡献自己的一切。

在整理书稿的过程中得到了有关领导和专家们的大力支持，秦皇岛市政协原副主席王进勤提出了3点建议；中共青龙满族自治县委原副书记李印林提出了13点建议，并就青龙支队的起源和成立时间进行了深入探究；青龙满族自治县人民政府原副县长王连晨提出了3点修改意见，敲定了书名，为本书作序；青龙满族自治县人民政府副县长纪立功为本书作诗；中共青龙满族自治县委宣传部常务副部长解天华协调有关部门提供资料；河北科技师范学院文法学院讲师李文钢博士为本书校稿，并撰写书评。感谢东北大学博士生导师、民族学研究院院长、中国满学研究院历史所所长郝庆云教授对我的鼓励；青龙县支队首任队长周子丰四子花厂峪抗战纪念馆馆长周庆信、山海关区人民武装部原副部长丁兆云、退休干部张国瑞、中石化秦皇岛石油分公司办公室主任张国清、日本友人藤浪敏子等为本书校稿；著名书画家王毓民题写了书名；李印林、王连晨、金永强、王毓民、周庆信、王海津等老领导和专家多次受邀在一起进行了广泛深入的研讨，在此一并由衷地感谢。

感谢张振川将军的勉励及其女儿张小石、儿子张勇的无私支持，给了我克服一切困难的精神力量。

感谢臧文清将军、齐学进将军、河北省人大退休干部张海波、退休干部赵旭明。在书稿整理的初期，齐学进将军提出的几点建议，给书稿的整理指明了方向，并在百忙之中多次询问进展情况，始终鼓励我，不论遇到什么阻力，一定坚持到底。

感谢中国青年出版社副总编辑、编审、中国出版工作者协会学术工作委员会委员、中国商业史学会常务理事、世界中世纪史研究会、世界民族学会、中华爱国主义教育研究会理事郑一奇老先生，为本书提出了五大类15条审读意见，使其更加完善。

感谢中共秦皇岛市委宣传部副部长胡燕忠、市财政局副局长张建华的各方协调和为本书出版所做的大量工作，感谢市党史研究室主任潘杰、青龙满族自治县文联原主席张宝学、县残联原副主席赵秘。

感谢中共青龙满族自治县委、县政府、县委宣传部、县旅游和文化广电局、县退役军人事务管理局的鼎力支持。

两年来夜以继日地编纂书稿，离不开家人的支持，特别是爱人朱卫平的鼓励和默默无私的奉献，给了我战胜一切困难的勇气和决心，为书稿的顺利完成奠定了坚实的基础。

“为什么战旗美如画，英雄的鲜血染红了它；为什么大地春长在，英雄的生命开鲜花。”读完作品您必将能真正领悟其中的含义。

这支英雄部队的战绩和精神绝非本作品能够完全体现和涵盖。作品中可歌可泣的英雄事迹更不是作者写出来的，是包括1200多满乡优秀儿女在内的千千万万个先辈用鲜血和生命铸就的，我们只是个忠实的记录者。至此，向为我们今天幸福生活抛头颅、洒热血的先辈们致敬！

由于本人水平有限，不妥不当之处愿听批评指正。

崔印刚

2020年11月 于秦皇岛